Y A LO LEJOS, UNA LUZ

Leopoldo Salinas

A mi madre

La batalla tomó en aquel punto ese ritmo de vértigo que hace imposible al combatiente advertir nada de lo que ocurre a su alrededor. Las batallas no se ven. Se describen luego gracias a la imaginación y deduciéndolas de su resultado. Se lucha ciegamente, obedeciendo al impulso biológico que lleva a los hombres a matar y a un delirio de la mente que los arrastra a morir. En plena batalla, no hay cobardes ni valientes. Vencen, una vez esquivado el azar, los que saben sacar mejor provecho de su energía vital, los que están mejor armados para la lucha, los que han hecho de la guerra un ejercicio cotidiano y un medio de vida.

A sangre y fuego: héroes, bestias y mártires de España
MANUEL CHAVES NOGALES

There is no man, and no place, without war. The only thing we can do is to choose a side, and fight. That's the only choice we get, who we fight for, and who we fight against.

Shantaram
GREGORY DAVID ROBERTS

1

28 de mayo de 1875, Santander, España

Las esperas siempre tienen algo de locura. La incertidumbre se convierte en un todo inevitable y el futuro se desdobla en las mil situaciones probables que nos acechan. La realidad se distorsiona, cuestionando el pasado, y todo el presente adquiere, de repente, una importancia secundaria. Lo que antes nos desvelaba —un recuerdo, un gesto, el tono de una conversación, la furia contenida, el sentido más profundo de una mirada— pierde su valor sustancial, dando paso a un oscuro vértigo ante lo desconocido, ante el futuro inestable. Surgen entonces las explicaciones confeccionadas a medida —la religión, la gloria— que alejan sutilmente al hombre de su ignorancia, de su extrema fragilidad. Del azar de la existencia. Múltiples caminos, pero tan solo uno, al final del día, transitable.

El soldado caminaba de un lado al otro de la habitación, haciéndose todas aquellas preguntas sin respuesta, revolviéndose como un león enjaulado. La sensación le recordaba a una guerra ya distante. Contempló a través de la ventana la lluvia fina que caía sobre Santander, pero entre los tejados, en aquella lejanía difusa, en el verde de los pastos y la neblina cantábrica, podía evocar la selva cubana. Podía sentir, otra vez, el calor sofocante, los insectos invadiendo impunes su uniforme. La presión de las correas en el pecho, el peso del machete en el costado, el Remington entre los brazos.

Recordó con precisión el sentimiento de vulnerabilidad, la ausencia de esperanza, los disparos en la lejanía. Recordó, también, el silencio de aquellos soldados cuya única patria —a aquellas alturas— era la lealtad y el honor. Olvidados por el Gobierno y el Alto Mando militar, su único consuelo era poder morir de pie, peleando.

«España muere, pero no se rinde», decían.

La frase hizo sonreír al soldado. A veces se preguntaba si de verdad había sobrevivido; si, como decía Riesgo, una parte importante de su existencia no se había quedado en Las Guásimas. A veces se preguntaba si realmente había vuelto de aquel infierno.

El pasado es irrecuperable, se dijo entre dientes. Y el presente lo requería concentrado.

Echó un último vistazo por la ventana y decidió salir a la calle. En el puerto tendría más posibilidades. Se puso la levita, cogió el bastón —aseguró el *bowie* en el cinturón, a su espalda— abrió la puerta y se adentró en la lluvia mientras maldecía su suerte.

Esta vez no podía escaparse.

***

Hacía viento en la bahía. El buque se mecía con suavidad sobre las olas, dirigiéndose hacia el puerto. Las gaviotas graznaban plácidamente, planeando alrededor de los mástiles, y el capitán del Aveyron se sonrió complacido mientras palpaba, distraído, el bolsillo de su abrigo. La carta le palpitaba junto al pecho sin violencia y una íntima ansiedad le anidó en el estómago mientras perdía la mirada en la distancia embaucadora del oleaje. El movimiento en cubierta lo devolvió a la realidad.

—Preparad la aproximación —ordenó.

Sus hombres se dispersaron, buscando sus puestos. Velasco los observó alejarse con inquietud, sabiendo que aquella vez era diferente, que Santander, su ciudad natal, lo recibía de otra manera. Alto y delgado, Íñigo Velasco tenía el cabello castaño, una nariz discreta y el rostro alargado y curtido por el mar. La juventud brillaba en sus ojos grises y en su sonrisa sincera.

Marino por vocación y reservado por naturaleza, surcó por primera vez el mar con seis años en un barco pesquero y, desde entonces, no había sabido dejarlo. Era intrépido, pero mantenía la calma durante las tempestades. Sabía trabajar con el mar en lance, aprovechar el fuerte viento del noroeste y romper con método el oleaje. Sus mayores respetaban su lucidez y su experiencia; y, a pesar de su edad, ya era capitán. El Aveyron, un vapor de transporte de pasajeros que operaba entre Burdeos y Santander, era su primer barco. Estaba al tanto de los vaivenes de la política española, por lo que no se sorprendió cuando, a principios del año, dos españoles se aproximaron a él en una de las tabernas del puerto francés. La propuesta fue directa y sencilla.

—Colaborar con el Gobierno republicano en el exilio.

Velasco se tomó unos segundos, reflexionando la respuesta.

—¿Y cómo podría contribuir un simple marino como yo? —preguntó el capitán.

—Facilitando la correspondencia entre los dos países —afirmó uno de los agentes—. Con la máxima discreción.

En enero de 1875, tras la caída de la República y la consiguiente restauración de la monarquía, el líder progresista Manuel Ruiz Zorrilla había sido obligado a abandonar España por el mismísimo Cánovas del Castillo. Reconocido liberal, durante todo el tiempo que estuvo en el poder, su esfuerzo se había centrado en la libertad de enseñanza y en la lucha contra los arcaicos poderes de la Iglesia. El cometido era audaz y peligroso, pero Velasco aceptó sin dudar.

Al principio fueron encargos menores que cumplía con diligencia y sin preguntas de más, pero pronto comenzaron a hacerlo partícipe de cierta información. Su dilatada experiencia en el puerto le permitía sortear las redadas gubernamentales sin problema y, a principios de mayo, con el resto de canales seriamente comprometidos, se había convertido en la principal vía republicana de comunicación.

—¿Estás seguro? —le había preguntado su hermano, semanas atrás, cuando le confió lo que hacía.

El marino había rumiado con cuidado la respuesta.

—España vive anclada en el pasado —afirmó con hosquedad.

Su hermano le dedicó una mirada poco convencida.

—¿Y tú vas a salvarla? —lo interpeló con sorpresa, ocultando una burla.

—Tal vez —respondió.

Tal vez, se repitió Velasco mientras recorría el litoral cantábrico con la mirada y recordaba su primer encuentro con Zorrilla. En aquel último viaje, no había habido intermediarios. Una vez descargada toda la mercancía en Burdeos, se adentró en las calles del barrio marinero con el peso del revólver en su bolsillo derecho insuflándole seguridad. Caminó sin dirección durante media hora y, cuando se cercioró de que nadie lo seguía, cambió de rumbo y se dirigió hacia la ciudad. Enfrente de la librería indicada, divisó, por primera vez, el perfil de Zorrilla. El político exiliado lo saludó con la cabeza con total familiaridad y se dirigió hacia él.

—Buenas noches, capitán —murmuró el republicano mientras se estrechaban las manos—. ¿Cómo ha ido la travesía?

Velasco le devolvió una profunda mirada antes de responder.

—Ya sabe —replicó, modulando la voz—. Mucho viento y poca vela.

Era la señal establecida. Zorrilla relajó inmediatamente su postura.

—Andemos —conminó el político.

El capitán se puso en marcha en silencio, siguiendo sus pasos, esperando a que rompiese su mutismo.

—Lleva con nosotros desde el principio —afirmó sin ambages.

—Así es —respondió Velasco.

El político asintió.

—Su labor —continuó— está resultando crucial.

El capitán agradeció el cumplido con un movimiento de cabeza y Zorrilla estudió su expresión con curiosidad.

—Seré franco —reconoció el político, parándose, hábilmente, en una esquina sin luz— necesitamos gente como usted.

—El Aveyron y su capitán están a su servicio —afirmó con voz firme Velasco.

Zorrilla apreció sus palabras con un asentimiento.

—¿Estaría dispuesto a dar un paso más?

El capitán frunció el ceño.

—¿Qué implicaría? —preguntó.

—Ingresar en la Armada.

El marino reflexionó un instante, manteniendo una expresión impasible.

—Sí —afirmó al cabo de unos segundos—. Lo haría.

Zorrilla exhibió una sonrisa sincera.

—En ese caso —concluyó el político—, forma parte oficialmente del servicio de espionaje de la República. Enhorabuena.

El otro le devolvió una sonrisa reservada.

—Gracias —acertó a decir algo azorado—. Es un honor.

Zorrilla le colocó una mano paternal en el hombro mientras continuaban con su paseo por las calles de Burdeos.

13

—El Gobierno alfonsino quiere asfixiarnos —expresó, confidente y taciturno—. Incluso en el exilio, suponemos una amenaza para la restauración de la monarquía y cada vez es más complicado mantener viva la esperanza. —Eligió bien las palabras antes de continuar—. El objetivo es encender la facción progresista del Ejército, la infantería radical, y alzarla contra el régimen.

Velasco se permitió echar un vistazo al serio semblante de su interlocutor. Zorrilla era moreno, entrado en años, de apariencia endeble; tenía el rostro afilado, una mirada oscura y los ojos rodeados de unas profundas ojeras. Un bigote negro, bien cuidado, contrastaba con la palidez de su piel. Muchos se habían dejado engañar por aquella quebradiza apariencia. El político español tenía el genio vivo y la entereza de los que no desfallecen. De los que no se rinden.

—Este mensaje —continuó Zorrilla, señalándole el bolsillo— va dirigido a uno de nuestros militares, y será su último encargo como capitán de la marina mercante. A su regreso, se le asignará una embarcación a la altura de su entrega.

Se estrecharon la mano en silencio, deseándose suerte mutua en un silencio cargado de significado. Velasco lo vio alejarse con una mezcla de curiosidad y respeto. Liberal, masón, varias veces ministro y presidente de las Cortes. Ruiz Zorrilla había sido uno de los políticos más influyentes en España tras la revolución. Artífice, junto a Prim y Sagasta, de la Gloriosa, había conseguido destronar a Isabel II y plantear las políticas más progresistas que había visto el país en todos sus años de historia.

El capitán del Aveyron inspiró profundamente mientras recordaba la escena y se concentró en la maniobra, observando cómo el vapor se adentraba en el puerto de Santander. De pronto, miró extrañado a su alrededor. El barco se estaba escorando.

—¡Señor Gabeiras! —exclamó, controlando el enfado.

—¿Capitán?

Escuchó la pregunta a lo lejos. La voz sonaba amortiguada, falsamente sorprendida. Velasco se dirigió con calma hacia la cabina del barco y accedió a su interior.

—El barco se está desviando hacia la izquierda —comentó con frialdad—, hacia un bajío, ¿qué pretende?

El gallego le sostuvo la mirada con agresividad, con un odio limpio y transparente llenándolo de valor.

—El timón no responde —replicó.

Velasco evitó un suspiro.

—El timón funciona perfectamente. Corrija el rumbo o le relevo.

El aludido enrojeció, se mordió los labios e hizo girar el timón hacia la derecha. Gabeiras era mayor que él, gallego, con más experiencia pero menos empuje. Era pendenciero, ambicioso y poco fiable. Además, carecía de dotes de mando y, a pesar de sus años en la compañía, Velasco había sido ascendido antes que él. Desde que conoció la noticia, el gallego le había declarado una guerra abierta, sin cuartel. Aunque era parte del oficio, a Velasco le inquietaba su presencia. El gallego seguía cada uno de sus movimientos con un oscuro resquemor bailándole en la mirada. No le habría dado más importancia si no fuera por Zorrilla y su correspondencia. No podía exponerse demasiado.

Con aquellos pensamientos en la cabeza, abandonó el puente y paseó por la cubierta controlando la maniobra. La tripulación se preparaba para entrar en el puerto y el marino agradeció que nadie le prestara atención. No quería que nadie apreciara su inquietud.

***

El barco atracó en el muelle de Maliaño y sus pasajeros empezaron a desembarcar, nerviosos, vigilando su equipaje en todo momento y evitando a los raqueros que deambulaban por el muelle. Santander, en aquel momento, era uno de los puertos más concurridos de España. Puerto natural de Castilla, conectaba las colonias de ultramar con las principales ciudades del norte de Europa. Exportaba harina, trigo, maíz y aceite; e importaba azúcar de Cuba y Manila, cacao de Trinidad, canela de Ceilán, bacalao del norte de Europa y sedería de Terranova. Además, cada semana partían peninsulares, con los ojos relucientes y los bolsillos vacíos, buscando mejor fortuna en las Américas. El aire estaba saturado de olores, gritos, conversaciones, relinchos y discusiones. La ciudad, antigua y orgullosa, recibía los embates del mar con aquiescencia, consciente de la aventura que suscitaba y que el viajero sentía como propia.

El capitán dio permiso a la tripulación para abandonar el barco y se dirigió a los tres marineros de guardia.

—Nadie a bordo —ordenó.

Velasco se dio la vuelta y se dirigió con paso tranquilo a la calle Alta, uno de los dos corredores del barrio marinero, donde gente del mar, truhanes y vividores convivían en casas desvencijadas y regentaban tabernas de mala muerte.

Ya era casi verano, pero un viento afilado corría por las calles cortando la piel. El capitán deambuló sin rumbo, mirando por encima del hombro, acariciando, dentro del abrigo, en el bolsillo derecho, el Orbea de seis balas que siempre lo acompañaba. Una vez convencido de que nadie lo seguía, accedió a un callejón, recorrió con apremio la distancia que lo separaba del final y giró del pomo de una carcomida puerta de madera. No puede ser, pensó al intentar, por segunda vez, que venciese el tirador.

—Está cerrada —escuchó a su espalda.

El capitán se giró despacio.

—Eso parece —respondió con calma.

Tenía delante, a cierta distancia, a un joven moreno, de mediana estatura, con facciones rectas y proporcionadas. Vestía simple pero correctamente, y apoyaba, de manera sutil, el peso en un bastón de madera, aliviando la carga que soportaba la pierna izquierda. Mantenía una actitud tranquila, relajada, pero sus ojos, de un gris ambarino, casi amarillo, desvelaban la gravedad del encuentro. No había calidez en su rostro. Tampoco miedo.

—Entrégueme la carta —ordenó con suavidad el desconocido, sin introducción ni rodeos.

Velasco ocultó su sorpresa, forzando sus músculos faciales, sintiendo un temblor desconocido en las manos. A estas alturas, pensó, no hay nada que ocultar.

—No —replicó el capitán dando un paso atrás y flexionando el cuerpo, preparándose para lo inevitable.

Su interlocutor chasqueó la lengua y le dirigió una mirada larga, como lamentando la respuesta. Cambió de posición, arqueando la pierna izquierda y estirándola.

—No le dará tiempo —expuso mientras indicaba con el mentón el bulto del abrigo que ocultaba el revólver—. Entrégueme la carta —repitió con frialdad.

El capitán le dedicó una ojeada sin interés y calculó la distancia hasta la calle. El desconocido se adelantó y Velasco dio un rápido paso hacia atrás, tratando de desenfundar el Orbea. Su asaltante dio un salto mínimo, alzó el bastón y lo descargó con fuerza contra la mano de Velasco, obligándolo a soltar el arma. El marino sintió, acto seguido, un golpe seco entre las costillas, quedándose sin aire y chocando contra la pared. Un sabor metálico le llenó la boca mientras resoplaba y se llevaba la mano al costado, sintiendo la viscosidad de la sangre.

El atacante recuperó la posición y descansó de nuevo el peso en el bastón, sosteniendo un cuchillo en la mano derecha.

—Eso —dijo señalando la herida del cántabro— no era necesario. Se lo pediré por última vez —sentenció amenazador—: entrégueme la carta.

El capitán sangraba profusamente. Ahuyentó el pánico que lo invadía y se irguió ayudándose de la pared, dedicándole una mirada impotente a su revólver, tirado en el suelo a varios metros de él. Apretó los dientes y cerró los puños, enfocando a su interlocutor.

—Jamás —escupió, y se abalanzó sobre su agresor.

El desconocido reculó hacia un lado con agilidad, afianzó la pierna, desvió el puño de Velasco y lanzó el brazo derecho hacia delante, girando la muñeca y hundiendo el *bowie* en el estómago del capitán. Un quejido sordo llenó el callejón. El atacante se deshizo del abrazo y Velasco cayó al suelo con una extraña neblina cubriéndole los ojos.

Un dolor agudo le llenó los sentidos y el marino se retorció buscando un aire que se le escapaba, que no le cabía en los pulmones.

—¿Quién eres? —consiguió articular, tratando de levantarse en un último esfuerzo.

Su agresor se inclinó hacia él en silencio, alargó la mano y extrajo la carta de Zorrilla del bolsillo interior de su chaqueta. Después, se alejó unos pasos y recogió del suelo el revólver, acercándose luego al capitán. Durante un instante, sus miradas se encontraron y los sufridos ojos del cántabro contrastaron con el profundo desconsuelo que exhibían los del desconocido.

—Un simple soldado —afirmó con tristeza.

Y apretó el gatillo.

***

Gabeiras bebía en una de las tascas del puerto, rodeado de marineros, extranjeros y prostitutas. El tintineo de los vasos resonaba a través de una amalgama de idiomas, anhelos y derrotas. El frustrado capitán escondía su mediocridad tras el alcohol y disfrutaba de aquella vorágine etílica mientras discutía sobre náutica, se lamentaba sobre su desaprovechada destreza y criticaba el mando de Íñigo Velasco.

—Es perezoso y en las maniobras no presta atención —afirmó enardecido, con la lengua dormida y la mirada vidriosa—. Hoy, al entrar en el puerto, casi encallamos en los bancos de arena. No merece los galones que ostenta.

Un murmullo desaprobador recorrió la estancia.

—Dicen —comentó un tercero— que lo ascendieron gracias a ciertos favores carnales.

—Es demasiado joven.

—¡Se hundiría en un lago!

La conversación se convirtió en un clamor y las carcajadas invadieron el local. El soldado contempló la escena en silencio, siguiendo con la mirada cada escenificación del gallego. Este, al sentirse observado, se giró y dio un respingo al reconocerlo. Se levantó al instante y fue a su encuentro evitando trastabillar.

—¿Apareció? —preguntó con impaciencia al alcanzarlo—. Me aseguré de que la puerta estuviese cerrada. Lo comprobé dos veces.

El soldado midió a Gabeiras con los ojos, valorando la respuesta que debía darle. El marino, ebrio y nervioso, continuó hablando.

—Siempre supe que tramaba algo. Velasco no es de fiar.

Enmudeció al observar que el soldado buscaba algo en el bolsillo.

—Sesenta pesetas —dijo con aspereza, mostrando una pequeña bolsa de cuero.

El gallego abrió los ojos y sonrió aliviado mientras extendía la mano. El soldado le entregó el dinero y lo agarró de la pechera con fuerza, atrayéndolo hacia él. Gabeiras emitió un quejido ahogado, encogiéndose, y el soldado aspiró el rancio olor a vino que desprendía, el miedo, el sudor avinagrado que exhumaba.

—Era cien veces más valiente que usted —le susurró con rabia al oído—. Si nos volvemos a encontrar —sentenció—, le mataré.

El soldado soltó a su presa, atravesó el local abarrotado con calma y se dirigió a la salida. Agradeció el aire fresco en el rostro cuando alcanzó el exterior. Anochecía en la ciudad norteña y el cielo agonizaba en un brutal azul violáceo que le llenó el pecho de una serena melancolía. Se permitió un suspiro largo y paliativo con el que expulsó de su cuerpo parte de los remordimientos que lo empezaban a asaltar y el odio que lo carcomía.

No podía ser de otra manera, pensó, convenciéndose del desenlace, evitando la culpa que lo rondaba como una canción.

Buscó una esquina apartada, abrió la carta y la leyó con atención, asimilando la información, aceptando la verdad que contenía. Al acabar, la dobló con cuidado y la guardó en uno de los bolsillos de su levita mientras paseaba la mirada por el mar, perdiéndose en su inmensidad.

—Mueren, pero no se rinden —murmuró para sí mismo, recordando con pesar la persistencia suicida del capitán.

Se dirigió con paso apresurado a la oficina de telégrafos y resopló aliviado al encontrarla abierta y vacía.

—Buenas tardes.

—Buenas noches —contestó la telegrafista con una sonrisa cansada.

El soldado no pudo evitar devolvérsela.

—Un telegrama, por favor. Para Madrid. A nombre de Herculano Pinilla. Calle Libertad, 8.

—Serían cuatro pesetas.

—Perfecto.

—Dígame.

—Valencia está vacío. *Stop.* Huelva es inglés. *Stop.*

La mujer se inclinó sobre el texto y levantó la vista, divertida.

—¿Es un juego? —preguntó sonriente.

El soldado la miró sorprendido.

—Algo así —afirmó sin ganas, ausente—. Algo así.

2

8 de junio de 1875, Madrid, España

La botella abierta de Matusalem se encontraba apoyada en la mesa como una declaración de intenciones. Herculano saboreó despacio el ron, consciente de que las cosas buenas solían durar poco, y le dio una larga calada a su cigarro. Desde su oficina, en el Ministerio de Guerra, a través del atardecer y de los árboles del jardín se adivinaba la plaza de Cibeles y la silueta del palacio de Alcañices.

El coronel contempló distraído el ajetreo de Madrid, disfrutando de la tranquilidad del día, de la suave brisa que entraba por la ventana, del clima, de la ausencia de disparos.

Unos pasos en el pasillo lo arrancaron de sus pensamientos. Un par de golpes discretos resonaron en la estancia.

—¡Adelante! —exclamó.

El soldado accedió a la estancia vestido de paisano, descubierto, serio y marcial, ayudándose de su bastón. El coronel se levantó con solicitud.

—Teniente Alonso —saludó.

—Señor —musitó el soldado, inclinando ligeramente la cabeza.

Se dieron la mano afectuosamente y se sentaron. El escritorio, entre ellos, lo llenaba todo de una prudente distancia.

—¿Ron? —preguntó el coronel.

El soldado alzó la mano y negó con la cabeza.

—Hidalgo de Quintaba fue detenido al día siguiente de recibir su telegrama —comenzó Herculano con gravedad—. Se le trasladó a Cádiz con orden de embarcarlo a Filipinas, pero, tras varios trasiegos burocráticos, se ha decretado su traslado a Mahón.

La última frase hizo que el soldado enarcara las cejas.

—¿Lo queremos en España?

Herculano asintió con la cabeza.

—Nos resulta más útil —añadió.

El coronel se levantó pensativo y se acercó a la ventana para deleitarse de nuevo con las escenas cotidianas de la capital, dándole la espalda al soldado.

—Con Zorrilla en el exilio, los republicanos son cada vez más audaces —comentó, enlazando las manos tras la espalda—. Necesitamos desarticular su célula en Madrid. Las calles están revueltas, y Martínez Campos está preocupado. —Se giró de pronto para volver a sentarse—. ¿Sabía que Hidalgo combatió en Cuba?

El soldado se encogió de hombros.

—No —admitió—. No lo sabía.

—Conspiró con Prim antes de la Revolución de Septiembre junto con los demás políticos progresistas —relató el coronel—. Participó en la fallida sublevación de San Gil, pero consiguió escapar a Francia. En 1868 regresó a España y fue ascendido a coronel; después, en Cuba, a brigadier. Y entre el 72 y el 74 ostentó varias capitanías generales.

—Tiene sentido.

Herculano frunció el ceño y lo conminó a continuar.

—Los artilleros —comentó el soldado, incómodo, cambiando de posición— no le perdonan las muertes de sus oficiales en San Gil. Sin el apoyo de la República, su carrera militar está acabada.

Su interlocutor asintió pensativo, claramente indeciso.

—¿Qué haría usted con él?

El soldado se removió en su asiento por segunda vez. No le gustaba hablar, y menos dar su opinión. Quintana era un hombre complejo cuyo nombramiento como capitán general de Cataluña había obligado a Amadeo de Saboya a renunciar a la Corona en 1873, dando paso a la República. El militar estaba bien relacionado; y no era ningún idiota.

—Retenerlo en España y utilizarlo como moneda de cambio, o liberarlo y seguirlo para dar con sus enlaces. Dependería del objetivo.

Herculano meditó un instante, calibrando el alcance de cada decisión.

Prefiere el Ejército, pensó el soldado.

Herculano era un soldado a la antigua que prefería la disciplina, las batallas a campo abierto y el enemigo enfrente. Aquel, definitivamente, era otro tipo de conflicto, y requería habilidades diferentes. Una soltura que el soldado sí poseía.

El capitán Urtea —el oficial español más honesto de la guerra la Cuba— no solo le había salvado la vida en Las Guásimas. Antes de su repatriación, el militar le había escrito una carta de recomendación dirigida al coronel Herculano Pinilla.

—Un nuevo comienzo —le dijo a modo de despedida al entregarle el documento en el puerto de Santiago.

El soldado, una vez en Madrid, y en cuanto pudo por fin levantarse de la camilla del hospital, se plantó en el palacio de Buenavista.

—Le mantendré informado —concluyó, aún pensativo, Herculano—. Buen trabajo, teniente. Su actuación ha resultado crucial.

—Gracias.

Tras una pausa, el coronel apoyó los codos en la mesa y juntó las manos, dirigiendo una última mirada anhelante por la ventana. Ahogando un suspiro.

—¿Sabe quién es Alfonso Moretón? —preguntó con aire ausente.

El soldado fingió una convincente sorpresa.

—No —reconoció—. ¿Quién es?

—Aparentemente —explicó el coronel—, es el cerebro que está detrás del aparato republicano en Madrid. No obstante, se sabe muy poco de él. Sigue en España, y está en busca y captura.

Herculano era catalán, del valle de Boí Taüll, en el Pirineo. Tenía casi cincuenta años. Lucía un frondoso pelo castaño, una piel maltratada, sin apenas barba, y un rostro redondo que revelaba un cansancio prematuro. Rondaba la mediana altura y poseía una luminosa mirada inocente, carente de maldad. Pero sus ojos marrones, profundos y distraídos, contaban todas las historias que él callaba. Contemporáneo de Prim, veterano de la primera guerra carlista, condecorado en la guerra de África y oficial destacado en la expedición a México, había perdido, batalla a batalla, el fervor militar. Cansado de la crueldad humana, renunció al Ejército dispuesto a consumir lo que le quedaba de vida en el campo, rodeado de vegetación, soledad y armonía. Pero su experiencia era demasiado valiosa.

Tras el pronunciamiento de Sagunto, se le había encomendado —bajo la tutela directa de Martínez Campos y en contra de su voluntad— reunir a un grupo de agentes que velasen por la solidez de la monarquía. De convicciones políticas ambiguas, Herculano cumplía con su deber, preocupándose por conocer lo suficiente, pero tampoco demasiado.

—Pero ahora —continuó— es un tema secundario.

El soldado se irguió en su asiento, expectante.

—El duque de Molins, el embajador en París, envía informes cada vez más alarmantes. ¿Ha podido avanzar algo con Barjuán? —inquirió el coronel.

—¿Qué ha ocurrido?

Herculano miró otra vez por la ventana, relajándose mientras estructuraba en su mente la información que podía compartir.

—La reina se revuelve en Francia —suspiró—. Amenaza con volver a Madrid, a la corte. Argumenta que Alfonso XII necesita de su consejo, pero creemos que pretende revocar su abdicación. Un importante sector conservador del Ejército la apoyaría.

La mirada del coronel traslucía una verdadera preocupación.

—El carlismo, la República, Cuba... No podemos permitirnos otro conflicto. —El tono de voz denotaba la presión a la que estaba siendo sometido—. ¿Algún avance? —insistió.

El soldado compartía aquella observación, pero no la inquietud. Hacía tiempo que el destino de su patria ingrata había dejado de importarle.

—Estoy en ello —respondió.

—¿Qué significa eso? —quiso saber Herculano, impaciente.

El aludido le devolvió una mirada cargada de resolución.

—Significa que estoy en ello —afirmó—. ¿Algo más? —preguntó mientras se levantaba y arqueaba, con cuidado, la pierna izquierda.

El coronel lo observó con cierta turbación, admirando la entereza de aquel hombre misterioso y dispuesto.

—No —replicó cortante, en un intento de recuperar la autoridad—. Puede retirarse.

El soldado se despidió con un gesto y abandonó la estancia. Recorrió en silencio las galerías del palacio y el jardín que lo rodeaba y alcanzó la calle. La oscuridad se cernía sobre la ciudad y sintió cómo la aventura lo invadía de nuevo. A pesar del inminente verano, aún hacía frío por las noches. Se quitó la corbata y se desabrochó el chaleco, permitiéndose un suspiro al sentir aliviado el frescor del crepúsculo en la piel.

—Madrid —murmuró para sí mismo mientras respiraba profundamente y disfrutaba del dolor de vivir, del premio de su resistencia.

El recuerdo del Matusalem en el escritorio de Herculano apareció en su mente como un relámpago.

Necesito ron, se reconoció mientras cabeceaba.

Era el único vicio que había traído consigo de la isla de la caña de azúcar. Había conocido a los hermanos Camp en Santiago nada más desembarcar, y había seguido la evolución de la destilería desde casi su inicio. La visión de la botella había destapado ciertos recuerdos que necesitaba volver a olvidar. Subió la cuesta de las Torres, cruzó la Puerta de Sol y, enfilando la calle Arenal, se dirigió sin prisa, confiado, al Nuevo Café de Levante.

El ruido de animadas conversaciones lo golpeó cuando cruzó la puerta del establecimiento. Era martes, pero no importaba. La aristocracia intelectual de Madrid —escritores, periodistas, políticos y buscavidas— se reunía en los cafés para discutir la actualidad, debatir sobre arte y comprobar si la existencia aún tenía sentido.

Percibió al instante la presencia que buscaba, al final del local. Se descubrió, se acercó a la barra, pidió ron y, con el vaso en la mano, se unió a la conversación, saludando con un silencioso gesto de cabeza.

—¡Es una vergüenza! —exclamaba Mellado—. Después de seis años de progresismo, parece que hemos retrocedido diez con la vuelta de los Borbones.

Tras un año plagado de turbulencias e inestabilidad, la República había caído en enero de 1874, dando paso a un periodo de transición que desembocó en la proclamación de Alfonso XII como rey de España en enero de 1875. El regreso de la monarquía se había asumido sin mayores incidentes, pero había traído consigo todo el conservadurismo que los republicanos habían tratado de dejar atrás con la Revolución de Septiembre.

—Isabel II fue destronada en 1868 precisamente por este tipo de medidas —añadió Mellado—. ¡Y ahora vuelven con su hijo!

Un joven poeta se inclinó sobre la mesa de mármol.

—Es cierto, pero lo que no puede permitir el nuevo Gobierno es que en las cátedras sostenidas por el Estado se diserte en contra de la Iglesia. ¡El cristianismo es la argamasa que ha mantenido unido al pueblo español durante siglos!

Un murmullo de reprobación recorrió la estancia.

—Saben ustedes bien que no secundo el Gobierno de Alfonso XII, pero España es católica, y el Estado debe serlo también. La enseñanza oficial debe obedecer a este principio.

Una de las primeras medidas del ministro de Fomento había sido limitar la libertad de cátedra, prohibiendo cualquier enseñanza contraria a la fe católica. La mayoría de los profesores universitarios se habían mostrado contrarios a aquella medida, llegando incluso a dimitir.

—No es únicamente una cuestión religiosa —articuló Mellado con calma—. Fomento ha prohibido cualquier idea contraria a la monarquía y el régimen en los programas universitarios. Eso es, simple y llanamente, censura.

Aquella afirmación fue bien recibida, escuchándose varios asentimientos y golpes sobre la mesa.

—¿Y cómo puede si no el Estado hacer valer su posición? —argumentó el poeta—. Después de la República, y con dos guerras aún en marcha, España necesita estabilidad. El Gobierno no puede permitirse desavenencias en su estructura.

Un grupo de estudiantes de derecho, sentados al otro extremo, abucheó al orador, pero Leopoldo García-Alas retomó el debate con habilidad.

—Pero tampoco enemigos intelectuales —apuntó el zamorano, dirigiéndose al poeta y acallando los rumores—. Han cesado en sus cátedras a Nicolás Salmerón y a Emilio Castelar; y detenido a Azcárate y a Giner de los Ríos. —Leopoldo se dirigió al resto de los espectadores, imprimiendo a sus palabras la gravedad de una sentencia—. Cualquier gobierno pierde su legitimidad si persigue y detiene a sus voces críticas.

Galdós, a la izquierda del soldado, venció su timidez y se inclinó hacia delante.

—No solo eso —afirmó con voz queda y acento canario—. Los convierte en mártires. Dicen que Giner de los Ríos, desde la cárcel, está perfilando la idea de una docencia alternativa basada en el krausismo. Una enseñanza libre, desligada del poder político y de la Iglesia.

La Institución Libre de Enseñanza, pensó el soldado mientras saboreaba el ron. Una enseñanza universitaria secular ajena al monopolio de la Iglesia, basada en la libertad y en el espíritu crítico.

La aristocracia y la burguesía siempre podrán permitirse una educación de calidad, había comentado Mellado días atrás, pero quien controle la de las clases populares tendrá España en sus manos. No lo habían verbalizado, pero el soldado intuyó que ambos consideraban aquella iniciativa como una oportunidad única para los más desfavorecidos. Un breve destello de genialidad que la Iglesia y los políticos no tardarían en censurar.

Leopoldo asintió, dándole la razón a Galdós.

—De llevarse a cabo, el Gobierno habría creado su propia disidencia.

El joven poeta se pasó la mano por la cara, pensativo, cada vez menos convencido de sus palabras.

—Puede ser —concedió conciliador—. Puede ser… Pero, insisto, ¿cómo debería, entonces, combatir el Gobierno?

Mellado volvió a la conversación.

—No puede —resumió encogiéndose de hombros—. Ya no. No se puede luchar contra el progreso. Una vez que la sociedad ha alcanzado ciertas libertades, prohibírselas es un retroceso suicida. Cualquier político debería saberlo.

—No han aprendido nada —murmuró Galdós, con la mirada distante—. Las consecuencias son siempre nefastas. Presencié la Noche de San Daniel, cuando cargaron contra los estudiantes en Sol; y seguí, un año después, la sublevación del cuartel de San Gil. Madrid fue un infierno.

Todos guardaron un respetuoso silencio al recordar aquellos dos terribles episodios.

—Y siempre paga el pueblo llano —puntualizó Mellado, suspirando—. Hidalgo de Quintana, el capitán de artillería que lideró el motín, consiguió exiliarse en Francia. Pero sus hombres fueron fusilados.

El nombre arrancó al soldado de sus pensamientos. Militar díscolo, progresista y conspirador. Empezaba a caerle bien el tal Quintana. Una lástima que se encontrara en la facción contraria.

La conversación derivó por derroteros más artísticos y Mellado se incorporó y se dirigió, acompañado de un desconocido, hacia el soldado. Andrés Mellado tenía un rostro afilado, los ojos pequeños y vibrantes y el pelo rizado. No era muy alto, pero su vehemente personalidad lo hacía destacar de inmediato. Conocía al soldado desde sus tiempos universitarios en Madrid y acababa de incorporarse como redactor a *El Imparcial,* obligándose a suavizar su postura de republicano enardecido.

—Le presento a Diego Escauriaza —murmuró el redactor, tratando de no interrumpir el nuevo debate—. Sugiero que busquemos una mesa menos ajetreada.

Escauriaza era moreno, de mediana estatura, tenía el pelo corto, el rostro cuadrado y una sonrisa canalla. Era el menor de cuatro hijos de una familia adinerada vasca. Afable y bien parecido, poseía la educación apropiada y el desparpajo necesario para hacer lo que hacía. Tabaco, alcohol, obras de arte, oro, exilios. Cualquier mercancía ilegal era para él un desafío que requería adrenalina y astucia. La mayoría de sus clientes se le acercaban en los cafés una vez acabada la noche, nerviosos e indecisos, para susurrarle sus encargos. Aquellas tertulias lo agotaban, pero le eran necesarias. Su fama como intermediario lo precedía y el soldado le había pedido a Mellado que los presentase.

Definitivamente, reflexionó mientras medía al vasco con la mirada, aquella relación podía ser muy provechosa para ambos.

Los hombres se estrecharon las manos y se recogieron en una de las mesas del fondo, a la que se unió Galdós. Leopoldo García-Alas se acercó para agradecerle al canario sus palabras en el debate y lo invitaron a sentarse con ellos. En una de las esquinas, evitando la luz, ajenos a la tertulia, Amaro Mesa, conde de Richmond, y Miguel Iribarren se susurraban confidencias al oído, enlazando las manos por debajo de la mesa. Todos fingieron que no los veían.

—Tengo entendido que es usted marchante de arte, señor Escauriaza —afirmó el soldado, aparentando indiferencia.

—Así es —concedió el aludido—. Un hombre moderno con vicios antiguos.

El vasco le dio un sorbo a su copa mientras las risas se extinguían y cambió hábilmente el rumbo de la conversación.

—¿Así que estuvo usted en la sublevación del San Gil, señor Galdós?

El canario asintió y comenzó a detallar con timidez cómo Hidalgo de Quintana se había alzado en 1866 para destronar a Isabel II. La conversación giraba en torno la eterna torpeza de los Borbones cuando el volumen de las conversaciones disminuyó y un silencio inédito se instaló en el café. El soldado se giró extrañado y contempló a dos mujeres plantadas en la puerta. Una de ellas los reconoció y levantó la mano con elegancia, exhibiendo una cauta sonrisa, y Galdós se levantó como un resorte.

—Es Emilia Pardo-Bazán —susurró Mellado ante el mutismo del grupo mientras todos se ponían en pie—, su amor platónico.

El aludido se adelantó, saludó a las dos mujeres con patente timidez y las invitó a unirse a la conversación.

—Señores, les presento a la condesa de Pardo-Bazán y a la señorita Nuña Setién.

—No queríamos interrumpir —se excusó la segunda.

—De ninguna manera —se apresuró a decir, galante, Mellado—. Es un honor.

—¿De qué hablaban? —quiso saber Bazán, mientras se sentaba al lado de Galdós y Nuña ocupaba una silla a la derecha del soldado.

El canario se removió incómodo en su asiento, y Mellado, solícito, recogió el guante.

—Del tedioso panorama político. Pero, cuéntenos, ¿cómo va la edición sus crónicas?

Tras la caída de Isabel II en 1868, la familia de Pardo-Bazán, aristócrata y de claro corte conservador, abandonó España y se dedicó a viajar por Europa. Las malas lenguas sostenían que la verdadera razón de aquel viaje era recabar apoyos para el carlismo, pero Bazán había aprovechado la experiencia para redactar sus impresiones sobre el extranjero.

—¡Muy bien! —exclamó la condesa sin ocultar su entusiasmo—. Aunque he de reconocer que casi lleva el mismo trabajo escribir un texto que corregirlo.

Leopoldo secundó la afirmación y la conversación viró hacia cauces más literarios.

Nuña se giró hacia el soldado y lo observó con curiosidad, con una diversión inconclusa bailándole en los ojos.

—Algo me decía que usted estaría aquí, señor Ciudad —comentó bajando la voz.

El soldado evitó fruncir el ceño y se concentró. Aquella doble personalidad era más complicada de lo que había imaginado en un principio. Y más peligrosa.

—¿Se conocen? —inquirió Escauriaza con curiosidad.

—Hace varios días —respondió con calma el soldado—, fugazmente.

—¿Dónde? —insistió el contrabandista.

—En la redacción de *El Imparcial* —resumió el aludido, sin añadir nada más.

Escauriaza asintió, dándose por satisfecho, y Nuña le dedicó una mirada que el soldado no supo descifrar. En el otro extremo de la mesa, Pardo-Bazán cambió de tema.

—¿Es verdad que su apodo literario es un instrumento? —preguntó a Leopoldo a bocajarro.

La condesa parecía divertirse con la confusión que su desparpajo ocasionaba. Animosamente joven —acababa de cumplir veinticuatro años—, estilosa y extrovertida, había descubierto que el resto de los países europeos se tomaban la rutina con menos gravedad, con más alegría, y trataba de ponerlo en práctica.

—Así es —afirmó el joven periodista—. Fue una idea del director de *El Solfeo,* el periódico con el que he empezado a colaborar —explicó—. Nos sugirió escoger un instrumento como pseudónimo literario. Y yo escogí el clarín.

—¿Por qué ese y no otro? —preguntó interesada Bazán.

—Aparte de un instrumento, Clarín es uno de los personajes de *La vida es sueño,* de Calderón de la Barca. Me gustó el humor con el que se enfrenta a la vida —dijo con una sonrisa—. Por eso lo elegí.

—¡Qué interesante! —reconoció la condesa—. Tendré que leer a Calderón.

Todos rieron y el soldado vació su copa, relajándose y apreciando en los ojos de Galdós cómo los celos lo invadían. La impotencia del amor, reflexionó. Bazán estaba felizmente casada y el escritor canario no tenía ninguna posibilidad.

La conversación continuó por los derroteros habituales —política, periodismo y chismorreos de la aristocracia— hasta que, aprovechando un silencio cansado, Nuña se levantó.

—He de irme —anunció—. Es tarde y mañana es un día complicado. Gracias por la conversación —dijo dirigiéndose al variopinto grupo—, han sido muy amables.

Los hombres se pusieron en pie.

—Ha sido un placer —respondió Mellado, sonriente, en nombre de todos.

—¿Va a volver sola a casa? —preguntó la condesa, con expresión preocupada.

Bazán le dedicó al soldado una mirada rápida y una divertida expectación invadió a los presentes.

—La acompaño —dijo por fin el aludido, evitando los ojos de Escauriaza, recuperando el bastón y cojeando un poco.

La condesa exhibió una sonrisa taimada.

—Buenas noches —se despidió el soldado.

Ambos se dirigieron a la salida bajo la atenta mirada del local. La baja temperatura de la brisa nocturna los sorprendió, y ella, instintivamente, lo cogió del brazo, encogiéndose un poco. El soldado sintió, confundido, un breve vértigo en el estómago.

—¿Ha escrito algo últimamente? —preguntó Nuña de improviso al doblar la esquina.

—No mucho —reconoció.

El viento recorría las calles con virulencia y Nuña empezó a temblar. El soldado se separó con cuidado, se quitó la levita y se la puso sobre los hombros.

—¿Entonces, forma parte de la Asociación? —preguntó el soldado—. El otro día no tuve ocasión de preguntárselo.

Había estado investigando y, al parecer, la Asociación para la Enseñanza de la Mujer contaba de varios albaceas masculinos, pero estaba íntegramente dirigida por mujeres. Nuña sonrió en la oscuridad y el soldado no pudo evitar cierta admiración.

Hace falta coraje, pensó, para enfrentarse de aquella manera al anacronismo de la sociedad española. Coraje y decisión.

—No exactamente —admitió—. Tras fallecer su fundador, el señor Ruiz de Quevedo asumió la presidencia de la institución. Yo... —dudó— organizo la logística de la Escuela de Institutrices. Además, imparto lecciones a las niñas.

Es la directora de la Escuela, pensó el soldado.

—¿Qué asignaturas?

—Literatura, Gramática Castellana y Francés, principalmente.

El otro asintió en silencio.

—Es admirable —afirmó con sinceridad.

La expresión de Nuña se ensombreció.

—La sociedad instruye a las mujeres para labores puramente domésticas, para cuidar de los niños, para que sean dependientes de sus maridos y para que no evolucionen intelectualmente. —Lo dijo con una oscura cólera nublándole los ojos—. Eso tiene que cambiar. La mujer ha de gozar del mismo derecho a la educación y al trabajo que el hombre.

El soldado sintió lástima por los conservadores, por la Iglesia, por todos los que se tuviesen que enfrentar a aquella mujer.

—Eso requerirá tiempo —apuntó.

Nuña lo observó con curiosidad, casi con cautela.

—Puede ser —reconoció, sosegándose—. Pero estoy dispuesta a luchar por ello.

El frío y la conversación la habían espoleado, y el soldado gruñó de dolor tras el esfuerzo al intentar caminar más rápido. La pierna no le aguantaba el ritmo y cada vez cojeaba más. Ella advirtió su esfuerzo y ralentizó el paso.

—¿Qué le pasó? —preguntó al rato.

El soldado rumió la respuesta en silencio.

—La guerra —concedió al fin.

No quería que aquel artificio, aquel encaje de palabras, significase más de lo que era. No podía permitírselo. Recordó, sin pretenderlo, la misión de Santander, la crueldad indiferente a la que estaba acostumbrado.

No me lo merezco, pensó, mientras el tacto del brazo de Nuña le erizaba los recuerdos.

Intentó deshacerse de aquel pensamiento y escrutó las sombras de la noche, analizando el relieve de cada una, la posible emboscada que ocultaban. El eco de sus pasos resonó en el cielo nocturno mientras bajaban por Embajadores.

—Es aquí —dijo Nuña, deteniéndose y girando a la derecha.

Demasiado estrecha, pensó el soldado instintivamente al observar la calle.

Sus ojos, acostumbrados a la oscuridad, recorrieron la callejuela con rapidez, descartando el peligro. Nuña apreció la tensión y le dedicó una mirada extrañada mientras le soltaba el brazo y se situaba de espaldas a la puerta de su casa. Tenía los ojos cobrizos, el pelo corto y ondulado, las manos finas y una sonrisa sincera e inmensa.

—Gracias —declaró con cierta turbación, contemplando la quietud que los rodeaba.

El soldado asintió en silencio y evitó mirarla a los ojos. Ella dudó y dio un paso hacia delante, acercándose a él.

—Señor Ciudad —dijo casi en un susurro—, me gustaría volver a verle. Y sé que usted a mí también.

El soldado sintió un vértigo inesperado, un miedo visceral; unas ganas irrefrenables de hundirse en su cuello.

—Nuña… —dijo como un ruego.

Ella se adelantó un paso más con una sonrisa agazapada, expectante, alzando el rostro y mirándolo como si el mundo estuviese a punto de colapsar. El soldado la rodeó con los brazos y la besó con intensidad, sin tapujos, deleitándose en el contacto de sus labios, abandonándose a la combustión que le llenaba el cuerpo.

Cuando se separaron, ambos sonreían.

—Es tarde —comentó el soldado recuperando el aplomo, recordando quién era.

—Sí… —reconoció Nuña sin perder la sonrisa.

—Buenas noches, señorita Setién.

—Buenas noches.

El soldado esperó a que accediese al portal y comenzó a andar cuando escuchó el sonido de las llaves tras la puerta, cerrándola.

En realidad, reflexionó mientras recorría las solitarias calles de Madrid, la única victoria es seguir vivo.

El dolor de la pierna había remitido y caminaba con agilidad, respirando profundamente, deleitándose en cada uno de los instantes que sus sentidos percibían. La guerra cambia a los hombres, el soldado lo sabía de sobra. Los volvía agrios, distantes, pendencieros. Matar en corto no era difícil, lo complicado era vivir después con ello. Con los sonidos, las renuncias, los gritos y las súplicas hundidos en lo más profundo del recuerdo.

Siguió caminando tranquilo y recordó al capitán cántabro, sus ojos, todas las miradas que lo perseguían, y ahogó sin esfuerzo el sordo remordimiento que le subía por la garganta, alejándolo de sus pensamientos.

Volvió a los ojos de Nuña, a sus destellos castaños, a la trémula felicidad que desprendía. Alzó la vista y contempló el cielo castizo, plagado de estrellas, con una dulce melancolía velándole la expresión.

Quién iba a decir, se dijo, permitiéndose una sonrisa, que la vida concedía segundas oportunidades.

3

7 de octubre de 1868, La Demajagüa, Cuba

Acosta observó en la distancia cómo, uno a uno, los hacendados de las plantaciones vecinas llegaban a La Demajagüa con el caballo extenuado y el temor pintado en la cara; y supo, sin ninguna duda, qué estaba ocurriendo. Dio media vuelta y se dirigió hacia el ingenio mientras pensaba en su familia y en su futuro.

Queramos o no, pensó abatido mientras andaba, nuestro destino está ligado al de Céspedes.

Juan Acosta era alto y espigado y tenía las manos fuertes, la piel curtida y una oscura barba cerrada. Sus profundos ojos verdes combinaban con su carácter silencioso y esquivo, casi taciturno. Lo poco que se sabía sobre él era que había combatido en Santo Domingo, en la guerra de la Restauración. Una vez que los españoles se retiraron de la contienda en 1865, dejó el Ejército y se afincó definitivamente en Cuba. Conoció a Céspedes en Manzanillo, uno de los principales puertos cubanos, a doscientos kilómetros al noroeste de Santiago, y el hacendado se sirvió de sus dotes de mando para dirigir sus fincas. Rondaba los cuarenta años —nunca lo había sabido con exactitud— y, tras demostrar su lucidez y sentido común en el trato con los esclavos, el año anterior había sido nombrado mayoral del ingenio azucarero de La Demajägüa.

Por qué se ha llegado a esto, reflexionó con cierta retórica mientras observaba cómo los zunzunes atravesaban el cielo despejado de la tarde y se perdían entre las copas de los jagüeyes. Conocía de sobra la respuesta: la crueldad de los capitanes españoles destacados en la isla, unida a la dejadez de los políticos a la hora de buscar soluciones, había originado, sin remedio, un movimiento que clamaba por la independencia de Cuba. Además de las crisis económicas de 1857 y 1866, una larga lista de injusticias y vejaciones ejercidas desde España justificaba la posición de cada vez más y más hacendados, incapaces de mantener su actividad azucarera sin arruinarse.

La revolución que había depuesto a Isabel II en septiembre parecía haber acelerado los preparativos, pero algo había salido mal. El día anterior, el telegrafista de Bayamo había recibido la orden de detener, entre otros, a Carlos Manuel Céspedes por instigar un levantamiento contra el Gobierno de España. Al enterarse, su sobrino había cabalgado sin descanso desde la ciudad hasta el ingenio para advertirle.

—Más dolor —masculló mientras se apartaba con la mano el sudor de la frente y miraba al cielo en busca de una señal o un milagro—. Más sufrimiento.

Los octubres en la isla eran húmedos y pausados, y el carácter de los hombres se volvía irascible, y el de las mujeres, distante. Como cualquier cubano, estaba acostumbrado a aquel lastre en los pulmones, a ese fuego que abrasaba la laringe e impedía coger el aire suficiente para seguir viviendo sin enfurecer, beber hasta el colapso o matar.

Le gustaba aquella vida, reflexionó. Su isla, su monotonía, su precario poder sobre los esclavos y su madura benevolencia. Su trabajo honesto y su resultado.

Pensó en sus hijos y sintió una punzada de temor en el estómago. A sus diecinueve años, Julio era alto, de hombros anchos, moreno y bien parecido. Había heredado sus ojos verdes y su reserva discreta, además de su diligencia y sus maneras de capataz. Seis meses atrás había decidido marcharse a La Habana.

—Me gustaría vivir en la ciudad, padre —había afirmado el muchacho con una trémula convicción—, y si es posible..., estudiar.

Acosta comprendió al instante que, a pesar de sus esfuerzos, el ardor revolucionario había alcanzado a su hijo. En La Habana, además de a las clases y conferencias, los bachilleres podrían asistir a las reuniones clandestinas y participar de sus consiguientes conspiraciones contra España; fundirse en la corriente intelectual del momento y exclamar sin recelo bravatas patrióticas. Participar, en definitiva, del anhelo general.

Lo vieron partir con cierta congoja, sabiendo que el joven que abandonaba la hacienda nunca más volvería a ser el mismo. Que cambiaría, y el tiempo y sus actos decidirían en qué tipo de hombre se habría de convertir. Concepción, su mujer, aguantó estoicamente la despedida, pero Candelaria lloró hasta que su hermano despareció en el horizonte.

—¿Volverá? —preguntó al volver a casa, enjugándose las lágrimas.

El mayoral asintió mientras le pasaba el brazo por los hombros e intercambiaba una rápida mirada con Concepción.

—Distinto —afirmó mientras le dedicaba una sonrisa—, pero volverá.

La vida había continuado y, durante aquellos meses, Candelaria había crecido, dando sus primeros pasos hacia la madurez. Tenía el pelo largo y moreno, el rostro ovalado y los ojos rasgados y grises de su madre. Era una niña con maneras de mujer y una belleza cautivadora que contrastaba con su risa rápida, su profunda ternura y su sincera curiosidad.

Quién diría, reflexionó Acosta pensando en su hija, que era la amante de uno de los más conocidos hacendados cubanos.

No había sido fácil digerirlo. Candelaria había cumplido diecisiete años en febrero y Céspedes rondaba los cincuenta. Pero, a pesar de la diferencia de edad, era una relación sincera, de igual a igual.

—Es un amor adolescente —había justificado el mayoral ante el reproche velado de su mujer cuando les llegó la noticia—. Un amor pasajero.

Un amor intenso, tenaz y peligroso. Ambos lo sabían y, sin embargo, era eso exactamente lo que preocupaba a Concepción. La mirada de devoción, los labios anhelantes, el sentimiento de nostalgia prematura, como de pérdida anunciada. Aquella frágil felicidad, casi dolorosa y del todo efímera.

«Es una relación imposible», decían los ojos de su mujer.

Céspedes acababa de enviudar y tendría que buscar otra mujer de su posición para asentar su posición en Oriente.

—Habrá guerra —había murmurado Concepción días atrás, casi con rabia— y la abandonará a su suerte. Así funcionan esta clase de hombres. Primero la gloria, después el amor.

Acosta contempló de nuevo el cielo, volviendo al presente, y sintió cómo un extraño vértigo lo invadía al recordar el silencio de su mujer, las frases que pronunciaba con su mirada.

Cada uno tiene sus armas, se dijo mientras se deshacía de la nostalgia —su hijo distante, su hija enamorada— y se volvía hacia la plantación. Antes del crepúsculo, Pavón lo alcanzó en medio del campo, con una expresión compungida y circunstancial.

—Céspedes quiere verte —anunció con gravedad.

Pavón medía casi dos metros y su altura lo obligaba a andar con precaución, como manteniendo el equilibrio. Era un cubano de piel clara y bien parecido, y tenía una sonrisa que reconfortaba como una hoguera en mitad de la noche. Los dos hombres se encargaban del día a día de la hacienda: Acosta se ocupaba de la plantación y su cosecha; Pavón, de la vida doméstica de la familia Céspedes.

«La mano de hierro con guante de seda», solía decir Acosta. Habían congeniado desde el principio. El humor del cubano encajaba perfectamente con la distante serenidad del español. Ambos eran despiertos y diligentes, y entendían, sin necesidad de verbalizarlo, que cada detalle diario encierra la esencia de la vida. Y en aquella ocasión no era diferente: los dos responsables de La Demajagua intuían perfectamente hacia dónde se dirigían los acontecimientos.

Acosta asintió, dio las últimas instrucciones a sus capataces y recorrió, acompañado por Pavón, el camino hacia las dependencias principales. Sentía la humedad en todo el cuerpo, pero la agonía del día traía consigo una brisa fresca, triste y lenta, casi cansada, y el mayoral sintió, a través de su preocupación, un alivio sereno en los pulmones.

—Están trabajando bien —dijo refiriéndose a los esclavos—, pero hay algo extraño en ellos…

—¿El qué? —preguntó Pavón.

Acosta rememoró sus rostros huidizos, el pesado silencio que invadía sus expresiones; la ausencia de felicidad.

—Como si tuviesen miedo.

Los dos amigos avanzaron en silencio mientras escuchaban cómo sus pisadas aplastaban la hierba alta.

—¿Y tú no lo sientes también? —cuestionó el cubano con una sonrisa enigmática.

Acosta frunció los labios y cabeceó mientras repasaba los números e hizo cálculos y previsiones. Las cosechas eran cada vez más numerosas y, acabado el año, se podrían permitir mecanizar parte del proceso. Contempló la plantación en la distancia y se permitió un suspiro.

El esfuerzo de los últimos años, reflexionó. El respeto, la confianza de sus hombres, todos sus logros. El comercio local, los puntos seguros de transporte, cada una de las inversiones que les habían permitido crecer, competir y madurar.

La revuelta, pensó, acabará con todo.

Su corazón perseguía la esperanza de que el nuevo Gobierno español reaccionara a tiempo, pero no se engañaba. Conocía la intransigencia de los políticos españoles, la brutalidad y el desdén de sus militares: consideraban la isla como una fuente de ingresos, como un granero. La posibilidad de que los cubanos tomaran decisiones respecto a su tráfico de esclavos, su producción o sus leyes se le antojaba imposible, osada, incluso absurda. Aquella certidumbre lo llenaba de una melancolía indescriptible. Su patria era España, pero su vida era Cuba.

Por quién morir, se preguntó, esquivando el desconsuelo.

Por quién vivir.

Subieron las escaleras de la casa de Céspedes, accedieron por la puerta principal y se adentraron en un húmedo recibidor, tan solo iluminado por varias velas. Pavón le indicó la puerta y Acosta golpeó con los nudillos el marco de madera mientras el mayordomo se alejaba por el pasillo y le deseaba fuerza con la mirada.

Una voz cansada y a la vez enérgica surgió de detrás de la mesa de caoba, al fondo de la estancia, invitándolo a pasar.

—Buenas tardes, Juan —saludó, reconociendo su silueta—. ¿Qué tal hoy?

El mayoral se fijó en cómo los ojos de su interlocutor absorbían la precaria luz que entraba por la puerta y se convertían en dos hogueras en la oscuridad, dos faros en una tempestad imposible. Miedo y euforia irradiando a través de unas pupilas distantes.

—Se está recogiendo más azúcar del esperado —comenzó—. La rueda reparada está funcionando bien y esperamos ampliar el horno en dos o tres semanas.

Una sonrisa derrotada apareció en el rostro del hacendado al pronunciar la última frase y el mayoral supo en qué estaba pensando Céspedes: el telegrama, el alzamiento, las tropas españolas. Combate, fuego y pólvora. Carlos Manuel tenía mucho que perder. Todo por una idea. Un sentimiento.

—Bien —comentó Céspedes, fingiendo una tranquilidad que no sentía—. El año que viene podremos contratar a un ingeniero.

Hablaba con una calma impostada, sabedor de que aquellas palabras estaban vacías. Vivía el presente llenándolo de frases y afirmaciones que no le servían, que no los salvaban, salvo de caer en la desesperación. Una desolación peligrosa y fantástica le brilló en los ojos.

—¿Te acuerdas de aquel poema que escribí? —preguntó—. Acude ahora a mi mente como un relámpago, como un anuncio de tormenta. —Se inclinó hacia delante—. ¿Te acuerdas?

Había una trémula insistencia en su voz. El silencio envolvió el despacho como un delicado sudario y Acosta le sostuvo la mirada, impertérrito. Al cabo de unos segundos, ante el obstinado mutismo de su mayoral, Céspedes ladeó la cabeza y se giró hacia la ventana mientras comenzaba a declamar.

—Huyó el reposo de mis dolientes ojos. La paz que en un tiempo gocé…

Su voz se apagó y se miró las manos, como preguntándose de dónde podría salir la fuerza necesaria para sostener tanta responsabilidad. Acosta dio un paso al frente y, con voz rasgada, lo completó.

—Perdiola, ¡ay, Dios!, mi corazón enfermo. Y ya nunca, jamás, la encontraré.

Sus ojos se encontraron y una sonrisa sincera y agradecida se dibujó en los labios del hacendado.

—¡Y jamás habremos de encontrarla! —exclamó, golpeando la mesa con renovado entusiasmo—. Supongo que estarás al tanto —reconoció al fin.

Acosta asintió con solemnidad y Céspedes recuperó la realidad, despojándose del artificio que antes los había rodeado.

—He mandado correos al resto de hacendados —explicó—. Habrá que adelantar el levantamiento. No disponemos de más tiempo. —Lo dijo como esperando una objeción, una excusa, pero el mayoral se mantuvo en silencio—. Nunca nos quedó mucho.

Las últimas palabras las pronunció con nostalgia, dejando escapar los últimos días de sosiego en su vida. Las dijo asomándose al pasado, al ayer. A lo que ya nunca sería.

—A Agramonte no le sentará bien —aventuró Acosta.

El alzamiento contra España había sido orquestado por tres de las regiones más importantes de Cuba: Camagüey, Las Villas y Oriente. Ignacio Agramonte era el representante por excelencia de Camagüey, mientras que Céspedes, oriundo de Manzanillo, era uno de los principales portavoces de Oriente. El mayoral sabía que, sin el concierto y organización de las tres provincias, la lucha contra el español sería breve, insensata y estéril.

—¡A Agramonte no le sienta bien nada que no sea él dirigiendo! —contestó encendido Céspedes—. Aun así, se le ha avisado. Es su fama o mi condena; y no pienso permitir que me encierren. No sin luchar. Le ha llegado la hora a esta isla. Cuba dice basta.

Tras discutir la preparación y los pormenores de los días siguientes, Acosta salió del despacho y abandonó la casa principal. No le sorprendió encontrar a Pavón esperándolo.

—¿Qué opinas? —aventuró el cubano mientras recorrían el ingenio, rompiendo el silencio de la noche.

La luna gobernaba en el cielo y su luz argentada confería a la plantación un aire tenue y fantasmagórico. Acosta chasqueó la lengua.

—Va a ser complicado —reconoció—. Las guerras no se ganan con discursos.

El otro asintió mientras desviaba la mirada.

—¿Y tú? —dijo por fin, tratando de evitar el temblor que vibraba en sus palabras—. ¿Qué vas a hacer?

El mayoral apretó los dientes y dejó escapar lentamente el aire de sus pulmones. Temía a aquella pregunta. Se la llevaba haciendo a sí mismo desde que comprendió que aquello de la independencia iba en serio. Aunque había nacido en España, no le quedaba nada allí. Pero, a pesar de todo, la decisión estaba resultando ser más complicada de lo que pensaba. Un punto de orgullo que no le permitía renunciar a su patria. A todo lo que había perdido por ella.

—No lo sé —afirmó despacio.

Pavón se permitió una sonrisa y apoyó la mano en el hombro de su amigo.

—Aún queda tiempo —dijo a modo de despedida antes de alejarse—, pero no tanto.

Acosta se dio la vuelta y continuó andando a través del ingenio, disfrutando de aquella apacible soledad que le permitía pensar sin tiempo. Alcanzó uno de los molinos que acaban de arreglar, pasó la mano por la piedra donde se molía la caña de azúcar y se sentó con la espalda apoyada en una de las chimeneas de los hornos. A lo lejos, afinando el oído, se podía apreciar el rumor del mar.

Esta última calma, pensó.

Le dolía el cuello y tenía los hombros cargados. Contempló el ingenio y respiró profundamente, invadiéndose de cada bocanada de aire, disfrutando de lo que pronto, sin lugar a duda, le arrebatarían.

Cuba dice basta, se repitió en la densa oscuridad de la noche. Pensó en Julio, en Candelaria y en la remota certeza que ardía en su corazón, y se despidió, a su manera, de ciertos sentimientos que ya nunca más se permitiría.

Se levantó al fin, exhausto, y recorrió la distancia que lo separaba de su casa. Entró con paso lento, sin prisa, con la madera crujiendo bajo sus pies, y se metió en la cama con cuidado, perdiéndose en la respiración tranquila de Concepción. Estaba agotado, pero no pudo conciliar el sueño. Pasaron las horas, el cielo empezó a clarear y un gallo, a lo lejos, dio inicio al nuevo día. Acosta se incorporó extenuado, colocó los pies desnudos en el suelo y se deshizo, poco a poco, de su inquietud, de su frustración y de su miedo. En sus ojos habitaba la mirada de quien ha tomado una decisión y aceptado sus consecuencias. Había elegido: si Cuba se alzaba contra España, él lo haría con ella.

***

El trajín de los días siguientes lo mantuvo ocupado. Organizó turnos de guardia, realizó un detallado inventario de armas y munición y trató de mantener la calma, forzando a los demás a hacer lo mismo. No gritaba, daba órdenes serenas y nunca corría. Dos días después de su conversación con Céspedes, Pavón fue buscarlo a la plantación.

—Todo está listo —le comunicó mientras trataba de leer en sus ojos qué había decidido—. A Céspedes le gustaría contar contigo.

Acosta asintió con solemnidad y se dirigió a las dependencias principales. Desde la distancia, pudo apreciar cómo todos los hombres que habían acudido a la llamada de Céspedes esperaban, con una calma impostada, en el porche. El mayoral no pudo evitar calibrarlos uno a uno, preguntándose hasta dónde estarían dispuestos a llegar. La mayoría eran hacendados conocidos, con mucho que perder y todo por ganar. Con toda una guerra por delante. Uno de los rostros llamó su atención.

—¡Padre!

La voz de su hijo se abrió paso entre la multitud y se aproximó a él algo cohibido. Acosta lo abrazó con la desesperación de la paternidad, con un punto de incredulidad en los ojos.

—¿Qué haces aquí? —preguntó sin poder ocultar una sonrisa.

Julio le devolvió el abrazo con timidez, con algo de recelo, y Acosta se dio cuenta de que algo había cambiado en su hijo.

—Acompaño a don Baltasar Rivera —explicó el joven—. De Camagüey. Muy próximo a Agramonte.

—¿Para luchar por la causa? —preguntó el mayoral, tratando de evitar el escepticismo que le llenaba los ojos.

—Así es —dijo Julio con un extraño desafío en la mirada.

Le iba a preguntar por sus estudios en La Habana cuando el propietario de La Demajagua los hizo pasar a todos a su despacho. Julio buscó un hueco en la pared opuesta de la estancia, separándose de su padre y marcando una pretendida distancia.

—Señores —comenzó el hacendado de pie, delante de su escritorio—, gracias por acudir. Se os ha convocado para hablar de lucha, de sacrificio y de libertad. Si alguno de los presentes no desea estar aquí hoy por miedo, presión o falta de convicción, que se sienta libre para marcharse —pronunció esta última palabra como un desafío—. Prometemos no juzgarlo.

Céspedes se abrió en abanico, mirándolos a todos a los ojos.

—Hay momentos en la vida en los que uno tiene que tomar una decisión no solo con la cabeza, sino también con el estómago. —Se incorporó y dio un paso hacia delante—. Tras cuatro años de preparación, peligros e intrigas, nos hemos reunido aquí, en este ingenio azucarero, para alcanzar, de una vez por todas, una Cuba independiente.

Tras estas palabras, todos se pusieron tensos.

Algunos, se dijo Acosta, no pensarían que aquello fuese del todo en serio.

Hasta ese momento.

—Soy consciente —continuó— de que somos pocos, que apenas tenemos armas y que nuestras capacidades militares son claramente limitadas. —Durante un segundo, reinó un incómodo silencio en el salón—. Este levantamiento no debería ocurrir hoy, y no deberíamos alzarnos solo nosotros. Pero nos debemos a nuestra circunstancia y vivimos la vida que nos toca, la vida que nos dejan vivir.

Céspedes observó a su audiencia y esta le devolvió una mirada firme y feroz.

—Durante tres siglos hemos contemplado de rodillas a nuestro verdugo, a esa distante metrópoli ultramarina —dijo señalando hacia atrás, apuntando con el pulgar—, soberbia y despiadada. Durante tres siglos hemos sido sometidos a su injusticia y a su desdén. A su total indiferencia. —Avanzó un último paso hacia delante—. Hoy es el día en el que nos levantamos, los miramos a los ojos y decimos basta. Mañana será el día de la independencia. ¡Viva Cuba libre!

Todos los presentes repitieron el grito al unísono, prorrumpiendo en vítores con los ojos encendidos y el pecho acelerado. Una euforia común invadió la estancia. Tan solo un hombre mostraba abiertamente su preocupación, mientras el resto se estrechaba la mano y sonreía con incredulidad.

Somos pocos, pensó Acosta. Muy pocos.

Céspedes lo arrancó de sus cálculos, cogiéndolo del brazo y llevándoselo aparte.

—Juan —dijo mirándolo gravemente—, necesitamos una relación de material y efectivos…, y una bandera.

Este asintió comprensivo y, sin añadir nada más, abandonó el despacho.

—Julio —llamó al pasar al lado de su hijo—, ven a cenar esta noche a casa. Tu madre y tu hermana se alegrarán de verte.

Lo dijo con tristeza, pero con orgullo. Apreciaba el sutil desprecio de su primogénito. Sabía que todo joven pasaba por aquella etapa —la cuestión de la paternidad, la caída del mito—, pero experimentarlo en primera persona le dolía más que un disparo. Agitó la cabeza para alejar aquellos pensamientos y se concentró en el presente. El temblor —el vértigo— había desaparecido: se sentía cómodo con un propósito. Buscó en el patio trasero a Pavón y se aproximó a él vistiéndose de otoño y urgencia.

—Necesitamos tela —afirmó con solemnidad—. Rojo, blanco y azul.

El mayordomo asintió y los dos se dirigieron a los establos. Pavón llamó a dos criados, les dio instrucciones y en menos de cinco minutos los dos jinetes partieron en dirección a Manzanillo con su galope inquieto mezclándose con los sonidos cansados del atardecer. Acosta los siguió con la mirada hasta que desaparecieron tras el último recodo del camino.

La circunstancia y la vida, se dijo, pensando en el discurso de Céspedes.

Suspiró una última vez y se puso en marcha. Reunió a todos los capataces y les dio órdenes como si fuese la zafra o la época de lluvias: mandó buscar armas en los ingenios vecinos y averiguar entre los esclavos quién sabía disparar, confeccionó un inventario de provisiones, machetes y escopetas de caza y revisó personalmente el estado de los caballos.

Fue abordando tema por tema, involucrándose pertinentemente en cada decisión con el ceño fruncido y el semblante preocupado. *Averígualo, búscalo* o *encuéntralo* eran sus palabras más recurrentes. Sus órdenes más directas.

Cuando todo el mundo estuvo ocupado, el mayoral se refugió en el cobertizo que hacía las veces de despacho y comenzó a anotar toda la información que recibía y la que aún necesitaba. Su mente analizó los posibles pasos a los que se irían enfrentando: forraje, mapas, agua, comida, munición. Todo iba encajando y tomando forma, apuntando hacia una conclusión general y ciertamente desalentadora: eran pocos, inexpertos, estaban mal armados y únicamente tendrían provisiones para tres días. El sol se ponía en el horizonte cuando Pavón llamó a su puerta y accedió a la estancia con cierto abatimiento.

—Los españoles han tomado Manzanillo, cerrado el puerto y cortado los accesos —declaró con el ceño fruncido—. He mandado buscar tela al resto de ingenios, pero dudo que encontremos a tiempo.

Acosta maldijo a media voz. Acostumbrado a lidiar con el esfuerzo y las privaciones de los esclavos, comprendía la importancia de los símbolos.

Necesitamos una insignia, reflexionó. Algo físico y absurdo por lo que pelear y morir.

Acertó a disculpar al mayordomo y se derrumbó en la silla cansado, jubilosamente abatido.

—Todo está dispuesto —dijo en voz alta como para sí mismo.

Ordenó sus papeles —la valiosa información que contenían— y enfiló la casa de Céspedes. Cruzó el zaguán y golpeó con un impulso comedido los nudillos en la madera.

—Adelante —se escuchó desde el interior.

Acosta abrió la puerta despacio, con cierto aire de solemnidad, se sentó sin esperar la invitación y desplegó sus papeles en el escritorio.

—Treinta dos hombres libres —comenzó sin esperar ninguna pregunta—. Noventa y seis esclavos en edad de luchar. Cuarenta y dos escopetas de caza, tres carabinas, once revólveres, sesenta machetes y doscientos treinta cartuchos. —Se interrumpió un segundo para coger aire y continuó—. Disponemos de once caballos con víveres y forraje para tres días. No hay previsión de lluvia para la próxima semana. Tres mapas de Bayamo, uno de Yara y dos de Manzanillo. Esta última población está vigilada por los españoles y Yara, a día de hoy, no dispone de dotación militar.

Un denso silencio siguió a aquel torrente de información. La objetividad como base, se dijo. Lo que nadie quería escuchar deshaciéndose en el aire.

—Creo que, en definitiva —resumió Acosta, tratando de suavizar el tono—, no estamos preparados. Quizá con algo más de tiempo…

La afirmación quedó suspendida en el ambiente, como esperando a ser recogida. El hacendado lo observó con intensidad mientras apoyaba los codos en la mesa y se retorcía lentamente las manos.

—No pretendo ser solemne, ni heroico. Mucho menos contigo. —En sus ojos había una mezcla de apatía y determinación—. Pero me buscan por traición, y ambos sabemos cuál es el desenlace. —Se incorporó en su asiento y se estiró—. Hay miedo, lo sé. Puedo sentirlo. También hay miedo dentro de mí. Pero no moriré sin luchar.

Acosta se encogió de hombros y asintió con la mirada, dando a entender que aquello era lo lógico. Que no había otra manera. El rostro de su interlocutor se ensombreció un punto.

—Por otro lado —suspiró—, soy consciente de que eres español y que combatiste en Santo Domingo. —Los dos hombres se miraron a los ojos, calculando las respuestas—. Aunque me gustaría que luchases a mi lado, comprendería que no quisieras combatir contra una patria que sientes como tuya.

El mayoral estudió la expresión sincera del hacendado. Pensó en aquel ofrecimiento y volvió a sentir que un vértigo inmemorial le llenaba el estómago. La pérdida inevitable de una parte de sí mismo.

—Mi patria es mi familia —afirmó Acosta, pensando en Concepción y en sus hijos.

Los labios de Céspedes se curvaron de manera imperceptible, amagando una sonrisa, y asintió con la cabeza.

—Entonces…, me gustaría hacerte una propuesta.

Acosta frunció el ceño y se preparó para un impacto indeterminado.

—Quiero que seas uno de mis oficiales.

El mayoral cerró los ojos y se pasó la mano por el pelo mientras buscaba las palabras apropiadas para rechazar aquel puesto.

—Yo...

—Juan —insistió el hacendado—, nadie gobierna a los hombres mejor que tú. Nos dirigimos hacia una guerra y necesito experiencia, no palabrería.

Por un instante, solo se escuchó el débil crepitar de las velas.

—Con todo el respeto, don Carlos, no puede ser —explicó Acosta—. Deben ser cubanos populares, hacendados y empresarios reconocidos en Oriente.

—Lo serán cuando prueben su valía —continuó el hacendado—, cuando...

—No —zanjó el mayoral.

Un abrupto silencio inundó la habitación.

—Como usted dice, conozco a los hombres —afirmó—. Combatiré a su lado —continuó Acosta suavizando el tono y mirando al hacendado a los ojos—, pero deben ser cubanos los que dirijan la insurrección.

La luna brillaba en el cielo, clara e inocente, ajena a la realidad de mambises, cuando Acosta salió del despacho de Céspedes. Estaba cansado y su cabeza albergaba los detalles que habían discutido durante más de tres horas: asaltos viables, guarniciones aisladas, accidentes naturales, pueblos adeptos, víveres y posibles reacciones de Camagüey y Las Villas.

Se dio cuenta de que, hostigado por las dudas, casi estaba corriendo, y se obligó a ralentizar el paso y a respirar hondo.

El miedo, recordó.

El miedo que Céspedes había reconocido como suyo y que él también sentía. Un miedo impreciso, abismal, recóndito. Un miedo lleno de expectación.

Avanzar pese al temor, se dijo mientras cerraba los puños, entraba en su casa y se dejaba caer exhausto en la cama.

***

Al amanecer, una sutil agitación invadió La Demajagüa. El rumor fue ganando cuerpo, incertidumbre, nerviosismo, hasta que se convirtió en un estado de ánimo generalizado. Había expresiones serias, órdenes contenidas y sollozos. Los habitantes del ingenio sabían —habían aprendido a intuirlo— que algo había cambiado para siempre. Acosta se aseó, se armó y se dirigió a casa de Céspedes.

Quizá, pensó abatido, sea la última vez que recorro este camino.

El día anterior había dado órdenes para que los esclavos no trabajaran y, desde la distancia, en sus barracones, una multitud de ojos preocupados y huidizos seguían los movimientos de la hacienda.

La visión del porche le recordó que Julio aún no había pasado por casa. Que su hijo había evitado visitar a su madre y a su hermana a pesar de encontrarse en La Demajagüa. Escupió al suelo como para soltar lastre y decidió darle el beneficio de la duda.

Encontró a Céspedes en el salón, conversando de manera distendida con dos comerciantes y un político local de Manzanillo, y vislumbró entre la nerviosa multitud a Candelaria, al fondo de la estancia, apretando contra su pecho lo que parecía ser una bandera.

—¿Vamos? —preguntó el hacendado.

Las cuarenta personas que formaban la comitiva abandonaron la vivienda sin ruido, evitando las palabras. Acosta se

55

acercó a su hija y señaló con la cabeza la enseña que tenía entre los brazos.

—¿Cómo? —preguntó en un susurro, con un brillo orgulloso en los ojos.

La joven, sin dejar de caminar, extendió con cuidado parte de la bandera.

—Pavón me lo contó —explicó sonriendo con timidez—. El rojo era el cielo del mosquitero de mi dormitorio, tenía tela blanca para un corpiño —dijo señalando la estrella— y el azul… —dudó— era uno de mis vestidos de domingo. —La vergüenza dio paso a la convicción—. Pero vale más la bandera de Cuba que mi belleza.

Acosta la observó conmovido mientras le pasaba el brazo por los hombros.

—Vale más tu belleza que cualquier país.

Candelaria le devolvió una mirada emocionada, casi inquieta, casi desafiante.

Se separó de su hija para buscar a Pavón y escuchó a su espalda cómo lo llamaban por su nombre. Al girarse se encontró a un hombre de unos treinta años, de mediana altura, moreno, con maneras de terrateniente criollo y una sonrisa taimada en el rostro.

—Tenía ganas de conocerle —dijo el desconocido.

Acosta sintió el sudor frío en la mano al estrechársela y evitó torcer el gesto mientras entrecerraba los ojos y se mordía los labios.

—Y usted es…

—Baltasar Rivera —concedió sin dejar de andar—. He venido acompañando a su hijo.

El mayoral evitó la tentación de cruzarse de brazos y lo midió con la mirada.

—¿Usted también estudia en La Habana?

Rivera se permitió una sonrisa esquiva.

—Nunca me llevé bien con los libros —reconoció—. Siempre he sido un hombre de acción.

El español lo observó sin malicia. Las manos suaves, el traje impoluto, la complexión poco atlética y algo entrado en carnes.

Un señorito con ínfulas de revolucionario, pensó Acosta.

—En la guerra hay dos tipos de hombres —explicó Acosta—: soldados y charlatanes. Supongo que usted es de los primeros.

Los dos hombres se sonrieron, pero una nube oscura, casi imperceptible, se instaló en los ojos de Rivera.

—Hablando de guerras, ¿es verdad que usted combatió con el Ejército español en Santo Domingo?

—Así es.

El tono de la conversación había cambiado y ambos se percataron de ello.

—No es habitual ver luchar a un español por la independencia de Cuba —continuó el criollo, bajando la voz—. Ni enfrentarse a sus antiguos compañeros de armas. Tenga cuidado —susurró—, puede que a algunos le consideren un espía.

El mayoral desvió la mirada hacia delante y frunció los labios. Se estaba divirtiendo.

—Usted es de Camagüey, ¿verdad?

Rivera asintió con recelo.

—Ya me parecía —zanjó Acosta—. Relájese, esto es Oriente. Aquí no hay traidores en cada esquina.

Se disponía a marcharse cuando el criollo volvió a hablar.

—¿Qué tal se encuentra su hija? —preguntó mientras exhibía una pringosa sonrisa—. Dicen que tiene una belleza singular y que siente debilidad por los hacendados. Aún no he tenido el placer de conocerla.

Acosta sintió cómo cerraba involuntariamente los puños al girarse hacia el camagüeyano. Rivera lo observó con los ojos abiertos y un miedo involuntario pintándole la cara. Pavón apareció justo a tiempo entre la multitud y cogió del brazo al mayoral, alejándolo del criollo.

—Pues empezamos bien —murmuró el cubano.

—Ese inútil se ha atrevido a…

—Ese inútil —cortó Pavón— es el dueño de la tabacalera más grande Camagüey.

El español dejó escapar un suspiro y se rehízo.

—Todo a su tiempo —susurró para sí mismo.

Los hombres se detuvieron alrededor de la torre donde estaba emplazada la campana que regía la vida en el ingenio: el comienzo y el fin de los trabajos, la hora del almuerzo, el aviso de cualquier vicisitud. Aquel día su tañido tendría un significado diferente. Aquel día, el sonido del bronce implicaría el inicio de una lucha desigual, audaz y peligrosa.

Acosta trató de olvidar su enfado y estudió las expresiones que lo rodeaban. Los semblantes eran serios y circunspectos, conscientes de las consecuencias que suponía su presencia en aquel acto. Entre la sobriedad de la multitud, reconoció el rostro solemne y decidido de Julio.

Céspedes se adelantó y se acercó a la torre, y una visible expectación se apoderó de los conjurados. El hacendado los recorrió con la mirada, como midiendo su valor, y comenzó a hablar.

—Durante años hemos soportado un yugo que no elegimos. —El tono era sosegado, límpido y firme—. Hemos seguido las directrices de un Gobierno ajeno a los intereses de Cuba, hemos sufrido las represalias de su ejército invasor. —Muchos de los presentes asintieron en silencio—. Durante años hemos fingido indiferencia, rehuido el conflicto y acatado sus órdenes por nuestras familias, por nuestro sentido del deber, por nuestra integridad. —Céspedes enmudeció un segundo, tanteando la reacción de su público—. Hoy —anunció elevando el tono—, tras todos estos años de sumisión, de injusticia y letargo, anunciamos la emancipación de la isla de Cuba de España. En el día de hoy, 10 de septiembre de 1868, nos alzamos como hombres libres para forjar nuestro destino.

Un joven cubano se acercó por detrás y le alcanzó el documento que habían redactado conjuntamente los conjurados de Oriente en los últimos dos días.

—Para ello —continuó Céspedes—, constituimos a través de este manifiesto la Junta Revolucionaria de la isla de Cuba, declarándola país libre e independiente del Estado español.

Un murmullo recorrió la multitud mientras se miraban unos a otros con unos ojos que oscilaban entre la emoción y la incredulidad.

Está pasando, pensó el mayoral observando las expresiones de los que lo rodeaban.

El hacendado leyó el texto sin titubear, con la entereza que exigía el momento, y una vez que concluyó, alzó la vista y encaró a los presentes.

—Ustedes están aquí por una idea, por una convicción. —Las dudas se habían disipado en su rostro—. ¿Juran defender la independencia de esta isla y la libertad de su gente?

—¡Juramos! —respondió enfervorecida la muchedumbre—.

—Juramos —se oyó decir Acosta mientras observaba la mirada encendida y emocionada de su hijo.

—¿Juran perecer en la contienda antes que retroceder en la batalla?

—¡Juramos!

—¡Enhorabuena! —clamó Céspedes exultante—. Son todos ustedes patriotas dignos y unos soldados valientes. Yo, por mi parte, juro acompañarles hasta el fin de mis días, dirigiéndoles en cada batalla, recordándoles el coraje que hoy derrochan.

Un joven dio un paso al frente y alzó el asta donde ondeaba la improvisada enseña de Candelaria. El hacendado, al mismo tiempo, asió la cuerda que colgaba de la torre y tiró con fuerza, haciendo resonar en todo el ingenio el tañido de la campana.

—¡Esta es su bandera! —rugió Céspedes—. ¡Viva Cuba libre!

—¡Viva! —clamaron al unísono medio centenar de gargantas enardecidas.

Hubo disparos al aire, abrazos, enhorabuenas y gritos de exaltación mientras partían de inmediato varios jinetes llevando las nuevas a Camagüey y Las Villas.

Bronce anunciando sangre, pensó Acosta. Represalias, dolor, odio y esperanza. Un sonido prohibido por el que tendrían que pagar un precio.

Localizó a su hijo entre el gentío y se acercó a él.

—¡Padre! —exclamó cuando lo alcanzó.

—Cautela, Julio —susurró con voz ronca, con reticencia y escepticismo—. No hay tanta alegría en la guerra.

—Lo tendré en cuenta —aseguró con aspereza.

Lo dijo sin tratar de ocultar el espeso resentimiento que traslucía su voz.

—¿Qué ocurre, hijo? —preguntó Acosta abiertamente preocupado—. Ayer no pasaste por casa.

—Ahora iré —zanjó.

El mayoral chasqueó la lengua y los dos avanzaron envueltos en un silencio incómodo, desandando el camino hacia la casa de Céspedes.

—He conocido a Rivera.

Esperó alguna respuesta de Julio y, al no obtenerla, decidió probarle.

—No parece un hombre de fiar.

Julio se erizó como animal herido y lo encaró con ferocidad.

—Qué sabrá de honor un antiguo sargento español que se dispone a luchar contra su propia patria —escupió con los ojos llenos de rabia—. Qué sabrá de lealtad, de sacrificio.

—Julio…

—Podrá usted combatir por la independencia de Cuba, pero jamás será cubano.

El joven le dio la espalda y se perdió entre los árboles.

—Mierda —masculló el mayoral entre dientes.

Se disponía a seguirlo cuando Céspedes lo alcanzó envuelto en una brillante soledad.

—¿Qué te ha parecido? —preguntó el hacendado, sin percatarse de la disputa anterior.

El mayoral le devolvió una mirada seria, cargada de sinceridad y conjeturas, mientras trataba de poner en orden sus pensamientos.

—Las palabras apropiadas para un camino largo y accidentado.

Céspedes encajó el comentario con elegancia.

—Los hombres necesitan un propósito —declaró con la mirada oscura y una voz casi desesperada.

—Y las guerras necesitan victorias —concluyó Acosta.

Se miraron a los ojos y Céspedes soltó una carcajada inhóspita y liberadora.

—¿No te permites ni un descanso? —preguntó.

Ambos respiraron profundamente y continuaron andando juntos, en silencio, contemplando el apacible horizonte del ingenio, conscientes de que aquella serenidad pronto sería imposible.

—El futuro es de los audaces —declaró el mayoral sin dejar de pensar en Julio—. Descanse y despídase de los suyos —indicó—. Partiremos después de comer. Cuba despierta de su letargo.

4

9 de junio de 1875, Madrid, España

El soldado abrió la puerta que daba a la calle y respiró una mañana de junio encapotada, densa y huérfana de sol. Estudió la calle, sus ventanas y sus balcones vacíos con una mirada lenta, profesional. La luz le hería los ojos, obligándolo a entrecerrarlos. El día augura dolor, se dijo estremeciéndose.

Comprobó que el nudo de la corbata estuviese en su sitio, acomodó el *bowie* en su espalda y se lanzó a calle mientras se colocaba el sombrero de fieltro, el golpeteo del bastón en el suelo resonando a casa paso.

Barjuán, pensó, dejándose invadir por su esencia.

Necesitaba acceder a ella y su cabeza comenzó a urdir posibilidades y contratiempos. Se habían conocido en una recepción de la embajada francesa, hacía ya tres semanas, por intermediación de Martínez Campos. Cristina de Barjuán le había dedicado tres segundos de más. Aquellos tres segundos adicionales en los que una mujer decidía hasta qué punto estaba dispuesta a llegar. La conversación fue breve, pero el extraño silencio del soldado llamó su atención y la descubrió varias veces observándolo en la distancia.

Quién sabe, pensó, mientras apartaba de su mente el recuerdo de Nuña.

Hacía un ligero bochorno y sintió cómo empezaba a transpirar. A lo lejos, reconoció a Iribarren, que andaba con una lentitud desmedida, cabizbajo y con el rostro alicaído.

—Buenos días —saludó el soldado sin detenerse, llevándose la mano al sombrero.

El otro levantó la vista sorprendido y suspiró mientras lo seguía con la mirada, sin devolverle el gesto.

El amor de dos hombres, se dijo el soldado, en el Madrid conservador. Mal asunto.

El conde de Richmond e Iribarren no eran amantes ocasionales, pero el primero tenía inversiones delicadas, estaba casado y era padre de dos niñas. No había espacio para las aventuras.

Dejó atrás el Rastro, giró a derecha y llegó a la plaza del Progreso. Ya ubicado, cruzó Atocha dejando a la derecha el Ministerio de Fomento.

Su mente volvió al artículo que tenía que escribir y en cómo iba a lidiar con Isidoro. Bajó por la calle del Ángel hasta la plaza de Matute y contempló desde lejos el edificio que alojaba la redacción de *El Imparcial.*

No pudo evitar recordar su primer encuentro con Nuña.

—Y usted, ¿a qué se dedica?

Galdós, con su natural rubor, había realizado las presentaciones dos semanas atrás. La condesa había acudido a la redacción del periódico para revisar la edición de las crónicas de su viaje por Europa y Nuña la había acompañado. Los cuatro juntos, como por inercia, salieron del edificio y buscaron un café para continuar la conversación. Pardo-Bazán departía sobre la necesidad de europeizar España, y Galdós la contemplaba como si fuese un espejismo. Nuña se había girado hacia el soldado y le había lanzado la pregunta con severidad, como cuestionando la validez de su presencia.

—Soy editor —afirmó con calma.

Nuña frunció el ceño mientras sonreía.

—No parece usted un periodista.

—En este país —replicó—, poca gente es lo que parece ser.

La otra desvió la mirada, pensativa.

—¿Y usted? —interpeló el soldado, buscando captar su atención.

Nuña lucía un vestido oscuro y una chaqueta veraniega corta que realzaba sugerentemente su figura. Un instinto primario que creía olvidado se revolvió dentro del soldado. Ella se giró y le dirigió una mirada ambarina, cargada de matices.

—Soy profesora —respondió—. En la Escuela de Institutrices.

—¿La que pertenece a la Asociación para la Enseñanza de la Mujer?

—La misma.

La otra inspiró profundamente y se inclinó hacia delante.

—¿Sobre qué escribe? —preguntó, cambiando deliberadamente de tema.

La pregunta lo cogió desprevenido.

—¿A qué se refiere?

Nuña lo evaluó con una sonrisa despuntando en la boca y el soldado cambió de postura, reflexionando.

—De Madrid, de la guerra, del futuro, de cualquier cosa —explicó—. Siempre hay un buen motivo para ignorar la verdad.

Extrañada, iba a preguntar algo más cuando Bazán se levantó disculpándose, mencionando otra cita a la que llegaban tarde. Las dos mujeres se levantaron y abandonaron el café, dejando intrigado al soldado y a Galdós meditabundo.

Agitó la cabeza y se obligó a concentrarse en el presente. Cruzó el umbral del número 5 de la plaza Matute y se adentró en las profundidades de uno de los periódicos más populares de

España. Con una tirada de cuarenta mil ejemplares, *El Imparcial* se jactaba de reunir a las mejores plumas del país. Gracias a la insistencia de Mellado, había conseguido un trabajo mal pagado en *Los Lunes de El Imparcial,* el suplemento literario, escribiendo las columnas de su director, Isidoro Fernández Flórez. Se había presentado como Manuel Ciudad, prescindiendo de su identidad militar, creyendo que aquella doble personalidad podría llegar a ser útil.

En qué momento, se dijo el soldado pensando en Nuña y en Santander. Lo que había parecido una buena idea se iba complicando día a día y cada vez le resultaba más difícil mantener la distancia entre sus dos nombres.

Encontró a Isidoro en uno de los pasillos de la redacción. Clavado en el suelo, erguido, enfrascado en un texto, profundamente concentrado. El director de *Los Lunes* era soberbio, alto y espigado. Sus pómulos sobresalían levemente de su rostro fino, macilento y alargado. Sonreía sin alegría y hablaba con distancia, alzando el mentón e imprimiendo a cada conversación un desprecio implícito.

—Buenos días —saludó, levantando la vista en cuanto oyó lo pasos aproximándose a él—. Señor Ciudad —comentó al reconocerlo—, ¿tiene mi texto?

—Estoy en ello —respondió el soldado—. Quería hablar con usted de otro asunto.

Su tono de voz había sido firme y se miraron directamente a los ojos. El director se debatió un segundo entre el interés y la sorpresa. Moreno y con cierto aire melancólico, Isidoro era un hombre precavido que demostraba en cada decisión una calculada aptitud para los negocios.

—Hablemos en mi despacho.

Ambos accedieron a una habitación luminosa y desordenada. El mobiliario era escaso y la mesa, más grande de lo habitual, estaba invadida por montañas de papeles. El director de

Los Lunes cogió varios montones y los depositó en el suelo. Tras resolver el problema de espacio y ofrecerle asiento al soldado con un gesto, se sentó mirándolo con contención, despierto; peligrosamente tranquilo.

—Usted dirá —sentenció.

El soldado ordenó sus pensamientos con paciencia, alargando el silencio un poco más de lo normal.

—A lo largo de la campaña de Cuba —comenzó—, un compañero y yo escribimos unas memorias sobre la contienda: la vida del soldado, el día a día, las batallas, la organización, el armamento, ya sabe —dijo encogiéndose de hombros—. Podría incluirse en *Los Lunes* como un relato por entregas. Creo que podría captar el interés de los lectores de *La Correspondencia*.

Isidoro se recostó en la silla, pensativo.

—¿Quién es su compañero? —preguntó con indiferencia.

—Hermenegildo Alonso.

—Está... —dudó—, ¿volvió a España?

El soldado asintió.

—A su regreso, lo ascendieron a teniente. Ahora trabaja en el Ministerio de Guerra.

Isidoro se incorporó imperceptiblemente, una luz sustancial cruzándole los ojos.

Un posible contacto en el Gobierno, pensó el soldado, evitando una sonrisa.

El país estaba en manos de los militares. Disponer de su favor, incluso de su participación, especialmente en prensa, podía ser una victoria estratégica.

—Me gustaría discutir con ambos los detalles —afirmó con tacto Isidoro.

El otro negó con la cabeza.

—Insistió en que me encargase yo.

Lo afirmó con rotundidad, dando a entender todos los matices de aquella negativa. El director asintió, comprensivo.

—Está bien —comentó, relajando los hombros—. Me gustaría de disponer de los, digamos, tres primeros capítulos antes de proponérselo al señor Gasset. Por otro lado, ahora mismo tenemos bastante material. Me gustaría dejarle claro que puede que tardemos varios meses en publicarlo. —Lo miró directamente a los ojos con una desgana inabarcable—. No quisiera alimentar falsas expectativas.

El soldado lo maldijo por dentro.

—Lo entiendo. No se preocupe.

Isidoro se irguió en su asiento y alzó levemente el dedo índice.

—Y nada de críticas a Cánovas.

El otro forzó una sonrisa taimada.

—Leyendas cubanas, vicisitudes diarias y actos heroicos en primera persona. Una historia de dos soldados.

—Podría llamarse así —apuntó Isidoro.

—¿Cómo?

—Historia de dos soldados.

El aludido asintió, repitiéndolo varias veces en su cabeza.

—Lo tendré en cuenta —afirmó, desechando la opción.

—Bien. —Isidoro abrió un cajón, hizo el amago de buscar algo y lo cerró de golpe—. ¿Cuándo tendrá listo el artículo de *Los Lunes*? Me gustaría revisarlo antes.

El soldado observó al redactor de *El Imparcial* con curiosidad. Siempre enfrascado en proyectos literarios simultáneos, Isidoro utilizaba a terceras personas para redactar sus artículos diarios y así aprender de su estilo, imitar su vocabulario y replicar sus estructuras. Escogía a los que más le llamaban la atención, y los escritos del soldado que le presentó Mellado le habían interesado.

—Son unos textos muy sentidos —había comentado el director antes de contratarlo.

Lo afirmó como preguntándole el porqué, como queriendo indagar en el dolor que le motivaba.

No quería entenderlo, reflexionó el soldado al recordar la escena. Tan solo quería explotarlo. Le comentó que antes del sábado tendría su entradilla y salió de su despacho. La conversación sobre la novela no había sido prometedora, pero no se había negado. Una íntima euforia se le encendió en el pecho y bajó las escaleras con rapidez, buscando ansiosamente el aire de la calle. Sentía flexible la pierna y cruzó la plaza sin apretar los dientes, sintiéndose ligero, casi ufano. Caminaba por Huertas, abstraído en sus pensamientos, cuando una voz a su espalda lo devolvió a la realidad.

—¿A dónde va tan rápido?

El soldado se giró con rapidez, alerta, llevándose la mano a la espalda y maldiciendo su distracción, y tropezó con la desconcertada mirada de Galdós. El autor de *La Fontana de Oro* lo estudió con una expresión que oscilaba entre el asombro y el miedo, sorprendido ante aquella reacción inesperada.

—Siento haberle sobresaltado —añadió con cordialidad nerviosa—. No era mi intención.

El aludido se relajó, reduciendo la intensidad de sus ojos y la tensión de su cuerpo.

—Lo siento —susurró con frialdad—. La costumbre.

El canario lo examinó con detenimiento, como intentando recocerlo entre aquella alarma que desprendía.

—No se preocupe.

Lo dijo mientras recuperaba la inercia, sin saber bien qué decir. Fumaba distraído, tomándose su tiempo. Como inventando otros mundos ante sus ojos. El soldado creyó reconocer una sombra familiar en su mirada: la distancia del amor, la incertidumbre de la escritura.

—¿Cómo lleva sus *Episodios*?

Galdós había comenzado a escribir la primera serie de los *Episodios nacionales* mientras trabajaba como articulista en *La Nación*, poco después de la muerte de su padre, en 1873.

Los *Episodios* —había dicho alguna vez— eran un sencillo homenaje al coraje del español medio; aquel que, traicionado por todos, luchaba por orgullo y por vergüenza. Por el qué dirán. Trafalgar, Bailén, Gerona, Cádiz. Su padre había sido coronel del Ejército español durante el conflicto contra Napoleón y había combatido en la mayoría de aquellas batallas.

El escritor meditó sus palabras.

—Estoy atascado en la batalla de Arapiles. No sé qué hacer con Gabriel.

Gabriel Araceli era el personaje que había acompañado a Galdós a lo largo de las nueve entregas anteriores.

—¿A qué se refiere? —preguntó el soldado.

Galdós le dirigió una mirada larga, llena de una vacilación.

—Es una guerra —concluyó—. Sobreviven los cobardes y los afortunados, no los valientes.

El soldado asintió en silencio, sin dejar de mirarlo a los ojos.

—Puede ser —concedió—. Pero a veces, si la vida habla de derrota, la literatura ha de hablar de esperanza.

Galdós esbozó una sonrisa a medias, modesta y distante. Su expresión mudó y, como alejando pensamientos que le estorbaban, cambió de tema.

—¿Qué va a hacer mañana por la noche?

—Leer, escribir, supongo.

—Carmen se va con Magdalena y los niños al norte y —sonrió— Concha se ha empeñado en organizar una pequeña fiesta. Me gustaría contar con su apoyo entre tanta confidencia y susurro.

Benito era una persona cómoda, cohibida y mundana. Vivía de su escritura, compartiendo alojamiento con dos de sus hermanas —Carmen y Concha—, con Magdalena Hurtado de Mendoza, viuda de su hermano Domingo, y con sus sobrinos.

Imposible, pensó el soldado, reflexionando sobre aquella reunión. Suponía exponerse demasiado. Podía acudir cualquier militar con ganas de cultura y agitación. Su doble identidad no se sostendría. Nuña cruzó su mente como un relámpago en la noche.

Galdós pareció apreciar su reticencia.

—Será algo íntimo —añadió—. Y no esperamos a ningún militar.

El soldado inclinó la cabeza para agradecer la invitación a Galdós, preguntándose si aquel hombre sabía —o intuía— más de lo que a simple vista parecía.

—Lo pensaré —dijo mientras se despedía con la mano y enfilaba Atocha.

—Nada de eso. ¡A las nueve! —exclamó a su espalda Galdós—. Serrano, 8, tercer piso.

El soldado recorrió las calles sin prisa, sin destino aparente. Disfrutando del día, reflexionando sobre el escrito que se traía entre manos. A veces necesitaba simplemente eso: andar hasta que las ideas encajasen en su cabeza. La muerte y el dolor quedaban lejos; la pierna no le molestaba y se descubrió observando aquel mediodía templado con la mirada perdida en el campo distante, por encima de los tejados y de las copas de los árboles.

Bajaba por las Vistillas cuando el semblante serio y las miradas esquivas de dos hombres que subían por la calle de Segovia le confirmaron sus intenciones. Miró en derredor evaluando sus opciones y se resignó.

Demasiado lejos, pensó. Demasiado expuesto. Además, le pudo la curiosidad.

Se dirigió hacia los dos desconocidos con apatía, casi con desgana. El primero chocó contra su hombro y lo desestabilizó, y el soldado aprovechó el impulso para girar, pero el otro lo asió del brazo, interrumpiendo el movimiento. De forma inesperada, tenía un revólver apuntándole al estómago y dos manos sujetándolo firmemente. El sombrero, ladeado, le cubría la mitad del rostro.

—No se resista —dijo el que empuñaba el arma—. Deme el cuchillo y camine con naturalidad.

El segundo observaba con ojos desorbitados el *bowie* que había aparecido, como por arte de magia, en la mano derecha del soldado.

—Necesito el bastón —dijo con calma mientras soltaba el cuchillo.

El del revólver asintió, y el soldado, sin verlo, sintió de nuevo el pomo de madera en su mano izquierda. Comenzaron a andar y se perdieron por callejuelas de casas cada vez más bajas a las afueras de Madrid. El soldado cojeaba y sus captores ralentizaron el paso, adaptándose su ritmo. En una esquina solitaria, le cubrieron los ojos con una venda, anduvieron un poco más y, al cabo de varias manzanas, se detuvieron. Tres golpes en una puerta de madera —dos rápidos, uno largo— resonaron en una calle angosta y poco ventilada.

Al soldado le corría el sudor por la frente, pero intentó mantener la mente fría y despejada.

Los goznes chirriaron al abrirse y bajaron por una estrecha escalera de piedra, recorrieron un pasillo húmedo y terroso y desembocaron en una habitación sin ventilación y precariamente iluminada.

Sus captores lo sentaron en una silla y cerraron la puerta. Uno de ellos se adelantó, le arrebató el bastón, lo maniató —un nudo firme, seguro, de marinero experimentado, pensó el soldado— y le retiró la venda que le cubría el rostro.

Pudo por fin, exhausto, sudoroso, intrigado e inmóvil, contemplar a los dos hombres que lo escrutaban desde la oscuridad.

Todo está dispuesto, pensó el soldado al contemplar la estancia, analizando cada detalle.

Una mesa de madera oscura, cubierta por un paño que caía por los lados, los separaba. La oscilación de las velas les permitía cierta inconsistencia física a las dos figuras que lo observaban en silencio.

Por sus perfiles, la posición y su silueta, concluyó que había un hombre de su misma edad y otro que rondaría los cuarenta. Intuía quiénes eran, solo faltaba averiguar qué escondían sus palabras.

—Buenas tardes, señor Ciudad —comenzó su contemporáneo, con cierta vibración—. Siento el lugar y las formas, pero, como podrá entender, es una situación muy particular.

El soldado se tomó su tiempo para responder.

—No se preocupe —declaró con serenidad—, pero se equivocan de persona.

Un incómodo silencio invadió la estancia. El que aún no había hablado se giró para mirar a su acompañante, como exigiendo una explicación. A su espalda, escuchó cómo sus captores cambiaban de posición, nerviosos.

La manera de hablar, las palabras, la forma de mover las manos. Es de clase alta, pensó el soldado. Un aristócrata.

—No sea estúpido —dijo el noble, abandonando las sombras—. Sabemos quién es usted.

Relajado, escuchó cómo sus propias palabras le resbalaban por la boca, alegrándose por primera vez de aquella engorrosa doble personalidad.

—No lo parece —respondió encogiéndose de hombros.

—Su nombre —zanjó la silueta, conteniendo el enfado.

Había cierta angustia en la petición, una cercana furia contenida.

—Teniente Hermenegildo Alonso.

El noble se acercó, elevó el brazo con la palma de la mano abierta y la descargó contra la mejilla del soldado. Desorientado, dolorido y maniatado, se rehízo como pudo en la silla, evitando el gruñido que le crecía en la boca. El aristócrata comenzó a hablar de nuevo con una calma impostada.

—Hace una semana, un capitán de barco apareció muerto en Santander —explicó con desdén—. Tras una… intensa conversación con uno de sus hombres, un tal Gabeiras, confesó que había sido asesinado por Manuel Ciudad.

El soldado maldijo al gallego en la oscuridad de su mente, mientras el noble lo observaba, evaluando sus reacciones.

—Varias personas nos han indicado que ese nombre le corresponde a usted.

El soldado se removió en la silla, mirándolo fijamente.

—Conozco a Manuel Ciudad —explicó con calma, sintiendo cómo se le hinchaba la cara—. Se lo he dicho —dijo mientras escupía al suelo y levantaba la vista—, se equivocan de persona.

La voz del noble, más relajada, volvió a resonar en la estancia.

—¿Lo conoce?

—Sí.

La intensidad de la conversación disminuyó un punto.

—¿De qué?

—Combatimos juntos en Cuba.

—¿Mantiene su relación con él?

El soldado miró hacia los lados como buscando respuestas.

—¿Quiénes son ustedes? —cuestionó mientras fruncía el ceño.

El noble se aproximó de nuevo y le hundió el puño en el estómago, arrancándole un gemido lastimero.

—Limítese a responder a las preguntas.

—Tuvimos nuestras diferencias —jadeó el soldado tratando de respirar, evitando el odio que lo recorría—. Sé que ahora trabaja en un periódico aquí, en Madrid. Pero poco más.

Hubo una pausa. Su interlocutor bajó la vista un segundo, reflexionando.

—¿A qué se dedica usted?

El aludido se recordó a sí mismo el papel que debía interpretar.

—Soy funcionario. En el Ministerio de Guerra. Estoy al tanto de lo de su capitán de barco.

Una extraña tensión, mezclada con una incipiente incredulidad, apareció en el ambiente. El noble intentó aparentar normalidad mientras la segunda silueta parecía perder la paciencia.

—¿Qué hace exactamente en el Ministerio?

El soldado cambió de postura y se hundió un poco en la silla, dueño, por fin, de la situación.

—Actúo como enlace entre las capitanías de cada provincia con la capital. Luché en Cuba y sé cómo gestionar al Alto Mando. Es…, digamos que es una pensión por invalidez —dijo mientras señalaba con la cabeza su pierna izquierda.

—¿Qué sabe del marino? —preguntó tenso el aristócrata.

El aludido se tomó su tiempo.

—Íñigo Velasco —musitó midiendo las palabras—. Le interceptaron un mensaje que involucraba al general Hidalgo de Quintana y este último ha sido detenido.

Su interlocutor lo apremió con la mirada a continuar, visiblemente impaciente.

—El Gobierno ha decretado el destierro del general a Filipinas, pero varios sectores del Ejército han mostrado su indignación. Hacer dos días, la orden se modificó —explicó encogiéndose de hombros—. Ahora, en principio, lo trasladan a las Baleares.

La silueta que había permanecido en silencio, la más veterana, se inclinó sobre la mesa, dejando, sin querer, que la luz descubriera levemente su rostro. Habló con una voz rota, lenta y cansada.

—Y usted, ¿qué opina?

El soldado intentó sonreír, pero su boca hinchada solo le permitió una mueca.

—Soy un soldado. Hace tiempo que dejé de opinar.

—¿Qué sabe del traslado?

—Poco… —vaciló—, pero podría averiguarlo.

—¿Qué puede ofrecernos?

El militar se irguió en la silla, recuperando el aplomo.

—Traslado, horarios, oficiales de guardia, accesos —resumió—. Todo.

Creyó ver cómo asentía el que parecía ser el jefe. El aristócrata retomó la palabra.

—Tiene usted cinco días. El próximo lunes, al anochecer. Usted solo. En la cárcel que están construyendo en el paseo de San Bernardino. Le invito encarecidamente a aparecer; se puede imaginar cuál será el desenlace si no lo hace.

El soldado asintió con desmayo, sintiendo cómo las cuerdas le laceraban las muñecas. La idea apareció en su mente como la luz de un faro a través de la bruma.

—Bien, pero ¿qué obtengo yo a cambio de ayudarles? —preguntó con seguridad.

—¿A cambio? —La voz del noble sonó divertida—. ¿Estima su vida?

—Es algo sencillo —afirmó, ignorando la última amenaza.

El aristócrata se giró para intercambiar una mirada con su superior.

—¿De qué se trata? —dijo al cabo de unos segundos.

—Una impresión. Veinte mil ejemplares.

—¿Qué ocurriría si le digo que no?

—Tendríamos… un conflicto de intereses.

La oscuridad ocultó la sorpresa de los dos embozados.

—Señor Alonso —comenzó el aristócrata—, no creo que comprenda la magnitud de la situación. —Dio otra vez un paso hacia delante—. Deje de decir estupideces.

La estancia se llenó de expectativa.

—No creo que…

La réplica del soldado se vio interrumpida al recibir un segundo impacto en el estómago. Sintió cómo el aire abandonaba sus pulmones mientras su cuerpo se revolvía.

—El lunes 14 de junio —repitió el noble, recuperando la posición con una rabiosa sonrisa cruzándole el rostro—. Dentro de cinco días.

Alzó otra vez el puño y lo descargó contra la mandíbula del soldado. Este encajó el impacto de cualquier manera, sintiendo que el sabor metálico de la sangre le llenaba la boca, y se desplomó desmayadamente en el suelo.

—Veremos qué nos trae la semana que viene —concluyó satisfecho el aristócrata—. Lleváoslo.

Oyó los pasos que se acercaban y sintió cómo lo inmovilizaban sin ningún aprecio. Le desataron las manos entumecidas y sintió un alivio instantáneo.

Y esto acaba de empezar, pensó mientras escupía la sangre que le colmaba la boca.

Una venda le cubrió los ojos y, a través del dolor, todo volvió a ser oscuridad e incertidumbre.

5

9 de junio de 1875, Madrid, España

Esperó a que los pasos se perdieran en la lejanía para quitarse la venda. Se incorporó dolorido y contempló el paisaje, al este de Madrid, mientras se acariciaba la mandíbula, ubicándose en el contexto que lo rodeaba.

La capital se perfilaba en la distancia y el campo brillaba alrededor en tonos amarillos, verdes y anaranjados. Hacía calor —eran alrededor de las cuatro de la tarde— y el sol reinaba en un cielo despejado de nubes.

Campos de Castilla, pensó el soldado.

Se levantó mientras se sacudía el polvo de la ropa, recogió su bastón del suelo, el *bowie* colgado de una rama y comenzó a andar, agradeciendo la sombra que le proporcionaba el sombrero. Recorrió el camino viejo de Vicálvaro, atravesó el parque de Madrid y se adentró en la ciudad.

El sol, la sed y el sudor que le recorría el cuerpo le recordaron a Cuba y echó en falta a sus antiguos compañeros a su espalda y su Remington colgado del hombro. El peso del arma le tranquilizaba; siempre lo había hecho. Otra guerra, se dijo. Pero esta era más complicada, menos obvia.

Recordó el enojo pueril del noble y la calma de su acompañante; la información que les había proporcionado Gabeiras. Sintió un remoto resentimiento hacia el gallego, una furiosa impotencia. No le había dicho su nombre, pero habría investigado por su cuenta, preguntando en el puerto y en las casas de huéspedes.

Tendría que haberlo matado, se resignó el soldado. Pero ya era demasiado tarde.

Las cuatro y media, estimó analizando la posición del sol. Sabía a dónde tenía que ir y, sobre todo, por dónde. Estaba lejos, pero sentía la pierna fácil y su ritmo era continuo.

Ahora es cuestión de jugar bien con la verdad, pensó mientras cruzaba la plaza del Callao y bajaba por la calle de las Infantas.

Miró a los lados para cerciorarse de que nadie lo seguía y giró a la derecha, adentrándose en un callejón. Golpeó con los nudillos dos veces en una puerta herrumbrosa, escuchó unos pasos en el interior y una pequeña abertura se abrió lentamente a la altura de su rostro.

—Aquí no vive Isabel —dijo una voz amortiguada, sin sentimiento.

—Tampoco Alfonso —respondió el soldado.

La puerta chirrió al entornarse y el soldado se deslizó con rapidez al interior mientras se descubría.

—Identifíquese —escuchó en la penumbra.

—Teniente Hermenegildo Alonso, Cuba, Batallón de Cazadores de San Quintín.

Un agente emergió de la oscuridad, sosteniendo relajadamente su fusil.

—¿Es urgente? —preguntó.

El soldado asintió con seriedad.

—Último piso —indicó el guardia—. Por la buhardilla.

Recorrió con la mirada el recibidor estudiando los objetos, agudizando el oído y acostumbrándose a la oscuridad. El frescor del zaguán desentonaba con la calurosa tarde madrileña. El sonido de la calle se escuchaba lejano y distante, y una fina pátina de polvo cubría el suelo.

El soldado agradeció la indicación y comenzó a subir las escaleras con cuidado, evitando los escalones en peor estado. En el tercer piso se detuvo resoplando, concediéndose una tregua y masajeándose la rodilla. No le importaba el sudor, pero le dolía la espalda, y pensar en lo que vendría después no ayudaba. En el último piso, accedió a una de las buhardillas y abrió la ventana, recibiendo la brisa como un baño de agua limpia.

Estoy vivo, se repitió apretando los dientes e ignorando el dolor de la pierna, el estómago y la mandíbula.

Apoyó las manos en el alféizar de la ventana y se impulsó hacia fuera, afianzando con cuidado el precario equilibrio entre las tejas. Recorrió los tejados despacio, ayudándose del bastón, sin pensar demasiado. El sudor hacía tiempo que le empapaba la ropa. Se detuvo en la única ventana que reinaba en el tejado y aprovechó el breve vano de esta para descansar. Contempló el paisaje arrebatador, suspiró profundamente y golpeó dos veces el cristal mientras mostraba las palmas de las manos.

Un revólver se perfiló en el reflejo del vidrio.

—Soy yo —declaró el soldado, evitando resoplar.

Herculano abrió la ventana con expresión seria, casi ultrajada. Un intenso olor a tabaco abandonó la estancia.

—¿Qué hace aquí? —preguntó sin dejar de apuntarle con el arma.

El coronel vestía un arrugado uniforme con la chaqueta desabotonada. Le dirigió una mirada brillante, colérica, que lo atravesó como una lanza.

—Lo lamento —afirmó el soldado con convicción, algo azorado—, pero es importante.

—Pase —accedió, apartándose.

Con cuidado, ayudándose del marco de la ventana, el soldado apoyó los dos pies en el suelo para deslizarse hacia el interior. La habitación era amplia, limpia y ordenada; discretamente lujosa. Se asemejaba al despacho del oficial en el Ministerio, salvo por las escaleras que comunicaban la buhardilla con el piso inferior.

Tiene sentido, pensó el soldado.

El responsable del servicio de espionaje de Alfonso XII no podía permitirse que sus agentes entrasen y saliesen por la puerta principal de su casa. Aquella solución era algo aparatosa, pero funcionaba.

—Siéntese —conminó el coronel al tiempo que señalaba una silla y le alargaba un vaso de agua.

El soldado se lo agradeció después de que sus sentidos reconocieran, aliviados, el líquido que se deslizaba por su garganta. Con el vaso vacío entre las manos, suspiró, encontrándose luego con la atenta mirada de su superior.

—¿No está usted demasiado expuesto? —preguntó de improviso.

Los ojos de Herculano se entrecerraron, extrañados.

—¿A qué se refiere?

El aludido señaló la ventana con la cabeza y el coronel comprendió.

—Solo hay dos accesos a los tejados del bloque: el edificio que ha utilizado y esta ventana —resumió—. Y como espero que sepa —expresó con severidad—, este medio está reservado únicamente para emergencias.

El soldado le sostuvo, impertérrito, la mirada.

—Lo es —afirmó.

El otro asintió y lo conminó a explicarse.

—Me han encontrado los agentes de Zorrilla.

Herculano abrió los ojos y prestó atención, por primera vez, a su mandíbula hinchada.

—¿Está bien?

El soldado sonrió, sintiendo un dolor palpitante en la mejilla.

—Lo intento.

—¿Qué querían? —preguntó el coronel, ignorando la respuesta.

—Investigan la muerte de Velasco —explicó.

—¿Sabe quiénes pueden ser?

El Alto Mando republicano, pensó el soldado.

—Se cuidaron de mostrar abiertamente el rostro —explicó—. Uno era aristócrata, de mi edad. Moreno, pelo rizado, ojos oscuros y con experiencia en los negocios.

—Suárez de Villena —susurró Herculano pensativo.

—¿Quién es?

—Carmelo Suárez de Villena —detalló—. Aristócrata y progresista. Militó desde el principio en el Partido Radical de Zorrilla, ayudando con la financiación. Su familia posee fincas en Extremadura, en la línea con Portugal. Él es el cerebro; su hermano pequeño, Matías, es el músculo.

El soldado negó con la cabeza.

—Su acompañante era Alfonso Moretón —afirmó.

Herculano levantó la vista, observándolo como si estuviese ardiendo.

—¿Está seguro? —preguntó.

—Alrededor de los cuarenta años, frente despejada, voz profunda y autoritaria. Era él —sentenció el soldado.

—Sería lo lógico —comentó el coronel, perdiendo la vista por la ventana—. ¿Cómo ha salido de ahí?

Mintiendo, pensó el soldado. Jugando bien las débiles certezas que tengo en esta partida. Herculano no conocía su segunda personalidad, por lo que escogió bien las palabras antes de responder.

—Buscan a un tal Manuel Ciudad —contó con tiento, buscando los ojos de su superior—. Yo soy un simple funcionario que trabaja en el Ministerio de Guerra —dijo mientras se llevaba la mano a la mandíbula y se encogía de hombros—. Les resulto más útil vivo.

Herculano le dirigió una mirada que el soldado no supo descifrar.

—¿Y la moneda de cambio? —preguntó—. ¿Hidalgo de Quintana?

Esta vez fue el soldado quien observó con detenimiento al coronel, comprendiendo en aquel instante por qué Martínez Campos lo había obligado a aceptar el puesto.

Asintió sin dejar de observarlo, preguntándose hasta qué punto lo había infravalorado.

—¿Cuándo es el próximo encuentro? —quiso saber el coronel.

—Dentro de cinco días.

—¿Necesita algún tipo de apoyo?

Algo había cambiado en la conversación. Ambos habían reconocido la misma paciencia, la misma reserva en sus métodos. Una confianza intrínseca acompañaba a cada pregunta, y esta crecía con cada respuesta.

—Tengo que estudiarlo —reconoció el soldado, sintiendo que, por primera vez, podía confiar en Herculano—. Tan solo… quería que estuviese al tanto.

El coronel asintió, se relajó y tomó asiento en una silla desvencijada.

—Déjeme reunir algunos detalles. Se los haré llegar en cuanto pueda.

«La información es poder», solía repetir el coronel.

El soldado agradeció la propuesta con un breve ademán y observó con calma aquel extraño despacho que parecía estar diseñado únicamente para aquel propósito, para aquella situación. Reparó en unos lienzos amontonados en una de las esquinas y apartó la vista con rapidez tratando de evitar su indiscreción, pero Herculano apreció el gesto.

—Un estudio —comentó.

—¿Cómo dice?

El coronel suspiró, permitiéndose cierta melancolía.

—Este despacho, esta buhardilla —explicó—. La idea era convertirlo en un estudio.

Un silencio cómodo los alcanzó, perdiéndose cada uno en sus propios pensamientos, evaluando las renuncias que habían tenido que hacer a lo largo de los años.

—El presente y la necesidad —resumió Herculano, rompiendo la placidez del momento—. ¿Cómo va lo de Barjuán? —preguntó sin querer saber la respuesta.

El soldado asintió, sintiendo la boca cada vez más hinchada.

—Aún es pronto —comentó.

—Encuentre la manera —lo conminó el coronel— antes de que sea demasiado tarde.

Herculano recuperó el aplomo y se incorporó. Aun así, en su silencio se podían apreciar las dudas que daban vueltas en su cabeza como pájaros en una jaula.

«Me debes información sobre la reina —parecían decir los ojos del coronel—. Y el tiempo se está agotando».

El soldado lo imitó, levantándose pesadamente, y se despidieron sin emoción. Recorrió el camino de vuelta con el atardecer de Madrid pintándose en la distancia y las tejas oscilando bajo sus pisadas. Descendió sin prisa, probando su rodilla mientras sus pasos resonaban en el solitario hueco de la escalera. Llegó al rellano y el frescor de la piedra le despertó el ánimo. El guardia lo saludó con la cabeza y abrió cuidadosamente la puerta que daba a la calle. El soldado se asomó, miró a ambos lados y, con paso rápido, se perdió en las callejuelas dirigiéndose hacia el sur.

Recorrió las calles que comenzaban a vaciarse, cerró los ojos y respiró profundamente. Sentir el aire llenándole los pulmones le tranquilizó, ralentizó la urgencia y desdibujó durante un instante la realidad. La puso en duda. Pensó en el artículo que tenía que escribir para Isidoro y volvió, de repente, a Cuba. Recordó la guitarra del Gaditano rasgando un atardecer parecido en Las Guásimas, la víspera de un combate que le arrebató el futuro.

Sería el mejor homenaje, pensó, mientras la estructura y el texto que quería utilizar empezaba a encajar en su mente.

No está tan mal, reflexionó. Aquel trabajo, *El Imparcial*, Mellado, Gasset, Galdós y los demás. El mundo artístico y literario. Le permitía escribir y volcarse en el papel; recordar a su manera.

Salió a la calle Alcalá y ralentizó el paso. La pierna empezaba a fallarle y, de pronto, se sintió exhausto. Se detuvo y apoyó la espalda en la pared, y el contacto le recordó el sudor que le recorría el cuerpo, el polvo en su levita, su camisa arrugada, la tensión del día; el intenso dolor que le recorría la mandíbula.

Necesito un baño, pensó mientras analizaba las calles tratando de orientarse.

Bajó por Sevilla luchando contra la apatía que lo invadía y divisó, al principio de la carrera de San Jerónimo, el hotel de Monier. Un ánimo renovado le permitió recorrer los últimos metros que lo separaban del edificio. Accedió al vestíbulo y se dirigió directamente a los baños. Se desvistió, pagó ocho pesetas —siete por el baño, una por custodiarle la ropa—, escogió una pila de mármol con una base de piedra blanca y se sumergió con la sedienta desesperación de quien lucha y permanece. El contacto del agua caliente le arrancó un suspiro de satisfacción. Cerró los ojos y se abandonó a la sensación de estar vivo y limpio, al simple hecho de seguir existiendo.

El artículo de Isidoro, pensó de nuevo, abandonándose a las palabras que empezaban a darle forma. Barjuán y los republicanos pasaron a un segundo plano.

Aún hay tiempo, se repitió, ignorando la mirada insistente del Herculano.

***

Las últimas luces del día lo descubrieron inclinado en su escritorio. Tenía la muñeca entumecida, los ojos cansados y las manos manchadas de tinta. La luz de las velas perfilaban sombras titilantes en la incipiente penumbra de la habitación. El soldado se estiró en su asiento moviendo los hombros, ahogando un quejido y girando el cuello. La ventana abierta dejaba pasar una brisa reconfortante que envolvía su torso desnudo. Se sentía limpio, renovado, y aquel sentimiento le inoculaba un sentimiento de feroz alegría, una dicha inabarcable.

Suspiró profundamente y volvió a inclinarse sobre el papel, releyendo lo que había escrito.

Está bien, pensó. Es convincente.

Cerró los ojos y las imágenes se agolparon en su mente, superponiéndose, inundándolo todo de una desolación antigua. Gritos de dolor, sangre, pánico. Visiones y sonidos que había escondido en las profundidades más recónditas de su memoria y que, en ocasiones, encontraban el camino de regreso.

Aun así, aquella tarde liviana de junio sentía que podía encarar a sus recuerdos, enfrentarlos con calma; dejar atrás su impotencia y el cansancio. Las lejanas ganas que sintió de morir.

Las Guásimas de Machado, pensó con cierta amargura.

Recordó la emboscada, el valor de los cubanos, los potreros donde consiguieron resguardarse de sus disparos. Rememoró la resignada desesperación del ejército español; la guitarra que, en la víspera del combate, les había devuelto la esperanza.

87

Para esto escribo, se dijo. Para seguir viviendo. Para no olvidar.

Releyó las líneas con atención militar, desdibujando sus palabras, dejando que la esencia se intuyera en los verbos sin cuerpo, en las comas, en la fatalidad de las palabras elegidas. Recurrió al instrumento, a la guitarra, como protagonista, a pesar de que él sabía que la luz la emitieron ellos, los soldados de la Segunda Compañía del Batallón de Cazadores de San Quintín.

Volvió a estirarse y contempló el texto con distancia, sintiéndose satisfecho.

—Por vosotros —dijo viendo el amanecer a través de la ventana.

Se levantó y bostezó mientras se desperezaba. Avanzó unos pasos y se dejó caer en su lecho, que lo esperaba frío, desordenado y despojado de cualquier soledad.

6

12 de octubre de 1868, Yara, Cuba

Acosta observó el disco tibio del sol en aquella madrugada difusa y se puso en pie, desperezándose, mientras miraba en derredor con los números de aquella tropa improvisada en su cabeza.

—Ciento cuarenta y siete —murmuró en voz alta al tiempo que los observaba en la distancia.

Pavón levantó la vista en la misma dirección. Un centenar y medio de hombres precariamente armados —tan solo treinta y seis portaban rifles o escopetas— se pusieron en marcha a través de la niebla matutina, arrastrados por la promesa de un futuro mejor. Casi la mitad del contingente estaba compuesto por antiguos esclavos, aún incrédulos por su condición de hombres libres.

La vida, pensó el mayoral, a veces brinda una rara oportunidad de elegir por qué morir.

—Siempre has sido un hombre con suerte —dijo Pavón mientras esbozaba una sonrisa.

Céspedes había cumplido su palabra y no lo había nombrado oficial, en cambio —en un gesto por congraciarse con la provincia de Camagüey—, Rivera había sido ascendido a capitán, y este había solicitado que Acosta estuviese bajo su mando. El mayoral, a su vez, había exigido que Pavón y su hijo estuviesen a sus órdenes.

—Todo es muy gracioso —murmuró un Acosta taciturno— hasta que alguien muere por la ineptitud de los oficiales.

—Ya... —consiguió decir Pavón desde su altura, borrando su sonrisa y aferrando su carabina.

—El Ejército español era igual —continuó el mayoral—. Aristócratas pretenciosos y sin experiencia mandando a sus secciones al matadero. Imprudentes hijos de puta con ganas de posar en la corte con un par de cicatrices.

Ambos continuaron caminando en silencio.

—Todas las guerras son iguales —suspiró Acosta—. La codicia por encima de la razón, las ideas por encima de la vida.

Pavón miró al suelo y se pasó la lengua por los labios, pensativo.

—No deberías haber rechazado a Céspedes —dijo al fin—. Contigo al mando, tendríamos más posibilidades.

—Puede ser —reconoció Acosta poniéndose en pie—. En breve lo averiguaremos.

Pavón aún era joven, más joven que Acosta —rondaría los treinta y cinco años—, pero tenía esa extraña capacidad de leer entre líneas y comprender lo que no se decía. El porqué de cada silencio. Acosta creyó ver una extraña emoción en los ojos del cubano y sonrió.

La antigua ansiedad, se dijo, previa a cada batalla.

Se pusieron en marcha en desorden, de cualquier manera, con Céspedes encabezando la formación a caballo, seguido de Rivera y custodiado por sus oficiales orientales. Durante el recorrido, una treintena de cubanos atraídos por la noticia se sumó a sus filas. El mayoral sentía los músculos tensos y el vértigo a flor de piel.

Más armas, reflexionó preocupado. Más munición. Yara era una pequeña ciudad de unos quinientos habitantes situada entre Manzanillo y Bayamo cuya ausencia de fortificaciones, así como la reducida dotación española, la convertían en el objetivo perfecto. El primer gran triunfo de la independencia cubana.

Aquel éxito atraería a los escépticos y más reticentes, reflexionó Acosta, especialmente a Camagüey y Las Villas; y una vez armados en condiciones podrían asaltar Bayamo.

Pasaba el mediodía cuando unos disparos lo arrancaron de sus pensamientos.

—¡Al suelo! —exclamó Rivera.

Los hombres se arrojaron en desorden a los lados del camino, parapetándose tras los árboles. El mayoral, apoyando la rodilla en tierra y aparentando una calma que no sentía, oteó en el horizonte la dirección desde donde provenían las descargas.

—¡No disparen! —ordenó con la mano en alto mientras localizaba con la mirada a Pavón y a su hijo.

Tras las detonaciones, todo fue silencio y expectación. Los hombres, con los dedos en los gatillos y los machetes desenfundados, se volvieron hacia Céspedes para saber qué debían hacer a continuación.

—¿Cuántos son? —preguntó Céspedes.

El hacendado se mantenía erguido en su montura, impasible ante el peligro, consciente de que la moral de aquel improvisado ejército dependía de sus reacciones. La luz del atardecer le incidía en el rostro, forzándolo a entrecerrar los ojos con serenidad.

Aun así, pensó Acosta, su voz traslucía preocupación. Una lejana incertidumbre.

—La avanzadilla nos transmitió que tan solo hay un capitán y cuatro soldados —relató el mayoral—. De ahí los disparos distantes, casi preventivos.

Rivera, a su izquierda, asintió mientras se mordía los labios pálidos.

—Deberíamos atacar ya —dijo sin convicción.

Tiene miedo, se dijo Acosta. Como todos. La diferencia radicaba en la capacidad de cada uno para disimularlo.

Céspedes se giró despacio e hizo como si no lo hubiera escuchado, disipando cualquier atisbo de duda.

—Envíen a dos hombres con bandera blanca —ordenó resuelto, mirando a Pavón—. Que exijan al capitán, con el debido respeto, la entrega de sus armas y la rendición inmediata de la plaza. Se les dará la opción de unirse al ejército libertador y, en cualquier caso, su vida será respetada.

El cubano asintió y se alejó con celeridad mientras Rivera se revolvía en su silla de montar y escupía al suelo con desprecio.

Paciencia, se dijo el mayoral, observando cómo el resto de los oficiales orientales ignoraban el gesto.

Al cabo, dos hombres a pie, portando una enseña blanca, se adentraron en el poblado sin incidentes. La expectación creció en el ejército libertador.

—Demasiado tiempo —murmuró Acosta al cabo de una hora mientras veía cómo la luz del día declinaba.

—¿Qué te preocupa? —preguntó Pavón.

El buen humor había desaparecido de los labios del cubano y contemplaba el poblado como a un dragón que abatir. El terreno era plano y, tras un pequeño riachuelo, las escasas casas de Yara se erigían en desorden: edificios de una y dos plantas en mal estado, propiedad de los campesinos de la zona. A lo lejos, se distinguía la torre de la iglesia, en la plaza del pueblo, coronando el cielo nublado de aquella meseta como un faro en la niebla.

Acosta se giró y se aproximó a Céspedes con la inquietud pintada en el rostro.

—Tenemos que entrar —declaró sin miramientos.

El otro pareció volver de su ensimismamiento.

—Dos de nuestros hombres están dentro —observó frunciendo el ceño—. ¿Qué ocurre?

El mayoral chasqueó la lengua mientras trataba de ordenar las palabras.

—Yara está a ocho horas a pie de Bayamo —explicó, indicando la dirección de la segunda ciudad con el dedo índice—. Pueden haber pedido refuerzos.

Aquello tenía sentido, y Céspedes lo sabía. Se disponía a responder cuando, a lo lejos, distinguieron cómo los enviados cubanos abandonaban el pueblo.

Yara se rendía.

La alegría no nubló el criterio de Acosta, y Céspedes no se abandonó al alivio. Ambos recordaban las palabras del mayoral, la remota posibilidad de que aquello fuese una emboscada.

—Cuatro columnas armadas con fusiles —ordenó el hacendado a Rivera—. En absoluto silencio.

Acosta siguió al criollo y le transmitió su preocupación.

—¿Tiene usted miedo, señor Acosta? —preguntó con desdén mientras ponía el pie en el estribo—. ¿O es que prefiere no enfrentarse a sus compatriotas?

—Señor Rivera —dijo Pavón con socarronería, poniéndole la mano en el hombro al mayoral—, ¿cree usted que es inteligente adentrarse en Yara a caballo?

El otro miró hacia los lados, dejó escapar un soplido por la nariz y enrojeció, desmontando después.

—Entraremos a pie —dijo al fin, apretando los dientes y evitando la sonrisa del cubano.

Varios mambises se removieron incómodos, y Acosta comprendió su inquietud. A través de Pavón, muchos le habían hecho llegar que lo preferían a él como oficial en lugar de aquel criollo inexperto.

No debería ser yo, reflexionó el mayoral mientras abandonaban el campamento y se dirigían hacia su objetivo. Pero estaba claro que, frente al enemigo, la incapacidad de Rivera los llevaría a la muerte.

Los rebeldes alcanzaron el poblado en orden y en silencio. Avanzaron de esquina a esquina con Acosta a la cabeza; despacio, con los ojos bien abiertos y una saludable desconfianza en las manos. El mayoral se giró y sintió cómo el estómago se le revolvía al localizar a su hijo al final de la columna.

—Las calles están vacías —susurró Pavón, visiblemente preocupado, seguido por un desorientado Rivera.

—Adelante —resopló el criollo mientras se apartaba con la mano las gruesas gotas de sudor que le corrían por la frente.

Todos los postigos de las casas estaban cerrados, las calles estaban vacías y el silencio era total. Hasta aquel momento, los poblados los habían recibido con alegría y expectación. Pero Yara estaba siendo diferente.

La represalia dista a solo ocho horas de marcha, reflexionó Acosta mientras avanzaba tras sus hombres buscando indicios de cualquier resistencia.

Pavón lo alcanzó por detrás.

—¿Qué opinas? —preguntó sin perder de vista la altura de las casas.

—Es… extraño —reconoció el mayoral—. Hay demasiado silencio. No me gusta.

El cubano dejó escapar un suspiro y acomodó la carabina en el regazo.

—¿Registramos las casas?

El mayoral recorrió los edificios con los ojos, meditando el impacto de aquella decisión.

—Aún no —dispuso al fin negando con la cabeza, visualizando la plaza principal al final de las calles.

Rivera se aproximó a ellos con una mezcla de miedo y desesperación. Abrió la boca, pero no llegó a pronunciar ninguna palabra.

No sabe qué hacer, pensó Acosta sintiendo cierta lástima mientras observaba cómo el criollo mantenía a duras penas la compostura.

—¿Dónde está todo el mundo? —consiguió preguntar—. ¿Dónde están los españoles?

—O se han retirado —respondió el mayoral—, o es una emboscada.

Un niño cruzó la calle corriendo y Rivera alzó su rifle, pero el mayoral interrumpió el movimiento con un manotazo en el cañón del arma, girándose hacia el criollo con los ojos entrecerrados y el corazón furioso. Los labios apretados para contener la cólera.

—Contrólese, señor Rivera —escupió con voz queda—. Esto no es política rural, ni compadreo al atardecer. Esto es una guerra.

Acosta sintió en su antebrazo el palpitar de la culata de su escopeta y las manos crispadas alrededor del arma. Se reconoció en aquella rabia olvidada, con el impulso a flor de piel y el sudor corriéndole por la espalda.

El criollo encontró el último rescoldo de valor que contenía su pecho y aproximó su rostro al de Acosta.

—¿Quién cojones se cree usted que es?

Acosta sintió la mirada de su hijo clavada en él y el cuchillo que había aparecido como por arte de magia en la mano derecha de Pavón. El mayoral le devolvió la mirada a Rivera y se permitió una sonrisa.

—Le relevo del mando, señor Rivera —dijo con calma—. Es usted un inútil, y nos está poniendo en peligro a todos.

El criollo dio un paso hacia delante, pero Pavón se aproximó aún más, dejando entrever el azul brillante de su acero. Rivera tragó saliva de cualquier manera y se echó a un lado con los dientes apretados y la mirada encendida.

—Esto no quedara así —acertó a decir.

—Eso espero —zanjó el mayoral.

Acosta se giró para observar los jóvenes rostros de los sublevados y apreció el miedo que transpiraban. El pánico que gritaban sus ojos.

Estoy aquí, se dijo, para guiarlos a través de la incertidumbre.

—Pavón —murmuró—, cubre nuestro avance desde aquella esquina con cinco hombres. Atentos a las ventanas y los balcones. Vosotros seis —señaló—, asegurad la plaza desde los soportales del ayuntamiento. Tres por la derecha, otros tres por la izquierda. —Apuntó con el índice y el corazón a la decena restante, incluyendo a su hijo—. Vosotros, conmigo.

Avanzó seguido por la columna mientras estudiaba cada recodo: los tejados, las puertas entreabiertas, la penumbra que ocultaba el alféizar de las ventanas, y envueltos en aquel silencio ignoto, alcanzaron la calle que desembocaba en la plaza mayor.

—Vamos allá —murmuró Acosta, acariciando el gatillo de la escopeta.

Pavón alcanzó la bocacalle que cubría la entrada y, tras la indicación del mayoral, seis soldados accedieron a la plaza, dividiéndose y apuntando sin prisa a cada ángulo sospechoso, a cada sombra inhóspita.

Ni un sonido, observó Acosta con suspicacia. Ni una sola detonación.

—Juntos —ordenó con determinación dirigiéndose al resto.

Abandonaron la protección de los edificios y recorrieron con desesperación contenida la distancia que los separaba del pozo que gobernaba el centro del pueblo. Era una plaza cuadrada, con cuatro entradas, presidida por una antigua iglesia y un pequeño ayuntamiento y rodeada de casas de dos y tres pisos con balcones desiertos. Acosta apreció a través del sudor que le corría por la frente la sombría calma que inundaba el recinto. Se parapetó tras la fuente, apoyó la rodilla en el suelo empedrado y alzó la escopeta, buscando un enemigo que parecía decidido a no comparecer.

—Permaneced atentos —susurró el mayoral.

Por el sudoeste, una segunda columna dirigida por Céspedes accedió a la plaza con resolución. Había optimismo en sus miradas, la confianza de quien por fin cree en su cometido y en su responsabilidad. Aquella victoria era importante para la moral de los orientales, pero no representaba la guerra a la que se dirigían.

Acosta lo sabía por experiencia.

Los cubanos aseguraron el perímetro y, tras ellos, el presidente de la República en armas, arropado por su escolta, penetró en el corazón de Yara sin haber intercambiado un solo disparo.

—Continuad alerta —ordenó el mayoral a sus hombres sin dejar de observar las ventanas cerradas.

Las dos columnas restantes —y peor armadas— se unieron al resto del ejército en la plaza con el corazón confiado y rebosante de alegría. Un joven se subió a la boca del pozo y ondeó la bandera de Candelaria con fuerza.

—¡Viva Cuba libre! —exclamó.

Los sublevados gritaron con él secundando la proclama, y los brazos y las miradas perdieron la tensión del combate. Acosta observó preocupado que ningún vecino se unía a la celebración y buscó a Pavón en el extremo de la plaza por el que habían entrado.

—Las casas —dijo con la mirada puesta en las silenciosas viviendas—. Hay que registrarlas.

El cubano asintió, organizó a sus hombres y se acercaron con cuidado a los edificios. Acosta supervisaba los movimientos cuando, a su derecha, un cubano se abrió paso hasta una de las puertas, asió con fuerza el picaporte y la abrió.

La detonación retumbó en la plaza como el tañido de una campana, y el soldado se desplomó en el suelo con los ojos muy abiertos y el estómago perforado; y como una señal, los ocultos fusiles españoles asomaron por las ventanas de las casas circundantes y abrieron fuego al unísono contra el desprevenido ejército rebelde.

—¡Al suelo! —exclamó el mayoral entre los gritos de histeria mientras corría hacia Céspedes—. ¡Al suelo!

La euforia dio paso al desconcierto, a la huida desordenada y a los gritos de dolor. Acosta alcanzó al hacendado y lo cogió del brazo, arrastrándolo tras él.

—¡Vamos! —urgió mientras se giraba hacia sus soldados—. ¡Retirada!

Lo que quedaba del ejército libertador de Cuba abandonó la plaza precipitadamente, tirando sus armas y deshaciendo la formación. Tan solo la infantería del mayoral respondió al fuego enemigo y se retiró de forma ordenada. El resto huyó del poblado sin mirar atrás, tratando de ponerse a salvo en la seguridad de la espesura.

Acosta consiguió llegar hasta los soportales del pequeño ayuntamiento junto con Céspedes, Pavón, su hijo, cinco soldados, tres escoltas del general en jefe y Rivera.

Doce apóstoles para un profeta truncado, pensó el mayoral al hacer el recuento; y su hijo, gracias a Dios, estaba entero.

—¡Todo se ha perdido! —se lamentó uno de los guardias.

Céspedes se giró hacia él frunciendo los labios.

—¡Aún quedamos trece hombres! ¡Trece! —exclamó—. Eso basta para mantener vivo el espíritu de la independencia.

Lo dijo con rabia, con la impotencia de quien se siente vencido sin haber tenido una oportunidad real de luchar. Un abatido silencio, diferente al anterior, se cernió sobre el grupo.

Acosta se miró las manos, cansadas y llenas de polvo, y sintió lástima y alivio. Reconoció en la distancia varios cuerpos de cubanos abatidos y agradeció que ninguno fuese el de su hijo.

—Hay que salir de aquí —dijo con serenidad, y se incorporó afianzando el fusil—. Aún no estamos a salvo.

Pavón le devolvió una mirada lenta, llena de realidad, que asentía a pesar de sus ojos.

—Tenemos que abandonar Yara —sentenció.

La expresión de Céspedes viró del furor al fracaso en un segundo y sus hombros se relajaron, conscientes del esfuerzo absurdo de mantener la tensión. Un hondo cansancio se perfiló en su rostro, seguido de una fiera resolución.

El fuego, al fin y al cabo, de quien resiste, se dijo Acosta.

—Nos reorganizaremos en campo abierto.

El mayoral desvió la mirada y reconoció el terreno. Se retiraron lentamente, calle a calle, saliendo del pueblo con el corazón encogido y la posibilidad de una emboscada secándoles los labios. Pavón, que conocía aquella zona a la perfección, señaló hacia el oeste, donde se perfilaba una extensa arboleda.

—Nada de fuegos —masculló pensando en las tropas españolas de Bayamo—. Esta noche, la oscuridad será nuestra aliada.

Recuperaron tres monturas y todos siguieron al cubano sin hacer preguntas, caminando hasta que las distancias y las formas dejaron de distinguirse. Encontraron un cerro despejado, relativamente protegido, y, tras una breve discusión, decidieron pasar allí la noche. El sol desapareció tras las montañas y dio paso a una noche nítida y despejada, con una la luz argentada que magnificaba la derrota en sus rostros abatidos.

El último bastión, pensó Acosta. Quizá, se dijo, todo acaba aquí. Las conspiraciones y el odio; la promesa de una guerra lenta y despiadada.

—¿Un mal día? —preguntó Pavón, dejándose caer a su lado.

—He vivido peores derrotas —murmuró el mayoral.

El cubano chasqueó la lengua y sonrió.

—Pero nunca una tan rápida.

El mayoral estudió en la distancia el semblante apagado de Céspedes, la desolación de Rivera, el obstinado silencio de los soldados y la resignación de su hijo.

—En realidad —reconoció—, puede que este desenlace sea el mejor remedio para la utopía.

Pavón no pudo evitar ensanchar su sonrisa y asentir mientras se tumbaba en la hierba.

—Pase lo que pase —dijo girándose hacia el mayoral—, gracias por guiarnos hoy. Habrá más coraje la próxima vez.

Era un agradecimiento sincero. Ambos sabían que, sin su criterio, las cosas podrían haber ido a peor.

—Más que coraje —respondió Acosta conciliador—, necesitamos preparación.

Se tumbó con un ánimo distinto, contemplando el cielo límpido y despejado; recordando aquel instante en el que creían que habían tomado Yara.

Habrá guerra, aceptó al fin mientras pensaba en su mujer, en Candelaria y en La Demajagüa; en la calma que ya nunca tendría. Habrá guerra, se repitió, cerrando los ojos y rindiéndose al cansancio, y nos arrastrará a todos sin remedio en su locura.

Un lejano rumor los alcanzó de madrugada. Acosta se levantó de un salto, cogió su escopeta y despertó al resto del destacamento con patadas rápidas y pánico contenido. Lo que quedaba del ejército rebelde, aún somnoliento, buscó sus armas con presteza entre la neblina del amanecer y se preparó para el combate.

—¡Silencio! —masculló el mayoral mientras se asomaba al camino amparado tras unas rocas.

La visión le heló la sangre: una larga columna de soldados se dirigía al paso hacia ellos. Se giró para reconocer bien el terreno y planificar una huida, pero el rostro sosegado de Céspedes le desconcertó. El hacendado se adelantó esgrimiendo una confianza renovada y una sonrisa conciliadora.

—Es Marcano —afirmó, colocándole la mano en el hombro al mayoral para tratar de tranquilizarlo.

Luis Marcano era uno de los muchos dominicanos afincados en Cuba tras la guerra de la Restauración y la retirada de España de la República Dominicana. Veterano del Ejército, había ostentado el rango de capitán y Acosta había combatido bajo sus órdenes en Santo Domingo. Había estado presente, días atrás, en la declaración de independencia en La Demajagua, pero abandonó acto seguido el ingenio para alzarse en Jibacoa —cerca de La Habana— junto a sus hermanos. Acosta había interpretado aquella maniobra como una evasión sutil, pero, al parecer, se había equivocado.

Céspedes abandonó el abrigo de los árboles y salió a su encuentro, fundiéndose en un emocionado abrazo con el antiguo capitán. Marcano era moreno, con la mirada oscura y penetrante. Lucía un bigote escueto que contrastaba con su nariz redonda y hablaba con una voz firme y acostumbrada a mandar, teñida por la sutil melancolía de un soldado sin patria.

El resto del grupo se unió a ellos.

—¿Qué ha ocurrido? —inquirió el dominicano.

Céspedes frunció los labios.

—Una emboscada —argumentó—. En la plaza de Yara. Nuestras fuerzas se dispersaron.

Marcano frunció el ceño y asintió mientras reflexionaba.

—Una veintena de hombres se ha unido a nosotros por el camino. Supongo que encontraremos más por los alrededores.

El Céspedes combativo que Acosta había conocido parecía volver, poco a poco, a ocupar el espacio que le correspondía. La decisión volvía a sus manos y su voz recuperó el aliento.

—¿De cuántos hombres dispone?

—Unos trescientos, divididos en siete compañías, aunque medianamente armados.

El hacendado se giró para observar a Pavón y a Acosta y miró de nuevo a Marcano.

—Supongo que necesitaremos más oficiales —afirmó.

Marcano empezó a asentir cuando Rivera carraspeó y dio un paso hacia delante, interponiéndose entre los dos interlocutores.

—Me gustaría resaltar algo que ocurrió ayer —comenzó con voz marcada.

Todos lo observaron con cierta sorpresa.

—Qué valor —susurró Pavón con una mirada entre la diversión y la inquietud.

—Durante el asalto a Yara —continuó el criollo—, el señor Acosta se insubordinó y asumió la dirección de mis hombres.

El hacendado abrió los ojos y se volvió para mirar a su antiguo mayoral.

—El desenlace es de sobra conocido —añadió Rivera cerrando los puños—. Me gustaría que se exigieran responsabilidades y se tomaran las medidas oportunas.

Marcano enarcó las cejas y Céspedes apoyó las manos en las caderas y ladeó la cabeza.

—¿Es eso cierto? —preguntó dirigiéndose a Acosta.

El otro se encogió de hombros con indiferencia mientras cambiaba la escopeta de mano.

—Me temo que sí, señor Céspedes —reconoció—. Dadas las circunstancias, lo consideré oportuno. El señor Rivera no parecía estar capacitado.

El criollo asimiló sus palabras con un bufido y enrojeció.

—¿Cómo se atreve? —escupió, conteniéndose a duras penas—. ¡Un traidor a la causa, un español, tratándome de incompetente!

Un silencio expectante se instaló en el grupo, con todos los ojos puestos en el mayoral. Acosta recorrió despacio los rostros de los presentes y, al cabo de varios segundos, esbozó una tranquila sonrisa.

—Esto es una guerra —dijo con parsimonia, encogiéndose de hombros—. O a eso se quiere llegar. Si Cuba pretende ganarla, necesitará soldados y disciplina. —Se giró y señaló con la barbilla al criollo—. Sobran los gallos de corral con manos suaves y espuelas de oro.

Rivera suspiró profundamente y recuperó parte de la presencia que había perdido a lo largo de los últimos días. Un orgullo herido que creía olvidado.

—Nos volveremos a ver, señor Acosta —dijo mientras recuperaba con parsimonia su rifle—. Cuente con ello.

El grupo observó cómo el criollo montaba en uno de los caballos y se perdía entre los árboles. Céspedes cabeceó y dejó escapar un largo suspiro.

—Llegado el momento —afirmó—, lo necesitaremos. A él y a todo Camagüey.

—Puede ser —dijo Marcano.

Se volvió hacia Acosta y asintió convencido.

—Pero por ahora —murmuró—, ya tienes un oficial competente.

7

10 de junio de 1875, Madrid, España

El sonido de la calle interrumpió su sueño y la pesadez del mediodía captó sus sentidos. Desorientado, se incorporó en la cama y apreció la luz que entraba por la ventana.

Se desperezó y se puso en pie aún dolorido, flexionando la pierna y tanteando con cuidado la mandíbula. Se lavó la cara con el agua tibia de la jofaina y contempló su cuarto con cierta nostalgia: las paredes desconchadas, los tablones sueltos, la humedad intrínseca a la madera carcomida, y sonrió despacio, con conocimiento de causa.

Es mejor que dormir a la intemperie, pensó. Y con cubanos disparándote.

Avanzó por aquel espacio reducido y se dispuso a leer lo que había escrito hacía unas horas, apreciando el tacto del papel y la tinta ya reseca.

—Es bueno —dijo en voz alta, exteriorizando la armonía que sentía al releer el texto.

Le gustaba.

Era como leer el texto de un desconocido, pero intuyendo en cada expresión pensamientos familiares e ideas propias.

Se aseó, lustró sus zapatos cansados, se caló el sombrero y salió a la calle. El sol estaba en lo alto y se respiraba despreocupación y anhelo. Cánovas dirigía el país con mano firme, y el conflicto carlista, focalizado en el norte de España, agonizaba. En marzo, Martínez Campos había sitiado Seo de Urgel y aquella guerra fraternal, la tercera, parecía ya determinada.

En cambio, pensó abatido, la de Cuba era una guerra más profunda, más opaca. La barbarie había obcecado a los dos bandos y España necesitaba un capitán general con más cabeza que sangre, pero alguien así era apartado inmediatamente del sistema.

—Aquí no queremos capellanes —le había espetado un teniente durante su primer mes en la isla, cuando propuso no fusilar a un contingente rebelde cerca de Santiago.

No habría una salida limpia de aquel conflicto y, aun así, todo aquello resultaba lejano en la península. Un conflicto distante que no afectaba al día a día de los españoles. La tranquilidad volvía a sus mañanas estivales y todo relucía bajo la suave luz del sol.

El soldado contempló con curiosidad a las familias que paseaban por Madrid, a las parejas, a los niños que corrían por las calles llenando el aire con sus gritos de radiante naturalidad.

La sociedad, pensó el soldado sonriendo. Todos se esforzaban por encajar en ella; por no desentonar. El ostracismo social, se dijo mientras pensaba en Nuña, está reservado únicamente para unos pocos privilegiados.

El tiempo era bueno, el cielo estaba despejado y, mientras él cavilaba sobre sus próximos pasos para esquivar la muerte, Madrid se echaba a la calle para celebrar, con indiferencia, el paso del tiempo y el triunfo de la vida.

Al cabo, sacudió la cabeza para deshacerse de sus pensamientos y enfiló con un ritmo diferente hacia el norte de Madrid. Pasó por delante de la Casa de la Moneda, en la Castellana, y se detuvo en los jardines aledaños con el resuello vivo y la mirada encendida. Escogió uno de los bancos que circundaban el parque y se sentó, dejando escapar un suspiro y sintiendo la pierna palpitar con la tenue violencia acostumbrada.

Sintió cómo las gotas de un leve sudor perlaban su frente. Cerró los ojos y un ligero mareo le llenó el cuerpo de vértigo, pero se mantuvo firme, luchando contra aquella oscuridad que pretendía envolverlo.

—Todo llega si se está dispuesto a todo —murmuró mientras abría los párpados.

Se permitió un segundo más y se puso en pie.

Empezaba la actuación.

Quizá se equivocaba, pero sabía que una mujer soltera no podía recibir a un soldado en su casa sin una buena excusa, sin un buen pretexto.

Localizó a tres mujeres que paseaban con las sombrillas desplegadas y arrastrando los vestidos y se acercó a ellas. El grupo enmudeció al advertir su determinación.

Había elegido su mejor levita, un sombrero nuevo de hongo, una camisa azul y una corbata oscura. Su juventud, la rigidez de la pierna y el bastón le conferían un aire decimonónico que había aprendido a aprovechar. Avanzó con el rostro relajado, tímido y sonriente; rozando la preocupación.

—Disculpen, siento asaltarlas de esta manera —comenzó, metiéndose en el papel—. ¿Han visto a un cachorro merodeando por aquí?

Recibió un silencio expectante, casi avergonzado, como respuesta. Cambió el peso del cuerpo, frunciendo el ceño y despilfarrando lástima, y continuó.

—Es un *weimaraner* gris. Tiene los ojos azules. Mi hija se dejó ayer la puerta abierta y se escapó. Esta mañana lo han visto en el parque.

Eran tres mujeres jóvenes, probablemente en búsqueda de un buen marido. El rostro de una de ellas era duro e intransitable, con la alarma en los ojos, como si adivinase sus intenciones. Otra lo miraba con interés. Fue la última, la más joven, la que respondió con inocencia.

—No. Lo sentimos —dijo mientras dirigía a sus acompañantes una tímida mirada de reproche—. Pero descuide —añadió girándose hacia él—, si vemos un cachorro perdido, sabremos que es de usted.

El soldado agradeció sus palabras con una leve inclinación de cabeza.

—Se lo agradezco, mi hija es hoy un baño de lágrimas.

La reserva de las otras dos mujeres se deshizo.

—No se preocupe —dijo la primera—. Aparecerá.

—Por otro lado —añadió la segunda—, la señorita de Barjuán tiene un cachorro de esa raza. Pasea con él todos los días. Podría preguntarle.

El soldado ocultó una sonrisa al escuchar la afirmación, forzándose a recuperar el hilo que interpretaba.

—Es una buena idea —susurró pensativo.

—¿Cómo se llama? —inquirió la más joven, azorándose al encontrarse con su mirada—. Por si alguien encuentra al cachorro —explicó rápidamente.

El aludido sonrió.

—Alonso. Hermenegildo Alonso —dijo mientras señalaba con el dedo índice una dirección indeterminada al final de la calle Serrano—. Vivimos en la casa del fondo.

Las tres mujeres se presentaron, algo nerviosas, controlando el parque y atentas a cualquier observador inoportuno.

—Encantado de conocerlas —afirmó el militar con una sonrisa—. No las interrumpo más —concluyó mientras se distanciaba—. Muchas gracias por su tiempo.

—¡Buena suerte! —exclamaron al unísono.

El soldado se alejó satisfecho. Hablo con varios transeúntes más y describió a su perro perdido docenas de veces. Alternó sonrisas, vistió su cara de lástima y apeló al desgarro de su hija para ablandar los corazones más reticentes. Recorrió las calles aledañas y, cuando consideró que había sido suficiente, se derrumbó en el mismo banco que había ocupado antes de iniciar aquella peculiar cacería.

Eran casi las dos de la tarde, el sol reinaba en lo alto del cielo y el parque estaba ya vacío.

El *bowie* se le clavó en la espalda y cambió de postura mientras contemplaba los nuevos edificios que estaba construyendo el marqués de Salamanca. La combustión del mediodía desdibujó las formas, y el campo, a lo lejos, se recortó entre las casas como un espejismo imposible.

El bochorno, pensó, ya no le afectaba. No como antes.

Tras cuatro años combatiendo en Cuba, su cuerpo se había adaptado a la humedad y a la transpiración diaria. A pesar de todo, el calor de Madrid era diferente. Más seco, más duro.

Contempló las calles vacías y aquel silencio incandescente le removió la nostalgia.

Se sintió cansado y en paz, y agradeció a su destino poder disfrutar de aquel día: del tacto del banco, de la brisa cálida de junio, de la quietud del parque; de Madrid, de España. De aquel triunfo sobre la muerte.

—No todos lo consiguieron —masculló entre dientes.

Se sonrió con nostalgia y pensó en el texto, en los papeles plegados que llevaba en el bolsillo interior de la levita. Recordó el esfuerzo y la desesperación que había sentido hacía apenas un año. La rabia, el cansancio. Todo lo que perdió en Las Guásimas.

Todo lo que le arrebataron.

Se levantó y estiró la pierna para desentumecerla, tensando los ligamentos con cuidado. Abandonó el parque y comenzó a silbar una marcha de guerra, internándose en el aire caliente e inmóvil que lo engullía con sus pasos resonando en el revés de aquel día solitario.

Estaba cansado, pero recuperó, paso a paso, una fuerza que creía extinguida.

La aventura rejuvenece, pensó mientras se adentraba en Madrid y dejaba tras de sí los retazos de lo que ya nunca volvería.

Tras almorzar en una de las tascas del centro, anduvo hasta la plaza de Matute y accedió al edificio de *El Imparcial.* La redacción estaba sumida en una penumbra sutil y envuelta en un silencio incompleto. Recorrió el pasillo con cautela, prestando atención a cada sonido, pero no había rastro de Isidoro ni de Mellado. Se disponía a abandonar el local cuando, en el despacho contiguo, escuchó un frágil pasar de páginas.

Se acercó a la puerta y llamó suavemente con los nudillos.

—Adelante —se oyó al otro lado de la puerta.

En una mesa, rodeado de papeles, se encontraba Eduardo Gasset, fundador del periódico. Moreno y taciturno, Gasset exhibía una barba cuidada, una nariz prominente y unos ojos pequeños y melancólicos. La ausencia de pelo acentuaba la curvatura de su rostro. Político liberal —había sido ministro de Ultramar en 1872— y hombre de pocas palabras, dirigía con acierto uno de los periódicos más influyentes del país, seguido de cerca por *La Correspondencia.*

Aquel día, vestía una camisa blanca, sin chaqueta ni corbata, con los puños doblados y se inclinaba sobre el escritorio mientras escudriñaba un texto ayudándose de la precaria luz que entraba por la ventana.

Al oírlo entrar, levantó la mirada con una relajada lentitud y, al reconocer el rostro del soldado, bajó la mirada sin decir nada, sumergiéndose de nuevo en el escrito.

Por un segundo, los dos no emitieron ningún sonido.

—Buenas tardes, señor Gasset —dijo el soldado al fin.

Sin levantar la visa, un sonido quedo y profundo surgió del interpelado a modo de contestación inaudible. El militar continuó.

—Venía a entregar un texto al señor Fernández Flórez. ¿Va a venir esta tarde?

Gasset se incorporó respirando profundamente. Un brillo inusual, paciente e intrigado se fragmentó en su expresión. La mente del soldado hizo un cálculo rápido de tiempo y casualidades y decidió ir a casa de Isidoro para entregárselo personalmente.

—¿Es para *Los Lunes?* —preguntó Gasset.

Pronunció la última palabra con un deje de curiosidad y un mutismo demasiado largo se apoderó de su interlocutor. Gasset comprendió al instante el porqué de aquella indecisión y alzó la mano con desgana, exigiendo el texto.

El soldado le entregó las páginas con los ojos encendidos, tratando de explicar con la mirada lo que no podía verbalizar. El liberal asintió al recoger los papeles.

—Isidoro no escribe desde hace años —explicó—. Antes que usted, otros redactaron sus artículos. No tema. Estoy al corriente de la situación. Le necesito para otros asuntos.

El soldado suspiró aliviado y Gasset analizó su expresión, como eligiendo qué decir y qué callar. Tomándose su tiempo.

—Sus escritos tienen algo de intrigante —dijo al fin, decidido—. Algo que no logro comprender, pero que sé que está ahí. Un significado oculto —sentenció.

Una sonrisa franca, casi turbada, le recorrió el rostro. Su mirada, impregnada de una emoción infantil, viajó del texto a los ojos del soldado, y del soldado al texto.

—¿Puedo?

—Claro.

—Tome asiento, por favor.

El soldado se dejó caer en una silla mientras el director del periódico más leído de España se zambullía con entusiasmo en sus palabras. Sus ojos, rápidos y concisos, corrieron por las líneas buscando la verdad encerrada en aquellas frases, descubriendo todas las mentiras.

Transcurridos varios minutos, Gasset dejó el texto sobre la mesa y se echó hacia atrás, como buscando una perspectiva diferente.

—Lo de la guitarra, ¿a qué viene? —cuestionó extrañado.

El soldado se removió, algo incómodo, mientras sentía la mirada de Gasset clavada en sus movimientos.

—Fue algo que pasó hace tiempo —concluyó—. Escribirlo me mantiene cuerdo.

El director asintió en silencio.

—¿Por qué?

El soldado esbozó una sonrisa lejana y triste, cansada.

—Hay gente que tiene el juego, otros, el alcohol o las prostitutas. Yo tengo mi memoria y el privilegio de recordar.

—¿Cuba?

—Cuba —confirmó despacio.

—Pero podría ser cualquier guerra —completó Gasset—. La desesperación, el coraje, la muerte…, la voluntad de sobrevivir.

El soldado asintió, meditabundo.

Gasset apoyó la espalda en el respaldo de su silla, entrelazó los dedos en la nuca y miró a lo lejos, perdiéndose en una ensoñación tranquila.

—¿Nunca escribe usted sobre el amor? —preguntó de pronto.

Ya lo escribí todo, pensó el soldado. Y no sirvió de nada.

—Puede llegar a ser más devastador que una guerra —concluyó el director.

—Pero no mata —reflexionó el soldado en voz alta—. Un corazón roto me llevó a Cuba —añadió—, pero fue la esperanza lo que me trajo de vuelta.

Se incorporó en la silla y señaló con la cabeza los papeles que Gasset aún sostenía entre las manos.

—¿Se lo hará llegar? —preguntó con impaciencia.

Gasset apoyó las manos sobre su escritorio y recuperó el equilibrio.

—Descuide —dijo recomponiéndose—. El lunes estará publicado.

Se dispuso a marcharse, pero una idea se encendió en su mente. Una oportunidad.

—Por otro lado...

El director lo miró a los ojos, expectante.

—Le comenté al señor Fernández Flórez la posibilidad de incluir una novela por entregas en *Los Lunes,* una suerte de folletín semanal.

—¿Sobre qué?

Sobre la crueldad, pensó el soldado. Sobre el esfuerzo, el arrojo y la pérdida.

—La historia de dos soldados —mencionó despacio— en la guerra de Cuba.

Su interlocutor se llevó una mano al mentón y se mordió los labios.

—El problema sería la impresión —respondió mientras calculaba el proyecto.

—La capacidad —completó el soldado—. Lo sé.

Gasset le dedicó una mirada cargada de curiosidad, como preguntándole a dónde quería llegar.

—Un tercero ha accedido a producir veinte mil copias del primer capítulo —continuó—. Sería suficiente para cubrir Madrid.

En aquel momento, *El Imparcial* distribuía en la capital dieciocho mil copias. La cantidad propuesta era más que suficiente.

—¿Y el coste? —preguntó Gasset.

—Correría por mi cuenta —afirmó el soldado sin titubear—. Si tiene éxito, el periódico se encargaría de los siguientes capítulos.

El director de *El Imparcial* chasqueó la lengua, extrañamente divertido.

—Me gustaría leerlo antes de decidir distribuirlo.

—Por supuesto —concedió el soldado—. Usted y el señor Fernández Flórez.

Gasset no pudo evitar una sonrisa.

—¿Cuándo estará listo?

—Para la siguiente edición.

—Eso espero —sentenció el periodista, desviando la mirada y recordando sus ocupaciones—. Buenas tardes, señor Ciudad.

El soldado se levantó, se despidió con cordialidad y se deslizó hacia la puerta del despacho. Recorrió el pasillo y abandonó el edificio con un brillo diferente en la mirada.

Pensó en Nuña y un extraño sentimiento le cruzó el pecho.

Quizá, se dijo, Riesgo no tenía razón y se puede volver a empezar de nuevo.

Avanzó por las calles con confianza, sin destino aparente, desafiando a la tarde y sintiéndose intrépido, peligroso y audaz. Mortalmente definitivo.

8

10 de junio de 1875, Madrid, España

No debería acudir, reflexionó abatido el soldado. Oscurecía en Madrid y el aire cálido del atardecer atravesaba sin prisa la ventana abierta de su cuarto.

—No puedo —murmuró.

La fiesta de Galdós comenzaría en breve y el soldado se debatía entre la soledad y el sentido común.

Pensó en sus dos nombres, en sus dos profesiones, y sintió cómo una húmeda ansiedad le comenzaba a girar en el estómago.

No habrá militares, reflexionó. Y necesitaba información sobre Suárez de Villena.

Se sentó en el borde de la cama, cerró los ojos, apoyó los codos en las rodillas y respiró con profundidad para serenarse.

—El futuro es de los audaces —concluyó decidido.

Se aseó, eligió una camisa blanca y una corbata azul oscuro y salió a la calle con la mente en blanco, concentrado, por primera vez, en el dolor subyacente de su pierna herida. Hacía calor y decidió utilizar el recién instalado tranvía para evitar presentarse empapado en sudor. El lento traqueteo le tranquilizó, concediéndole una tregua. Cuando llegó a la calle Serrano, la convicción había conquistado sus facciones.

Vamos allá, se dijo.

Subió las escaleras, llamó con naturalidad y una mujer de mediana edad, atractiva y con los ojos relucientes, le abrió la puerta. El sonido de animadas conversaciones a su espalda le confirmó que aquel era el domicilio indicado.

—Buenas noches —saludó el soldado—. Soy Manuel Ciudad. El señor...

—Pase, pase —lo interrumpió la anfitriona con una sonrisa—. Benito nos ha hablado mucho de usted. Soy Concha Pérez Galdós.

Ambos se saludaron con una sonrisa sincera.

—Gracias —dijo el soldado mientras accedía al recibidor.

Concha lo acompañó por el pasillo, detallando los pormenores de la fiesta y mencionando los nombres de los invitados.

—Hay comida en el aparador —comentó al acceder al salón— y bebidas en el *office*. Está usted en su casa.

El soldado se lo agradeció con un gesto de cabeza y Concha se perdió entre sus invitados.

Había unas treinta personas en la estancia, la mayoría de pie, hablando en pequeños grupos. Saludó con la cabeza al conde de Richmond y no tardó en descubrir, entre la gente, la mirada melancólica de Iribarren.

—¿Mejor? —le preguntó directamente, sacándolo de su ensimismamiento—. El otro día no tenía buena cara.

Iribarren lo miró sorprendido, con un breve agradecimiento en los ojos.

—El amor —suspiró— es como un barco que se hunde.

—¿A qué se refiere?

El aludido le dio un largo sorbo a su copa.

—Primero, para mantenerlo a flote, uno lanza por la borda su orgullo, su independencia.

En la mirada de Iribarren relucía rabia y una peligrosa desesperación.

—Pero no es suficiente —continuó—. Después uno lanza a sus amigos, a su familia, a toda la gente que lo rodea.

—Pero no es suficiente —completó el soldado.

Iribarren asintió.

—Y al final, acaba uno solo en un barco que se hunde. Que no tenía remedio. Que te arrastrará al fondo del mar, con todos tus sueños y planes de futuro. Con todas tus derrotas.

El soldado frunció los labios mientras negaba con la cabeza.

—Se olvida del tiempo.

—¿El tiempo? —preguntó Iribarren extrañado.

El otro asintió.

—Un amigo me dijo una vez que la vida consiste en aprender a dejar que las cosas se acaben. Que el olvido es la única venganza y el único perdón.

Se acercó a una de las mesas y se sirvió una copa de ron.

—En un barco que se hunde, el tiempo es el bote salvavidas.

Iribarren le devolvió una sonrisa convencida.

—Por el tiempo —brindó más animado.

El soldado alzó su vaso.

—Por el amor —completó sonriente al resonar el vidrio.

Iribarren se alejó y el soldado recordó dónde estaba. Los saludos, los cumplidos y las confidencias volaban en todas las direcciones en aquella casa de techos altos y grandes ventanales. Analizó a los invitados y no reconoció a ningún militar, a nadie sospechoso; a nadie que pudiese poner en peligro sus múltiples coartadas.

El arrullo de las conversaciones llenaba la casa de un distendido jolgorio y descubrió a Mellado conversando animadamente con Galdós al final del comedor. Pudo imaginar, por sus rostros, de qué estaban hablando.

En 1872, aprovechando la compleja coyuntura política que atravesaba España con Amadeo de Saboya como monarca, Carlos de Borbón se había alzado en el norte del país, avocando al Gobierno liberal a una tercera guerra civil. El pronunciamiento contó con el apoyo de Cataluña, Navarra, Valencia y las Provincias Vascongadas, así como de los principales militares carlistas. Las tensiones internas del Gobierno español tras la proclamación de la República en 1873 —unido a la guerra de Cuba y la insurrección cantonalista— permitió que los rebeldes se asentaran en sus posiciones. Pero el golpe de Estado en 1874 del general Serrano, la reorganización del Ejército y la restauración de Alfonso XII en 1875 habían supuesto un serio revés para las aspiraciones del pretendiente.

Ante la imposibilidad de llegar a un acuerdo y con la urgente de necesidad de acabar con el conflicto, Cánovas había lanzado una violenta ofensiva contra Navarra y las Provincias Vascongadas. En aquel instante, el general Martínez Campos dirigía el ejército alfonsino hacia Cataluña, el último reducto carlista.

El soldado saboreó el ron y, convencido de la ausencia de militares, decidió disfrutar de la velada.

—¿Fue Savalls el que tomó Olot? —preguntaba en aquel momento Galdós.

Las noticias y leyendas de la guerra en el norte llegaban a Madrid a partes iguales.

Tras la caída de Olot, el general Martínez Campos asediaba Seo de Urgel, la última plaza en manos de los rebeldes, y el posible fin de la guerra estaba en boca de todos. Francisco Savalls, capitán general de la Cataluña carlista, resistía aquella última embestida con la bravura que destilaba su historial.

Mellado asintió, permitiéndose un suspiro.

—Fue hace año —completó hoscamente—. Apareció de noche, cogiendo a la guarnición desprevenida. Ciento cuarenta carabineros leales al Gobierno se batieron durante tres días atrincherados en la iglesia. Savalls esperó a que se les agotara la munición y exigió una rendición incondicional, fusilándolos después. A todos.

—El terror de la montaña —indicó el soldado, uniéndose a la conversación—. Así lo llaman.

Galdós lo observó con interés. Mellado suspiró.

—Ahora lo acusan de traidor ante el pretendiente porque es el único que reconoce lo desesperado de su empresa. Y, aun así, encabeza los ataques contra las posiciones de Martínez Campos.

El soldado frunció el ceño, reconociéndose en aquel arrebato. Aceptar la derrota, se dijo, te permite luchar sin miedo.

—No hay mejor estímulo que carecer de esperanza —expresó.

Mellado y Galdós asintieron en silencio y cambiaron de tema. Un conocido del redactor se aproximó a ellos y comenzaron a hablar de la destitución de los profesores en las universidades.

El soldado aprovechó para recorrer con la vista el salón, buscando sin pretenderlo el rostro de Nuña. Reconoció a lo lejos a Bazán y apreció cómo el canario la observaba de soslayo intermitentemente. Iba a sonreír cuando, de pronto, una voz familiar —una voz que creía olvidada— se abrió paso entre el rumor de las conversaciones.

—Estoy convencida de que no fue usted capaz.

Aquella frase, aquella dicción, entre todas las demás, lo atravesó como una hoja afilada. Como un disparo.

La voz provenía de otra época, de un tiempo remoto en el que él no era un soldado. Un lugar en el que aún estaba limpio, la pierna no le dolía y los recuerdos no lo asaltaban.

Contempló sus facciones en la distancia y su estómago se lanzó al vacío. Había intentado olvidarla hacía ya seis años. Había cruzado el Atlántico y luchado en Cuba para arrinconar su mirada en lo más profundo de sí mismo. Había tratado de olvidar sus manos y borrar su recuerdo.

Pero no había servido de nada.

Galdós se extrañó ante su reacción y se acercó al soldado.

—¿La conoce?

Antes de volver a Madrid, antes de aceptar el trabajo de *El Imparcial,* antes de acudir a las tertulias y codearse con escritores y políticos, antes de acudir a aquella fiesta, antes de que Concha le abriese la puerta y antes de escucharla, sabía que estaría ahí.

—Es Julia de Castro —afirmó tratando de contener el temblor de sus palabras.

Galdós asintió distraído.

—La señora de Basabe —detalló—. Es encantadora.

El soldado se encogió un poco, levemente, asimilando el impacto. La formalidad se hundió en su garganta como la proa de una galera, incendiando todas las cosas que creía intactas. El pasado, la rigidez del presente y el intangible futuro habían decidido converger aquella noche en casa de los Galdós; y él no estaba preparado.

El anfitrión insistió, preocupado, cogiéndolo el brazo.

—¿Se encuentra bien?

—No lo sé —reconoció el soldado.

A pesar de su timidez y de su parquedad con las palabras, Benito Pérez Galdós intuía a la perfección el mecanismo del alma humana.

—¿Quiere marcharse?

Durante un instante, ambos se miraron con una renovada complicidad.

—No —resumió el aludido, inspirando profundamente—. Para avanzar, hay que romperse.

Galdós sonrió.

—Hay que saber olvidar —susurró mientras cambiaba de posición, observando, desde su silencio, las conversaciones de sus invitados—. De ello depende cada comienzo.

El soldado asintió, contempló la estancia y fijó su objetivo mientras recuperaba la presencia. Sus ojos, el balanceo de su cuerpo, la expresión concentrada: todo él sabía lo que tenía que hacer.

—Y no se preocupe —puntualizó el anfitrión con calma.

El soldado se giró despacio, interrogándolo con la mirada.

—Nuña ha mandado un recado esta mañana —detalló—. Le ha surgido un compromiso. Hoy no podía acudir.

Algo casi intangible había crecido en aquel mismo momento entre los dos hombres. El soldado le agradeció a Galdós sus palabras con un movimiento imperceptible de cabeza y avanzó hacia el origen de su derrota, pronunciando aquel nombre que se había jurado olvidar.

—Julia.

Durante un instante, el tiempo se detuvo.

Pelear, se dijo el soldado. Confrontarse.

La aludida se giró despacio y, cuando sus ojos se encontraron, el soldado sintió que algo, por fin, se rompía en su interior, que la realidad irrumpía en su corazón solitario. Julia dio un paso hacia atrás, perdió levemente el equilibrio y se tapó la boca con la mano.

—¿Cómo? —consiguió articular, atónita.

—La vida —sonrió el soldado, sintiendo cómo recuperaba el control de sí mismo.

Julia se rehízo con rapidez, con aplomo.

—¿Cuánto tiempo ha pasado? —preguntó aún fascinada.

—Seis años. Quizá siete.

Lo estudió con detalle, perdiéndose en los pormenores de su rostro, reparando en el bastón, en su expresión, en su ropa; en su nostalgia.

—¿El Ejército? —preguntó con una fingida naturalidad—. ¿Cuba?

El soldado asintió, exhibiendo una mueca a modo de sonrisa taimada.

—Siempre tuvo usted alma de aventurero —concedió ella sin perder el entusiasmo.

Le brillan los ojos, pensó el soldado. Como la noche cubana, como el resplandor de un disparo.

—He de reconocer —continuó con una sonrisa preocupada— que no me sorprende encontrarle.

El soldado le devolvió una mirada cargada de preguntas, conminándola a continuar.

—Últimamente… —dudó de repente— su nombre recorre ciertos círculos.

—¿Qué tipo de círculos? —preguntó cambiando el peso de pierna e inclinándose hacia delante; deshaciéndose de la emoción y apuntalando su instinto militar.

Julia se sintió, de pronto, ante un desconocido. La mirada cambió y su sonrisa dio paso a cierta suspicacia, a un principio de temor.

—Siento la indiscreción —murmuró mientras se disponía a marcharse—. No debería haberlo mencionado.

El soldado la retuvo del brazo con delicadeza y la acompañó a uno de los balcones que daban a la calle Serrano. Julia se dejó guiar y la brisa nocturna los acogió en su frescor latente al tiempo que dejaban a su espalda el rumor de las conversaciones.

El soldado contempló la calle desierta mientras ella evitaba un suspiro.

—Volvamos a empezar —susurró el soldado—. Me alegro de volver a verte.

La afirmación abrió los ojos de Julia, le arrancó una tímida sonrisa y la devolvió al pasado.

Poco a poco, se dijo el militar.

—Tenía razón —admitió ladeando la cabeza. La otra frunció el ceño, preguntando con la mirada—. Últimamente suscito mucho interés —completó—. Muchas preguntas.

Julia se pasó la mano por el pelo, relajándose. Reflexionando.

—¿Qué ha ocurrido?

El soldado la observó por primera vez aquella noche. La niña grácil e infantil que recordaba había dado paso a una mujer de belleza salvaje. El tiempo había rasgado, aún más, sus ojos y la luz hacía brillar sus pupilas en un azulado reflejo cobrizo. Tenía los labios gruesos, la nariz definida y la sonrisa esquiva de quien se sabe hermosa. El pelo castaño le caía por los hombros como una cascada de promesas y sus gestos eran seguros, definitivamente confiados.

Julia le devolvió la mirada, esperando su respuesta.

—Los republicanos pretenden controlar el Ejército y colocar a sus adeptos —explicó—. Hay una campaña de desprestigio en marcha y mi reputación pende de un hilo. —Se permitió un silencio estoico y casi trágico, perfectamente medido—. Necesito información.

Como un animal salvaje, el remordimiento creció en su conciencia antes de acabar la frase. Tiempo atrás, cuando se conocieron en la universidad, habría sido incapaz de mentirle.

Qué remedio, se dijo mientras ahuyentaba el sentimiento. El mundo avanza de manera inexorable, arrastrándonos, reduciendo la existencia a un combate, forzándonos a luchar y a sobrevivir.

—¿Información sobre qué? —preguntó Julia.

Sobre Madrid, pensó el soldado. Sobre la República, sobre estos seis años, sobre tu marido. Sobre ti.

—Sobre los Suárez de Villena.

Mencionó el apellido atento a la reacción de su interlocutora. Julia se llevó a los labios la copa de champán para ganar tiempo, meditando su respuesta.

—¿Por qué debería confiar en ti? —expresó al fin.

El soldado aceptó sus reservas, asintiendo y clavándole los ojos.

—Sabes que puedes hacerlo.

Y era cierto. Había pasado mucho tiempo, pero la intimidad entre los dos seguía, sorprendentemente, intacta. Julia hizo un mohín con los labios, completando el gesto con el cuerpo.

—No sé mucho sobre ellos —comenzó tras un largo silencio—. Son aristócratas, condes de Torremontalvo, católicos. Carmelo, el mayor, está casado y no tiene hijos. Matías es más... disoluto.

—¿En qué sentido? —preguntó el soldado.

Julia le devolvió una mirada taimada, con un punto de enfado en los ojos.

—¿Juego? ¿Alcohol?

—Mujeres —declaró con firmeza—. Alcohol y mujeres.

Tiene sentido, pensó el soldado.

—¿Qué burdeles frecuenta?

—¡Cómo voy a saberlo! —susurró indignada.

El soldado apreció, a pesar de la oscuridad, cómo el rubor aparecía en sus pómulos.

—¿Algo más? —insistió cambiando de tema.

Julia se cruzó de brazos, evidenciando su irritación, y frunció el ceño.

—Les gusta la caza y el arte. Heredaron una valiosa colección que incluía, dicen, varios lienzos supuestamente desaparecidos.

—¿Recuerdas el nombre de algún cuadro?

La joven cambió de posición, exasperada por aquel interrogatorio.

—Uno de Velázquez... ¿El exilio árabe? —aventuró.

El soldado sonrió.

—*La expulsión de los moriscos.*

—¿Lo conoces?

—Me suena.

La otra ignoró el comentario.

—Carmelo es despierto y muy diligente —continuó—. Estuvo relacionado desde el principio con el Gobierno de la República. Participó en la financiación del partido, incluso se planteó ser diputado. Matías siempre se ha dedicado a los asuntos familiares...

Se interrumpió de pronto, con los ojos encendidos.

—¿Qué está pasando? —preguntó sin aspavientos, sin esperanza, con su intuición femenina diciéndole que algo terrible se estaba gestando a sus espaldas.

El soldado suspiró a la vez que evitaba el impulso de cogerla de las manos.

—Es la España de siempre —murmuró con una insólita melancolía—. Somos nosotros, tú y yo, los que hemos crecido. Los que hemos cambiado.

La mirada de Julia se oscureció. En ella había rabia, tristeza, abismo e indecisión.

Unos ojos demasiado claros, pensó el soldado, para contenerlo todo.

—¿Estás en peligro?

El aludido se encogió de hombros como dando por hecho la situación, el riesgo y la amenaza.

—Nunca quise que terminara así —dijo Julia, cambiando abruptamente de tema, desbordada por la situación.

El soldado esbozó media sonrisa, impidiéndose, por segunda vez, el impulso de abrazarla. Llegaba tarde, pero, a pesar de todo, aquello era una disculpa sincera.

—Lo sé. Hay veces que sí —dijo esquivando la nostalgia—, y otras, la mayoría, que no.

Después de tanto caer, pensó, se estaban aproximando al suelo.

Se permitió unos segundos para recuperar la serenidad y sintió, por primera vez en su vida, que todo estaba en su sitio.

—Deberíamos volver —comentó preocupado mientras recorría con la mirada el desarrollo de la velada en el interior.

—Intentaré reunir más información —manifestó Julia.

Intentó sonreír, pero en su expresión solo había congoja. El soldado inclinó la cabeza, agradecido.

—Las damas primero —indicó.

Julia entreabrió la puerta y atravesó el marco de madera, accediendo al salón y perdiéndose con naturalidad entre la multitud. El soldado apoyó las manos en la barandilla de hierro, cerró los ojos y exhaló un suspiro cansado. La brisa nocturna le acarició el rostro y lo despeinó.

Demasiado pasado para una noche, pensó.

Recordó la sortija que Julia lucía en el anular de su mano izquierda, el símbolo de su matrimonio, y se dedicó una sonrisa cansada. La impresión inicial había dado paso a un equilibrio sincero.

Un nuevo comienzo, se dijo. Por fin.

Abrió la puerta que separaba el balcón de la estancia y atravesó el salón, dirigiéndose a una de las esquinas, donde conversaba Galdós con Iribarren.

—Se hace tarde —declaró el soldado a modo de despedida.

El anfitrión le devolvió la sonrisa y lo examinó con los ojos.

—¿Todo bien?

El soldado frunció los labios y asintió con la cabeza.

—Un encuentro inesperado —afirmó mientras se encogía de hombros.

Iribarren le palmeó la espalda con aire comprensivo y los dejó solos. Galdós lo acompañó a la entrada en silencio, con la mirada brillante y el gesto dispuesto.

—Gracias —musitó el soldado, advirtiéndose diferente.

Hacía tiempo que no pronunciaba esa palabra. Que no la sentía.

—En la zozobra —declaró Galdós sonriendo—, aparece el amigo.

Tras estrecharse la mano, el soldado le dio la espalda y se perdió en la oscuridad de la escalera. Ya en la calle, contempló el cielo y las estrellas y se sintió afortunado. Recordó una noche parecida a aquella antes de llegar a Barcelona, antes de embarcarse hacia lo desconocido. Una noche con el mismo frescor y con la misma incertidumbre.

—¿En qué piensa?

La voz había surgido desde la oscuridad de uno de los compartimentos del tren militar que había transportado a los nuevos reclutas desde Madrid hasta la Ciudad Condal.

—En una mujer —acertó a decir—. En lo que nunca será.

La voz chasqueó la lengua.

—Tiempo, zagal. Tiempo y dinero.

Esbozó una sonrisa cansada mientras ralentizaba el paso y recordaba.

La intensidad de la velada había dado paso a una profunda tristeza y a una clara decepción. La pierna le dolía y los hombros le pesaban más de la cuenta.

Seis años, reflexionó.

Había idealizado sus manos, su sonrisa, su manera de pronunciar las palabras; había sobrevivido a la guerra con su nombre en la boca, con su memoria en los ojos.

Y ahora, tras seis años de vértigo y distancia, no sentía nada.

Retomó el paso, ignorando la aflicción que le subía por la pierna, y se adentró en Madrid.

El tiempo, pensó, al final, hace su parte. El amor se construye sobre los fracasos que lo preceden, sobre las cosas que se pierden en el camino.

Abrió el portal, subió sin prisa por las escaleras y accedió a su casa con un sudor indispuesto cruzándole la frente. Contempló la noche a través de la ventana y pensó en Velasco, en lo absurdo de la existencia, en la fragilidad del ser humano. Un escalofrío le recorrió la espalda y se estremeció.

Al final, se dijo, la memoria es una mentira más que nos atrapa mientras la vida se nos escapa entre las manos.

Se desvistió con calma, con aquella certeza invadiéndolo poco a poco, y se desplomó en la cama sin sonido, desprendiéndose de Julia, llenándose de pasado. Como cuando los imperios y las certezas se desvanecen en el tiempo y sus supervivientes heredan la obligación de recordar.

9

17 de octubre de 1868, Bayamo, Cuba

Acosta suspiró al verlo cabalgar hacia ellos.

—Ese hombre es más peligroso de lo que parece —dijo Pavón a su lado, sorprendido.

Tres días atrás habían entrado en Yara por segunda vez con el refuerzo de Marcano —nombrado teniente general por Céspedes—, pero los españoles la habían evacuado tras la emboscada y el poblado se unió a la causa independentista sin temor a más represalias. Aquello fue un gran avance, sin embargo, hacía falta algo más si pretendían llamar la atención de los cubanos.

—El resto de los hacendados orientales aún no se han pronunciado —afirmó Céspedes aquella noche, tratando de ocultar su preocupación—. Tampoco Camagüey y Las Villas. Necesitamos un combate y una victoria.

—O un asalto —puntualizó Marcano.

Todas las miradas se posaron en él.

—¿Bayamo? —aventuró Pavón.

El dominicano se encogió de hombros y comenzó a dar vueltas alrededor del fuego.

—No es un poblado, es una ciudad importante —declaró—. Forzaría a los hacendados a tomar partido y demostraría que vamos en serio. —Se giró hacia Céspedes y ladeó la cabeza—. A todos. A los españoles y a los cubanos.

Tras dos jornadas de marcha, la villa se perfiló en el horizonte y el ejército rebelde se instaló a sus afueras para sitiarla. La ciudad estaba rodeada por una frondosa vegetación bañada por un ancho río, y a lo lejos, entre los árboles, se distinguían los edificios señoriales de las afueras. Acosta recorrió el campamento perdido en sus pensamientos acompañado de Pavón, esquivando las tiendas, los carromatos y los soldados desperdigados por el suelo. Olía a sudor, a cuero y a caballo; la comida escaseaba y las dudas imperaban en todas las conversaciones.

—Aquí se decidirá todo —había murmurado sombríamente el mayoral cuando alcanzaron a los otros oficiales.

Céspedes había hecho llamar al resto de hacendados orientales a las afueras de Bayamo para discutir con ellos su circunstancia y decidir siguientes pasos. El futuro de todos los conjurados dependía de aquella conversación.

—Un galope —dijo Marcano escudriñando el horizonte.

Todos recuperaron la tensión y apuntalaron sus rostros graves, apretando los dientes con la fuerza que nace de la rabia y de la desesperación. El grupo se aproximó con calma y hubo algún juramento al reconocer a Rivera liderando a los jinetes. El criollo descabalgó con parsimonia y trató de ocultar la satisfacción que le producía aquella situación.

—Buenas noches —declaró con el día agonizando a su espalda.

Tenía los ojos serenos y el rostro relajado de depredador paciente, y paseó la mirada sobre todos los presentes con la condescendencia que le permitía su posición.

—¿Qué hace usted aquí? —le espetó Marcano.

Los hacendados se removieron algo incómodos y Maceo, uno de los terratenientes más ricos de Bayamo, dio un paso adelante.

—El señor Rivera acudió a nosotros tras el desastre de Yara —explicó—. Dejemos atrás las antiguas rencillas, nos une a todos la independencia de Cuba.

Pavón se giró hacia Acosta ocultando una sonrisa escéptica.

—Lo único que estos dos tienen en común es la obsesión por el dinero —susurró.

Céspedes asintió y abrió los brazos.

—Así es —respondió conciliador, dirigiéndose a los hacendados—. Os alegrará saber —añadió— que Yara se ha unido a nuestra causa.

Marcano se adelantó y, como buen militar, se dejó de formalidades.

—El siguiente objetivo es la ciudad Bayamo —dijo sin levantar la voz—, y nos gustaría contar con su aprobación, así como con su apoyo.

Maceo se giró hacia el resto de los hacendados, pero antes de que pudiese abrir la boca, Rivera comenzó a hablar.

—Bayamo se unirá a la lucha y Camagüey apoyará la insurrección de la manera no oficial —afirmó—. Además, un oficial camagüeyano supervisará las siguientes acciones militares.

Céspedes no pudo evitar dirigirle una mirada cargada de desprecio que el otro ignoró deliberadamente.

—¿Qué significa eso? —quiso saber Marcano, evitando un suspiro cargado de paciencia.

El criollo se giró hacia él sin apenas controlar la arrogancia que desprendían sus palabras.

—Significa que Camagüey apoyará a Oriente cuando demuestre que está preparado para la guerra —afirmó—. Significa que Camagüey no arriesgará en vano sus vidas y su economía porque un hacendado oriental —dijo mientras señalaba con el mentón a Céspedes— haya decidido adelantar la sublevación en su propio beneficio.

Un silencio sepulcral invadió el claro y hasta el mismo Pavón tuvo que controlar sus manos.

—Y significa —concluyó— que formaré parte del ejército como oficial, y que se tendrá en cuenta mi opinión en todas sus decisiones.

Acosta observó cómo Marcano acariciaba el pomo de su machete y sonrió. Todos los bandos estaban claros. Fue Céspedes el que retomó la palabra.

—Está bien —dijo mientras levantaba las manos y recorría con la mirada a todos los presentes, tratando de enfriar los ánimos—. Más vale una Cuba unida que un oficial de menos.

Una sonrisa fulgurante y vengativa apareció en la boca de Rivera.

—Y así será —concluyó.

Le dirigió una última mirada a Acosta, montó en su caballo de nuevo y se alejó, solo, al galope.

***

No había vuelto a hablar con su hijo desde que abandonaron La Demajagüa, pero los últimos acontecimientos habían ayudado a que Julio lo mirara de otra manera. Tras la insistencia de Pavón, el mayoral se acercó a él y se sentó en la hierba en silencio, sin dejar de observar cómo el fuego iluminaba la noche. Un escalofrío le recorrió el cuerpo al sentir el calor de la hoguera.

—¿Cómo te encuentras? —dijo al fin.

Julio le devolvió despacio la mirada, sonriendo a medias.

—Algo impresionado, padre.

El mayoral lo instó a continuar con los ojos y el otro bajó la cabeza.

—Los disparos, la sangre, la muerte…

—La guerra —murmuró Acosta.

—Nunca imaginé tanta crueldad.

—La independencia siempre tiene alguien enfrente. Nunca lo olvides. Siempre hay que perder para ganar.

El crepitar del fuego llenó la distancia que los separaba durante unos minutos.

—Siento mis últimas palabras —dijo Julio al fin—. Me alegro de que combata usted a nuestro lado. Sin su dirección, estaríamos aún más perdidos.

Acosta sonrió y evitó las ganas que sentía de abrazarlo.

—Descansa —dijo al levantarse—. Mañana será peor que Yara.

El día despuntaba cuando Acosta se reunió con Céspedes y Marcano para ultimar los preparativos del ataque.

—¿Y Rivera? —preguntó el mayoral.

—Durmiendo —respondió el dominicano, sin darle más importancia.

Extendió un plano de Bayamo sobre la mesa y los dos se inclinaron ante él.

—La mayoría de los habitantes han abandonado Bayamo y los españoles se han hecho fuertes en la plaza de Isabel II y en el cuartel de infantería —explicó—. La primera columna, la suya, entrará por el norte. La mía accederá por el sur, confluyendo ambas en la plaza.

—¿Y el cuartel? —inquirió el mayoral, señalándolo en el plano.

El general de las fuerzas revolucionarias asintió.

—Por partes —añadió con gravedad—. Primero la plaza, después el cuartel.

Un plan sencillo de ejecución complicada, pensó el mayoral.

Primero habría que tomar el centro de la ciudad y, una vez reducida su dotación, asaltar el cuartel situado al este, casi a las afueras. El segundo objetivo era el más peligroso y el mejor defendido, y no podían encararlo con la espalda descubierta. Acosta se pasó la lengua por los labios mientras pensaba en los posibles puntos débiles de la maniobra.

—Muy bien —dijo al no encontrar ninguno, y alzó el rostro para mirar a Marcano—. Vamos allá.

—Estamos en sus manos —concluyó Céspedes con media sonrisa en la boca.

El dominicano le dedicó una mirada oscura, cargada de zozobra pero también de decisión.

Vértigo, pensó Acosta al observarlos.

Y era lógico: una gran responsabilidad recaía sobre sus hombros, y doscientos españoles se interponían entre una victoriosa sublevación o un sórdido fracaso.

—Lo harán bien —los tranquilizó el mayoral, pensando en los trescientos rebeldes que iban a participar en el asalto—. Son cubanos —matizó—. Han nacido para esto.

Marcano inclinó la cabeza, agradeciéndole las palabras.

—Y al final del dolor —afirmó en un gruñido ronco mientras se erguía con los ojos perdidos en la distancia—, la libertad.

Ambos se dedicaron un último saludo y se alejaron para organizar a sus hombres.

Las palabras y los himnos dan paso a las balas y la sangre, reflexionó Acosta mientras buscaba a Pavón. No había vuelta atrás.

Encontró al cubano supervisando cómo los soldados se pertrechaban y lo puso al corriente de las órdenes de Marcano. El ambiente festivo del campamento había dado paso a un miedo tangible.

—Aún no están listos —reflexionó Acosta mientras observaba cómo sus hombres manoseaban los rifles sin saber muy bien qué hacer con ellos.

—Tendrán que estarlo —suspiró Pavón.

La mirada del mayoral se encontró con la de Jorge Perojo. Tendría casi treinta años, hablaba poco y era uno de los doce soldados que habían resistido en Yara. Había sido nombrado capitán por el mismísimo Céspedes tras el asalto truncado. Templanza y osadía, pensó Acosta observando al cubano. Una combinación inusual. El material, se dijo, del que están hechos los héroes y los mártires.

Se giró hacia Bayamo envuelto en un silencio oscuro y contempló la ciudad como si fuese el otro extremo del mundo.

—¡Compañía! —exclamó rompiendo la extraña monotonía del día, alzando el sable y comenzando a andar—. ¡Avancen!

Los cubanos despertaron de su letargo, se desperezaron y, tras una ligera vacilación, se pusieron en movimiento. Dejaron atrás el abrigo de los árboles, atravesaron el río por un vado y rodearon la ciudad por el norte, cruzándose con las desoladas familias bayamesas que habían decidido abandonar sus casas para huir del combate inminente.

El sonido de las pisadas contrastó con el mutismo grave de los soldados. Varios disparos cruzaron el cielo despejado al rebasar las primeras casas y la compañía se encogió y se pegó a los edificios, buscando el amparo de las calles tortuosas, calibrando el terreno y desconfiando de todo.

—Cruce a cruce —ordenó Acosta mientras, con la mano izquierda, sostenía en alto el revólver—. Primero los flancos.

Atravesaron las avenidas con el aliento contenido, asegurando cada esquina, cada intersección. A lo lejos, a dos manzanas, se distinguió una explanada.

—La plaza —susurró Pavón.

Una pequeña iglesia, el ayuntamiento y lo que parecía la cárcel de la ciudad presidían el espacio abierto. No se veía al enemigo, pero Acosta pudo sentirlo: el miedo, la crispación y la espera; toda la sangre que iba a derramarse.

Hizo un gesto y cinco soldados se apostaron en el principio de la bocacalle. Una esquina que se les antojaba como el borde de un precipicio. Sus instrucciones eran sencillas: correr, rodear la plaza, ponerse a cubierto, sostener el fuego y rendir a las fuerzas españolas.

Demasiado simple para ser tan fácil.

—Cubridlos —ordenó al resto, señalando las ventanas de los edificios.

Hubo un sutil cambio de posiciones y, de pronto, todo estuvo dispuesto.

Acosta levantó la mano con la palma extendida y, como un emperador romano, lanzó el brazo hacia delante con decisión, señor y dueño del destino de sus hombres.

—Adelante —susurró.

Los cubanos accedieron a la plaza y una organizada descarga española retumbó en la ciudad.

—¡Disparad! —rugió Acosta sorprendido mientras vaciaba su revólver.

El humo de la pólvora invadió la angosta calle, impidiéndoles respirar. Al cabo, un silencio acechante se instaló en la plaza y Acosta se asomó con cuidado. En la distancia distinguió a tres de los seis hombres parapetados tras unas escaleras de piedra. Dos cuerpos yacían inertes en el empedrado de Bayamo, y un tercero se arrastraba a duras penas hacia sus compañeros. El mayoral sintió que unas lágrimas furibundas acudían a sus ojos, pero las descartó agitando con violencia la cabeza y mordiéndose los labios.

Esto acaba de empezar, se repitió, obligándose a respirar con calma. Muchos más iban a morir bajo su mando.

Las manos le temblaban y cogió un fusil.

—¡Perojo! —exclamó, tratando de dominar la ira que lo envolvía.

Necesitaba a alguien que le devolviera el coraje.

El capitán se acercó agazapado, en silencio, seguido por sus hombres, entre los que el mayoral reconoció a su hijo. Sintió una punzada de miedo, pero se mantuvo firme mientras se maldecía en silencio. Los ojos valientes y resueltos de los soldados lo escrutaban impacientes, esperando las órdenes que los enviaban, probablemente, directos al infierno.

—Por la izquierda —indicó el mayoral—. Os cubrimos.

Pavón apreció el temblor en su voz, dio un paso adelante y lo miró directamente a los ojos.

—Voy con ellos —afirmó.

Acosta abrió la boca para negarse, pero no podía hacerlo delante de sus soldados. Pavón se aproximó a el mayoral y bajó la voz.

—Si no soy capaz de arriesgar mi vida por Cuba —musitó—, ¿cómo voy a pedírselo a los demás?

Los dos amigos se observaron en silencio durante un segundo y al cabo Acosta se inclinó hacia el cubano.

—Sobrevivid —ordenó en un susurro.

El otro asintió y miró a sus hombres mordiéndose el miedo y llenándose de arrojo.

—¡Ahora! —exclamó el mayoral con el corazón compungido, alegrándose de que la humareda ocultara su zozobra.

Dio un paso hacia delante, giró la cintura, dobló la esquina y, antes de apretar el gatillo, todo se ralentizó.

Pudo apreciar las barricadas tras los portalones de la iglesia, los rostros congestionados en las ventanas de la cárcel. Los fusiles que les apuntaban. Localizó un objetivo y disparó, retirándose con rapidez y dejando su posición a otro tirador mientras cargaba de nuevo.

—¡Fuego!

Sintió pasar a su lado a Pavón y a Perojo, a su hijo y al resto de soldados, corriendo entre la pólvora, persiguiendo la promesa de seguir vivos cuando los cañones del enemigo enmudecieran.

—¡Disparos continuos! —clamó Acosta a través del humo, y volvió a disparar.

Todo quedó otra vez en calma y el mayoral distinguió en el otro extremo de la plaza a los hombres de Marcano que tomaban posiciones. A su izquierda, tras un pequeño muro, Pavón y los demás resoplaban tensos, sudorosos e intactos, y Acosta dejó escapar un aliviado suspiro.

El combate se prolongó durante tres horas y la fuerza española mantuvo el frente con solidez.

—Es imposible avanzar sin hacer un asalto frontal —reflexionó el mayoral.

El sol brillaba en lo alto y el sudor corría por la frente de todos los mambises. Afortunadamente, disponían de suficiente agua para refrescarse.

—¡Señor! —exclamó un soldado—. Bandera blanca.

Un cubano avanzó con calma desde la posición de Marcano con una camisa blanca ondeando lánguidamente en el extremo de un palo. Cruzó la plaza sorteando varios cadáveres y un oficial español acudió a su encuentro, seguido por sus hombres desarmados.

—Es Modesto Díaz —dijo a su espalda otro soldado—. Se rinden.

Acosta se incorporó sin comprender del todo, con cuidado, sin perder de vista las ventanas de la prisión, temiendo aún una posible emboscada, pero a su derecha Marcano se adelantó sin escolta, acudió al encuentro del militar español y se fundió con él en un abrazo sincero y emocionado.

El mayoral dejó entonces escapar un suspiro y bajó el arma, dedicándole una mirada avergonzada a los cuerpos inertes de sus tres hombres y a la sangre que teñía de deshonra el suelo de Bayamo.

—¿Qué ha ocurrido? —le preguntó al dominicano una hora después, una vez organizada la rendición.

Lo dijo mientras trataba de mitigar el enfado que le subía por el cuello, la imagen de sus tres hombres abatidos. Marcano inspeccionó el interior de la cárcel y se tomó su tiempo para responder.

—El edificio lo defendían los bomberos de la ciudad, dirigidos por un coronel español y por el brigadier Modesto Díaz —explicó—. Díaz también es dominicano. Luchamos juntos en Santo Domingo y está casado con una de mis primas. —Cogió aire antes de continuar—. Él y sus hombres se han unido a nuestra causa.

Acosta asintió despacio.

—He perdido tres hombres en la plaza —murmuró casi como una amenaza—. ¿Conocía usted que Díaz defendía la cárcel?

Marcano apreció el tono, pero mantuvo la calma.

—Así es —reconoció tras un suspiro—, pero no tenía claro si iba a tener el valor de sublevarse a su superior. Esas tres muertes —enumeró con voz conciliadora— son las primeras de muchas. No olvide que estamos en guerra. —El teniente general le dedicó una palmada afectuosa en el hombro—. Ahora solo queda el cuartel —dijo mientras abandonaba la estancia.

El calor sofocante del día dio paso a un viento fresco que corría por las ventanas abiertas del ayuntamiento. Marcano y Acosta respiraban aliviados, sintiendo cómo la brisa recorría su piel exhausta, mientras Céspedes contemplaba varios mapas extendidos en lo que había sido el escritorio del alcalde.

—Varias columnas españolas se dirigen hacia Bayamo para socorrerla —explicó sin preámbulos el hacendado—. Díaz contendrá la de Manzanillo y Marcano tratará de ralentizar la de Santiago, la más numerosa. —Céspedes le dedicó una convencida mirada a su antiguo mayoral—. Queda usted al mando de la rendición de Bayamo —concluyó—. Los españoles pueden ser crueles, corruptos e indisciplinados, pero no son unos cobardes. —Lo dijo casi como una advertencia—. Te daremos tiempo, Juan, devuélvenos una victoria.

Acosta se cuadró, se llenó de determinación y abandonó el despacho. Pavón lo esperaba fuera y se adelantó para informarle.

—Se ha unido a nosotros la caballería de Rivera —dijo casi con jovialidad.

—¿Y por qué sonríes? —preguntó Acosta algo molesto.

El cubano se encogió de hombros.

—Veros interactuar es casi como un espectáculo.

El mayoral se permitió una carcajada y asintió sin dejar de caminar.

—Aún queda luz —murmuró mientras observaba cómo el sol se dirigía lentamente hacia el atardecer.

Ambos contemplaron en la distancia cómo el cuartel de infantería se alzaba en un suave promontorio a las afueras de Bayamo. No había edificios aledaños, ni protección para un asalto, pero los dos sabían que debían sitiarlo cuanto antes. El tiempo corría en su contra.

—Rodearlo va a ser complicado —observó Pavón.

—Necesitamos una distracción —sugirió Acosta.

Y reducir las bajas, reflexionó, proponiéndose evitar más muertes sin sentido.

Pensaba en qué hacer cuando advirtió el andar ufano de Rivera. El criollo lucía una barba cuidada que contrastaba con su incipiente papada, una camisa blanca algo arrugada y una levita polvorienta. Se acercó a ellos con expresión ausente, como si no formase parte de la algarabía que había en la ciudad.

—Señor Acosta —saludó con excesiva cordialidad—, quiero que sepa que solicité expresamente luchar junto a usted.

El mayoral arqueó las cejas sorprendido y le agradeció sus palabras.

—Y no dudaré en delatarle si descubro que se comunica con el enemigo —concluyó.

Acosta esbozó media sonrisa y sintió lástima por aquel cubano —con esa actitud casi infantil— que arrastraba consigo un odio constante contra el mundo. Se disponía a despedirse cuando una idea apareció en su cabeza.

—¿Cómo ve a su caballería, señor Rivera?

Un relámpago cruzó los ojos del terrateniente.

—Está lista —declaró orgulloso, alzando el mentón.

Eso habrá que verlo, pensó Acosta.

—Reúna a sus jinetes y rodeen el cuartel por la izquierda. A distancia pero a la vista, respondiendo a sus disparos.

El otro asintió y se dispuso a marcharse.

—Señor Rivera —añadió el mayoral—, es una maniobra de distracción. Si los españoles realizan una salida, evite el combate directo.

—¿Duda de la valentía de mi compañía? —preguntó ofendido el camagüeyano.

Acosta chasqueó la lengua con impaciencia.

—Sus hombres tendrán la oportunidad de mostrar su coraje en esta guerra —puntualizó apaciguador—, pero hoy necesito que, antes que temerarios, sean inteligentes.

Rivera se mordió los labios e inspiró profundamente antes de alejarse precipitadamente.

El mayoral le devolvió la mirada a Pavón.

—Escoge a cinco hombres que sepan montar y únete a su partida —susurró señalando al criollo—. Si atacan por su cuenta, intenta impedirlo.

El cubano sonrió con descaro y se retiró. Acosta organizó al resto de la compañía y repartió cometidos, preparando a sus hombres para la acción inminente. El galope mambí —el retumbar de la tierra, los relinchos de los caballos— no tardó en llegar a sus oídos. El mayoral estudió el cuartel con detenimiento y observó cómo los españoles tomaban posiciones para defender el edificio.

Rivera abandonó el cobijo de las calles seguido por sus jinetes y se lanzó a campo abierto, describiendo una curva cerrada para rodear el flanco izquierdo del cuartel. Acosta distinguió a Pavón cabalgando a la derecha del criollo y sonrió.

Si decidía atacar, sus hombres estarían en medio.

Dio las últimas instrucciones y visualizó sobre el terreno la maniobra envolvente que quería llevar a cabo.

Aislar al enemigo, se repitió mentalmente, estudiando los dos graneros situados detrás de la guarnición española. Cortar sus comunicaciones. Forzar su rendición. Preferiría el sitio al asedio, reconoció. Pero no tenían otra opción.

—¡Perojo! —llamó con voz ronca—. Avanzad hasta el segundo edificio y parapetaos detrás de él.

El joven capitán asintió y se dirigió a sus hombres con la voz templada y el coraje intacto.

La misma edad, pensó el mayoral comparándolo con Rivera, dos personalidades antagónicas.

De pronto, las puertas principales del cuartel se abrieron y una treintena de jinetes se lanzó contra la caballería del criollo. Los españoles, como había dicho Céspedes, respondían con temeridad y arrojo. Acosta sintió un frío ya familiar en el estómago al pensar en Pavón y sus hombres inexpertos, pero no había espacio para más reflexiones.

—¡Adelante! —exclamó el mayoral a su infantería y, sin esperar respuesta, empezó a correr.

Los defensores advirtieron la maniobra y comenzaron a dispararles. Las balas atravesaron el aire como rayos de sol en la bruma, buscando hundirse en la carne de los que luchaban por la difusa libertad de Cuba. Acosta corrió exasperado, sintiendo cómo la funda del machete le golpeaba en la pierna y las gotas de sudor le recorrían la espalda.

Alcanzó sin aliento el muro de adobe y se parapetó tras él, recuperando la voluntad de combatir.

—¡No os detengáis! —bramó a todos los soldados que lo seguían.

Barrió con la mirada los edificios adyacentes y sonrió al descubrir a Perojo y a su hijo tomando posiciones, devolviendo con decisión, uno a uno, los disparos.

—Resguardaos —ordenó el mayoral—. ¡Y hostigadlos!

La caballería española se replegó con varias monturas sin jinete galopando enloquecidas y Acosta apreció cómo una decena de cuerpos —españoles y cubanos— alfombraban el terreno de aquella simple escaramuza.

—Al final del dolor —reflexionó en voz alta, repitiéndose las palabras de Marcano—, la libertad.

Pero a qué precio, se dijo. A qué coste.

Pensó en Rivera y en Pavón, y deseó de corazón que los dos estuvieran vivos. Por el este, la columna mambí dirigida por Perojo comenzó a levantar varias empalizadas y Acosta contempló la fortaleza mientras resoplaba, dejándose embargar por la sensación del trabajo bien hecho.

El último reducto español en Bayamo y sus casi doscientos hombres estaban, por fin, rodeados.

La oscuridad se había hecho dueña de Bayamo cuando Julio encontró a su padre tras las barricadas, analizando con ojo experto los muros que rodeaban el cuartel.

—¿Qué ocurre? —preguntó Acosta distraído.

—Es Pavón… —consiguió articular el joven, acaparando la atención del mayoral—. Está herido.

Los dos abandonaron precipitadamente el asedio y se dirigieron casi corriendo hacia la iglesia, que había sido acondicionada como hospital y enfermería.

—¿Dónde está? —exigió saber Acosta al entrar en la estancia.

Un sanitario, que parecía estar esperándolos, los guio a través de los camastros hasta alcanzar al cubano. Pavón dormitaba en uno de los catres improvisados. Tenía la camisa blanca rota y manchada de sangre, y el brazo izquierdo vendado, cruzado contra el pecho.

—Un sablazo —explicó el médico—. Tenía el músculo desgarrado, pero no tocó hueso. Se recuperará.

—Gracias —acertó a decir el mayoral.

Le dedicó una última mirada a su amigo y abandonó el recinto como una exhalación seguido por su hijo, recorriendo Bayamo en silencio, con los puños cerrados y la mirada encendida. Encontró al criollo alrededor de un fuego, al sur de la ciudad, rodeado de sus jinetes camagüeyanos.

—¡Rivera! —exclamó.

Lo cogió por los cuellos de la camisa sin esperar una respuesta y lo estampó contra una pared. Un silencio estupefacto se instaló en la tropa mambí y Julio se llevó la mano al machete, guardando la espalda de su padre.

—Cuatro muertos —masculló Acosta— y tres heridos. ¿Qué parte no entendió de que era una maniobra de distracción?

El criollo trató de zafarse, pero el mayoral lo aferró más fuerte.

—Es usted un engreído y un imbécil —dijo apretando los dientes y bajando la voz—. No sé cuándo, ni cómo, pero acabaré con usted. Se lo juro.

Rivera comenzó a gritar improperios y Acosta lo soltó y se alejó de la hoguera.

—¡Camagüey entera le plantará cara! —gritó descontrolado el criollo—. ¡A usted y a Céspedes! ¡Les hundiremos a los dos! ¡Y a toda su familia!

Padre e hijo dejaron atrás aquellas promesas furibundas y recorrieron en un silencio más tranquilo las calles, ambos sumidos en sus pensamientos, recuperando la escena que acababan de vivir. Al cabo, Julio se giró hacia el mayoral.

—¿Por qué ha hecho eso? —preguntó—. Ahora todo el mundo sabrá de su rivalidad y lo podrán utilizar en su contra.

Acosta se permitió una lúgubre sonrisa y Julio pensó que ojalá nunca nadie que lo quisiese matar sonriese de esa manera.

—Me ha podido la sangre —reconoció tras un suspiro.

Ambos continuaron andando y, de pronto, el mayoral chasqueó la lengua y miró a su hijo.

—Pero a veces —dijo mientras reflexionaba cada palabra— es preferible tener a tu enemigo enfrente, y no a tu espalda.

Durante los dos días siguientes, los ataques al cuartel fueron constantes.

—No los dejéis dormir —había ordenado Acosta—. Ni descansar. Ni reflexionar sobre su existencia. Tienen que rendirse —añadió— por puro agotamiento.

Aquella ambiciosa cólera consiguió provocar un fuego en una de las torres orientales, que los defensores se apresuraron a sofocar a costa de las últimas reservas de agua. Se les planteó la rendición a través del párroco de la ciudad, pero el comandante militar se negó en redondo, impermeable a las súplicas y las llamadas a la razón.

Resistir, pensó Acosta mientras recorría las barricadas que rodeaban el cuartel, comprobando su resistencia. Resistir es vencer.

Probablemente, se dijo, esperan el socorro de Manzanillo o Santiago, pero Díez y Marcano estaban cumpliendo bien con su cometido. Anochecía, y el mayoral dirigió una mirada hacia el bastión español, que resistía, inexplicablemente, derrochando un valor y una entereza admirables.

Un poco más, se alentó, con una imprudente esperanza creciéndole en el estómago.

—Dobla la guardia —le indicó a Perojo cuando llegó la oscuridad de la noche—. Puede que intenten una salida.

145

Las horas pasaron apaciblemente y, al amanecer, una comisión española con bandera blanca solicitó entrevistarse con los oficiales cubanos. Una gran expectación, aún incrédula, empezó a bullir en el pecho de los revolucionarios.

—Perojo —llamó Acosta—. Acompáñeme.

Los dos acudieron al encuentro de los dos oficiales españoles. Uno de ellos —sucio, cansado y con una mirada febril y avergonzada— se adelantó con lentitud, pero el mayoral comenzó a hablar primero, tratando de evitarles la humillación.

—A día de hoy, 20 de octubre de 1868, en Bayamo, la República en armas de Cuba ofrece una capitulación honrosa al destacamento español atrincherado en el cuartel de infantería. —Dio un paso hacia delante y relajó el tono—. Se ha luchado con valentía. Evitemos un mayor derramamiento de sangre.

El otro agradeció con la mirada aquellas últimas palabras.

—El regimiento español de la Corona —comenzó a decir el oficial—, ante la imposibilidad de sostener el fuego contra los rebeldes por falta de agua, víveres y munición, se acoge al ofrecimiento propuesto de capitulación. —Se estiró antes de continuar, recuperando el ánimo y recordando su cometido—. Se respetará la vida de todos los soldados, se conservarán las insignias y enseres de las compañías, se tendrá en cuenta la oficialidad y —cogió aire— no se hará entrega de la bandera española.

Una pausa larga siguió a todas aquellas afirmaciones, como si el español esperase alguna objeción.

—Se entregarán todas las armas en perfecto estado —añadió Acosta mirándolo a los ojos—, así como su munición.

El oficial asintió y le alargó el documento que recogía la redacción de todo lo anterior.

—Con estas condiciones, y solo con ellas, la comandancia militar de Bayamo acepta rendir la plaza y renunciar a sus armas.

Las últimas palabras, se dijo Acosta, que cualquier soldado quiere pronunciar. Y menos un español.

—Escuchadas las exigencias, valoradas y consideradas justas y honrosas, la república acepta su rendición y promete respetar todas y cada una de las bases de la capitulación.

—Informaré a mi superior.

—Una hora —impuso el mayoral.

Los españoles desanduvieron el camino hacia el cuartel, y los rebeldes los imitaron en dirección contraria. Perojo se permitió una sonrisa cansada mientras Acosta reflexionaba sobre aquel asedio: Bayamo había caído y Céspedes había obtenido su ansiada victoria. Además, dos columnas españolas habían sido contenidas.

Camagüey y Las Villas, razonó, tendrán que respaldar la insurrección.

—Resistir es vencer —dijo el mayoral.

Perojo asintió y los dos contemplaron las posiciones cubanas, intuyendo el júbilo que provocaría la noticia, la futura algarabía a la que se abandonarían los rebeldes.

A su mente acudieron los once cubanos que habían muerto por aquel instante. Once muchachos que nunca más se reunirían con sus padres, con sus hermanos o con sus amantes. Se giró hacia el joven capitán y le apoyó una afectuosa mano en el hombro.

—Los hombres llevamos vagando perdidos por el mundo miles de años —reflexionó en voz alta, permitiéndose cierta melancolía— y, al final, todo se reduce a entender por qué luchas... —alzó la mirada al cielo despejado y evocó los ojos de Candelaria, la audacia de Julio, el cuerpo tibio y distante de su mujer— y por quién mueres.

10

11 de junio de 1875, Madrid, España

Escauriaza contempló al soldado con curiosidad, intentando adivinar el trasfondo de sus palabras.

—¿Una mujer?

El soldado asintió con calma, liberándose.

—No lo entiendo —insistió el contrabandista, a medio camino entre el desconcierto y la diversión.

El aludido se encogió de hombros mientras se masajeaba la pierna y ahogaba un gruñido de dolor. Recordó el camino de vuelta a casa, la velada del día anterior. Es curioso, pensó. Las palabras eran difusas, pero podía evocar sin esfuerzo el vestido largo y oscuro de Julia, el detalle ornamental de la cintura, los pendientes, el gesto de apartarse el pelo de la cara y colocarlo detrás de las orejas, sus ojos distantes.

—Volver a empezar —dijo en voz alta al cabo de unos segundos—. Un comienzo.

Al despertar aquella mañana, supo lo que tenía que hacer. Salió a la calle sin guion y caminó hacia el centro, donde esperaba encontrar consuelo, esperanza y porvenir. Atravesó la Puerta del Sol, concurrida aquel mediodía, y bajó por la carrera de San

Jerónimo. Sabía que aquel viernes estaría en el Iberia. Encontró a Escauriaza en el pequeño jardín trasero del café, sentado en una mesa cuadrada de mármol blanco, compartiendo queso y vino con un desconocido.

—Le presento a Luis Bauer —dijo el contrabandista.

El soldado le estrechó la mano con firmeza, leyendo la verdad en sus ojos. Alto, fuerte, con la tez blanca, rubio y unos profundos e inteligentes ojos azules, su verdadero apellido era Goyeneche, pero se había visto obligado a cambiarlo por uno alemán al desertar del bando carlista. Bauer había sido un temerario oficial navarro que, desencantado con la dirección del pretendiente y harto de tanta traición y bajeza, había desertado tras la batalla de Abárzuza en 1873. El Ejército lo tenía fichado desde entonces, pero el soldado desconocía que estuviese en Madrid. Escauriaza narró cómo, tras cierto malentendido con la guardia fronteriza francesa en los Pirineos, habían acabado siendo socios.

—Y desde entonces, dos años —matizó el vasco—. Él pone los ojos y yo la sonrisa.

La conversación viró hacia la guerra, y el contrabandista se interesó por su experiencia en Cuba, por las razones que lo habían llevado allí.

—¿Una huida? —matizó.

El soldado lo observó con los ojos llenos de tormenta y volvió, sin querer, a Salamanca, a aquella universidad fría y comedida, a los edificios de piedra y a sus estudios de derecho. Recordó el estudiante que había sido: un joven bisoño e inseguro, acostumbrado a la amplitud del campo, confinado para estudiar un latín y un derecho romano que no le interesaban y que no entendía. Las reformas a favor de la madrileña Universidad Central de los últimos cincuenta años habían dejado a la de Salamanca al borde la extinción. Las clases eran pequeñas y oscuras, y los profesores, huraños y exigentes.

Julia fue su primer amor. Recordaba el sentimiento, el vértigo, sus ojos llenos de luz.

—Ella recibía clases de medicina en Salamanca —explicó el soldado—. Su padre era un burgués afincado en Valladolid que había hecho fortuna como cirujano rural. —Respiró mientras ordenaba sus ideas—. Yo era el hijo de un molinero. Su familia jamás aprobó la relación.

Bauer lo estudió despacio, asimilando la frustración que intuía.

—No le dejaron terminar sus estudios —continuó—. Un día, se presentó su padre en Salamanca y ella desapareció de mi vida.

Escauriaza se inclinó hacia delante.

—¿Y por eso se alistó en el Ejército? —preguntó—. ¿Para olvidar?

El soldado sonrió, tomándose su tiempo.

—Fue algo después —explicó—. Ya graduado, vine a Madrid y conseguí un trabajo en la redacción de un pequeño periódico republicano. Así empecé a escribir.

Con veinticuatro años, licenciado en Derecho, sin dinero y con el corazón rebosante de amargura se instaló en un Madrid taciturno y comenzó a escribir para comer.

Irascible y feroz, se refugiaba en su cuarto durante días para volcar en cada escrito toda la impotencia que sentía. El orgullo herido le calentaba las noches de invierno. Se sirvió de la necesidad y el desamparo para saber que la locura que habitaba en él poseía, al menos, la grandeza de carecer de futuro.

Se encontraron a finales de 1868 —tras la Revolución de Septiembre— en el paseo del Prado. Él la buscaba en cada rostro sin saberlo, preparado de antemano para la sorpresa de descubrirla entre la gente, y cuando al fin alcanzó a observarla, no reaccionó.

No supo hacerlo.

—Usted —consiguió decir, con los ojos fantásticos—. Qué..., ¿qué hace en Madrid?

Julia le dedicó una mirada triste y distante, colmada de lástima y compasión.

—Vivo aquí —respondió—. Desde hace unos meses.

Era el mes de diciembre y el sol era un disco deslucido en el cielo. Hacía frío y los transeúntes caminaban con prisa, ignorándolos. Él dio un paso hacia delante e intentó vestir su voz de optimismo, de una alegría forzada.

—Si tiene tiempo...

Julia lo interrumpió, hundiendo con sus palabras un cuchillo helado en su pecho.

—Estoy prometida —musitó, consciente del dolor que infligía—. Me voy a casar.

El soldado, al principio, no sintió nada. Aceptó aquellas dos afirmaciones como aceptó la muerte de su madre: con una resignación estoica y cansada. Julia no pudo sostenerle la mirada y él logró cambiar el peso del cuerpo a la otra pierna. Por aquel entonces, todavía no necesitaba bastón. La hoja de un *bowie* no le había desgarrado el muslo y la rodilla, era joven y creía en el amor. Era una mañana soleada de invierno, las hojas caducas de los árboles alfombraban la calle y ella ya no lo quería.

Julia comenzó a andar, a huir.

—Lo siento. Me tengo que ir —logró balbucear.

Lo último que alcanzó a ver fueron sus ojos, azulados y brillantes, conteniendo unas lágrimas llenas de verdad y miseria; de traición, de azulejos blancos y mañanas oscuras. Él consiguió hacerse a un lado y mantenerse en pie, pero a su corazón le falló el equilibrio y las piernas le temblaron sin dominio. Avanzó desorientado, buscando cualquier callejón donde refugiarse, y se adentró sin saberlo en los jardines del palacio de Buenavista. Cuando entendió por fin dónde estaba, se encontró frente a una de las principales oficinas de reclutamiento en Madrid, en el mismísimo Ministerio de Guerra.

Fue ahí, en aquel instante, cuando, sin titubear, sin un ápice de patriotismo —ahora lo sabía, ahora podía recorrer aquella osadía sin sentir miedo—, resolvió sacrificar su existencia; desaparecer sin temor entre el fuego, la sangre, los gritos y la barbarie de la contienda. Decidió, sin pensarlo dos veces, morir en la guerra.

—Nos encontramos en diciembre, en la calle, un año después —explicó el soldado, evadiendo los recuerdos ante la atenta mirada de Bauer y Escauriaza—. Estaba prometida.

El contrabandista maldijo en voz baja y Bauer entrecerró los ojos.

—Aquel mismo día me alisté —resumió—. Esa es la historia.

El soldado evitó sonreír. Se sentía libre, dueño de sí mismo, de su destino. Era la primera vez en seis años que compartía aquella historia.

—¿Ha vuelto a saber algo de ella? —preguntó de pronto el contrabandista.

El soldado le dirigió una mirada cargada de curiosidad, preguntándose si sabía algo más; dudando si, de alguna manera, se había traicionado a sí mismo.

—No —mintió mientras pensaba en la discreción de Galdós e Iribarren, en las posibles alternativas a su historia—. No la he vuelto a ver.

Bauer se llevó el vaso de vino a los labios.

—Es curioso —comentó como para sí mismo.

El soldado lo miró intrigado.

—¿A qué se refiere? —preguntó.

El navarro le dedicó una mirada cómplice, casi paternal.

—Se unió al Ejército para olvidar —explicó con seriedad—, pero ha vuelto, estoy seguro, lleno de recuerdos.

—Puede ser —respondió meditabundo el soldado, recordando a Velasco, mirándose las manos, cuestionando su humanidad—. Pero perdí otras cosas.

Pensó en sus compañeros, en el valiente pragmatismo de sus superiores, en todos los que dieron la vida en aquella vorágine estúpida y sanguinaria. Pensó también en su ausencia de esperanza, en el remordimiento, en su facilidad para matar.

La voz de Bauer les retumbó en el pecho.

—Todas las guerras son iguales —resumió—. Y ninguna tiene sentido.

El soldado le dirigió una mirada comprensiva y, al cabo, se recuperó, pagó el almuerzo y se levantó.

—Caminemos —les pidió a los dos hombres mientras se ponía el sombrero.

Salieron del café y recorrieron juntos Santa Catalina, girando a la derecha para subir por el paseo del Prado. Una vez que alcanzaron la avenida, en un movimiento natural y relajado, Bauer levantó la vista, redujo el paso y se quedó atrás, buscando algo en el bolsillo interior de su levita. Se rezagó deliberadamente y los dejó solos. La pareja recorrió el paseo el silencio, mirando distraídamente al suelo, al día que los rodeaba.

Transcurridas varias calles, el soldado cogió aire y carraspeó.

—Necesito de su experiencia —dijo.

Escauriaza asintió despacio, sin preguntar. Sin mirarlo. Asintió como si una voz interior le susurrara el problema. Estaba seguro de que lo necesitaba y de que podía ayudarlo.

—No va a ser fácil —añadió el soldado.

El vasco sonrió.

—Nada que merece la pena lo es. —Levantó la vista y le dirigió una mirada concentrada, profesional—. ¿Qué necesita?

—Armas, un plano y su consejo.

Escauriaza levantó las cejas sorprendido, pero siguió andando mientras reflexionaba.

—¿Qué tipo de armas?

—Discretas y manejables.

El contrabandista asintió de nuevo, reflexionando.

—¿Y el plano?

—La cárcel de Príncipe Pío.

El nombre arrancó al vasco una mirada larga cargada de interrogantes.

—¿Política? —preguntó al fin, midiendo las palabras.

El silencio calmado del soldado, tan solo roto por los pasos de ambos, confirmó su intuición. Escauriaza torció el gesto.

—No es buena época para intrigas —comentó con una sonrisa esquiva—. En Santander —añadió—, la semana pasada, asesinaron a un capitán de barco.

El soldado sintió una punzada en el estómago y evitó la mirada de Escauriaza.

—En estas cosas —puntualizó— no elige uno la temporada.

El otro convino con la cabeza, jovial, con los ojos llenos de aventura.

—¿Tiempos? —preguntó con rigor profesional.

—Cuanto antes —admitió el soldado—. Me siguen desde hace días.

Siguieron caminando. Cada uno sumido en sus cálculos, en sus propias cavilaciones.

—¿Presupuesto? —interpeló Escauriaza con voz ausente, con la mirada perdida.

Aquella era la última de las preguntas. La que decidía el peligro que asumir, hasta dónde se podía llegar. El soldado se vistió de osadía.

Por lo menos, se dijo, hay que intentarlo.

—¿Le valdría un Velázquez?

Escauriaza se paró en seco, y Bauer, a su espalda, se irguió alerta. El contrabandista lo miró a los ojos con desdén, con cierta admiración, evaluándolo de nuevo.

—¿Me está tomando el pelo? —preguntó con aspereza.

El soldado le sostuvo la mirada sin titubear, en un silencio obstinado y tenaz, transmitiéndole con el cuerpo lo que no sabía hacer con palabras. El contrabandista caviló durante unos segundos y retomó el paso. Bauer, a su espalda, se relajó.

—¿Qué Velázquez? —preguntó sin detenerse.

Había un extraño brillo en su mirada. Como si hubiese comprendido, de pronto, el alcance de aquel encargo.

—Uno que no existe —afirmó el soldado.

Escauriaza asintió convencido, frunciendo los labios, apretando los puños. Como preparándose, se dijo el soldado, para el combate.

—Servirá —declaró con una misteriosa sonrisa en los labios—. Servirá —repitió mientras le palmeaba el hombro al soldado.

***

La noche había desplegado sus alas durante la función, dando paso a una oscuridad que lo descubrió imaginando, con rigor bélico, cada situación, su alternativa y su respuesta. Las farolas de gas estaban ya encendidas y los ojos de ambos se perdieron en la distancia, adivinando el camino, imaginando el posible desenlace.

—¿Le ha gustado? —preguntó el soldado.

Nuña frunció los labios y se estremeció. El frío de la estepa les había dado alcance y una suave brisa bailaba a su alrededor, haciendo titilar las luces de la calle e invadiendo las sombras. El soldado se deshizo de su levita y se la pasó por los hombros.

—Gracias —musitó—. No hacía falta.

Bajaron juntos las escaleras del teatro Apolo y giraron hacia la izquierda, adentrándose en Madrid y dejando atrás la calle de Alcalá.

—Me ha gustado —afirmó de improviso, captando la mirada del soldado—. La obra es... —se interrumpió, buscando la palabra precisa— cautivadora.

El otro se permitió una sonrisa en la oscuridad. Había dudado entre *El barberillo de Lavapiés,* una zarzuela de Larra, y el estreno de Echegaray.

—¿La conocía? —quiso saber Nuña.

—No —reconoció—. Pero sentía curiosidad.

La otra frunció los labios, se aproximó con cuidado al militar y lo cogió del brazo.

—¿Un científico dedicado a la política y adentrándose en el arte?

El soldado no pudo evitar una envidia serena y lúcida por el autor de la obra. José de Echegaray era un prodigio español. Ingeniero de caminos de profesión, había sido uno de los fundadores del Partido Radical y formado parte del Gobierno de Ruiz Zorrilla tras la revolución de 1868, ocupando las carteras de Fomento y Hacienda. Tras la restauración de la monarquía, había abandonado la política para volcarse en la literatura. Aquella era su tercera obra: *El puño de la espada.*

—Al final —dijo el soldado—, todo se reduce a la emoción. Sin sentimiento, el arte está vacío.

Nuña lo observó con atención.

—¿Qué le ha parecido? —preguntó.

El aludido meditó lentamente su respuesta.

—Melancolía, drama y coraje —resumió—. Es perfecta.

El frío y aquellas palabras hicieron que Nuña se aproximara más, buscando el contacto. El soldado se abandonó a aquella sensación, sintiendo que todas las penurias de su pasado habían merecido la pena por aquel instante. Caminaron en silencio, disfrutando del mero hecho de avanzar juntos. Cruzaron la plaza Mayor y bajaron por la calle Toledo, internándose en el familiar entramado de calles que los esperaban silenciosas como un bosque, como un destino.

Llegaron a la puerta de Nuña sin pronunciar palabra.

—Gracias por la velada —susurró.

—Espero que haya disfrutado.

Nuña lo miró a los ojos decidida, zambulléndose en su mirada.

—¿Qué espera de la vida, señor Ciudad?

La pregunta resonó en la calle como una campana. No pedía explicaciones concretas. No preguntaba el porqué de aquella nostalgia, el porqué de esa herida.

Buscaba una verdad general. Una respuesta a tanto misterio y a tanta ausencia. Le preguntaba por su mirada esquiva, por su convicción, por su soledad distante y elegida. Pronunció aquellas palabras como solo una mujer sabe hacerlo: lanzándolas, afiladas, al aire, esperando que se abatiesen sobre su silencio.

—La verdad —aclaró—, hace tiempo que renuncié a ella. O creo que fue al revés. Que ella renunció a mí.

—No lo creo —murmuró Nuña con una sonrisa, levantando la vista y contemplando las estrellas entre los tejados de las casas—. No estaríamos aquí.

Sus ojos felinos brillaban en la oscuridad. Se giró para observarlo y redujo el espacio que los separaba, ladeando la cabeza. Un silencio diferente, cómplice, se instaló entre ellos. Nuña no pudo evitar una sonrisa.

—Al final —susurró mientras extraía las llaves del bolso y abría el portal—, todo se reduce a la emoción, ¿no? —Se giró con una calma resuelta, con un desafío implícito en la mirada—. ¿Quiere subir?

El soldado la contempló con admiración. Aquella mujer desafiaba el esquema social desde todos los ángulos y combatía todos sus preceptos. Aquella mujer se ponía en pie cada día y rompía, una a una, todas las cadenas que el hombre había inventado para retenerla.

Pero, a pesar de todo, dudó. Atravesar aquella puerta era renunciar a su coartada, a su doble personalidad. Atravesar aquella puerta era exponerse, ligar la vida de Nuña a su destino.

Atravesar aquella puerta era reconocer que había empezado a olvidar, que estaba preparado para empezar de nuevo. Pero, y también lo sabía, cruzar aquel umbral cambiaba las reglas del juego.

Nuña entrecerró los ojos, apreciando la indecisión.

—¿Qué ocurre? —preguntó escéptica.

No se puede engañar a una mujer a la luz de la luna, pensó el soldado en el umbral de un zaguán.

Relajó los hombros y buscó en su cabeza una excusa, otra más, pero lo único que encontró fueron las ganas de despojarse de todas sus mentiras.

—Subamos —susurró, y accedió al portal.

Atravesaron el recibidor y ascendieron juntos por las escaleras mientras Nuña vigilaba la renqueante progresión del soldado. Al entrar a su casa, el soldado se sentó en una de las butacas del recibidor ahogando un gruñido de dolor, tratando de controlar el palpitar violento de su pierna malherida.

—¿Se encuentra bien? —preguntó Nuña visiblemente preocupada.

El otro se tomó su tiempo.

Dejó deslizar su espalda por el respaldo del asiento mientras su aflicción se mitigaba y contempló el techo que los cubría, la pared empapelada con motivos florales, los retratos antiguos, los candelabros de bronce. Pasados unos interminables segundos, eligió la confesión más sincera que se le ocurrió.

—No soy quien usted cree —declaró, sin saber bien cómo continuar—. Hay un…, un conflicto en Madrid, en España. Una batalla antigua, despiadada, por el control del poder. —Levantó la mirada, buscando aquellos ojos rutilantes que lo acechaban—. Una compleja y peligrosa partida de ajedrez —resumió—. Y yo soy uno de los peones.

Nuña controló la sorpresa y el temblor de sus manos y buscó una silla.

—¿Pero quién está involucrado? —lo interpeló, tratando de contenerse—. ¿Los políticos? ¿La burguesía?

El soldado la cogió de las manos y trató de tranquilizarla. El miedo en Nuña se deshizo paulatinamente y, tras un instante, la congoja dio paso al ímpetu, al dolor de querer saber. Repitió la pregunta sin esperanza, consciente de que todo había cambiado, de que era cómplice de algo que aún no entendía pero que quería descubrir.

—¿Quiénes son? —insistió.

Tenía la expresión concentrada de un general. Está atando cabos, pensó el soldado.

—Todo está relacionado —concedió casi sonriente, sorprendido por su dominio y su hermosa frialdad—. Republicanos, monárquicos, carlistas… Todo Madrid es una pugna mortal e imposible. Cualquier café, teatro, redacción o velada es una ampliación del campo de batalla.

Nuña ladeó la cabeza mientras reflexionaba sin soltar las manos del soldado. Al cabo, se levantó con calma, haciendo entrechocar los pliegues de su vestido, y se desplazó de memoria en la penumbra.

El soldado escuchó un chasquido y una temblorosa luz tenue invadió el salón.

—¿Para quién trabaja? —preguntó mientras se aproximaba sujetando un pequeño quinqué.

Él negó lentamente con la cabeza, alzando las palmas de las manos.

—Cualquier información que comparta con usted la pondría en una situación comprometida. —Se miraron durante un instante a los ojos y la culpabilidad resonó en el pecho del soldado—. Quizá debería marcharme.

Lo dijo mientras se incorporaba apoyándose en el bastón, y se dirigió a la puerta.

—Espere —apuntaló ella con firmeza.

El soldado se giró sorprendido, sosteniendo el pomo de la puerta.

—¿Está usted en peligro? —preguntó Nuña.

Sus ojos recogían todo el viento del norte, la furia del mar, la lluvia; todos los naufragios del mundo.

—Puede ser —reconoció el soldado mientras recordaba las palabras de Escauriaza y se rehacía—. Pero estoy preparado.

Nuña recorrió la distancia que los separaba, atravesando las sombras, desdibujándolas.

—Entonces —susurró—, yo también lo estoy.

El soldado se abandonó al temblor que le llenaba las manos, dio un paso hacia delante y se hundió en los labios de Nuña con rabia, con desesperación. Como quien se lanza al vacío, sintiendo en el estómago el mismo vértigo y el mismo miedo.

Chocaron contra la pared y se deshicieron de la ropa con violencia, buscando la tibieza de la carne y el deleite de los sentidos. Recorrieron la estancia en una suerte de delirio y cayeron sobre el lecho en desorden, transitando su desnudez, celebrando con alegría aquella última rendición. Sucumbieron al contacto, al roce de la piel, al trémulo recorrido de sus manos. El soldado se introdujo en Nuña y ella cerró los ojos y arqueó la espalda, ahogando un gemido gutural y preciso. La cadencia aumentó, las posiciones cambiaron y su murmullo creció en el silencio de la noche, impregnándolo todo de futuro, deseo y esperanza.

Al final, sus cuerpos se desplomaron sin violencia sobre las sábanas expoliadas. Exánimes, henchidos; felices y temerarios.

El soldado se giró y la besó una vez más, la penúltima, mientras le sujetaba el cuello y sus dedos se perdían en su pelo. Sus miradas se encontraron y una sonrisa cohibida, espléndida y algo azorada les creció en el rostro.

—Tengo la sensación —confesó el soldado, exhausto y feliz— de que esta noche me estás salvando la vida.

Nuña sonrió sin comprenderlo del todo, apreciando el tuteo, y se apoyó en su pecho dejando escapar un largo suspiro. La brisa entraba por la ventaba abierta, pero en la habitación hacía calor. El tiempo perdió su textura y el soldado contempló cómo ella sucumbía al sueño. Recorrió despacio la habitación bañada por la luz blanquecina de la luna y sintió cómo una olvidada felicidad lo invadía.

Para esto luché, pensó el soldado, sintiendo el cuerpo tibio de Nuña palpitando contra el suyo antes de abandonarse al cansancio de los que combaten y sobreviven.

No muy lejos de allí, en Santa Isabel con Salitre —la calle del soldado—, una sombra embozada empezaba a impacientarse. Tenía el acero preparado, el pulso intacto y la mirada decidida; pero su víctima no aparecía.

El sonido de unos pasos lo forzó a recuperar la tensión y a aguzar el oído. Una silueta avanzó por la calle de manera irregular, cantando a media voz, deteniéndose, bebiendo con avidez de una botella de cristal. Un borracho, pensó el atacante, relajando la presión alrededor del machete y observando con desprecio cómo el hombre trastabillaba mientras estudiaba sus rasgos y descartaba la identidad que buscaba.

El otro se detuvo un segundo y apoyó la mano en la pared, resoplando y entrecerrando los ojos, reconociendo la calle a través del alcohol. Miró hacia los lados con atención y, tras murmurar varias frases sin sentido, se puso de nuevo en marcha. El sonido incierto de sus pasos se perdió en el eco de las calles, mezclándose con la amarga exasperación de la sombra que había estado a punto de matarlo.

11

25 de marzo de 1869, Barcelona, España

Manuel se descubrió entre el bullicio analizando a un joven algo menor que él. Tenía el rostro triste y compungido, con un temor ausente pintándole la expresión. Era moreno, y sus ojos grises de ave nocturna observaban el ir y venir de los reclutas y oficiales con cierta sorpresa, como si no entendiese del todo cómo había acabado ahí.

—¡Cuarta Compañía! —exclamó un oficial a su espalda, provocándole un respingo—. ¡Por aquí!

El joven se apartó sin dejar de mirar a los lados.

Veintidós, veintitrés años, se dijo Manuel mientras analizaba el uniforme rayado azul y blanco del ejército español y el casquete griego que le cubría la cabeza.

Sujetaba unos papeles arrugados en la mano derecha y con la izquierda sostenía descuidadamente el rifle, un Berdan, como si fuese un simple bastón.

Tres soldados catalanes, jóvenes y resueltos, se acercaron al muchacho.

—¿Tiradores de Madrid? —le espetó el primero con desdén, encarándolo amenazador.

El aludido asintió y se mantuvo firme, sosteniéndole la mirada. Casi desafiándolo.

—¿No había otro puerto? —preguntó otro—. ¿Teníais que venir a este?

Manuel alcanzó al grupo y se interpuso entre los soldados y el muchacho.

—El enemigo está en Cuba —afirmó algo enfadado, con voz decidida—, no aquí.

Los tres reclutas estudiaron su uniforme catalán y le dirigieron un vistazo lleno de desprecio.

Uno de ellos chasqueó la lengua.

—Quizá más adelante —dijo mientras se marchaba.

—Quizá —respondió Manuel enseñando los dientes.

Una vez solos, se observaron con suspicacia, con un silencio expectante lleno de preguntas. Manuel Ciudad era alto, tenía el pelo castaño, el rostro redondo, unas orejas prominentes y unos profundos ojos verdes. Vestía con el uniforme militar definido por la Diputación de Barcelona: una guerrera azul, correas de cuero y el fajín, la barretina, las polainas y las alpargatas rojos. Un gran petate le cruzaba el pecho y le rodeada el cuerpo por la espalda.

—La Diputación quiere que sea una empresa únicamente catalana —afirmó Manuel, rompiendo su mutismo—. Demostrar el espíritu patriótico de Cataluña en los intereses de España.

El joven le dirigió una mirada oscura y escéptica.

—Somos pocos —comentó—. Unos doscientos reclutas alistados en Madrid. Nos dijeron que embarcaríamos con los voluntarios catalanes.

Manuel se encogió de hombros.

—Política, supongo.

Atardecía en la ensenada del puerto y el horizonte, entre los mástiles, se teñía de rojos anaranjados que arrancaban de la superficie voluble del agua mil destellos fulgurantes.

—Gracias —murmuró el tirador mientras se colgaba el fusil del hombro.

—Ten cuidado —añadió mirando en derredor—. Hay mucho catalán pendenciero jugando a ser soldado. Especialmente con los de Madrid.

El otro asintió sin añadir nada más y se perdió entre la muchedumbre con aquellos ojos tristes clavados en el suelo. Ciudad lo observó hasta desapareció tras una esquina.

El bullicio del día dio paso al rumor tranquilo de la noche, y los soldados se reunieron en las tabernas de la Barceloneta para beber, apostar y aprovechar sus últimos días en España antes de la guerra.

Manuel pidió vino y se acodó en una mesa abarrotada de reclutas catalanes.

—Mañana, al amanecer —comentó uno—, parten los tiradores de Madrid.

—Ya era hora —gruñó un segundo.

Al tanto del esfuerzo que hacía Barcelona para armar a los dos batallones de cazadores, Juan Prim, el actual ministro de Guerra, había enviado a soldados enrolados en Madrid a la Ciudad Condal buscando compensar el número de efectivos y equilibrando la balanza. Aquello había causado un gran revuelo y la confrontación directa del Gobierno con la Diputación. El conflicto se había resuelto tras involucrar al armador Antonio López y a su Compañía Trasatlántica Española. Este había ofrecido al Gobierno un transporte alternativo para el batallón madrileño, apaciguando los ánimos de la autoridad catalana.

—No saben compartir España —murmuró otro.

Los gritos airados de una trifulca, al fondo de la estancia, interrumpieron la conversación. Todos alzaron las cabezas para ver qué ocurría.

Otra vez él, pensó Manuel, oscilando entre la fascinación y el reproche.

Reconoció al joven tirador de ojos tristes saltando hacia un lado, evitando un navajazo y lanzando el puño contra el rostro de un recluta catalán. El golpe resonó en toda la sala y el agredido se desplomó inconsciente en el suelo. El resto del recinto aguantó el aliento mientras otros cuatro cazadores encaraban al joven y lo acorralaban en una esquina luciendo varias navajas.

—Uno que no llega a Cuba —susurró uno de los espectadores.

El joven se armó con una estaca, embrazó un pequeño taburete como escudo y dio un paso al frente.

—De uno en uno —dijo apretando los dientes—. Si tenéis cojones.

Durante un instante, se escuchó la respiración entrecortada, admirada y etílica de toda la taberna. Ciudad se levantó con urgencia, sin entenderlo del todo, como movido por un mecanismo interior, y se lanzó en ayuda de aquel insensato, poniéndose a su izquierda.

—Sin navajas —acertó a decir.

Los catalanes reconocieron su uniforme y dudaron.

—Apártate —amenazó uno de ellos.

Manuel sonrió con indiferencia contenida, identificando al mismo catalán con el que se había enfrentado aquella misma tarde. Se irguió en el sitio y alzó la voz, afianzando los pies.

—Sin navajas —repitió—. Dejemos la muerte para la Antilla.

El otro asintió, guardaron las armas blancas y se lanzaron hacia ellos, embistiéndolos como un torrente de agua.

Los asaltados aguantaron con firmeza, devolviendo y recibiendo puñetazos sin un grito, sin un lamento. De pronto, unas manos se abrieron paso en la contienda, sujetaron a los dos jóvenes por los brazos, los arrastraron hasta la puerta y los arrojaron al exterior.

—Y no volváis —dijeron desde la entrada los marineros que los acababan de salvar.

Manuel y el joven soldado se levantaron algo magullados, observándose con mutuo respeto.

—Hermenegildo Alonso —afirmó el último, ofreciéndole la mano mientras la sangre le goteaba por la ceja.

—Manuel Ciudad —dijo estrechándosela.

Los dos se quedaron en silencio, algo cohibidos, sin saber qué más añadir.

—Vamos —dijo Alonso—, conozco un sitio más tranquilo.

Recorrieron los arrabales de Barcelona, entraron en una taberna vacía regentada por un tuerto y pidieron vino. Ya sentados, con el vaso de cristal entre las manos y las heridas controladas, se observaron, otra vez, como midiendo aquella extraña camaradería que no entendían del todo.

—¿Madrid? —preguntó Ciudad, señalando el uniforme.

Alonso negó con la cabeza.

—Castilla.

—¿Dónde?

—Ávila.

Ciudad asintió y se inclinó hacia delante.

—Yo de Huesca —dijo en un susurro—. Aunque soy catalán de corazón.

El tirador frunció el ceño, desconcertado.

—Pero…

—Mi padre era de Lleida —explicó Ciudad— y necesitaba el dinero: cuatro pesetas diarias…

—Y ciento sesenta para aliviar el desamparo de la familia —terminó Alonso—. Estoy enterado. Los catalanes tenéis suerte. En Madrid pagan mucho menos.

Ciudad asintió, distante, y se dejó caer en la silla.

—¿Por qué? —cuestionó el abulense mientras se acariciaba una de las heridas en la barbilla.

No había casi nadie en la estancia, olía a ajo y varios reclutas bebían en silencio en una de las esquinas. Un parroquiano ebrio canturreaba en la barra ajeno a la realidad que lo rodeada y la luz de las velas pintaba en la oscuridad de las paredes reflejos anaranjados. A nadie parecía extrañarle la variopinta pareja —un tirador de Madrid y un cazador de Barcelona— que bebía en silencio y soledad.

El catalán se encogió de hombros. Ni él mismo lo sabía.

—Supongo que me recuerdas a mí. En otro tiempo. En otra situación.

Alonso digirió despacio aquella respuesta, estudiando sus matices, apreciando su nostalgia.

—En el tren —comenzó—, un veterano me dijo que a la guerra siempre acuden los que huyen de algo. Los que no quieren volver. —Alzó la vista y le lanzó la pregunta a Ciudad con la mirada—. ¿De qué huyes tú?

Había sonado algo brusco, algo incierto. Pero la pregunta estaba ahí, planeando entre las copas y el lúgubre ambiente. El cazador se encogió de hombros y esbozó una sonrisa escéptica.

—Del fracaso, del amor —suspiró—. De las trampas del corazón.

Un denso silencio se abatió, otra vez, sobre ellos.

—Al final —dijo Alonso, vaciando la copa—, es de lo que huimos todos. —Se levantó con lentitud mientras se llevaba la mano a la cabeza y comprobaba que su ceja había dejado de sangrar—. Tengo que irme. Mañana zarpa nuestro barco.

Lo dijo sin acritud, pero con algo de desafío. Ciudad lo cogió del brazo.

—¿Te interesaría el dinero? —preguntó con una enigmática sonrisa.

—¿Cuál?

—Las ciento sesenta pesetas de la Diputación —explicó—, más las cuatro diarias.

El tirador lo observó con los ojos entrecerrados.

—Claro, pero...

Ciudad se levantó y se dirigió a la salida sin dejarle acabar.

—Sígueme —masculló—. Tengo una idea.

***

Alonso apretó los dientes para evitar la tensión. En qué momento, se dijo desesperado.

El planteamiento de Ciudad era simple, pero su ejecución estaba resultando ser todo lo contrario.

—Demasiadas lagunas —musitó Alonso intentando controlar su nerviosismo.

El catalán había sobornado al secretario del registro para que transfiriera a Alonso desde los tiradores de Madrid a los cazadores de Barcelona y que así no apareciera como tránsfuga. Ahora, para recibir la soldada de la Diputación, solo tenía que introducirse clandestinamente dentro del Buenaventura adoptando la identidad de Luis Bassols, un soldado del batallón que sus compañeros habían dado por huido, y regularizar su verdadero nombre en cuanto llegaran a Cuba. Ciudad lo había provisto del uniforme catalán, de sus armas y de los detalles más básicos. Pero ambos sabían que podía no ser suficiente.

El día anterior había partido el vapor España con los tiradores de Madrid y, si aquello no funcionaba, se quedaría en tierra y no llegaría a Cuba. El pensamiento lo hizo temblar por dentro. Al no presentarse ante sus superiores, se convertiría automáticamente en un desertor y sería perseguido por la justicia militar.

En qué momento, se repitió, manteniendo la compostura mientras avanzaban en la cola de embarque.

—Somos de la Primera Compañía —le recordó Ciudad—, la Segunda Sección, el Quinto Pelotón.

—Lo sé —escupió Alonso, mordiéndose los labios.

Había una gran expectación en el puerto nuevo de Barcelona. El muelle estaba abarrotado de familiares y curiosos que acudían a las dársenas para despedir a sus voluntarios mientras los oficiales de cada compañía supervisaban el embarque.

La fila avanzaba con lentitud, pero los reclutas estaban impacientes y la emoción era palpable en el ambiente. Las bravatas se sucedieron durante aquella larga espera y varias peleas fueron sofocadas con detenciones militares instantáneas.

—Lo vamos a conseguir —susurró Ciudad nervioso, dándose ánimos a sí mismo—. Tú primero.

Tras varias horas imprecisas, los dos soldados alcanzaron a su capitán.

—¿Nombre? —inquirió.

—Luis Bassols.

El oficial revisó la lista.

—¿Bassols? —preguntó—. ¿De Llagostera?

El tirador respiró profundamente, controlando el temblor de las manos, y negó con la cabeza.

—No, señor. Mi padre es de Barcelona.

—¿Y su madre?

Alonso desvió la vista.

—Falleció hace dos años, señor.

—Lo siento —reconoció el capitán, que se apartó ligeramente, invitándolo a pasar.

Ambos soldados estaban a punto de permitirse una merecida liberación cuando, de improviso, el capitán se giró con rapidez.

—Un momento —señaló acercándose a Alonso, fijándose en su indumentaria—. No es la correa reglamentaria. —Cogió con dos dedos la cinta de cuero y la suspendió en el aire mientras le clavaba la mirada—. ¿De dónde la ha sacado?

El tirador hizo un esfuerzo titánico para no balbucear.

—No lo sé, señor. Me la entregaron así.

El capitán maldijo en voz baja y frunció el ceño.

—Es usted el cuarto soldado mal equipado —dijo mientras se giraba para encarar a los siguientes reclutas y proseguir con su cometido—. Esto no va a quedar así. Puede continuar.

Alonso cruzó la escalerilla que lo separaba de tierra y se introdujo en el buque con una felicidad intransitable llenándole el pecho. El Buenaventura era un moderno barco de vapor lleno hasta arriba de soldados catalanes. El volumen habitual era de seiscientos pasajeros, pero el navío había sido habilitado para albergar a los más de mil voluntarios que partían hacia la guerra.

Ciudad llegó después y le apretó el brazo con un desaforado entusiasmo.

—Ha funcionado —murmuró Alonso—. Gracias.

Era un gracias diferente al que había pronunciado dos días atrás. Era un gracias lleno de confianza en el futuro. Un gracias esperanzado, un gracias convencido de que, por fin, podrían empezar de nuevo.

El puerto de Barcelona estalló en aplausos cuando todos los soldados estuvieron embarcados. La orquesta comenzó a tocar el himno de Prim y se lanzaron vivas a España y a la libertad. Desde tierra, se ondearon pañuelos blancos y verdes como despedida y como anticipada señal de victoria; y los cazadores de Barcelona se despidieron agitando sus barretinas, cantando canciones de guerra y soñando con un porvenir mejor.

Alonso y Ciudad, apoyados en la barandilla, contemplaron cómo la ciudad de Barcelona empequeñecía a medida que el barco se alejaba y se adentraba en la inmensidad del mar.

Con el horizonte ya perdido en la lejanía, el abulense le dio la espalda a su pasado y soltó una carcajada liberadora.

—Vamos a ganar esta guerra —afirmó mirando a Ciudad con una luz brillante y enardecida creciéndole en los ojos.

12

10 de abril de 1869, Guáimaro, Cuba

El rostro de Céspedes expresaba sin ambages la extenuación de su espíritu. Caminaba alicaído de un lado a otro del salón, despeinado, sin fuerza, con unas oscuras y pronunciadas ojeras invadiéndole las mejillas. Un extraño hastío giraba en su mirada. Unas ganas increíbles de acabar con todo y con todos.

—¿Qué ha ocurrido? —preguntó Acosta con gravedad.

Céspedes, sumido en sus pensamientos, pareció no escucharlo. El mayoral se puso en pie y enfrentó al hacendado.

—¿Qué ha ocurrido? —repitió suavizando el tono.

Acosta recordó su sonrisa tras la toma de Bayamo. El alivio físico que experimentó el hacendado, la energía que le insufló la noticia.

Entonces, pensó el mayoral, todo parecía posible. El mañana estaba en sus manos.

Seis meses después, la ciudad no era más que un montón de cenizas, los españoles se habían reorganizado y la sublevación languidecía, dividida en dos gobiernos, cuatro banderas y tres mandos militares.

—Ron —musitó Céspedes.

Marcano, al otro lado de la estancia, se incorporó y llenó tres vasos.

Camagüey se había alzado a finales de 1868 dirigido por Ignacio Agramonte. Las Villas se les había unido en febrero, incapaz de mantenerse al margen por más tiempo. Céspedes y los demás orientales creyeron que el objetivo era común, pero se habían equivocado.

—Rivera —escupió el hacendado tras vaciar su copa—. Rivera y Agramonte.

Los representantes de Oriente, Camagüey y Las Villas se habían reunido en el centro de la isla para discutir los pormenores del alzamiento y crear un frente común. La localización no había sido elegida a la ligera. Guáimaro se encontraba a medio camino entre Puerto Príncipe y Bayamo, las capitales de las dos grandes regiones que se disputaban el liderazgo de la lucha armada.

Céspedes dirigió una mirada sincera a sus dos hombres de confianza y desvió azorado el rostro, consciente de su debilidad.

—Rivera ha convencido a Agramonte de que Oriente es un peligro —explicó—, de que traeremos a esta isla un nuevo régimen. No ha querido escuchar mi propuesta ni antes ni durante la asamblea. Y en el debate —concluyó—, no he estado a la altura de su oratoria.

El hacendado dejó escapar un largo suspiro y se sirvió una segunda copa.

—Todo empezó con el número de los representantes de cada región de cara a las votaciones —comenzó.

Acosta y Marcano se inclinaron hacia delante, casi conteniendo la respiración.

—Como sabéis, Oriente tiene casi trescientas mil almas, y Camagüey, setenta mil. Como en toda democracia, por representación, nuestra opinión debería tener más peso, pero

Rivera defendió la tiranía del número y la injusticia del planteamiento.

Un negro presentimiento apareció en la mente del mayoral, pero evitó hacer ningún comentario. Los terratenientes camagüeyanos poseían las mejores tierras de la isla y los ingenios más prósperos, y no estaban dispuestos a sumarse a la lucha sin garantías. El tiempo que habían tardado en sumarse a la revolución era un ejemplo más de su cálculo y manipulación.

El relato de Céspedes no auguraba nada bueno.

—Y Las Villas —continuó con voz quebrada—, tras una encendida discusión, lo ha respaldado.

Marcano soltó un improperio y gesticuló con las manos. El mayoral se mordió el labio, pero mantuvo la calma y lo conminó a seguir. Necesitaba toda la información.

—A partir de ahí, con dos representantes por provincia, todo se ha torcido. —Se encogió de hombros y mostró las palmas de las manos, rindiéndose a la evidencia—. Camagüey y Las Villas han maniobrado juntas. No hemos podido hacer nada.

Acosta se inclinó hacia delante.

—¿Qué decisiones se han votado hoy?

A la pregunta le siguió un silencio demasiado largo. Céspedes chasqueó la lengua.

—La estructura de la República —respondió al cabo de unos segundos.

El principio del fin, pensó Acosta.

—El presidente de la República y el general en jefe del Ejército responden ante la Cámara de Representantes —concluyó el hacendado.

Marcano no pudo contenerse.

—¿El Ejército no puede tomar decisiones sin el beneplácito de la Cámara?

Había alarma en la pregunta, la sensación de que la guerra se les escapaba entre los dedos.

—Sí que puede —matizó el mayoral, calibrando el alcance de todo aquello—, pero la Cámara puede cesar al general en jefe y al presidente si lo considera oportuno.

—¡Se perderá muchísimo tiempo! —exclamó indignado el dominicano.

—Y agilidad —completó Céspedes—. He intentado explicárselo —suspiró—, pero Rivera se ha encargado de que Agramonte no quisiera entenderlo.

Marcano se puso en pie, hecho una furia.

—¡Maldito idiota! —exclamó—. ¡Nos ha condenado a todos!

La afirmación se quedó vibrando en el aire mientras los tres hombres reflexionaban en silencio.

—Va a ser imposible mantener la disciplina —murmuró Acosta.

Céspedes asintió con desgana.

—Habrá un Donato Mármol cada mes —concluyó.

Tras la toma de Bayamo por el ejército mambí, los españoles habían enviado una fuerza de dos mil hombres para recuperar la ciudad. Mármol había sido el hacendado bayamés encargado de contener al enemigo tras el río Cauto. Desoyendo todos los consejos, cruzó la corriente y se atrincheró a orillas del río Salado y las baterías españolas barrieron su posición. Tras la precipitada retirada del mambí, el ejército español alcanzó las puertas de Bayamo sin mayores complicaciones. Incapaces de defender la capital, sus habitantes decidieron prenderle fuego a la ciudad, reduciéndola a cenizas.

Cuando Céspedes exigió al bayamés responsabilidades, este, enfurecido, desertó del ejército rebelde y estableció una república paralela. Tan solo tras las exigencias de todos los hacendados orientales aceptó de nuevo la jefatura de Céspedes.

Aquel episodio había puesto en evidencia la necesidad de un mando único e indiscutido, un liderazgo fuerte que concentrase el poder civil y militar que no tolerase ninguna clase de desafíos. Acosta lo recordaba con nitidez. El respeto —especialmente en la guerra— suele vestirse de temor.

—¿Cuáles han sido sus razones? —preguntó el mayoral.

Céspedes se giró hacia él, perdiendo por momentos su energía.

—Evitar la dictadura —precisó—. Que una sola persona acapare todo el poder.

Los tres hombres se quedaron en silencio, perdidos en sus propios pensamientos. Acosta se levantó, se aproximó al aparador y cogió la botella de ron.

—Una vez —comenzó mientras se servía una copa—, un esclavo me dijo que el hombre evita la libertad. Que la responsabilidad de ser libre es demasiado grande. Que recibir y acatar órdenes le permite dormir mejor.

Céspedes y Marcano lo miraron como si se estuvieran asomando a un pozo: con los ojos entrecerrados y expectantes. No estaban acostumbrados a que el mayoral compartiese sus reflexiones.

—Podemos luchar contra los españoles, pero no podemos combatir la ineptitud y la avaricia. —Se giró hacia ellos y se encogió de hombros—. No podemos combatir el miedo.

Paseó por la estancia con aire ausente, controlando la impotencia que le subía por la garganta, y se detuvo para observar el crepúsculo a través de la ventana.

Marcano verbalizó lo que los otros dos pensaban.

—Un puñado de jóvenes ilustrados con ganas de sentirse demócratas van a darle una ventaja crucial al enemigo.

El mayoral asintió distraído y pensó en Candelaria y en el hijo que esperaba del hacendado. Tras la toma de Bayamo, Acosta le había hecho prometer que la sacaría de Cuba. Sabía que su hija se opondría, pero era lo mejor para todos.

Un nieto, se dijo, mientras calibraba en su cuerpo el hecho de ser abuelo.

—¿De qué opciones disponemos? —preguntó, volviendo en sí mismo.

Céspedes agitó la cabeza y se mordió los labios.

—La presidencia de la República o la comandancia del Ejército —resumió—. Una de las dos. No dejarán que dos orientales lleven las riendas del levantamiento.

Acosta asintió despacio, con un odio diferente en el cuerpo. Un odio sórdido, discreto y tenaz.

La libertad y el miedo, pensó. La ausencia de coraje.

—Y el presidente está por encima del general en jefe... —deslizó Marcano.

La luz del día osciló y la penumbra invadió la estancia. Acosta se acercó a la mesa y encendió dos quinqués de aceite.

—Es la única opción —concluyó el dominicano, perdiéndose en el reflejo acristalado del fuego.

El inicio de la noche —la tiniebla que anunciaba— afectó al humor del mayoral y lo llenó de recuerdos sombríos. Visualizó con precisión el rostro de cada uno de los soldados que habían caído bajo su mando, los sollozos contenidos de sus compañeros. La soledad que los había envuelto en sus últimos instantes.

No hay honor ni gloria en todo esto, pensó. Tan solo maquinaciones absurdas y enjuagues de dolor. Sintió una hostilidad manifiesta hacia Rivera y hacia todos los Agramontes del mundo. Hacia todos los poderosos que despreciaban —desde que el mundo es mundo— el honrado esfuerzo del soldado y el sudor del trabajador; las vidas de ambos.

Céspedes se sirvió una tercera copa y le dio la razón a Marcano.

—Los españoles se han rehecho con rapidez y ya están enviando más hombres desde la península —murmuró derrotado—. No sé cuánto durará, pero me temo que hoy hemos empezado a perder la guerra.

Acosta abandonó el recinto cerca de la medianoche. El alcohol le había afectado más de la cuenta y, en medio de aquella envolvente oscuridad, sintió como un profundo desánimo le crecía en el pecho.

Quién diría, se dijo pensando en el desenlace de la asamblea, que las palabras pueden ser más peligrosas que las balas.

Se alejó de la casa principal donde estaban hospedados y buscó a Pavón en las cuadras. Encontró al cubano frente a un pequeño fuego, junto a Perojo y su hijo. El mayoral saludó con voz tenue y se sentó entre ellos, contemplando las llamas con el respeto ancestral de quien teme lo desconocido.

—¿Cómo fue? —preguntó Pavón al cabo de varios minutos de silencio.

Los tres se giraron para observarlo con expectación, conscientes de que su futuro dependía de aquellas decisiones. El mayoral ladeó la cabeza y se pasó la mano lentamente por la barba mientras pensaba en qué decir y qué evitar.

—La propuesta de Céspedes no ha encajado —masculló casi sin ganas—. Parece que Agramonte estaba sesgado por el testimonio de Rivera y no ha querido escuchar lo que Oriente tenía que decir.

Pavón lanzó una rama al fuego y Perojo dejó escapar un suspiro cansado.

—Quizá tiene razón —dijo Julio tras reflexionar un segundo.

El mayoral frunció el ceño.

—¿A qué te refieres?

Su hijo se incorporó en su asiento, ordenando sus ideas.

—No se trató demasiado bien al señor Rivera en el ejército oriental —explicó— y Camagüey tiene un planteamiento más liberal. La democracia por encima de todo.

Acosta recordó sus encontronazos con el orgulloso criollo y asintió.

—Puede ser —reconoció—, pero en una guerra no hay cabida para las asambleas.

—¿Por qué no? —preguntó

—Porque no hay tiempo.

—Siento llevarle la contraria, padre, pero no estoy de acuerdo.

Pavón trató de mediar en la conversación, pero la voz de Acosta lo cortó en seco.

—¿Por qué no estás de acuerdo?

Los ojos de Julio brillaron en la oscuridad, reflejando el vibrar insensato del fuego que tenía delante.

—Porque la libertad está por encima de todo —afirmó desafiante—. Porque si no fuera así, ¿qué nos diferenciaría de los españoles? ¿De los comerciantes de esclavos?

—En la guerra hace falta disciplina —dijo Acosta casi gritando—, una jerarquía clara. ¿Recuerdas lo de Mármol? ¡Ese tipo de desobediencias no se pueden permitir! Te socavan frente al enemigo.

Perojo y Pavón se dirigieron una mirada impotente mientras Julio se ponía en pie.

—Se nota que es usted español, padre —declaró con desprecio—. Adora la tiranía.

Acosta se levantó de un salto y se enfrentó a su hijo temblando de rabia. Tiempo después se daría cuenta de que fue el alcohol el que habló aquella noche. Si hubiese sabido que sería la última vez que hablase con Julio, jamás habría llegado a pronunciar esas palabras.

—Solo un cobarde puede hablar así —masculló.

Padre e hijo se sostuvieron las miradas durante un instante y, al cabo, Julio dio un paso atrás.

—Siento que piense eso —murmuró conteniendo las lágrimas—. Pediré el traslado a la fuerza de Camagüey, donde puede que valoren mejor mi coraje.

Pavón se levantó para intentar retenerlo, pero el joven se liberó de sus manos y se perdió en la noche.

—Vete a dormir y sacúdete ese pesimismo —dijo con ojos de reproche el cubano volviéndose hacia el mayoral—. Mañana será otro día.

La tensión se deshizo y Acosta se sintió tremendamente cansado. Miró a Perojo y comprendió que la zozobra lo había traicionado. Colocó las manos en las caderas, cambió el peso de pierna y dejó escapar un profundo suspiro.

—No habrá un mañana —murmuró, abandonándose a la tristeza—. No hay esperanza para los que no están unidos.

13

12 de junio de 1875, Madrid, España

El soldado recorrió las calles preocupado, mirando hacia los lados, concentrado en las miradas de los viandantes. Hasta entonces, a pesar de todo, no había experimentado aquella sensación de peligro. Recordó la guerra de Cuba: la exposición, las marchas y la tensión constante. El enemigo enfrente, siempre dispuesto a luchar y siempre dispuesto a morir.

Pero esto es diferente, reflexionó enfadado.

Aquella contienda, aquel Madrid, ofrecía una guerra más sofisticada. Cada cruce era una emboscada y cualquiera podía ser un enemigo. Buscó en los reflejos de los escaparates rostros taciturnos u ojos desencajados por la tensión, pero solo encontraba expresiones indiferentes.

Respiró profundamente e introdujo la mano en el bolsillo derecho de la levita. El peso del revólver lo descompensaba; lo sentía extraño, pero le tranquilizaba. Manoseó la culata de madera, dándole vueltas en el interior, y calculó lo que tardaría en sacarlo, apuntar y apretar el gatillo. Pensó en Escauriaza y en su parsimonia de cazador paciente. En la ausencia de alarma en sus ojos.

—Ayer intentaron asesinarle.

La noticia no le sorprendió, pero sintió una cólera antigua contra sí mismo, culpándose de su distracción. De su apatía.

Al volver de casa de Nuña por la mañana, había advertido una marca de tiza en el borde de la acera, y la alegría del día —el sol en la piel, la brisa de julio— se había parado en seco. Aquella era una de las señales convenidas con el contrabandista de que algo había salido mal y que debían encontrarse de inmediato.

El soldado había contemplado las calles con desconfianza y forzado una naturalidad que no sentía, echando de menos la manigua cubana y su Remington en las manos. Aseguró el *bowie* a su espalda, giró sobre sus talones y se dirigió con cautela a la dirección acordada. Cuando se encontró con Escauriaza, no había miedo en sus ojos. Tan solo determinación.

La guerra, se dijo, ha empezado.

—¿Dónde? —preguntó el soldado mientras apretaba los dientes y maldecía mentalmente su descuido.

—En un callejón, cerca de su casa. Le estuvieron esperando toda la tarde y casi toda la noche.

—¿Cuántos?

—Uno.

Imaginó a una sombra en la oscuridad de la noche, acechante y nerviosa, evitando el tintineo de las armas, y maldijo el recuerdo de su pierna, la agilidad que le habían arrebatado para siempre.

Escauriaza introdujo la mano dentro de su chaqueta y lo miró a los ojos.

—Sé que no es usted partidario de la pólvora —comentó, encogiéndose de hombros—, pero puede que lo necesite.

El soldado contempló despacio el revólver que le ofrecía el contrabandista. Un Lefaucheux, pensó. Diseñado por los franceses y perfeccionado en Guipúzcoa.

Lo estudió con ojo experto, lo empuñó y comprobó la rectitud del cañón, el brillo mortal que desprendía, asintiendo con la cabeza. Una lejana aprensión comenzó a rodear sus pensamientos. No era lo mismo matar en la espesura de un bosque o en un pueblo arrasado que matar en Madrid a plena luz del día.

—Gracias —afirmó con seriedad.

—Seis balas —respondió Escauriaza llevándose el índice a la cabeza para instarlo a recordarlo—. E intente no recorrer Madrid de noche.

El soldado asintió, se despidió y regresó a su casa con otro instinto, con otra mirada. Tras cambiarse de ropa y asearse, había salido a la calle concentrado y alerta, con Cristina de Barjuán como objetivo. Mientras andaba, introdujo otra vez la mano en el bolsillo para sentir el metal frío y compacto.

Las calles habían cambiado y él había vuelto al pasado.

Con un ojo pendiente de los transeúntes, se concentró en la conversación que tenía por delante.

Barjuán era de estatura media. Era hermosa y elegante, y tenía los ojos verdes y oscuros como el brillo de un bosque antes del anochecer. Había algo inquietante en su rostro —quizá la nariz, quizá la frente demasiado despejada—, pero no había sabido identificar qué era. Los había presentado Martínez Campos hacía ya tres semanas, en una recepción de la embajada francesa. Habían intercambiado un par de frases, miradas y una sonrisa correcta en la distancia. Suponía que se acordaría de él: un teniente joven, tullido y silencioso; con el aplomo militar envuelto en la melancolía de un superviviente.

Cruzó Alcalá, esperó en una esquina y, cuando estuvo convencido de que nadie lo seguía, bajó por Recoletos y encaminó sus pasos hacia el este. Era casi mediodía y el cielo estaba despejado. Hacía calor y las gotas de sudor se deslizaban lentamente por su frente. En Serrano, agradeció la sombra de los cedros y aminoró el paso, dejando escapar un largo suspiro.

Se colocó bien el sombrero, adecentó su camisa, asumió un paso tranquilo y se dirigió hacia la entrada de la casa que había estudiado días atrás.

La flamante burguesía, reflexionó, asaltando la rancia aristocracia.

La vivienda era uno de los palacetes que alquilaba el marqués de Salamanca a las afueras de Madrid. La calle Villanueva había sido recientemente construida y las edificaciones eran amplias, lujosas y modernas. Carlos de Barjuán era un ferroviario asturiano con cierta fortuna y bien relacionado. Residía recientemente en Madrid y se decía que tanto él como su hija buscaban desesperadamente hacerse con un título nobiliario. El ejemplo de Salamanca —que había obtenido la grandeza de España en 1864— había azuzado el delirio de muchos empresarios.

El soldado recorrió la calle hasta llegar al número 18 y contempló el palacete desde fuera, admirando su arquitectura y la proporción de sus formas, recogiendo todos sus detalles. Al cabo, abrió la cancela sin esfuerzo y una suntuosa vegetación lo recibió, mitigando el sonido del exterior. Subió las escaleras del porche y llamó a la puerta.

Se sintió inquieto, pero sabía que, cuando todo empezara, las palabras acudirían a él sin remedio. Se oyeron unos pasos en el recibidor y un criado, vestido con un traje deslucido, entreabrió la puerta.

—Buenas tardes —afirmó inexpresivo, dando un paso adelante y estudiándolo con curiosidad—. ¿Qué desea?

—Buenas tardes —respondió el soldado sin perder el contacto visual—. Soy el teniente Hermenegildo Alonso, vengo a visitar a la señorita Barjuán.

El criado frunció el ceño.

—¿Le espera la señorita? —preguntó el criado, firme y rígido, con una mirada gélida.

El soldado cambió el peso de la pierna, incómodo, armándose de paciencia. Era algo insólito que alguien se presentase de improviso en una casa, y más aún visitar a una mujer en el domicilio familiar sin avisar.

—El cachorro de mi hija ha desaparecido —explicó—. Me gustaría conversar con ella sobre razas y criadores. Tengo entendido que es una experta.

Un punto de burla asomó en los ojos de su interlocutor. «He escuchado de todo, pero nunca una excusa tan burda», parecía decir su expresión.

Tras un silencio excesivamente largo, el criado, profesional y cuajado, formuló la manida excusa de la ausencia.

—La señorita no está en casa hoy —recitó sin emoción—. Le ruego que lo intente otro día.

No ha funcionado, pensó, detestando, sin pretenderlo, a aquel mayordomo estirado.

—¿Cuándo cree que podría encontrarla en casa?

—No sabría decirle...

—Supongo —dijo mientras se giraba, dándose por vencido, y encaraba lentamente la escalera— que estará enterada de la nueva vacuna para los *weimaraner*. En cualquier caso, coménteselo. —Comenzó a bajar las escaleras con desgana—. Volveré otro día.

Una voz femenina resonó en el interior de la casa, en la distancia, pintando el mediodía de esperanza.

—¡Mariano! —exclamó una voz—. Hágale pasar, por favor.

El soldado se giró con calma, evitando sonreír. Mariano abrió la puerta y ambos se observaron, midiéndose en silencio.

«Lo volvería a hacer», parecían decir sus ojos llenos de desafío, pero el soldado se deshizo de cualquier arrogancia.

—Gracias —murmuró con humildad al atravesar el umbral de la puerta.

El mundo, pensó, está en manos de los porteros, de las amas de casa, del servicio en general. No era inteligente enfrentarse a ellos. Mariano apreció la actitud, frunció los labios y lo perdonó a su manera.

—Sígame, por favor.

El soldado contempló la estancia con deleite.

La luz entraba en el recibidor por una claraboya de cristal, derramándose por la escalera y llenándolo todo de una apacible luminosidad. Se oía el crepitar de un fuego en la distancia y, a pesar del frescor del día, hacía calor en el interior de la casa.

Mariano avanzó hacia uno de los extremos del edificio y abrió una puerta.

—La señorita enseguida estará con usted —declaró en un tono más sosegado.

Una vez solo, el soldado se giró en derredor y estudió la sala. Era una estancia cálida y recogida con dos divanes enfrentados, una mesa baja y unos grandes ventanales que daban paso al espléndido jardín que circundaba la casa. Se aproximó a una de las esquinas, rodeó una mesa de cartas y sostuvo entre las manos el tirador de hierro de una de las ventanas más pequeñas.

Alzó la vista para entender el mecanismo del cerrojo y sonrió. Cogió el bastón, lo cruzó despacio sobre la barra e hizo palanca, doblando ligeramente el enganche. Antes de que venciera completamente, se escucharon unos pasos en el pasillo. Dos golpes en la puerta resonaron en el pequeño salón y Cristina de Barjuán accedió a la estancia.

Vestía con la elegante sencillez de su clase, con el aspecto descuidado que podía permitirse la gente de patrimonio.

Pero hay algo más, se dijo el soldado. Un conocimiento profundo de sí misma que se apreciaba en su expresión, en sus ademanes tranquilos, en la seguridad de su avance, en la serenidad de sus rasgos.

Tenía el rostro ovalado, una nariz pequeña, los labios carnosos y la piel morena.

Es peligrosa, pensó el soldado, y lo sabe.

—Buenas tardes, señor Alonso —saludó con cortesía—. Por favor, siéntese.

El soldado obedeció sin prisa, escogiendo con cuidado su asiento sin dejar de observarla. Cristina lo imitó en silencio.

—Nos conocimos en…

—La embajada de Francia —lo interrumpió ella—. Hace ya tres semanas. Nos presentó el general Martínez Campos. —Amagó una sonrisa y se inclinó hacia delante, con confidencia—. Tiene usted amigos influyentes, señor Alonso.

El soldado asintió y bajó la mirada, observando las pequeñas gotas de tinta que manchaban las manos de su anfitriona.

—No es mi amigo —explicó, marcando la distancia—, es mi superior. Combatí a sus órdenes en Cuba.

—Parecía tenerle aprecio.

La intensidad de las palabras creció por momentos.

—Un vínculo —respondió el soldado con calma.

—¿Cómo dice?

—Nos enfrentamos juntos al peligro, a la muerte —detalló mirándola a los ojos—. Eso crea, irremediablemente, un vínculo muy particular.

—Entiendo —reconoció Barjuán.

No, se dijo el soldado. No lo entendía. No podía hacerlo.

—Tiene usted unas maneras demasiado elegantes para ser soldado —observó, cambiando con agilidad de tema.

Había cierta curiosidad en su mirada. Cierto interés.

El aludido se encogió de hombros.

—Lo fui —apuntó sin emoción—. Ahora soy funcionario.

Barjuán cambió de posición mientras lo estudiaba con parsimonia.

—En el Ministerio de Guerra, tengo entendido.

—Así es —concedió el soldado.

—¿Cuál es la diferencia?

El soldado esbozó una mueca a modo de sonrisa.

—Sigo obedeciendo órdenes —declaró—, pero ya no me disparan.

Barjuán le devolvió el gesto.

Tras la lluvia fina, se dijo el soldado, el huracán.

—Gracias por recibirme —articuló—. Sé que es inusual, y se lo agradezco.

Su voz sonó sincera; cándida y hermosa.

—El cachorro de mi hija, un *weimaraner*, ha desaparecido. Me comentaron que usted tiene un perro de la misma raza. Esperaba que pudiese orientarme para encontrar otro.

Barjuán entrecerró los ojos mientras una sonrisa taimada le cruzaba el rostro. Estaba disfrutando de aquella conversación.

—Qué casualidad —comentó casi con descuido—. Es un animal muy especial. Hay muy pocos en España.

El braco de Weimar era una raza consolidada en Europa de perros cazadores, muy versátil, con un olfato infalible y popularizada por la aristocracia alemana. Eran excesivamente caros y, dado su pedigrí, aún más difíciles de obtener. La reticencia de Barjuán no estaba mal encaminada.

—Lo sé.

—¿Dónde lo consiguió?

—Un compañero de armas.

—¿Utilizan *weimaraners* en el Ejército? —preguntó con un asombro impostado.

—No —reconoció el soldado—. No se emplea esa raza.

Cristina asintió distraída, regocijándose en aquel juego de preguntas sin respuesta.

—¿Cómo se llama su hija? —interpeló de pronto.

Barjuán le dirigió una mirada antigua, desde otra época, con resquicios de una cólera inexacta, que el soldado le sostuvo sin esfuerzo. Se observaron con contención, en silencio, calibrando hacia dónde los llevarían las palabras que aún estaban por pronunciar. Sintió, de pronto, lástima —por Barjuán, por aquella hija que no existía, por aquella conversación— y suspiró cansado, rompiendo aquel instante de furor y zozobra.

190

—¿Sabría, entonces, dónde podría encontrar un cachorro de *weimaraner*?

Cristina de Barjuán se irguió en su asiento y se inclinó hacia delante, consciente de que la conversación había cambiado.

—¿Qué es lo que quiere?

El soldado asintió imperceptiblemente.

—Se lo he dicho —respondió mostrando las palmas de las manos—. Información.

Barjuán frunció el ceño escéptica, a la defensiva.

—¿Y qué puede un funcionario ofrecerme a cambio?

Una seriedad marcial invadió su rostro y pensó en todas las mentiras que ya había pronunciado. En las que le quedaban por pronunciar.

—Un ejército.

Un brillo de esperanza atravesó la mirada de su interlocutora.

El soldado pensó en Herculano, y recordó sus palabras. Sus sospechas.

Isabel II se revolvía en Francia tras la restauración de la monarquía en España y amenazaba con su regreso. Clamaba contra su abdicación forzosa en 1870 y contra sus derechos vulnerados. Todo indicaba que Barjuán actuaba como enlace en España de la reina destronada.

«La empuja la codicia y la promesa de la aristocracia», había dicho el coronel. «Le han prometido un título propio y un buen matrimonio».

El posible retorno de la reina madre restaría legitimidad al Gobierno de Cánovas y Alfonso XII. Especialmente, antes de la firma de la nueva constitución. El soldado recorrió la expresión impasible de Barjuán, calibrando hasta qué punto era capaz de llegar aquella mujer.

—¿Cómo sé que puedo confiar en usted? —aventuró.

El soldado eludió una sonrisa. Después de Julia, era la segunda mujer que le hacía esa pregunta aquella semana.

191

—Represento al Alto Mando del sector más conservador del Ejército —reveló tras unos segundos de falsa indecisión—. Alfonso XII y su Gobierno liberal, con Cánovas a la cabeza, ha dado la espalda a la tradición del pueblo español.

Apreció mientras hablaba un ligero temblor en las manos de Barjuán. Se contemplaron sin reticencia, con un nuevo sentido, como si se hubiesen despojado de la falsedad hasta entonces necesaria.

El soldado comprendió que las reticencias de Cristina habían desaparecido.

—Existen ciertos… rumores —continuó—. En la calle, en el campo, en los puertos... —Clavó su mirada en los ojos de Barjuán y escuchó cómo aquella gran mentira se deslizaba por sus labios—. Si Isabel II decide regresar a España, puede contar con nuestro apoyo.

Los principios suelen ser siempre accidentes, pensó el soldado. Confluencias del azar, del tesón, de la fatalidad. Un delicado estruendo que augura cualquier porvenir.

Barjuán le devolvió la mirada y un silencio inestable llenó el espacio que los separaba. Quién sabe, se dijo el soldado. A aquellas alturas, ya no le importaba si le había creído o no.

—En Trujillo, a las afueras —comenzó Barjuán mientras se levantaba y se acercaba a la puerta—, llegando desde Madrid.

Colocó la mano en el pomo y se giró, otorgándole a aquella cadencia una fragilidad medida.

—El parador de La Estrella —formuló al fin, mirándolo fijamente—. Pregunte por Tomás. Es uno de los mejores criadores de perros de caza en España. —El verde de sus ojos se oscureció, amenazador—. Dígale que va de mi parte.

El soldado se levantó de su asiento ayudándose de su bastón y el *bowie,* mal colocado, se le clavó en la espalda. Recorrió la distancia hasta la puerta en silencio, con aquellas palabras, con aquella dirección, resonando en su cabeza.

—Gracias —dijo al alcanzar a Barjuán, sin saber del todo si debía dárselas.

Ella le devolvió un gesto insondable.

—Esperemos que pueda pagarle —sentenció.

Abrió la puerta y llamó al criado.

—El señor Alonso ya se marcha —comentó—. Por favor, acompáñele hasta la puerta.

14

12 de junio de 1875, Madrid, España

Al salir de la casa de Barjuán, la tarde de aquel sábado se dirigía perezosamente hacia el crepúsculo. Miró al cielo y reflexionó sobre aquel concierto de decisiones y casualidades que lo zarandeaba sin remedio.

La vida te lleva por caminos raros, se dijo mientras evocaba la mirada furibunda de Barjuán y la comparaba, irremediablemente, con la de Nuña.

Salió a Serrano y se dirigió hacia Madrid mientras estudiaba cada esquina. La noticia de Escauriaza lo había despojado de toda seguridad, pero se sintió a gusto en aquella peligrosa incertidumbre. Intentó concentrarse, pero el rostro de Nuña lo impregnaba todo de una serena nostalgia.

Últimamente dormía mejor. Podía cerrar los ojos sin oír disparos, ni gritos, ni relinchos de caballos agonizantes. El remordimiento, la pérdida y todas las cosas que habían girado en su cabeza sin interrupción parecían haber pasado a un segundo plano.

Se obligó a recordar la ausencia de esperanza de los soldados, las marchas bajo la lluvia, la crueldad de cada combate, y una sonrisa triste le llenó la boca. Por primera vez desde que había vuelto, no había dolor en aquella evocación, tan solo melancolía. Se estaba reconciliando, poco a poco, con el pasado.

—El tiempo es el bote salvavidas —murmuró sonriendo.

La intensidad de la luz menguó y la noche lo alcanzó mientras se dirigía a su casa por el salón del Prado. La incipiente oscuridad le recordó las palabras de Escauriaza y se reprochó la lentitud de sus pasos. Forzó su pierna y aumentó el ritmo. Cruzó Atocha, giró hacia la derecha y se internó, silencioso y alerta, en la estrechez de las calles de Madrid. Una monotonía tranquila e inusual planeaba en el aire mientras la ciudad se iba vaciando de sonidos.

Bajó por Santa Isabel y se paró en la última esquina antes de llegar a su casa. Aguzó el oído y una solitaria gota de sudor se deslizó por su sien.

El silencio era total.

Sujetó el bastón con la izquierda y su mano derecha se deslizó tras el faldón de la levita mientras maldecía su suerte. Dobló la esquina y reconoció una antigua sensación que creía olvidada.

Otra vez, se dijo, eludiendo un suspiro, calibrando la rigidez de su pierna.

Desechó utilizar el revólver y deslizó el *bowie* con cuidado fuera de su funda; cogió el bastón a media altura y, en el último segundo de pensamiento racional, se sintió ligero. En Cuba, antes de cualquier batalla, el miedo solía hacer su aparición: un íntimo deseo de que todo acabase de manera rápida y definitiva. Pero cuando llegaba el combate, la apatía y el valor daban paso al instinto y todo se reducía a la fortaleza de los brazos, a la suerte y al poderoso deseo de sobrevivir a pesar del enemigo.

Aquella peculiar armonía lo embargó de nuevo y supo lo que tenía que hacer. En aquel instante, la complicada pregunta de la existencia tenía una respuesta muy sencilla: matar para vivir.

No le sorprendió la placidez que sintió al doblar la esquina y descubrir frente a su puerta una oscura figura embozada en una larga capa y amparada por la penumbra. No le extrañó su paso seguro hacia ella, la desaparición del dolor de su pierna, la flexión de sus rodillas y el áspero contacto del *bowie,* ni saber perfectamente dónde tenía que hundirlo.

Sus pasos resonaron en la calle desierta y la figura se giró hacia él, poniéndose en movimiento.

El soldado apretó los dientes y mantuvo el avance contenido, directo, inclinándose hacia delante, anticipando cada desplazamiento.

Dos metros, calculó mientras flexionaba, aún más, las piernas.

Recorrió los últimos metros que los separaban afirmando en las manos el bastón y el *bowie.* Iba a saltar hacia un lado cuando una frase, cuando aquella voz, lo golpeó en el pecho con la contundencia de un disparo.

—Llevo esperándote más de dos horas —le espetó desafiante la figura, sin un atisbo de miedo—. Evita, por favor, clavarme ese cuchillo.

La rabia desapareció al instante. Aquella voz tan drástica, tan de otro tiempo, ajena a la cuchillada que había estado a punto de recibir.

La silueta se deshizo del pañuelo que le embozaba el rostro.

—Entremos —ordenó Julia ante el rígido estupor del soldado—. Me estoy muriendo de calor.

El aludido se rehízo, miró hacia los lados y abrió la puerta con celeridad. Una vez en el zaguán, Julia se deshizo de la capa y dejó escapar un suspiro de alivio mientras se giraba hacia su anfitrión.

—Yo también me alegro de verte —susurró la mujer—. El otro día no te lo dije.

El soldado le dirigió una mirada fría, desconfiada, con el corazón aún latiéndole en la garganta.

—¿Qué haces aquí? —preguntó de manera impersonal y distante.

Julia sonrió desubicada. Había cierta culpabilidad en sus ojos, y también una tristeza desdibujada.

—Te dije que reuniría más información.

Lo dijo con fuerza, intentando ocultar el tono de reproche. El soldado desvió la mirada.

—Madrid, de noche —explicó con calma—, es un lugar peligroso.

El brillo de los ojos de Julia dio paso a un miedo incierto, a una preocupación sin origen. Comprendía el tono y la amenaza, pero no la sentía.

—Subamos —concluyó el soldado tras un instante de vacilación.

Comenzaron a subir los escalones y el crujido de la madera resonó como un antiguo lamento en el hueco de la escalera.

Su padre tenía razón, se dijo el soldado mientras observaba la figura delicada de Julia ayudándose del pasamanos, rodeada de polvo y decadencia. Esto es todo lo que habría podido darle, pensó, alegrándose de aquel final.

Intentó mantener la cadencia de sus pasos, pero el dolor lo devolvió a la realidad. La rigidez de la pierna, después de tanta tensión, había vuelto y cada peldaño era un calvario. Julia ascendía con rapidez, y el soldado se retrasó sin remedio.

—Nunca pude seguir tu ritmo —murmuró cuando ella se giró extrañada.

Julia vaciló, sin entender del todo, mientras deshacía el camino. El soldado se irguió apretando los dientes e intentando ocultar una mueca de dolor.

—Es la pierna —dijo señalándola—. Me la destrozaron en Cuba.

Ella se acercó y lo observó como si fuese algo nuevo. Como si descubriera, por primera vez, el asombro, la capacidad de gritar o un tesoro perdido. Lo miró con una mezcla de perplejidad y lástima.

—Te hirieron —afirmó sin dar del todo crédito al significado que contenían sus palabras.

El otro asintió despojado de toda defensa; desarmado por aquella dicción, por aquella sorpresa.

—Así es.

Julia le ofreció el brazo y no hizo más preguntas. Ascendieron juntos por la escalera hasta el tercer piso. El soldado abrió la puerta y accedieron a su habitación. Los sonidos de la noche entraban por la ventana abierta. Había una débil y titilante luz en el cielo y el cuarto estaba sumido en una tenue penumbra.

El soldado se adelantó y encendió dos velas sobre su escritorio. El débil resplandor le permitió a Julia contemplar la estancia con calma, deteniéndose en todos los detalles: el techo abuhardillado, la cama desvencijada y deshecha, dos sillas viejas, una jofaina de porcelana; la tinta, la pluma y los papeles sobre el escritorio; las puertas deterioradas del armario, la pared desconchada, el suelo áspero; y el húmedo calor que lo envolvía todo.

Pasado y soledad, pensó el soldado mientras recorría con la mirada su humilde habitáculo.

No le importaba ni el nivel ni el estado; ni sentía vergüenza, ni apocamiento. Sabía quién era y no pretendía impresionar a nadie; y menos a ella. Era un soldado, un superviviente escéptico que engañaba al mundo con una sonrisa taimada y una mirada sincera. Ahora sabía valorar lo que era importante, apreciar las pequeñas victorias de la vida.

Y aquella, se dijo, era una de ellas.

—¿Por qué has venido? —interpeló después de ofrecerle algo de beber.

Julia se encogió de hombros mientras buscaba en sí misma la respuesta a aquella pregunta.

—Me sentía… en deuda —reconoció.

El soldado le dedicó una mirada recelosa, preguntándose cuál sería el verdadero motivo de aquella visita.

—He estado a punto de matarte —concedió al fin, tanteando la verdad.

Ella se giró despacio, contemplándolo desde otra época.

—Quería volver a verte —afirmó con aplomo.

El soldado la midió con la mirada y esbozó media sonrisa.

—No deberías estar aquí.

Julia respiró profundamente, se acercó a una de las sillas y tomó asiento.

—Nunca fuiste un cretino —murmuró despacio—. No te permito que lo seas ahora. —Cruzó con cuidado las piernas y, tras una pausa, continuó—: Tengo información que puede resultarte útil —sentenció clavándole los ojos—, nada más.

Ahí está, pensó el soldado tras escucharla. Aquel carácter indomable. Aquellos ojos enormes y brillantes revolviéndose contra el miedo. No pudo evitar una sonrisa, un suspiro y una tregua.

—Está bien —concedió, y se sentó en la silla restante para concederle un descanso a su pierna—. ¿Qué has averiguado?

El resplandor oscilante de las velas confería a la estancia un aire tétrico y, a la vez, un aspecto acogedor. Julia observó el vaso de agua que sostenía entre las manos antes de responder.

—Matías —comenzó—, el menor de los Villena, está buscando información sobre Hermenegildo Alonso y Manuel Ciudad.

—¿Qué tipo de información? —preguntó el soldado, apoyando los codos en las piernas.

Julia levantó la mirada.

—Familiares, rango en el Ejército, ocupación en Madrid, las tertulias que frecuentan —resumió lacónicamente—. Todo.

—¿Y qué han encontrado?

—De momento, poca cosa —admitió—. Y se están impacientando.

El soldado frunció los labios y asintió tranquilo. Julia entrecerró los ojos.

—¿A qué se debe tanto interés? —preguntó con cierta hostilidad—. ¿Tanto misterio? Tiene que haber algo más —concluyó—. El desprestigio en el Ejército no parece preocuparte demasiado.

Le lanzó aquellas palabras como un arma arrojadiza. El soldado la observó con una indiferencia impostada.

—¿Has podido averiguar algo más? —preguntó, ignorando la provocación.

Julia lo miró con los ojos encendidos, visiblemente irritada. Se levantó con rapidez y comenzó a andar por la habitación, en silencio, mientras dejaba que la rabia se diluyera en su curiosidad. Su mirada se posó en el escritorio, y se acercó a él.

La pieza desentonaba tanto en aquel lugar como la mujer que la observaba. Era una mesa firme y noble, de una caoba clara con tallados trabajados y un cuero verde oscuro que cubría toda su superficie. Estaba invadida de papeles escritos, de manchas de tinta y de restos de velas consumidos. Julia cogió uno de los textos y lo leyó con avidez sin que el soldado se lo impidiera.

Un lejano campanario repicó diez campanadas precisas, sumiéndolo todo en una realidad conocida.

—Mírame a los ojos —murmuró Julia mientras dejaba en papel en su sitio—. ¿Estás en peligro?

El soldado suspiró, rindiéndose, por primera vez, a su mirada.

—¿Y quién no lo está? —admitió.

Julia se sentó de nuevo y se miró las manos. El soldado respetó su silencio al tiempo que la contemplaba con curiosidad. La belleza de lo extraordinario, pensó mientras observaba como el pelo le caía por los ojos.

Julia recuperó la estructura, su íntima gravedad, y comenzó a hablar.

—Al pequeño, a Matías —comenzó—, le pierden el alcohol, las peleas y las prostitutas.

La naturalidad con la que pronunció aquellas palabras sorprendió al militar. Julia continuó sin inmutarse.

—Hay un edificio de tres plantas que hace esquina en la plaza de la Cebada. Tiene geranios rojos en todos los balcones. No lo sabía —reconoció—, pero es un burdel muy popular en Madrid, frecuentado por la clase alta. Es discreto y, por lo visto, muy acogedor. Matías suele acudir allí, ya sabes…, para comer, beber y dar rienda suelta a sus instintos.

Una idea salvaje y descabellada se encendió en la mente del soldado. Pero, para llevarla a cabo, reflexionó, necesitaba a Escauriaza.

Y algo de fortuna.

—¿Y el mayor? —preguntó con interés.

Julia ladeó la cabeza y se acarició el pelo.

—Carmelo es más cuidadoso —reconoció—. Y recto, diría yo. No se le conoce ningún vicio, y no creo que lo tenga.

El soldado recordó su encuentro, su rostro embozado, la sombra; la obsesión por el decoro, su falta de paciencia. Su perfecta irascibilidad.

—¿Sabes quién es Alfonso Moretón? —le preguntó de pronto al recordar la pregunta de Herculano, intuyendo quién era el verdadero artífice del aparato republicano.

Julia frunció el ceño, visiblemente extrañada.

—¿No sabes quién es?

El soldado se inclinó hacia delante, conminándola a continuar.

—Moretón dirigía el brazo urbano del Gobierno de Ruiz Zorrilla —explicó Julia—. Coincidí con él un par de veces. Tenía fama de retorcido y poco hablador. Fue de los pocos republicanos que no se exilió con la llegada de Alfonso XII. Por lo visto, tiene dos hijas pequeñas y se negó a abandonarlas.

Creen que se oculta al sur de Madrid. El Gobierno de Cánovas y el Ejército —dijo señalándolo— lo buscan desde entonces.

Dos hijas, pensó el soldado, apuntando mentalmente aquel detalle.

—¿Al sur de Madrid? —preguntó extrañado.

—Sus suegros tienen una finca en Getafe... —explicó Julia—. Dicen que opera desde allí.

El soldado asintió mientras se pasaba la mano por la cara, reflexionando. Todo aquello le podía resultar muy útil.

—Te lo agradezco. Toda esta información —reconoció— me es de gran ayuda.

Ambos se observaron en silencio, midiéndose, intentando averiguar cuál era el siguiente paso. Pertenece a otro mundo, se dijo el soldado mientras recorría su rostro.

Como él, ella también había cambiado. Podía sentirlo: ya no había inocencia, y la realidad había anegado, uno a uno, todos sus sueños. Había aprendido, con el tiempo, a ocultar mejor sus alegrías y sus derrotas. Tenía la mirada de alguien que sufre pero que, a pesar de todo, quiere seguir viviendo.

—¿En qué piensas? —preguntó Julia de repente.

El soldado se irguió en la silla, incómodo y expuesto. Pensaba en Salamanca, en Cuba y en Madrid; en la vida que él jamás habría podido darle. Pensaba en que, contra todo pronóstico, había conseguido olvidarla, y pensaba en lo mucho que le reconfortaba aquella idea.

—En Cuba —mintió a medias—. En avanzar. En todo lo que perdemos por el camino.

Recordó la selva, el breve entrenamiento, los primeros disparos, el miedo. Su inexperiencia, aquella emboscada que lo llenó de calma, el abandono al instinto, los ojos vidriosos y sorprendidos de aquel cubano que murió en sus brazos. La viscosidad de la sangre, su olor metálico, el grito común de los oficiales, los relinchos de los caballos.

Y todo aquello, pensó, por un corazón roto.

—¿Por qué te alistaste? —preguntó Julia escudriñándolo con la mirada, sabiendo de antemano la respuesta.

La pregunta lo arrancó de la manigua y lo trajo de vuelta a su habitación desangelada. Se miraron a los ojos y sintió que ya no tenía nada que ocultar. Que les quedaría, para siempre, la duda, la pérdida y la incertidumbre.

Lo que habría podido ser y lo que ya nunca sería.

—Nada me retenía en España —admitió—. Necesitaba el dinero, y quería olvidar. Supongo que me enfrenté a la muerte para sentirme vivo.

Una extraña quietud envolvió la escena. Los ojos de Julia brillaron en la oscuridad y un leve temblor invadió sus manos, sus labios y su pecho. El fantasmal relieve de los objetos lo llenó todo de aventura e incendio.

—Es tarde —formuló el soldado en un tono neutral, con una apatía difusa, mientras se levantaba y se apoyaba en el bastón—. Te estarán echando de menos.

Julia se incorporó despacio, se acercó al soldado, lo rodeó con los brazos y lo besó. Fue un contacto frío, sin pasión, casi movido por la lástima y el desamparo. Se separaron y se miraron a los ojos, como cuestionándose qué hacer, o qué sentir.

—Lo siento —susurró Julia.

Era un perdón general, una solicitud de indulgencia por todos aquellos años de zozobra. Por la guerra, por la muerte, por su corazón roto, por su regreso a la vida.

El soldado la cogió de las manos y se las llevó a los labios.

—Todo está olvidado —declaró con una sonrisa indescifrable mientras abría la puerta.

Julia se dejó guiar sin emitir ningún sonido, alcanzando el exterior como un sonámbulo.

—No hace falta que me acompañes —acertó a decir, señalando su pierna—. Puedo bajar sola.

Él asintió, rebelándose contra el impulso de protegerla. Julia se dio la vuelta —sin entender la furia que sentía, las lágrimas que se le agolpaban en los ojos— y se dispuso a descender por las escaleras.

El tacto metálico del pasamanos le devolvió una urgencia imprecisa y se giró hacia el soldado.

—A veces...

—No —la interrumpió el soldado, adivinando sus palabras—. No lo digas —sentenció—. No seas tan injusta.

Se observaron mientras un silencio incómodo los rodeaba recordándoles quiénes eran y el pasado que los precedía.

—Volveremos a vernos —dijo Julia con firmeza, sosteniéndole la mirada.

Comenzó a bajar los escalones mientras se embozaba de nuevo en la capa y el soldado esperó a que el eco de sus pasos se extinguiera para cerrar la puerta despacio, con cuidado, como con miedo a romperse o a acabar con todo.

Se giró, contempló su cuarto y se acarició pensativo el mentón mientras lo recorría y una sonrisa salvaje acudía a su rostro. Ocupó una silla, la orientó hacia la ventana abierta a la agradable noche de junio y empezó a reír sin felicidad, con una carcajada honda, sin tiempo ni pretexto; lleno de asombro, libre de toda duda.

—Hija de puta —murmuró entre dientes mientras sentía crecer en él una esperanza nueva y definitiva.

Esperó pacientemente a que aquella iglesia distante entonara sus once campanadas y, cuando el bronce terminó de repicar en la noche madrileña, se levantó, se ajustó la levita, aseguró el revólver y se dispuso a salir a la calle.

Sábado, se recordó mientras bajaba las escaleras, pensando en que el próximo lunes tendría lugar su encuentro en la cárcel con Villena y sus agentes republicanos.

Salió a la calle y se dirigió decidido a casa de Escauriaza. Tenía que plantearle un cambio de planes.

Si tenemos suerte, reflexionó, podremos hacernos mañana con nuestra particular moneda de cambio.

Y así, con aquella peligrosa resolución bailándole en la mirada, recorrió la capital sin miedo, confiando en su destino, imaginando a su presa y seguro de su futuro botín.

15

12 de abril 1870, Las Cajitas, Cuba

Un año, suspiró Ciudad mientras contemplaba la meseta cubana a través de los árboles del cerro de Las Cajitas. El nombre era curioso. Alonso había preguntado por su origen, pero ninguno de los prácticos cubanos había sabido responderle.

Sintió las correas de cuero pegadas al cuerpo, clavándose en sus hombros, y el sudor cubriéndole la camisa. La bayoneta le golpeaba a cada paso la pierna izquierda, lo que se compensaba con el vaivén del machete, colgado al otro lado. Sostenía el Berdan cargado entre los brazos, apuntando distraídamente hacia arriba.

—Esperemos que aguante —comentó Alonso a su espalda, observando el cielo nublado.

La lluvia siempre complica las cosas, pensó Ciudad.

Llevaban dos días de marcha por la húmeda espesura y los músculos empezaban a acusarlo.

Reserva algo de energía para el enemigo, se recordó con pragmatismo. Había sido una de sus primeras lecciones al llegar a la isla. La travesía por el Atlántico le afectó más de la cuenta y, una vez desembarcados, Alonso se encargó de todo mientras él guardaba reposo en el hospital de campaña.

—Uno no puede combatir en condiciones si está agotado —le había dicho uno de los médicos que lo atendió—. Esto es Cuba. Esté siempre listo para la guerra.

La desastrosa organización de Santiago habría sido un impedimento más, pero el descaro y la tozudez del abulense les permitieron encontrar dos plazas en los barracones militares, ubicados a las afueras de la ciudad. El conflicto había supuesto la escasez general de agua potable y un suministro de víveres limitado y de baja calidad. El aire era denso y pesado, casi irrespirable, y la sombra fue, durante aquellos días de laconismo y espera, su bien más preciado. Alonso se apresuró en regular su estado con los cazadores de Barcelona y solicitó el traspaso de ambos reclutas al Batallón de Cazadores de San Quintín.

—Si queremos sobrevivir —comentó al comunicarle la noticia—, hay que aprender de los mejores.

El San Quintín había participado, entre otras acciones, en la toma de Bayamo tras superar al general rebelde Donato Mármol en el río Salado. Sus soldados y oficiales conocían la isla y sus costumbres, tenían experiencia en combate y eran conocidos por su resistencia y disciplina.

Tras cumplimentar todos los trámites burocráticos, se presentaron a su oficial superior: el sargento Conrado Riesgo.

—Llegan ustedes dos semanas tarde —escupió nada más verlos.

Riesgo era navarro, alto y moreno, tenía el rostro fino y alargado y unos ojos azul oscuro del mismo color que el mar antes de una tempestad. Era áspero, distante y diligente; y parecía llevar luchando en aquella guerra toda la vida. Tenía recién cumplidos los treinta años.

—Desde ahora —indicó—, forman ustedes parte del Batallón de San Quintín y estarán bajo mi mando. Responden ustedes ante mí y ante Dios, en ese orden.

Les informó de la jerarquía del batallón y de su nuevo destino, y les detalló el material adicional que tenían que solicitar en intendencia. Una vez que concluyó, el sargento se dispuso a marcharse, pero Ciudad dio un paso hacia delante y planteó la pregunta como un reproche.

—¿Y la instrucción, señor?

El sargento se giró para observar a la pareja con detenimiento, con una mezcla de burla y lástima en la mirada, con una divertida compasión en los ojos.

—Llevamos un año de conflicto, soldado —comentó enseñando los dientes—. La formación será práctica. En la manigua. —Aproximó su rostro al del catalán, como midiendo su cobardía—. Con los rebeldes disparándole.

Ciudad bajó la vista para observar el Berdan que sostenía entre las manos. Era un fusil de un solo disparo, pesado, largo y estilizado; con uno de los primeros sistemas de retrocarga diseñados en el mundo. Sistema que no sabía accionar.

—Sargento, señor —dijo dominando el pánico, intentando que el pavor no se reflejase en su voz—. No sabemos siquiera utilizar los fusiles.

Riesgo lo observó con calma. Una amarga pesadumbre le llenaba la expresión de una sutil melancolía. «Tan jóvenes e inexpertos. Directos al matadero», parecía decir.

—¿Qué ocurre, sargento?

Aquella tercera voz surgió a sus espaldas. Había autoridad en sus palabras y el sargento se cuadró sin convicción, lo mínimo, antes de responder.

—Los voluntarios recién llegados, señor —respondió Riesgo apáticamente—. No saben utilizar sus fusiles.

El desconocido evaluó a Manuel y Hermenegildo dirigiéndoles una mirada larga e inquisitiva. Cogió el arma y un cartucho de entre las manos de Manuel y puntualizó, desafiante, mientras gesticulaba:

—Abre el cierre, introduce el proyectil, cierra y amartilla el percutor. Apunta —se llevó la culata al hombro y dirigió el fusil hacia arriba— y dispara.

El estruendo —su vibración— los sacudió a todos y varios soldados acudieron, alarmados, a comprobar el origen de la descarga. Todas las miradas se centraron en el oficial, que sostenía el fusil humeante, aún inmóvil, apuntando al cielo. Este, ignorando toda aquella expectación, bajó el arma y dirigió una mirada llena de curiosidad a los nuevos reclutas.

—Fin de la lección. En breve la pondrán en práctica contra los mambises. —Se giró para buscar a Riesgo—. Sargento.

—Sí, señor.

—Explique a los voluntarios el mantenimiento del rifle —comentó—. Conservación, limpieza y demás. —Hizo además de alejarse, pero se detuvo y se volvió hacia el sargento—. Y que disparen a algo —añadió bajando la voz.

Riesgo asintió resignado. El oficial le devolvió la carabina a Ciudad y se retiró con rapidez. Lo observaron entre la multitud hasta que lo perdieron de vista.

—Enhorabuena, señores —rio lacónicamente Riesgo—. Acaban de conocer al nuevo responsable del Batallón de Cazadores de San Quintín: el teniente coronel Arsenio Martínez Campos.

Ciudad sonrió mientras recordaba la anécdota y acariciaba el mismo fusil, que ahora sostenía entre las manos. Un fusil que ya sabía, de sobra, utilizar.

Pero a qué precio, pensó.

Que él estuviese allí, vivo, era la consecuencia de la caída de otros. Del azar de las balas, que no lo habían elegido y que le habían permitido empuñar las armas y combatir un día más.

—¿Te acuerdas de Jiguaní? —preguntó a su compañero de improviso—. ¿De Cabré?

La cuestión resonó en el aire mientras Alonso miraba al suelo como contando sus pasos y reflexionaba.

—Claro —respondió al fin—. Esas cosas no se olvidan.

Se te clavan en el corazón, pensó Ciudad.

Una vez equipados, el batallón había abandonado Santiago y se había internado en la manigua cubana. El objetivo era mantener a los rebeldes a raya y apaciguar el fuego independentista en los múltiples pueblos y ciudades de la provincia de Oriente. A los dos jóvenes, los nombres se les antojaron exóticos y enrevesados: Manzanillo, Yara, Guaninao, Holguín... Avanzaban despacio, constantemente tensionados, con la guerrilla montada cubriéndoles los flancos, entrando en cada pueblo con los fusiles listos y los dientes apretados. Los soldados más veteranos del batallón —algunos habían luchado en la guerra de Santo Domingo— los ignoraban, conscientes de que eran una carga y un blanco fácil. Acostumbrados a lidiar con la muerte, preferían no relacionarse demasiado con aquel grupo de jóvenes inexpertos en el combate.

Sabían que muchos no regresarían a Santiago.

—Nos ignoran —había murmurado una noche Alonso, lleno de acritud.

Sin demasiadas alternativas, él y Ciudad se habían únicamente relacionado con el resto de los reclutas recién llegados de la península, formando una suerte de ejército bisoño unido ante la adversidad de la guerra. En los primeros encontronazos con el enemigo, apenas lo vieron. Fueron intercambios breves, ataques sin futuro, y ninguno de los dos llegó a disparar. Hasta que, cerca de Bayamo, en Jiguaní, les tendieron una emboscada.

Ciudad avanzaba, hombro con hombro, con Oriol Cabré, de Lérida, que también había solicitado el traspaso al San Quintín. Los seguían Alonso y el Gaditano, un malagueño que marchaba a todos lados cargando con una pequeña guitarra.

Un fogonazo surgió a lo lejos entre los árboles, seguido por un inesperado estrépito.

—¡Al suelo! —exclamó Riesgo, manteniendo el aplomo mientras se llevaba el Berdan al hombro y disparaba.

Tiempo después, Alonso y Ciudad sabrían que, tras la primera experiencia bajo fuego enemigo, hay soldados que lloran, otros que ríen, otros que hablan; soldados que llaman a gritos a su oficial, a su madre o a Dios; soldados que se quedan quietos y no reaccionan; y soldados— los menos comunes— que se mantienen firmes y responden a los disparos. Alonso fue de los últimos. Tras la primera andanada, por puro instinto, clavó la rodilla en el suelo y apretó el gatillo sin pensar, sin sentir nada. Un cubano dejó escapar un grito desgarrado en la distancia.

—¡Puntería! —exclamó un oficial con una sonrisa despiadada.

No reaccioné, pensó Ciudad algo avergonzado mientras evocaba la escena.

Se había quedado quieto, agachado, contemplando el cuerpo inerte, rígido, de Cabré. La cabeza atravesada por el impacto de una bala. Recordó la expresión de sorpresa en los ojos, los músculos relajados, su ausencia de movimiento. Recordó el uniforme de hilo azul y blanco —el mismo que él vestía— inmóvil en la selva cubana, el sombrero de jipijapa tirado en el suelo, manchado de sangre. Recordó la certeza de aquella muerte fulminante, la rapidez con la que la vida es capaz de abandonar un cuerpo.

—¿Por qué lo dices? —preguntó Alonso, devolviendo al catalán al presente, a su marcha a través de Las Cajitas.

Una lluvia fina, sin intensidad, empezó a caer del cielo, como si las nubes estuvieran llorando el vacío que Ciudad sentía en el estómago.

—No lo sé —reconoció, mirando hacia arriba con los ojos entrecerrados y sin dejar de andar—. Los árboles, supongo. El camino. Me ha recordado a él.

Alonso sonrió despacio, con melancolía, trayendo uno a uno los recuerdos.

—Fue nuestro bautismo de fuego.

La columna avanzaba despacio, pendiente de los animales que cargaban con las baterías.

—Reaccionaste bien —afirmó Ciudad—. Yo, no tanto.

El abulense chasqueó la lengua, negando con la cabeza sin dejar de mirar al frente.

—Una cosa es la inconsciencia —murmuró— y otra el coraje.

La osadía de aceptar la muerte, pensó Ciudad.

Riesgo solía decir que la fuerza de un soldado residía en aceptar el miedo que lo envuelve, y combatir a pesar de él. Tras la descarga que había abatido a Cabré, Alonso, al advertir la zozobra de su amigo, lo cogió del brazo y lo conminó a avanzar.

—¡Vamos! —exclamó corriendo hacia el resguardo de los carros.

El sargento Riesgo apareció a su espalda con un ímpetu furioso, gritando mientras levantaba a puntapiés a los reclutas que permanecían en el suelo.

—¡Nos atacan, soldados! ¡En pie! ¡Devolved los disparos!

Las balas y los gritos de los heridos llenaron el cielo de pájaros asustados. De pronto, varios cubanos se lanzaron hacia sus filas enarbolando los machetes, aullando el terror que los invadía.

Alonso y Ciudad corrían hacia los vagones donde se parapetaba el grueso del batallón español cuando el primero tropezó y se precipitó al suelo.

Fue rápido, recordó Ciudad. Muy rápido. Un instante fugaz en el que aceptó su destino sin titubear.

Con Alonso a medio incorporar, se dio la vuelta, apuntó con una calma inhóspita a los atacantes y disparó. Un cubano se desplomó con un tiro en el pecho y el resto del grupo se dispersó, buscando el cobijo de los árboles. Los dos soldados recorrieron los últimos metros y, una vez resguardados, comenzaron a disparar con precisión, concentrados, olvidando su miedo a morir, persiguiendo con el cañón de su fusil las figuras difusas que corrían entre la vegetación.

Una hora después, todo había acabado. Los rebeldes se habían retirado y el día aparecía envuelto en un sudario de pólvora que no habría ya de abandonarlos.

Los mambises habían intentado sorprenderlos, pero se habían visto superados por la reacción española. El Batallón de San Quintín había respondido a la emboscada sin flaquear, manteniendo el orden, con la frialdad característica de su reputación. El encuentro había dado como resultado tres españoles y siete cubanos muertos.

Las tres bajas españolas, recordó Ciudad, fueron voluntarios de los cazadores de Barcelona. Riesgo los esperaba, paciente, cuando se reagruparon tras la vuelta de reconocimiento.

—Habéis aguantado bien —concedió sin disimular su satisfacción—. El miedo no volverá a ser el mismo.

Ambos aceptaron el cumplido con oficio, asintiendo solemnemente. Sin sentirse afortunados. Entendiendo, por primera vez, que todo se reducía a matar o morir.

—Ha pasado un año —dijo Ciudad en voz alta.

La lluvia se intensificó y el abulense lo observó con curiosidad, como intentando adivinar la procedencia de aquella nostalgia.

—La intensidad del peligro, la pérdida... —reconoció Alonso—. Han parecido cuatro.

Tras aquella toma de contacto, los días se habían sucedido sin preámbulos, uno tras otro, y con ellos las escaramuzas, el tedio y la muerte. Ambos habían perdido, paulatinamente, la inocencia, y rara vez se descubrían riendo, siempre atentos a cualquier señal que indicase presencia mambí en la distancia.

Olvidaron el mundo del que venían, la España en la que habían crecido. Lo percibían como una antigua realidad que ya nunca alcanzarían, a la que nunca serían capaces de regresar. En las marchas, ante cualquier ruido extraño, flexionaban las rodillas y alzaban el fusil, imitando a los veteranos. En Fonseca abatieron a tres cubanos; en Faldón, a dos cada uno. En Cambute repelieron una carga de caballería y en Güira combatieron contra un pueblo entero. Aprendieron a ignorar el miedo, el zumbido de las balas y los gritos del enemigo. Crecieron juntos, poniendo sus diferentes cualidades al servicio de su supervivencia. Comprendieron que el azar era importante, y que el resto dependía de su criterio, de su agilidad y de su entereza. Que así vivían y luchaban. Y el Batallón de Cazadores de San Quintín los empezó a respetar sin remedio.

El machete llegó después, reflexionó Ciudad, como un castigo por su supervivencia.

En marzo de aquel año, en Piedra de Oro un escuadrón de caballería mambisa cargó contra ellos a campo abierto de improviso, agitando los machetes en el aire, arrancando destellos mortales a la luz del día.

—¡Dos filas! —exclamó Riesgo sin aspavientos—. Primera, rodilla en tierra.

El pelotón reaccionó sin prisa, encarando al enemigo con una eficacia impasible. Con las bayonetas caladas, las manos dispuestas y el miedo entre los dientes.

Abrieron un fuego escalonado cuando los tuvieron cerca, apenas a unos metros, en aquel último asalto a la eternidad.

—¡Mantened la posición! —bramó el sargento un segundo antes del impacto.

El choque fue brutal.

El ímpetu de los caballos abrió la línea en varios puntos, pero se cerraron al instante. Los cubanos se rehicieron con rapidez y se retiraron al abrigo de la espesura.

—Cargas con machete —maldijo un veterano, soltando el fusil mientras intentaba taponar una profunda herida en el brazo—. Hijos de la grandísima puta.

El humo empezó a disiparse y Alonso, con la mirada furibunda, se adelantó entre los caballos agonizantes, desenvainó el machete y remató sin miramientos a un mambí herido. Sin un ápice de compasión. Aquel chasquido —un impacto líquido, un golpe certero— le cambió la vida.

Hasta entonces habían matado de lejos, apretando un gatillo, interponiendo el rifle entre ellos y la muerte. Aquella vez, él había sido el tránsito definitivo; el juez y ejecutor. A su lado, Riesgo lo aprobó con la mirada, ligeramente impresionado por el equilibrio, la dosificación de fuerza y la elegancia del movimiento.

—Cuando matas de cerca —les confió el sargento aquella noche junto al fuego—, uno no vuelve a ser el mismo. —Había cierto remordimiento en su voz, cierta culpabilidad—. El pasado no te lo permite.

Durante el siguiente mes, el batallón avanzó sin encontrar a ningún enemigo, sin ser atacados. Aquella tregua permitió que Alonso y Ciudad ordenaran sus ideas y asumir en lo que se estaban convirtiendo.

Habían llegado a Las Cajitas una despejada mañana de abril, un año después de desembarcar en Santiago, y ambos lo sentían: todo había cambiado.

—Toma —dijo Alonso, ofreciéndole a Ciudad la cantimplora.

El otro la aceptó con una sonrisa y sintió cómo el ron le resbalaba por la garganta y le calentaba el estómago.

—¿Crees que podremos dejar todo esto atrás? —preguntó al devolverle el recipiente.

Alonso observó el horizonte, deleitándose en la brisa que les bailaba dentro de su uniforme harapiento. Sintiéndose vivo y afortunado.

—Creo —concedió al fin— que nunca se sobrevive del todo. Que siempre hay un precio.

Ciudad asintió, perdiéndose también él en el paisaje, intentando recordar quién había sido antes de llegar a Cuba. Antes de ser soldado.

Un sonido entre el follaje lo arrancó de su reflexión. Un explorador español apareció entre los árboles. Mantenía el caballo al trote, pero parecía preocupado.

—¿Qué ocurre? —quiso saber Alonso.

El explorador fingió no oírlo y siguió avanzando, buscando a un oficial.

—¿Qué ocurre? —insistió, cogiendo las riendas del caballo.

El explorador lo miró encendido, pero cedió soltando un suspiro.

—En la siguiente colina, protegida naturalmente por las rocas: una partida rebelde.

Alonso le agradeció la información con un gesto de cabeza y se giró para mirar a Ciudad, que observaba la escena sin emoción, con la sombra de un profundo cansancio oscureciéndole la mirada.

—Más dolor —acertó a decir Ciudad. El abulense se encogió de hombros—. Siempre pensé que duraría poco —continuó—, que me pegaría un tiro en la cara mientras limpiaba un fusil o que me cortaría con un machete y me desangraría. Un final ridículo, sin gloria ni recuerdo. —Lo dijo casi con una sonrisa en los labios—. Pero aquí estamos. No somos los mismos, pero creo que, por una vez, sabemos quiénes somos.

—Qué remedio —dijo Alonso devolviéndole la sonrisa—. Por evitar la muerte —brindó alzando el frasco.

—Por la vida —sentenció Ciudad.

Riesgo los alcanzó y se dirigió a ellos con cierta agitación.

—Bajen la voz —susurró— y prepárense. Esta vez somos nosotros la guerrilla.

El batallón enmudeció y, durante el resto del día, se reconoció recelosamente el terreno circundante. Al atardecer, empezaron a tomar posiciones. La luz macilenta agonizaba en el horizonte de la sierra y el calor se disipaba lentamente, dando paso a una fresca brisa nocturna. El teniente coronel Martínez Campos, a la cabeza del batallón, hizo llegar la inteligencia y las órdenes a cada una de las compañías.

La fuerza mambí, de unos ochenta o noventa rebeldes, acampaba al borde de una escarpada pendiente, encima de una colina rodeada de rocas: una suerte de fortaleza natural. La Primera Compañía ocuparía, por secciones, los dos laterales. La Segunda Compañía se encargaría del frente.

—Primero, dos descargas —explicó Riesgo, a cargo del flanco derecho—. Después, el combate cuerpo a cuerpo.

La guerrilla montada cortaría cualquier intento de retirada y el resto del batallón quedaría como reserva. La estrategia estaba clara y el ánimo estaba dispuesto.

—Por fin atacamos nosotros —susurró Alonso.

Su sección avanzó en silencio hasta el linde de los árboles y esperó. En la distancia, apreciaron las líneas del campamento y el rumor de las conversaciones cubanas. Alonso desenvainó el machete y lo clavó en el suelo. La segunda sección se encargaría de las descargas.

—¿Preparado? —murmuró Ciudad, consciente de que era la primera carga de ambos.

El abulense le dirigió una rotunda mirada y asintió.

No dudes, se dijo Manuel mirando al frente. No te detengas. Sobrevive.

Se repitió todas aquellas palabras como una plegaria, apretando fuerte la empuñadura del machete para no temblar, con los ojos entrecerrados y la respiración acelerada.

En el campamento rebelde reinaba una tranquilidad irreal; una confianza que los españoles, en campo abierto, jamás se permitían.

Supongo que por eso seguimos vivos, reflexionó Ciudad.

La primera descarga rompió la quietud del atardecer y llenó el ocaso de gritos desesperados. La sección se contuvo, ansiosa, mordiéndose los labios y observando cómo los cubanos corrían en cualquier dirección, exclamaban órdenes confusas y disparaban a la creciente oscuridad de la noche.

La segunda descarga les llenó los oídos de arrojo.

—¡Adelante! —ordenó Riesgo.

Alonso se puso en pie y comenzó a correr hacia el campamento con una velocidad mortal, adelantándose al resto, como el trueno que anuncia la tormenta. Ciudad se concentró en la carrera siguiendo la espalda de su amigo, pendiente del movimiento cubano. Los mambises intentaban reagruparse cuando la sección española se adentró a la carrera en el claro.

Manuel avanzó con agilidad, sorteó a varios cubanos, alzó el brazo, descargó el machete y sintió el impacto, la vibración del metal contra un cuerpo humano. Un primer grito de agonía retumbó en la selva y Ciudad se descubrió reflejado en unos ojos llenos de terror y abismo. Otros dos enemigos se lanzaron contra él buscando venganza y, de pronto, no hubo más miedo.

Supo lo que tenía que hacer.

Afianzó los pies, desvió un golpe y giró en círculo, lanzando un tajo rápido contra la cabeza del primero mientras inmovilizaba el brazo del segundo. El impulso lo hizo trastabillar, pero, mientras caía, consiguió hundir el filo del machete en la pierna del cubano. Rodó para alejarse y sintió el brazo entumecido y las piernas cansadas, pero se levantó al instante y comenzó a correr.

Avanzó como un energúmeno entre los soldados enemigos, evitando sus disparos, descargando su arma contra todo aquel que se le enfrentaba.

No te detengas, se dijo. No te pares. No dudes.

Alcanzó al siguiente grupo y un asustado cubano se giró para encararlo. Y ahí estaba Ciudad, peligroso, violento y cubierto de sangre y vergüenza, avanzando hacia él con la promesa de una muerte certera brillándole en unos ojos desquiciados.

El mambí retrocedió, calculó sus posibilidades y, devolviéndole una mirada suplicante, soltó el fusil y levantó las manos. El resto de sus compañeros, rodeados, no tardaron en imitarlo. En la distancia, Riesgo se dio la vuelta, calibró a sus hombres y asintió satisfecho.

—Sin bajas —murmuró como para sí mismo.

Ciudad se giró para evitar la mirada salvaje de su superior y trató de buscar a su amigo. Encontró a Alonso tras una tienda mambí, con las manos en las rodillas, resoplando y tosiendo al aspirar el humo de la pólvora. Su machete descansaba en el suelo, lleno de melladuras y cubierto de sangre ajena.

El olor a sudor y a metal invadió rápidamente la colina.

—No hay vuelta atrás —masculló ausente el abulense, con los ojos clavados en los dos cuerpos inmóviles, sin vida, que tenía enfrente.

Ciudad se dejó caer a su lado temblando, con los ojos de su primera víctima clavados en la retina. Escondió el rostro entre las manos, se deshizo de la tensión del día y comenzó a llorar.

16

14 de junio de 1875, Madrid, España

La luz del amanecer lo devolvió a la realidad. El día anterior había sido largo, complejo y cansado; y el que empezaba lo sería aún más. Amanecía un cielo limpio, sin nubes, y supo desde el primer momento dónde se encontraba.

Para qué había sobrevivido.

Se levantó de la cama y, en aquel momento inhóspito entre el sueño y el amanecer, recordó su primer y único día de instrucción.

—Si dudas, no dispares —se repitió entre dientes.

Aquella afirmación, carente de formalismos, que lo acompañaría siempre.

—Tómense su tiempo —explicaba Riesgo a los nuevos soldados—. Que el gatillo no se imponga. Que la decisión sea suya. Elijan el momento, el objetivo, y cuando todo esté en su sitio, disparen.

Los reclutas, recién desembarcados, intentaban disimular el miedo al sujetar por primera vez un fusil. El asombro general de los jóvenes al descubrir que el momento de matar había llegado.

—Acepten la muerte —continuaba impertérrito—. Asúmanla. Les ayudará a no perder la cabeza. Todos morimos algún día, y muchos, probablemente, lo haremos en esta isla.

Riesgo los aleccionaba mientras limpiaba su Berdan con parsimonia. Hablaba sin alzar la vista, mientras manoseaba todas y cada una de las piezas metálicas que conformaban el fusil, brillantes e imposibles, y las engrasaba hasta la mínima fricción.

—Morir de un disparo es la muerte más piadosa. Se mata de lejos, sin contacto, sin exposición. Evitad siempre el cuerpo a cuerpo. El machete es desagradable y muchos no lo aguantaréis. Una bala es piedad, misericordia; práctica religión.

Y tenía razón.

Matar con machete era sucio, inhumano. Pocos soldados, de los dos bandos, lo aguantaban bien. Aun así, siempre había algún desalmado que disfrutaba con el crujir de huesos al quebrarse, el desgarro de la piel, el sabor metálico de la sangre.

El soldado suspiró. No tenía miedo a las balas: tenía miedo de los hombres.

Se desperezó con lentitud y su segundo pensamiento fue para el artículo. Era lunes en *El Imparcial* y sus palabras iban a ser publicadas bajo el pseudónimo de Isidoro. Había olvidado lo que era el orgullo respecto a las letras, pero aquel día le pesó un poco más de lo habitual. Ese último texto era demasiado suyo, llevaba su sangre y parte de sus derrotas; y sabía que aquel podría ser su epitafio.

Al menos, pensó, lo escrito perdura.

Alejó de su mente aquel pensamiento, se aseó, eligió una camisa limpia y midió su pierna: su flexibilidad, el color de la piel y la textura fría e insensible de su cicatriz. Evitó una queja que le subía por la garganta y contempló su cuarto mientras pensaba en Carmelo Suárez de Villena, en el encuentro en la cárcel previsto para aquella noche.

Suspiró al fin, aferró su bastón, se puso el sombrero de fieltro y colocó el *bowie* detrás de su espalda, respiró profundamente y salió a la calle dispuesto a enfrentarse a su vergüenza, a medirse con el miedo.

Decidido a burlar, una más, la herrumbrosa guadaña de la muerte.

Escauriaza y Bauer lo esperaban dos calles más abajo. Apoyados en la pared de un edificio, ambos contemplaban aparentemente distraídos el ajetreo diario de la capital. El contrabandista sonrió al verlo, tranquilo y apacible. En cambio, a Bauer la rigidez lo delataba. Había en sus ojos la alarma característica de quien finge ser quien no es.

—¿El silencio? —le preguntó el soldado cuando los alcanzó.

El carlista se relajó al verlo y se encogió de hombros.

—Es diferente —acertó a decir—. Irreal.

El soldado asintió, comprensivo. Sentía lo mismo.

Acostumbrado al ataque frontal y a las batallas campales, aquella fingida apatía no era fácil de sobrellevar. Un soldado siempre será un soldado, se dijo mientras observaba las tres cicatrices alargadas que le cruzaban la mejilla a Bauer.

—Vamos —murmuró Escauriaza con una seriedad inesperada, impropia de él.

Los tres comenzaron a andar hacia el norte de Madrid, decididos y dispuestos. Callejearon hasta llegar al hospital de la Princesa y, desde ahí, bajaron por Conde Duque. Cuando llegaron a la iglesia del Buen Suceso, Escauriaza se giró hacia ellos y habló en voz baja al tiempo que señalaba en la distancia la silueta de la cárcel inacabada que se recortaba en el cielo de Madrid.

—Entraré por detrás —explicó—. Me aseguraré de que no haya sorpresas.

En su voz había serenidad y conocimiento.

—Esperen media hora, suban por el paseo y accedan por la puerta principal. Las obras están a mano izquierda.

Bauer y el soldado asintieron en silencio.

—Nos encontraremos en el edificio central —concluyó.

Antes de alejarse, el contrabandista se acercó al soldado y le deslizó entre las manos un periódico enrollado.

—Para la espera —dijo, y acto seguido se dio la vuelta y se perdió tras la ladera de la montaña del Príncipe Pío, dejando a su espalda la estación ferroviaria del Norte.

Apretó con fuerza el áspero papel impreso y escuchó cómo Bauer empezaba a hablar.

—¿Sabe quién fue el príncipe Pío? —le preguntó clavando aquellos tristes ojos azules en los suyos.

El soldado negó con la cabeza, algo sorprendido, y le indicó que continuara.

—Pío de Saboya —relató el carlista— fue un príncipe y militar italiano al servicio de Felipe V. Aunque la finca cambió de manos, los madrileños la siguen llamando así: la montaña del príncipe Pío.

El soldado asintió distraído, apoyándose en la pared. Su mente estaba en el trozo de papel que aún sujetaba. Intuía el texto sin necesidad de leerlo. Comenzó a desdoblarlo y localizó el suplemento cultural. Comenzó a pasar las páginas hasta dar con la última y encontró, con alivio, que todo seguía en su sitio.

Leyó sin prisa sus propias palabras. El homenaje silencioso que le hacía al Gaditano. Siempre le sorprendió la tenacidad de aquel sevillano. Aquel tipo callado, con la mirada distante, que transportaba su guitarra a través de la selva y las balas.

Al final de cada noche, si la luz lo permitía y el batallón estaba lejos del enemigo, tocaba algunas notas sin cantar, como un rezo, concentrado en el vibrar de las cuerdas, en el sonido de la madera carcomida.

El soldado se permitió una sonrisa triste. Que aquellos recuerdos quedasen para siempre inmortalizados en aquel periódico lo envolvía de serenidad. Ojeando sus palabras, torció el gesto. Isidoro había cambiado la puntuación y suprimido un par de frases, pero la esencia seguía intacta.

Levantó la vista y se obligó a recordar dónde estaba.

—¿Qué hora es? —preguntó en voz alta mientras doblaba el periódico.

—Cinco minutos —respondió el carlista.

El soldado asintió y miró a lo lejos. Bauer se incorporó y se aproximó con cautela.

—¿Puedo? —le preguntó señalando el periódico.

En su gesto había cierta determinación y algo de vergüenza, como si hubiese roto un código personal por un buen motivo. El soldado asintió y se lo alcanzó. Bauer lo desdobló con cuidado y contempló el título como si fuera una promesa: *Los Lunes de El Imparcial.* Le dirigió una última mirada al soldado y se zambulló en las frases que habían sobrevivido a una guerra y surgido del recuerdo:

La guitarra no es un instrumento musical: es a veces una especie de cuna donde se mece, como un niño que duerme, el canto español. Es otras un ataúd de donde se alza en una modulación infinita el último adiós de los árabes en Andalucía.

¿Qué es la guitarra en manos de un extranjero? Un instrumento curioso y risible que pudiera figurar en un museo arqueológico para ilustrar acerca de la música prehistórica.

En España misma es un mueble ruidoso que molesta las ilustradas orejas de los apasionados del gran arte. Es necesario, para que conozcáis los secretos musicales de una guitarra, que la oigáis como yo la he oído en tierra extranjera impensada y súbitamente..., lejos, muy lejos de los vuestros.

Entonces, solo entonces podréis conocer que las notas de la guitarra son rumores de las hojas, de las ondas y de los vientos patrios, y palabras y besos y bendiciones que os envían los que os quieren.

Entonces comprenderéis que se puede morir abierta la vena que da llanto, como se muere abierta la vena que da sangre, oyendo una guitarra.

Al cabo de un minuto, Bauer levantó la vista del periódico sin expresar ninguna emoción y se lo devolvió al soldado.

—¿Qué le parece? —preguntó este.

El carlista se tomó su tiempo para contestar.

—No me gusta la música —comentó con hosquedad mientras miraba al suelo—. Pero sé lo que es estar lejos de tu casa —reconoció— y que una canción te acerque a ella.

El soldado asintió.

La música del Gaditano lo ayudó, en muchas ocasiones, a sobrellevar la muerte. Admiró siempre la habilidad de aquellos dedos, el sentimiento que eran capaces de transmitir. El pensamiento lo hizo reflexionar sobre sus propias manos. Recias y duras. Cansadas de apretar gatillos y empuñar machetes.

Pensó en lo que le deparaba aquel día, dejó escapar lentamente el aire de los pulmones y miró a lo lejos.

Solo había una manera de saberlo.

—Vamos —dijo con resolución.

Comenzaron su ascenso por el paseo de San Bernardino mientras el crujido de sus zapatos resonaba en el aire, dejando, a cada paso, un sonido delator en suspensión. Cuando alcanzaron la cima de la colina y vislumbraron su destino, olvidaron sus reservas y volvieron a su esencia. El instinto les flexionó las rodillas, empuñaron sus revólveres y avanzaron aguantando la respiración. Las obras de la nueva cárcel, interrumpidas y abandonadas, quedaban a mano izquierda, tristes e imponentes, llenando el paisaje de un extraño confinamiento gris. Extensos campos de trigo rodeaban las obras, recortándose en un cielo limpio de nubes.

—Con cuidado —susurró el soldado al atravesar el umbral, aún sin puertas, de la entrada principal.

Todo parecía en calma, y el polvo parecía reposar sin complejos en la piedra olvidada. Atravesaron varias galerías y salieron al patio central. La promesa de aquella cárcel parecía un laberinto a cielo abierto, el esqueleto de un dios prehistórico y olvidado, testigo de las limitaciones de los hombres. Avanzaron pegados a las paredes, atentos a cualquier sonido.

Dispuestos a disparar sin preguntar.

—Aquí —exclamó al fondo de la galería una voz conocida—. Está vacía. No disparen.

El corazón del soldado buscó su ritmo habitual y la tensión de los músculos se relajó hasta dejarlo exhausto; y reparó, por primera vez, en que estaba cubierto de sudor y polvo. Recorrieron un largo edificio inacabado y, al final, otra vez el cielo abierto los recibió, cegándolos parcialmente.

Escauriaza los esperaba en el centro, sentado en una piedra rectangular con los brazos abiertos, las palmas hacia arriba y el gesto sobrecogido.

—Increíble, ¿no creen? —afirmó mientras giraba la cabeza, estudiándolo todo como si fuese la primera vez que contemplaba algo así.

La cárcel del Saladero, en la plaza de Santa Bárbara, era conocida por sus condiciones insalubres, y durante la República se habían comenzado las obras de una nueva prisión. La construcción del edificio había comenzado a finales de 1874, pero la caída del régimen paralizó las obras. Tan solo se había levantado un cuarto del imponente edificio, pero su dimensión permitía imaginar perfectamente el resultado final. Los techos eran altos, y las paredes, gruesas, y había varios módulos de dos y tres pisos con las futuras celdas ya terminadas. El espacio era amplio, silencioso y sobrecogedor.

Como una catedral, pensó el soldado, estremeciéndose.

Escauriaza disfrutó unos segundos del asombro de sus interlocutores y continuó.

—Aquí —explicó abriendo los brazos— los disparos no se oirían desde la ciudad. —Le dedicó al soldado una mirada llena de consecuencia—. El sitio no está elegido al azar.

Bauer aún estudiaba los ángulos muertos con el revólver en la mano.

—¿Y nuestro rastro? —preguntó el soldado, acercándose mientras observaba sus huellas en el polvo.

Una sonrisa depredadora se dibujó en el rostro de Escauriaza.

—Por eso les he esperado aquí —respondió, impulsándose con las manos y cayendo al suelo, dispuesto y arrogante—. Esta cárcel es, digamos…, un edificio singular.

***

Empezaba a oscurecer cuando el soldado recorrió, otra vez, las mismas calles en la misma dirección. El día agonizaba sin prisa, y la luz, lánguida e indecisa, oscilaba en el horizonte, pintándolo todo de naranjas sosegados y morados lúgubres. Reflexionó, mientras escuchaba sus pisadas en el camino de tierra, sobre la flemática tranquilidad de Escauriaza, con todo bajo control. Como si tuviese un plan trazado de antemano y tan solo esperaba aquella ocasión para utilizarlo.

—Le esperarán en la entrada principal —había esbozado el contrabandista, dirigiéndose al soldado—, pero saldrán y rodearán la tapia por fuera. Probablemente por el lado norte.

El contrabandista comenzó a andar hacia uno de los extremos de la cárcel.

—En principio, lo lógico es que el recinto tenga una única vía de entrada y salida, como cualquier prisión. —Se giró poniendo cara de circunstancias—. Pero esto es España.

Llegaron al final del barracón y el contrabandista señaló, desde la distancia, una de las paredes.

—Accederán por allí —dijo mientras sostenía el brazo extendido apuntando hacia el muro frío y compacto.

—¿Por dónde? —preguntó el soldado, extrañado.

Escauriaza se giró despacio, en silencio, alargando la expectación.

—Una abertura —explicó— perfectamente disimulada en la pared que conecta con el exterior. Un desliz, supongo —completó encogiéndose de hombros—, del arquitecto auxiliar.

Bauer se adelantó, y el contrabandista le colocó la mano en el pecho para impedir su avance.

—Las huellas —susurró a modo de disculpa mientras contemplaba el suelo intacto.

El soldado, impresionado, se felicitó mentalmente por la elección de Escauriaza para aquella operación y empezó a intuir el plan que el contrabandista tenía en la cabeza.

—Entrarán por aquí —repitió el vasco— y comprobarán si va usted armado. Por lo tanto —dijo dedicándole una sonrisa llena de circunstancia—, venga armado.

El soldado asintió, distraído, mientras observaba la estancia y las piezas comenzaban a encajar en su cabeza. Las herramientas abandonadas, las piedras sin pulir, los ladrillos amontonados; los techos altos, la galería, el eco. Todo se hacinaba en un caos preestablecido y olvidado.

El eco, pensó otra vez el soldado al tiempo que calibraba el sonido con sus pisadas. Escauriaza entendió su reflexión.

—Hay demasiado —apuntó—. Le esperarán en una de aquellas celdas, que son más pequeñas —dijo señalando hacia la derecha.

Se detuvo de pronto, girándose hacia Bauer y el soldado.

—Saben lo que hacen —concluyó—. Y, sobre todo, dónde lo hacen.

El soldado le sostuvo la mirada, admirado por el frío y calculador potencial de aquel hombre.

—Bueno —dijo al fin, arrancándole una sonrisa al resto—, espero que no lo sepan del todo.

El recuerdo de aquella conversación lo llenó de confianza. Ascendía otra vez la colina, sin presión, sabiendo lo que le esperaba. Se preguntó, como tantas otras veces, si aquel sería su último atardecer.

Pronto lo sabremos, se dijo mientras apartaba de su mente el recuerdo de Nuña, el sabor amargo de Julia y los ojos verdes y furiosos de Barjuán.

Sentía la pierna pesada pero flexible, ligeramente entumecida. Caminaba con dificultad pero sin dolor, y eso le daba tiempo y espacio. El cielo de Madrid estallaba en todos los colores del verano y el soldado se permitió un profundo suspiro mientras se concentraba en el tacto del *bowie* contra su espalda y palpaba, con la mano derecha, el Lefaucheux dentro de la levita. Recorrió los últimos metros, alcanzó la cima de la montaña y sintió una paz insólita en el pecho.

Estoy preparado, pensó.

—Llegue aún de día —le dijo Escauriaza al despedirse—. Le estarán esperando.

Estaban ahí. Podía sentirlo.

Avanzó tranquilo hasta la puerta de la cárcel y redujo la cadencia de sus pasos. Unas siluetas se perfilaron sin complejos, apoyadas en el interior de la entrada.

—¿Quién va?

—Hermenegildo Alonso —dijo el soldado.

Se oyeron unos susurros y dos figuras emergieron a la luz del crepúsculo, acercándose con cuidado.

—Quién lo habría dicho —ironizó una voz familiar.

El soldado observó al que había hablado. Era alto y ancho de espaldas, con un andar patizambo. Tenía el pelo castaño y ojos claros. Se movía con precaución y con las ganas preparadas. El soldado se fijó en sus manos, amplias y firmes, y recordó su tacto cinco días atrás, cuando lo aferraba del brazo con la potencia de un ave de presa. A su compañero no lo reconoció, pero ambos se acercaban de la misma manera, con la misma amenaza implícita, como si hubiesen aprendido a hacerlo juntos. Se sentían seguros y, tras la tensión inicial, sus movimientos fueron cada vez más distendidos.

—Levante los brazos.

El soldado obedeció y el alto lo registró con presteza. El pecho, los costados, la cintura, la espalda, las piernas y los tobillos. Rápido y certero. El *bowie*, el revólver y el bastón dejaron de formar parte de su circunstancia.

—Vamos —dijo el otro, e inició la marcha.

Comenzaron a rodear la tapia de la cárcel por el norte. Los dos hombres lo custodiaban, uno delante, otro detrás.

Aprovechando la incipiente oscuridad, no pudo reprimir una sonrisa: Escauriaza tenía razón. Ojalá, se dijo, la tuviese en todo.

No hacía frío, no había nubes y la luz de la luna desdibujaba sus sombras en el suelo y en la pared; en el miedo que, de alguna manera, a todos percutía. La brisa templada de la meseta los envolvía y huía hacia un cielo en el que las estrellas empezaban a despuntar. La comitiva alcanzó la oquedad disimulada en la pared y los tres se detuvieron. El soldado contempló con indiferencia cómo su predecesor se introducía en la abertura y desaparecía.

El bravucón conocido dio un amenazador paso al frente.

—Entre —ordenó con sequedad.

Una oscuridad precipitada acudió a su encuentro y avanzó flexionado por el angosto pasillo, ignorando el dolor de la pierna, hasta llegar al interior de la cárcel.

—Muy estrecho —se escuchó decir al acceder al interior, sin obtener respuesta.

Los dos agentes republicanos se dirigieron una mirada cómplice y, tras un gesto rápido al soldado, comenzaron a andar, escoltándolo a través de las formas difuminadas del recinto.

Allá vamos, se dijo, reconociendo el terreno y recordando cada detalle.

—No se separarán mucho de la entrada —había dicho Escauriaza mientras se abría en abanico en aquel pasillo—. Lo querrán todo a la vista.

Respiró el polvo que levantaban sus pasos y se adentró en una penumbra familiar, reconociendo, en la negrura del edificio, sus columnas, el techo inacabado, el extenso patio a mano izquierda, el pasillo que atravesaban y los habitáculos dispuestos simétricamente a ambos lados. Adivinó en uno de ellos un resplandor mortecino.

Has entrado como un hombre, se dijo mientras apretaba los puños: compórtate como tal.

Alzó la vista y cruzó sin dudar el umbral de la celda iluminada, mientras sus acompañantes lo seguían, solícitos y expectantes, y se situaban tras él. Tras una momentánea ceguera, vislumbró a un hombre de pie, embozado, oculto entre las sombras que provocaban dos lámparas de queroseno.

—Buenas noches, señor Alonso —saludó la figura con fría cortesía, sin emoción.

El soldado reconoció las maneras y la voz de Villena, y se preguntó extrañado por la ausencia de Moretón.

Mejor, pensó, sintiendo libres las manos.

Evitando una mínima expresión facial, se desplazó del centro hacia una de las paredes y apoyó el hombro en ella mientras se cruzaba de brazos y abandonaba todo el peso en la pierna derecha.

—Buenas noches —respondió cordial.

Esta vez tengo las manos libres, pensó mientras echaba de menos el contacto del *bowie* en su espalda y calculaba la distancia que lo separaba de los dos hombres que tenía detrás.

Aun así, estaba relajado, tranquilo; y aquella serenidad no pasó desapercibida. Un incómodo silencio acompañó a su afirmación.

—¿Y bien? —preguntó Carmelo con displicencia.

El soldado lo miró, atravesando la oscuridad, clavándose en sus ojos.

—No ha sido fácil —resumió.

El noble se removió impaciente.

—Explíquese.

—La información que requerían —explicó con tiento—. No ha sido fácil obtenerla.

—¿Qué ha averiguado?

Había cierta ansiedad en la pregunta. El soldado se encogió de hombros y cambió de postura antes de responder.

—Hace tres días, el general Hidalgo de Quintana ingresó en la fortaleza de la Mola, en Mahón, en calidad de prisionero, dispuesto por real orden.

Se tomó su tiempo, saboreando la intriga que destilaba su silencio.

—Se le acusa de conspiración contra el Gobierno —concluyó.

Carmelo dejó escapar un vehemente suspiro.

—Era de esperar —reconoció—. ¿Algo más?

Estudió con detenimiento el rostro que tenía enfrente y continuó con una lentitud medida.

—Sí —afirmó—, hay algo más. Algo que les podría resultar... interesante.

—¿Y a qué espera? —increpó el aristócrata, controlando su paciencia.

El soldado dio un paso hacia delante.

—Creo recordar que teníamos un trato.

Villena realizó un intenso esfuerzo de contención, y los dos hombres a la espalda del soldado se removieron en el sitio, inquietos. Algo había cambiado en la conversación, en las exigencias suicidas del soldado, y todos podían sentirlo.

El noble trató de disfrazar de condescendencia sus palabras e impregnarlas de autoridad.

—Dígame lo que sabe y discutiremos lo secundario —concedió con hosquedad.

Lo ha comprendido, pensó el soldado. Carmelo intuía la situación. La tranquilidad, el aplomo que el soldado exhibía le hacía preguntarse muchas cosas.

—Me quedaría sin poder de negociación —rebatió el soldado—. Y usted lo sabe.

—¿Qué es lo que quiere? —preguntó el noble, apretando los puños.

—Veinte mil ejemplares.

—¿Cómo dice?

La hostilidad había dado paso a la estupefacción.

—Se lo comenté el otro día —explicó con paciencia el soldado—. Un texto que me gustaría ver publicado.

—¿Eso es todo? —escupió el noble—. ¿Veinte mil copias?

—Eso —sonrió con descaro— y mi vida, naturalmente.

Carmelo se mordió el labio inferior antes de responder.

—Hable.

El soldado inclinó la cabeza a modo de agradecimiento.

—La construcción de la fortaleza se concluyó a principios de este año —comenzó—. La infraestructura es amplia y la guarnición es escasa. Se retiene al general en uno de los edificios del interior, alejado del mar. —Se separó de la pared e introdujo, despacio, la mano en el bolsillo interior de su levita—. Les he traído esto —añadió.

Carmelo lo contempló con curiosidad mientras el soldado extendía el plano contra la pared.

—Es un mapa del puerto de Mahón —explicó—. Con el detalle de la península y la distribución de la prisión.

Dirigió una mirada a su interlocutor para calibrar su ánimo y continuó.

—Accidentes del terreno, accesos más apropiados y los turnos de guardia apuntados en el margen —concluyó—. Por si… se plantean recuperar a Quintana.

Un silencio reflexivo invadió la habitación.

—¿Nada más? —susurró, en una afilada pregunta, Carmelo.

El soldado entendió el tono. Sabía que aquella información resultaba tremendamente valiosa para los republicanos, pero no era suficiente.

Nada lo habría sido.

El soldado pensó en Herculano, en aquel mapa que entregaba al enemigo, y, de alguna manera, supo que lo entendería.

—Supongo que, si tuviese más tiempo, podría…

—Está bien —cortó sin miramientos el noble—. Es suficiente.

Se perfilaba ya la venganza en el sonido de aquellas palabras. Por un momento, aquel cónclave de penumbra y sombras había estado a la merced del soldado, y ahora su interlocutor reclamaba el precio de su osadía. Eliminar cualquier testigo de su decadencia.

—Matadlo.

Lo pronunció con lentitud, saboreando la inminente consecuencia de su orden. El soldado oyó cómo sus dos captores reaccionaban y se dirigían hacia él.

Segundo acto, se dijo mientras valoraba la salida de aquella celda.

Al acceder a la galería había evitado deliberadamente mirar hacia la primera estancia a mano derecha. Al fondo, entre unos bloques de piedra, descansaban, ocultos, un Remington y un revólver Orbea.

—No tendrás que utilizarlo —lo había tranquilizado Escauriaza—, pero siempre ayuda saber que puedes morir peleando.

El soldado asintió, mostrándose de acuerdo.

—Vigilarán la celda donde le interroguen —continuó el contrabandista—, y puede que el pasadizo. —Le colocó la mano en el hombro—. Si algo falla, llegue hasta aquí.

«Y muera peleando. Llévese a todos los que pueda por delante», parecían decirle sus ojos. Un cuerpo sin vida rodeado de enemigos. Morir como siempre había vivido: luchando.

Pensó en ello, una vez más, antes de volver a hablar.

—No creo que esa sea la mejor de las ideas, señor Suárez de Villena.

El aire, la luz y el movimiento, aquel tenue equilibrio que todo lo sostenía quedó suspendido, como congelado, en la estancia.

—¿Cómo me ha llamado? —exclamó con la voz desquiciada el interpelado al escuchar su nombre.

El soldado se irguió, con un profundo cansancio en la mirada.

—Digo que ejecutarme aquí y ahora —explicó con sosiego— no sería lo que más le convenga a su hermano Matías.

Carmelo Suárez de Villena abandonó la oscuridad. A pesar de la expresión furibunda que inundaba su rostro, la ansiedad en sus ojos lo delataba.

—¿Qué ocurre con él? —declaró, seco, contenido y desafiante.

El soldado avanzó hacia el noble, ignorando el dolor que le recorría la pierna y percibiendo la tensión de los dos republicanos a su espalda. Mantuvo la boca entreabierta, las manos tranquilas y la decisión en sus ojos. Una nueva tensión saturando la estancia.

—Es muy sencillo —aclaró el soldado—. Si yo muero, su hermano muere.

—¿Cómo?... —La ira desfiguró la expresión de Carmelo—. Demuéstrelo —alcanzó a decir.

Esperaba aquello y habían dudado cómo hacerlo, qué llevar.

236

El soldado introdujo la mano en su bolsillo derecho y extrajo, con tiento, dos pequeños objetos, y se concedió un instante para estudiar el rostro que tenía delante. Carmelo tenía unas facciones suaves, casi infantiles. Castaño, con apenas barba, ostentaba unos ojos claros y una nariz prominente. Se midió un segundo con aquel extraño, sosteniéndose la mirada con curiosidad y respeto. Al cabo, extendió abierta la palma de la mano y mostró un anillo y un mechón de pelo castaño. Villena se inclinó ante ellos y, tras un brevísimo estudio, se los arrebató con rabia.

—¿Dónde está? —consiguió articular—. ¡Dónde está!

—Vivo, aún. Y retenido.

Había impotencia en los ojos de Carmelo. Un odio desmesurado. Abrió en dos ocasiones la boca, pero no emitió ningún sonido.

—Soltadlo —exigió al fin, mordiéndose los labios—. Ahora.

Todo el desprecio del mundo se resumió en aquel gesto. Todo el deseo de venganza en sus manos.

—No —contestó el soldado lánguidamente, sosteniéndole la mirada.

—¿Qué quiere?

El soldado miró de reojo a los matones que tenía a su espalda y Carmelo, con un gesto, les indicó que saliesen de la celda.

—¿Qué quiere? —insistió el noble.

—Un trueque.

—¿Por quién?

—La pregunta es —comentó el otro—: ¿por qué?

Carmelo, ya definido por la luz, lo observó con detenimiento. Sin verbalizar la pregunta, pidió una respuesta.

—Un cuadro —razonó el soldado—. Un Velázquez.

Los pómulos del aristócrata palidecieron un punto.

—¿Cuál? —preguntó.

—*La expulsión de los moriscos.*

—Ese cuadro desapareció en el incendio del Alcázar en 1734 —observó Villena, serenándose— junto con otras obras maestras.

Una fatídica calma había alcanzado a Carmelo.

Ya sabe el precio, pensó el soldado, y la rabia había desaparecido, dando paso al cálculo.

El soldado lo observó sin prisa. Todo aquello estaba dispuesto de antemano. Las preguntas y el odio, la serenidad y las respuestas.

—En dos días. En la Guindalera. Calle de Mencía —detalló—. Una antigua casa abandonada, en una plaza desierta. Pueden acompañarle sus dos hombres —dijo, el pulgar derecho señalando su espalda—, pero nadie más.

Carmelo le sostuvo deliberadamente la mirada. Sin desafíos velados, con un odio intrínseco y profundo. Con un silencio hostil aceptando la propuesta del soldado.

El soldado se dispuso a marcharse, pero un destello en su mente le hizo levantar el dedo índice.

—Una cosa más.

Levantó las palmas de las manos e introdujo la mano izquierda en el bolsillo interior de su levita. El tacto de un papel doblado lo hizo sonreír con una misteriosa complacencia.

—Un hombre por un cuadro —dijo tendiendo el papel doblado a Villena—. Información por un trato.

Es justo, se dijo el soldado mientras pensaba en el mapa que podía liberar a Quintana. La vida lo había puesto en uno de los lados del conflicto, pero si hubiera podido elegir, habría luchado por Zorrilla. Su corazón estaba con aquellos republicanos que exigían al Gobierno español más derechos y mejor libertad.

Carmelo recogió el pliego sin entender.

—Me debe una impresión —apuntó—. Veinte mil copias.

Advirtió incredulidad en la expresión del noble, una divertida sorpresa, incluso un punto de admiración.

—Buenas noches.

Se giró con una apatía estudiada y salió de la celda acompañado por sus dos captores; se alejaron unos pasos y se detuvo con flema, con una mirada diferente, para recuperar el *bowie*, el revólver y su bastón.

—Volveremos a vernos —le susurró el alto al entregarle sus armas.

Sintió cómo el peso del Lefaucheux, sin balas, había cambiado, y se permitió una sonrisa que atravesó la oscuridad.

—Eso espero.

Les dio la espalda a los republicanos y desanduvo el solitario corredor con el eco de sus pasos acompañando el inquieto latido de su corazón, esperando, en cualquier momento, la detonación de un disparo y el impacto en su cuerpo. Pero alcanzó el final de la galería intacto y se despidió mentalmente de sus armas ocultas.

Un silencio sepulcral reinaba en el edificio cuando alcanzó el exterior por la puerta principal.

Hacía una noche agradable y la euforia de la supervivencia comenzó a alcanzarlo. El recuerdo de Nuña y la perspectiva de sus manos mitigaron el vértigo, y se permitió pensar en el futuro.

Sin disparos, pensó aliviado, recordando el rostro congestionado de Villena.

Exhaló el aire que contenía en los pulmones despacio y sintió la brisa nocturna como un bautismo. La algarabía de quien recibe a quien creía perdido.

La vida celebrando la vida.

Contempló Madrid desde el cerro —sus luces, su engañosa calma— y, con paso tranquilo, descendió la cuesta reconstruyendo la conversación, celebrando su desenlace.

—Con un mapa —había comentado Escauriaza, pensativo, cuando le explicó la situación— es usted hombre muerto.

—¿Y qué propone?

El contrabandista le dedicó una mirada larga, como calibrando si el hombre que tenía delante estaba a la altura de sus palabras, de lo que iba a proponer.

—Un intercambio —declaró.

—¿Un secuestro? —inquirió el soldado con calma, sosteniéndole el pulso.

—Qué remedio —dijo el contrabandista esbozando una sonrisa fría e implacable y encogiéndose de hombros—. Es la única garantía.

La información que le había proporcionado Julia el sábado había resultado esencial, y Herculano, aunque sorprendido por la audacia, había dado su visto bueno.

Los tres conjurados pasaron la tarde del domingo entre el Rastro y el mercado de la plaza de la Cebada, cubriendo el burdel, peinando la zona y esperando. Ajenos al bullicio del día, fingieron ojear mercancías y objetos mientras estudiaban las calles, el terreno y todas sus posibilidades.

Bauer, en cierto punto de la tarde, no pudo evitar ilustrarlos.

—También es conocida como la plaza de Riego —explicó de improviso, refiriéndose a la plaza de la Cebada—. En 1823 ajusticiaron al general por encabezar un alzamiento contra Fernando VII. —Se giró lentamente y contempló el espacio con una insólita tristeza—. Lo ahorcaron en esta explanada.

Ambos habían asentido mirándose extrañados, sin saber qué añadir.

La tarde avanzó sin complicaciones y, cuando la luz del día agonizaba, el mercado se empezaba a vaciar y los tres comenzaban a impacientarse, Matías Suárez de Villena apareció al final de la calle.

Era alto, más alto que su hermano, pensó el soldado.

Tenía el pelo castaño y rizado, una barba incipiente y unos ojos tibios. Caminaba con seguridad, con cierta arrogancia, riendo sin preocupación. Con el aire turbio y pendenciero de un marinero despechado. Lo acompañaban otros dos hombres con los que bromeaba en voz alta, ajeno al destino que le aguardaba.

Cuando varias horas después, ebrio, inestable y solitario, salió de la mancebía, era noche cerrada y las calles, aunque iluminadas, estaban vacías. Un certero puñetazo de Bauer lo sumió en la inconsciencia y, al cabo de unos minutos, el menor de los Villena había salido de Madrid por la puerta de Toledo maniatado en el fondo de un carro, tapado con una manta y arrullado por el trote tranquilo de los caballos.

Ahora mismo, pensó el soldado mientras descendía por Príncipe Pío, estará encerrado en un barracón preguntándose qué le deparará el cautiverio.

Su naturaleza salvaje y combativa había quedado patente en cuanto despertó.

Se descubrió inmovilizado de pies y manos, postrado en un suelo de una habitación cochambrosa, y trató de zafarse de sus ataduras, lacerándose las muñecas mientras profería insultos y amenazas. Hubo que inmovilizarlo para cortarle el cabello y contempló con ojos coléricos cómo lo despojaban del anillo. El soldado había observado con curiosidad aquel derroche de violencia, preguntándose hasta qué punto tenía sentido enfrentarse a la cólera de aquel hombre.

Definitivamente, había pensado sorprendido, era peor que su hermano.

Sacudió la cabeza mientras recorría la calle de la Princesa y volvió al presente.

Aceleró el paso, dejando a la izquierda la ronda del Conde Duque, y alcanzó sin problemas la iglesia de San Marcos. Se aproximó por uno de los laterales y golpeó dos veces la puerta de madera. Los goznes chirriaron al abrirse y el soldado se encontró con la expresión de alivio de un párroco entrado en años.

—¡Gracias a Dios! —exclamó el religioso, mirando a los dos lados de la calle—. ¿Le han seguido?

—Descuide, padre.

El sacerdote se apartó, permitiéndole la entrada al recinto, y cerró la puerta inmediatamente después. El sonido del cerrojo pareció tranquilizarle.

La estancia era pequeña y húmeda, y estaba iluminada por el tenue resplandor de varias velas. El párroco sujetaba, además, un candil de aceite.

—Sígame —ordenó.

Ambos recorrieron la iglesia rodeados de una total oscuridad, con aquella llama titilante en manos del religioso guiándolos a través de aquel laberinto de pórticos e imágenes místicas.

—Aquí es —susurró el sacerdote parándose al pie de una escalera—. Perdone que no le acompañe, pero ya no tengo edad —dijo mientras sonreía con nostalgia, sacaba otra vela y la encendía con el candil.

El soldado le dio las gracias con un gesto rápido, recogió la luz que le ofrecían y comenzó la ascensión.

A ver cómo se porta la pierna, pensó mientras subía los escalones ayudándose con el bastón.

La progresión fue lenta, pero no hubo dolor. La rigidez de los músculos se había desvanecido y ascendió con calma, peldaño a peldaño, cuidando de la frágil y estoica iluminación. Alcanzó la torre más alta de la iglesia exhausto, agradeció la brisa nocturna y contempló con deleite la noche que cubría Madrid. Recorrió con la mirada los tejados de la villa y se sintió seguro y audaz; otra vez temerario.

Desde cuántas colinas, pensó, había oteado el horizonte de aquella manera. Al menos, se dijo, he llegado hasta aquí. A contemplar esta noche a pesar de los hombres y de la muerte, a pesar de la sangre, de la avaricia y del tiempo.

Parte de la ciudad —la calle Montera, Sol, Alcalá— se iluminaba por la noche con farolas de gas. Desde su altura, podía apreciar el aura que emergía del centro de la capital como un milagro nocturno; como un advenimiento o una maldición.

Se permitió aquel minuto íntimo de recogimiento y, una vez que se reconcilió con la vida, recuperó su circunstancia y encaró el sur de la villa, alzando con cuidado la vela y mostrándola al cielo nocturno: un punto de luz en la noche desafiando el lúgubre manto que la encuadraba.

Ocultó la llama tres veces con la palma de la mano. La primera durante un intervalo largo, sentido; las dos siguientes, más cortas.

—¿Una vela? —le había preguntado al contrabandista— ¿será suficiente?

Escauriaza había asentido con calma.

—En la oscuridad de la noche —precisó—, la luz siempre se abre paso.

Una vida dependiendo de un destello, pensó el soldado, de la vista de un hombre, del viento.

Al cabo, un fulgor lejano e imposible, en la distancia, lo sacó de sus cavilaciones. Apreció un parpadeo invencible por encima de las casas, flotando en la oscuridad. Tres veces se ocultó y tres veces volvió a aparecer.

Dos largas y una corta, contó el soldado. Nadie moriría esa noche.

Bajó las escaleras con otro ánimo, con una felicidad completa bailándole en el estómago. El sacerdote lo esperaba al pie de la escalera y lo escrutó a través de la penumbra, pero la expresión de su mirada cantaba que todo había salido bien.

Sonrió a su vez, en silencio, el religioso y lo guio, candil en mano, por el edificio, deshaciendo el camino. Se estrecharon la mano en la puerta sin pronunciar palabra y el soldado se internó en la oscuridad con una rutilante esperanza guiando sus pasos a través de Madrid.

17

15 de junio de 1875, Madrid, España

Escuchó distraído los cascos de los caballos que arrastraban el vagón por la calle Mayor. Se apartó hacia un lado y observó el tranvía atravesar la calle.

Le parecía un transporte curioso: un híbrido entre el ferrocarril y el coche de caballos. Curioso e inseguro.

Sabía que llegaba tarde y se planteó utilizarlo, pero le pudo la prudencia y el recuerdo de aquel embozado esperándolo en la puerta de su casa. Lo había utilizado nada más llegar a Madrid, pero no le había convencido. Se había sentido demasiado expuesto.

Un blanco fácil, pensó, consciente de que aquello no tenía sentido. Había demasiada gente, demasiada luz. Pero, aun así, no podía evitar imaginarlo como una perfecta galería de tiro.

Prefería andar.

Las ruedas se deslizaron por los raíles con fluidez, chirriando lo justo, fundiéndose con el resto de los sonidos que invadían la calle. Subió por la calle Arenal y se encontró con Herculano en la plaza de Isabel II. Concurrida, llena de voces y repleta de miradas y acciones, era el escenario perfecto para su encuentro. Rodeados de toda aquella actividad, la pareja no desentonaba.

Se observaron en la distancia y se saludaron con los ojos, ascendiendo juntos por la cuesta de Santo Domingo.

—Llega tarde —susurró Herculano, visiblemente molesto, mientras le daba una calada a su cigarro.

Estudió al soldado con detenimiento. El pelo moreno despeinado debajo del sombrero, la camisa arrugada y el rostro somnoliento.

—¿Cómo fue el domingo? —preguntó hoscamente, directo al grano.

—Bien, señor —respondió el soldado con displicencia.

—Evite la deferencia —repuso el aludido, observando la calle y a sus transeúntes—. ¿Algún contratiempo? —aventuró.

El coronel miró al soldado con atención.

—Ninguno.

—¿Dónde lo retienen?

El soldado, sin responder, le devolvió una mirada jovial, obviando la respuesta.

Herculano suspiró.

—¿Y ayer?

La pregunta dio paso a una sonrisa escéptica.

—Algo más tenso.

—¿Cómo reaccionaron?

—Solo acudió Villena —apuntó el soldado—. Mal —dijo, devolviéndole una mirada apagada—, reaccionó mal.

Herculano continuó andando, pensativo, como decidiendo si ir más allá.

—¿Algo que resaltar? —preguntó con voz neutra.

El interpelado negó con la cabeza, pensando en el mapa y en la península que confinaba a Quintana; en la información que les había entregado.

Los dos hombres se quedaron en silencio.

—Moretón —dijo el soldado, al cabo de un rato, mientras pensaba en su ausencia el día anterior—. He oído hablar de él. —Se giró para observar al coronel, para estudiar sus reacciones—. Dicen que se oculta en una finca en Getafe.

Herculano ladeó el gesto.

—Eso decían —concedió frunciendo los labios—, pero allí no hay nada. Lo registramos a principios de año —explicó—. Protegió a gente poderosa durante la República, a muchos militares desencantados, y ahora todos lo amparan a él. Tan solo están esperando una oportunidad, una flaqueza demasiado evidente en el Borbón.

—Entiendo.

El coronel le dirigió al soldado una mirada casi paternal.

—Es un tipo peligroso —afirmó—. Inteligente y peligroso. Tenga cuidado.

—¿Algún punto débil?

—Políticamente, ninguno —declaró—. Aunque...

El soldado esperó con paciencia a que terminara la frase. Atento e interesado. Dispuesto.

—Cuando le pidieron que se exiliase —continuó Herculano—, decidió quedarse en Madrid para actuar como enlace entre Zorrilla y España. Esa es la versión oficial —concluyó.

El otro lo invitó a continuar con un gesto.

—Pero dicen que la verdadera razón fue para quedarse con sus hijas.

La afirmación fue acompañada de un gesto comprensivo. El soldado asintió, recordando que Julia le había comentado lo mismo.

—¿Alguna dirección? —preguntó—. ¿Algún contacto?

Herculano se giró despacio, mirándolo a los ojos.

—Somos soldados —expuso con convicción—, no asesinos.

Los antiguos combatientes se observaron en silencio.

—Descuide —replicó el aludido.

Entraron en el mercado de los Mostenses, encontraron un sitio libre y tomaron asiento. A pesar de que era martes, el bullicio era ensordecedor. El complejo se había inaugurado al mismo tiempo que el mercado de la Cebada y en él se pretendía concentrar el mejor pescado de Galicia y Cantabria.

El soldado examinó lentamente el recinto.

—¿Por qué aquí? —preguntó mientras se sentaban y Herculano pedía al mozo queso y vino.

Por lo general, aquellos encuentros tenían lugar en el Ministerio. Le extrañó aquella actitud, el posible escrutinio al que se exponían.

El coronel se recostó en la silla, exhibiendo una sonrisa satisfecha, y encendió otro cigarro.

—Hemos quedado con… un amigo.

El soldado le devolvió una mirada extrañada. Él no tenía amigos.

Abrió la boca para responder, pero Herculano se incorporó para saludar a alguien y el soldado se giró, alerta, llevándose la mano a su espalda mientras trataba de reconocer al recién llegado.

Un impulso le recorrió el cuerpo como un latigazo.

—¡Don Santiago! —exclamó, sintiendo una inesperada alegría y poniéndose en pie.

Tenía mal aspecto. Estaba más delgado, ostentaba unas pronunciadas ojeras y una preocupante palidez. Aun así, sostenía una sonrisa jovial; una energía renovada.

—Tiene un aspecto horrible —sentenció el soldado, apoyándole la mano en el hombro—. ¿Cuándo ha vuelto?

Herculano le ofreció una silla y el joven médico tomó asiento. La ropa le quedaba grotescamente grande y un ligero temblor le conquistaba las manos.

—Hace cuatro días. Por Santander. Estoy agotado.

Los otros dos comprendieron y Santiago admitió con la cabeza.

—Paludismo —afirmó—. A principios de año enfermé y convalecí cerca de Puerto Príncipe, en Ciudad Prócer. Una vez recuperado, me enviaron como miembro del cuerpo médico de guardia a la enfermería de San Isidro, en Camagüey.

Herculano resopló.

—San Isidro es infame.

Ramón y Cajal asintió.

—Casi no lo cuento. Me declararon inutilizado en campaña y me concedieron la baja. Se acabó el Ejército. —Había tristeza y a la vez alivio en aquella afirmación.

El coronel levantó el vaso.

—Por los que no lo consiguieron.

Los tres levantaron las copas y bebieron sin prisa.

—Bueno —dijo el médico, dirigiéndose al soldado—, ¿qué tal su pierna?

El aludido se palpó el muslo con cuidado.

—Aguanta —reconoció, señalando el bastón con la cabeza—. Aguantamos.

—Era una herida complicada —señaló el médico—. Fue un milagro que llegase vivo a Puerto Príncipe.

—El orgullo —musitó Herculano.

El soldado negó con la cabeza, mirando al médico con ojos profundamente agradecidos.

—Me salvó la vida. No lo olvidaré nunca.

Santiago, con veintitrés años recién cumplidos, sonrió azorado, sin encontrar la respuesta apropiada. La mañana pasó deprisa mientras intercambiaban opiniones sobre la política en la península, sobre el Ejército; sobre la interminable guerra de Cuba.

—Administrativamente, es un desastre —confesó el joven—. Me enfrenté con funcionaros, oficiales y hasta cocineros para que llegaran víveres a los heridos y a los enfermos. —Dejó escapar un suspiro apesadumbrado—. Intentaron quitarme de en medio de mil maneras. En este país no se respeta nada. Vivimos al día. Subsistimos del pillaje y del engaño. No hay gloria reservada para una sociedad como esta.

Una amargura teñía de desencanto la expresión de Ramón y Cajal.

—Ayer soborné a un funcionario para recibir las pagas atrasadas —continuó—. Creía que luchar por España era algo heroico, pero me equivoqué. No paro de pensar en todos los que han peleado y muerto en aquel infierno. —Se giró en derredor, como contemplando el mercado, la despreocupación de la gente—. Y todo para nada.

Los tres asintieron en silencio.

—Por lo menos ya conoce —confió el coronel— los entresijos del alma humana. En especial la del cerdo ibérico. —Se inclinó hacia el médico con una sonrisa sincera—. Céntrese en el microscopio y salve, por favor, la vergüenza nacional.

Al cabo de varios vinos, Santiago se levantó.

—Me voy esta tarde —se excusó— y tengo que prepararlo todo. Háganme saber si pasan por Zaragoza.

—Así se hará —dijo Herculano.

—Y cuídese —recomendó el soldado con una sonrisa.

Se estrecharon las manos y el médico se alejó. Ambos lo siguieron con la mirada hasta que abandonó el recinto.

—Buen zagal —comentó el coronel—. Tuvo usted suerte de que estuviera ahí —comentó, observando al soldado—, perdido en medio de la manigua.

El soldado mantuvo su mirada extraviada en algún punto inconcreto del mercado.

—Es valiente y honrado —afirmó meditabundo—. Sería una buena incorporación.

Herculano le dedicó una mirada brillante, sorprendida, reconociéndose en aquella afirmación, reprendiéndole con los ojos el haberlo verbalizado. Una sonrisa cómplice se dibujó en sus labios. Abrió la boca para responder, pero recordó quién era, sacudió la cabeza y cambió abruptamente de tema.

—¿Está seguro de seguir adelante con el intercambio? —preguntó el coronel.

El soldado se irguió en su asiento, se mordió los labios pensativo y se tomó su tiempo. Él también dudaba. Era consciente del peligro innecesario que corría, pero no solo estaba en juego su seguridad, también su reputación.

No podía fallar a Escauriaza.

—No puedo faltar a mi palabra —afirmó tajante.

Herculano se resignó, consciente de que aquella batalla estaba perdida de antemano, y decidió ser práctico.

—Acuda armado y dispuesto a todo —le aconsejó—. Si algo parece una trampa, es que es una trampa. —Bebió vino y respiró profundamente—. ¿Qué quiere hacer después?

El soldado recordó la mirada de Carmelo y la rabia de Matías, la venganza que ambos gestos suponían. También pensó en *El Imparcial,* en Isidoro, en Mellado y en Galdós; en los ojos de Nuña.

—Madrid ya no es seguro —apuntó—. Supongo que tengo pocas opciones.

—Dos —puntualizó Herculano, serio como una tormenta—: Portugal o Francia.

—Y en París —continuó el soldado, sintiéndose derrotado y asumiendo su destino— están Isabel II y Ruiz Zorrilla.

Un suspiro le acudió a los pulmones. Solo sabía matar y escribir; y Francia estaba lleno de franceses. Alzó los ojos llenos de una sutil melancolía y se encontró con los de Herculano.

—De hecho —murmuró el coronel—, se ha propuesto Portugal.

—¿Portugal? —preguntó extrañado el soldado.

Herculano se revolvió en la silla mientras buscaba las palabras apropiadas.

—Como sabe, París ya está cubierto. En cambio, Portugal… —dejó la frase inacabada mientras apoyaba los codos en la mesa—, un agente como usted en el terreno supondría una clara ventaja. Muchos políticos republicanos se están exiliando en Lisboa, entre ellos, Nicolás Estévanez. —El oficial cambió de posición y se relajó, sincerándose—: Le necesitamos allí.

El soldado frunció los labios y asintió.

—¿Qué propone?

—Tendrá que desaparecer un tiempo. Ya he dado instrucciones —tanteó—. Un matrimonio le acogerá cerca de Oviedo, en las montañas. —Estudió la expresión del soldado y continuó—: Pasado un tiempo prudencial, Orense.

—¿Cuánto es un tiempo prudencial? —interrumpió con hosquedad, imaginando, uno a uno, los detalles.

Herculano cogió aire.

—Dos semanas. Dos semanas, como mínimo. En cada sitio.

—¿Dónde me alojaré en Orense?

—Hay un pueblo cerca de la frontera —afirmó, bajando la voz—. Torneiros.

Con estudiada lentitud escénica, el coronel sacó unas llaves del bolsillo y las colocó encima de la mesa. El soldado, sin decir nada, las recogió y las guardó.

—Tendrá que preguntar por el cura e identificarse como Carlos Céspedes.

El soldado no pudo evitar una sonrisa. Herculano continuó.

—Hay un paso en la sierra de Xures. Pocos lugareños lo conocen y los contrabandistas lo evitan. El campo siempre está húmedo, las piedras son resbaladizas y es peligroso. Muy traicionero. Uno de los nuestros irá a por usted y cruzarán juntos.

—¿Quién?

—Luchó en Cuba, gallego, lo reconocerá. Le proporcionará transporte, algo de dinero y el resto de los detalles.

El soldado asintió mientras analizaba el plan y planteaba en su cabeza todas las posibles complicaciones. La idea apareció en su mente y, acto seguido, su corazón se obligó a no aceptarla.

Es imposible, se dijo mientras abría la boca para plantearlo. Una íntima indecisión le nublaba el lenguaje.

—Me gustaría...

Herculano levantó las palmas de las manos para interrumpirlo.

—Si ella acepta, puede acompañarle.

El soldado le devolvió una mirada atónita, cargada de preguntas, saturada de una emoción indescriptible.

—¿Cómo? —acertó a decir.

El coronel se recostó en la silla.

—La información es el poder más sólido que existe —dijo mientras lo miraba a los ojos.

El aludido asintió, aún estupefacto, sintiéndose como un crío al que lo han descubierto robando dulces.

Pensó inmediatamente en Manuel Ciudad, en su doble personalidad, y se preguntó, inquieto, si el coronel también lo sabría; y entre toda aquella zozobra, supo vislumbrar la lección que Herculano le acababa de regalar.

Conoce bien a tu enemigo, pensó. O a tu amigo, añadió. O a tu agente.

Y que el otro lo desconozca todo.

—A veces —continuó el oficial—, el mundo nos premia con un amor que no merecemos. Y ese amor nos salva, aunque no estemos dispuestos a sobrevivir.

El soldado aceptó con un gesto agradecido. Aún reflexionaba sobre lo poco que sabía de su superior —su reputación, sus batallas, la nostalgia que le bailaba en la mirada— cuando Herculano se levantó y señaló con la cabeza su bastón.

—Andemos.

Salieron del mercado por otra de las entradas y callejearon en silencio. El soldado sabía que Herculano trataba de identificar si alguien los seguía, por lo que respetó su prudencia hasta que su superior decidió romperla al llegar a Recoletos.

—El Gobierno le agradece toda la información obtenida —indicó en un susurro, sin dejar de andar—. Se interceptó a la comitiva de la reina en Marsella. El recorrido era, efectivamente, el mismo que el de su hijo en enero: Marsella, Barcelona, Valencia y Madrid.

El soldado le devolvió una escueta sonrisa y un encogimiento de hombros.

—Quiere conocerle —murmuró el coronel, deteniéndose.

Solo había un hombre en España al que no era necesario mencionar. Los dos hombres se observaron, midiendo las preguntas que podían hacer y las respuestas que se podían permitir.

—¿Para qué? —preguntó al fin el soldado.

Herculano inició de nuevo la marcha, frunciendo el ceño.

—Lo desconozco —reconoció con una duda matizándole las palabras—. Saber cómo lo hizo, cómo lo planeó. Es un hombre de pasillos e intrigas. Querrá conocer a alguien de acción.

—Curiosidad —dijo, amagando una sonrisa sorprendida.

—¿A qué se refiere?

Un orgullo primario y merecido se había instalado en su pecho. Una inesperada recompensa por su sentido del deber, por su valor, por su ausencia de miedo.

—Hace un año me desangraba como un perro en medio de la selva —comentó pensativo mientras pensaba en Ramón y Cajal y se palpaba la pierna—. Un año después, el hombre más poderoso de España quiere recibirme. —Le devolvió a Herculano una mirada cargada de matices—. La vida, definitivamente, lleva a uno por caminos raros.

El coronel convino con la cabeza, perdiéndose en la distancia como si aquella afirmación lo llevase a otros lugares tan solo reservados para sus recuerdos. Siguieron caminando y el soldado, inevitablemente, pensó en todos los amigos y compañeros que había perdido por el camino. Un camino que lo había llevado a ese momento. Pensó en todas esas cosas irrecuperables que conforman nuestra manera de ser. En todas las pérdidas que nos arrastran hacia delante.

—¿Cuándo? —preguntó.

—Mañana por la mañana.

Volvió el silencio y continuaron caminando. Bajaron por el paseo de Recoletos y cruzaron la fuente de Cibeles. El coronel carraspeó.

—Sé que no debería insistir —soltó a bocajarro—, pero ¿cómo lo hizo? —Lo preguntó sin detenerse, sin mirarlo. Sin esperanza de obtener una contestación—. ¿Cómo consiguió el itinerario de la reina? —insistió, movido por la intriga.

El otro esbozó una sonrisa tranquila, recurriendo a sus recuerdos para estructurar una respuesta convincente pero que no contase demasiado.

—Una mujer así, esa familia, no permite en su casa a cualquiera —explicó—. Barjuán tiene un braco de Weimar, por lo que fingí que mi cachorro había desaparecido. Al cabo de una semana, todo el barrio de Salamanca lo sabía.

Herculano lo observaba con atención, imaginando los detalles, visualizando el plan.

—Me recibió el sábado —continuó—. De milagro. Había más curiosidad que propósito. Una vez dentro de su casa, forcé una de las ventanas, inutilizando el cerrojo. Esa misma madrugada, accedí al edificio. —Se señaló la pierna con el mentón—. Lo único complicado fue la movilidad.

El coronel fue a añadir algo, pero se contuvo.

—Aquella mañana, Barjuán tenía las manos manchadas de tinta porque había estado escribiendo en un despacho contiguo al salón donde conversamos. —Se interrumpió un segundo al cruzarse, demasiado cerca, con unos viandantes—. Varias cartas no estaban cifradas. Con las fechas, no fue difícil averiguar los barcos de contrabando. Con los barcos, disponíamos de la ruta.

El coronel cabeceó admirado, frunciendo el ceño, atando cabos.

—¿Qué le ofreció durante la conversación?

Era una pregunta afilada, peligrosa, pero estaba preparado. Había minusvalorado a Herculano una vez. No le volvería a ocurrir.

—Embustes imposibles —reconoció—. Las palabras que Barjuán quería escuchar.

Su superior asintió distraído, comprendiendo la acción, imaginando el desenlace.

—¿Qué pasará con ella? —preguntó el soldado.

—Su padre ha conseguido un generoso contrato estatal en Canarias para desarrollar el tejido ferroviario —explicó el coronel—. La única condición es que lo acompañe su hija.

Un cálido destierro, pensó el soldado sin poder evitar cierta amargura.

Siempre era más complicado quitarse de en medio a un poderoso. Requería cierto tacto y, posiblemente, una considerable cantidad de dinero. Continuaron andando durante un rato en silencio, cada uno lidiando con sus propias perspectivas. El soldado perfilaba sus opciones, las incógnitas y las alternativas, y asintió convencido.

—Saldrá bien —dijo el soldado en voz alta.

Necesitaba decirlo. Formularlo como una premonición.

Herculano lo observó preguntando con los ojos.

—El intercambio —precisó el soldado—. Saldrá bien. Asaltaré Portugal y podremos continuar con la pesadumbre de vivir.

Ambos sonrieron.

—Eso espero —respondió el coronel—. Eso espero.

Se giró, le puso al soldado la mano en el hombro y apretó con fuerza.

—Mañana por la mañana —afirmó como despedida, mirándolo a los ojos—. A las nueve. Pasaré a buscarle.

18

6 de julio de 1871, La Galleta, Cuba

La noche anterior había llovido como si un dios indígena quisiese inundarlo todo. Había sido una lluvia violenta e interminable que mantuvo al ejército español resguardado, retrasando su salida. El San Quintín partió a mediodía, con un calor húmedo y letal trepándoles por las piernas. Cinco hombres no habían podido abandonar el campamento a causa de las fiebres. Los rebeldes habían invadido Guantánamo en julio y la guerrilla montada había informado de movimiento enemigo en la sierra de El Salvador. El batallón había recibido las órdenes de batir la zona y combatir, si se terciase, al enemigo.

—Tenga cuidado con el caballo —murmuró Campos, observando cómo las patas del animal se hundían en el lodo.

El coronel Téllez asintió, aferrando con fuerza las riendas y guiando a su montura.

—¿Qué hará después? —preguntó una vez que mejoró el camino.

El oficial le dedicó una mirada seria.

—Lo primero, encontrar a los mambises —dijo sin devolverle la mirada—. Después, ya veremos.

Martínez Campos había sido ascendido a brigadier el mes anterior por méritos de guerra y se le requería en Santiago, al sur de la isla, para definir una nueva estrategia contra los rebeldes. Aquella era su última acción al mando de la unidad y Téllez había sido enviado para sustituirlo.

—¿Son tan buenos como dicen? —preguntó Téllez.

Continuaron el avance en silencio, escuchando el galope de su caballería entre los árboles.

—Está usted en las mejores manos —comentó el brigadier, girándose para observar con un cariño casi paternal a los que pronto dejarían de ser sus hombres.

Y era cierto. El Batallón de San Quintín era la fuerza militar más efectiva del conflicto, había ganado su fama a base de sangre y determinación. Disponía de la templanza militar de quien está acostumbrado a aceptar la muerte a diario, y del arrojo necesario para aguantar cuando la batalla se tornaba desesperada. Era un batallón duro, disciplinado y letal que no retrocedía ante nada y que solo temía a Dios.

Varios metros más atrás, Alonso y Ciudad avanzaban despacio, dosificando una fuerza que les flaqueaba y sosteniendo entre los dos a un febril Gaditano.

Tras la tormenta del día anterior, el suelo estaba embarrado y los hombres resbalaban y caían. El cielo era gris y las nubes ocultaban el sol, pero, aun así, hacía calor y el vaho les oprimía los pulmones. Tenían sed, y muchos se mojaban los labios con el agua de las cantimploras para racionarla. La temperatura y la humedad volvían audaces a los mosquitos, y prácticamente todos los soldados se rascaban las extremidades con una intensidad desesperada. Aquella mañana, dos hombres se habían desmayado y muchos avanzaban, pálidos y vacilantes, venciendo los vértigos y las náuseas.

Un capitán de exploradores surgió de la espesura y se dirigió hacia los dos responsables del batallón.

—Señor —murmuró dirigiéndose a Campos—. Una partida mambí. Acampada a veinte minutos a pie.

Martínez Campos y Téllez se observaron en silencio.

—¿Dónde? —preguntó el primero—. ¿Cuántos son?

—Detrás de aquel cerro —dijo el explorador extendiendo el brazo y señalando con el índice—. En una loma.

—¿Saben que estamos aquí?

—No parecen saberlo, señor.

—Bien —afirmó Campos—. Vuelvan ahí, y eviten ser vistos. Vayan sin caballos si es necesario. Analicen la zona, los desniveles, su retaguardia y sus flancos. —Se giró con diligencia hacia Téllez—. Ordene a los hombres prepararse para el combate y descansar, en ese orden. —Encaró de nuevo al explorador—. ¿Cuántos hombres necesita?

—Ocho, señor.

—Demasiados —comentó el brigadier tras una mueca—. ¡Teniente!

El teniente Santocildes era el superior inmediato del sargento Riesgo. Era de Burgos, muy moreno, tenía la cara delgada y los ojos alegres. Solía sonreír, pero aquel día nadie tenía ganas de nada.

—Cuatro hombres con el capitán —le indicó Campos—. Dos para los flancos, dos para la vanguardia y retaguardia. Si les descubren, lo primordial es avisarnos. ¿Entendido?

Santocildes y el explorador asintieron con aire marcial y se alejaron. Ciudad observó que Alonso apoyaba la espalda contra la tierra húmeda, con las rodillas flexionadas, la expresión tranquila y los ojos cerrados. El Berdan, con su bayoneta calada, cargado entre las manos.

Qué fue de los reclutas asustados que éramos, reflexionó Ciudad.

Tras dos años de combate, tenían ya las maneras de un veterano, se movían como un rastreador y callaban como un condenado a muerte. Sabían matar y sobrevivir. El miedo había mutado en un hondo cansancio que les robaba las palabras. Cada vez hablaban menos, y cada vez se entendían mejor.

El catalán observó la escena que se repetía antes de cada combate: rezos, preguntas sin respuesta, afirmaciones, suspiros y confidencias. La carta para una mujer, para un hijo. Promesas de dinero, de explicaciones. Si muero, si sobrevives, si caigo. Si vuelves a ver, un día más, el amanecer.

A pesar de todo, aquel ritual les resultaba ajeno. Nadie los esperaba en España. Alonso y él habían aceptado que, en algún momento, morirían en aquella isla y vivían asumiendo aquella certeza, sabiendo que llegaría y que estarían preparados.

—Una bala —había dicho Alonso meses atrás— antes que el machete.

El mejor final, pensó Ciudad. Aséptico, sin crueldad. Mucho mejor que una muerte lenta a través de las bayonetas, de las heridas y contusiones tras una carga a caballo, de la deshidratación o de la fiebre. Mucho mejor que resultar capturado o, peor aún, que caer enfermo. En aquel momento, la mitad de las fuerzas del batallón se hallaba hospitalizada, debatiéndose entre la vida y el olvido.

El clima minaba la moral y la salud del ejército a partes iguales, pensó Ciudad. Más que cualquier combate, peor que cualquier derrota.

Alonso abrió los ojos al escuchar aproximarse a Riesgo. La apatía de la sección se esfumó.

—En pie —murmuró el sargento, dirigiéndose a Ciudad, Alonso y el Gaditano—. Bayonetas listas. Diez, quince minutos de marcha campo a través. En silencio.

Avanzaron con rapidez siguiendo al explorador, prestando atención a las irregularidades del terreno; ignorando el cansancio y cuidando cada paso. De pronto, el sargento levantó el brazo e interrumpió la marcha. A la izquierda, en la distancia, se alzaba un suave promontorio y en la cima se perfilaba el campamento enemigo. El sargento analizó el paisaje y maldijo en voz alta.

Van mejorando, pensó Ciudad.

Los cubanos habían elegido un emplazamiento excepcional: alto, resguardado, sin vegetación y con una abrupta pared rocosa a sus espaldas.

Desanduvieron el camino con cuidado, sin pronunciar palabra, y una vez que alcanzaron a la columna, se dirigieron directamente a Santocildes.

—No hemos podido acercarnos mucho, señor —relató Riesgo—, pero están bien organizados. Unos doscientos rebeldes, y disponen de caballería.

—¿Cuánta? —inquirió Campos, aproximándose por detrás.

—Alrededor de cincuenta monturas.

Téllez se llevó aparte al brigadier, tratando de ocultar su turbación.

—Parece un campamento de vanguardia.

El otro asintió mientras miraba en dirección a las posiciones rebeldes, suponiendo sus tácticas, el armamento del que disponían y el valor de sus oficiales.

—Los dirige Acosta —reflexionó Campos—, un desertor español que combatió en Santo Domingo. Estarán bien organizados.

Téllez abrió los ojos.

—¿El español de las tres hijas?

Campos se giró hacia él, sin comprender del todo.

—Por lo visto, el tal Acosta era un simple mayoral con tres hijas bellísimas —explicó—. Tras el levantamiento, consiguió que cada una de ellas embaucase a un hacendado de cada región rebelde: Oriente, Camagüey y Las Villas. —Téllez soltó un silbido y exhibió una sonrisa triunfal—. Así es como llegó a oficial.

Su interlocutor sonrió a su vez, perdiendo la mirada en dirección al campamento mambí.

—No crea todo lo que le cuenten, coronel —murmuró—. Este hombre sabe lo que se hace.

Campos se llevó las manos a la cadera, reflexionando; bajó la vista y suspiró.

—Contamos con la sorpresa, pero no con el número. El terreno es desfavorable y ellos están descansados.

—¿Qué sugiere? —inquirió Téllez, mudando su jovialidad.

El otro se encogió de hombros.

—Nuestras órdenes son combatirlos y dispersarlos.

***

Ciudad vio que Riesgo se dirigía hacia ellos con el rostro compungido y los ojos brillantes. No supo si era de fiebre o de hastío.

—Cargamos de frente —afirmó a bocajarro el sargento—. A mi señal —añadió—, rodilla en tierra y descarga. Después, cuerpo a cuerpo.

—Mierda —escupió alguien.

Riesgo fingió no oírlo y empezó a andar.

Sus hombres lo siguieron con resignación a través de la espesura, conscientes de que se dirigían hacia un combate apretado. Una vez que alcanzaron las faldas de la colina, se tumbaron despacio en el suelo y cargaron el fusil, aferrándose a él como un náufrago a un trozo de madera. La hierba estaba alta y los ocultaba a simple vista, pero cualquier centinela avezado podría apreciar que algo extraño ocurría en la vegetación. Iniciaron la aproximación arrastrándose con el corazón en la garganta y la incertidumbre temblándoles en las manos.

Ciudad avanzó despacio con Alonso siguiéndolo de cerca. Apreciaron a través de los árboles cómo el resto del batallón tomaba posiciones en los flancos.

La sorpresa es esencial, reflexionó recordando Las Cajitas. Buscar el desorden, disparar de cerca y caer sin miramientos sobre el campamento.

Su sección, como fuerza de vanguardia, sería la primera en entrar en combate. La punta de lanza. De ahí la maldición que Riesgo había ignorado. Las compañías de los flancos, ligeramente retrasadas, cubrirían su avance y caerían sobre los mambises por los lados, aprovechando la concentración de hombres en el frente. Rápido, sencillo y letal. Alonso y Ciudad lo habían puesto en práctica varias veces; y también lo habían repelido.

Ante la sorpresa, pensó el catalán, lo esencial era aguantar la posición. Mantener la calma y no retroceder. Si se rompía la línea, caían todos.

Conforme se iban aproximando al campamento, la precaución se volvió extrema. Necesitaban estar lo más cerca posible del enemigo para reducir el tiempo de reacción.

Un poco más, se dijo Ciudad.

Los árboles crecían cada vez más dispersos, las rocas disminuían su tamaño y la vegetación escaseaba. No podrían avanzar mucho más sin ser vistos.

El catalán se permitió un suspiro contenido.

Estaban cubiertos de sudor y el viento les producía escalofríos. Tan solo los calentaba la escaramuza inminente. Riesgo se detuvo y levantó levemente la mano. Estudió la distancia y los flancos. Tras unos segundos interminables, se incorporó, apoyó la rodilla en el suelo, se llevó la culata al hombro y apuntó. Sus hombres lo imitaron.

Allá vamos, se dijo Ciudad, mordiéndose los labios.

—¡Fuego! —exclamó el sargento.

Los soldados respiraron al unísono y contuvieron el aire en los pulmones. Una descarga cerrada barrió el campamento enemigo, desgarrando la apatía del día. Varios cubanos, sorprendidos, se precipitaron al suelo.

—¡En pie! —gritó el sargento incorporándose—. ¡Bayonetas!

Treinta españoles se alzaron sin vacilar y avanzaron con rapidez entre la maleza, dirigiéndose, una vez más, hacia la muerte.

Ciudad, con el fusil entre los brazos y la bayoneta calada, vio correr a Alonso a su derecha con una concentración furibunda en la mirada. El fusil a su espalda, colgando de la cinta, golpeándole un costado. El machete en la mano derecha, la bayoneta en la izquierda. A lo lejos, las compañías de los flancos comenzaron a disparar con intermitencia.

Las órdenes y los gritos apresurados comenzaron a surgir del campamento: entrechocar de armas y últimos preparativos antes de la batalla. La sección española recorrió los últimos metros entre la vegetación y, a punto de alcanzar la cima, frenó en seco.

—Imposible —masculló Ciudad.

Dos filas de compactas de cubanos tras la pequeña empalizada que protegía el campamento mantenían una línea perfecta y apuntaban con tranquilidad a los asaltantes.

—¡A cubierto! —gritó Riesgo en el mismo momento en que una descarga envolvió su orden.

Ciudad se lanzó al suelo mientras varios españoles caían a su alrededor gritando su dolor y su sorpresa y la explanada se llenó de quejidos, pólvora y desolación.

Mantienen la posición, murmuró sorprendido el catalán.

Tenía el rostro pegado a la hierba, aplastándola. Localizó a un español a su derecha con la expresión cogestionada por la rabia, y a su izquierda, el cuerpo sin vida de otro —aquella ausencia de brillo en los ojos— con un disparo en el pecho. Buscó con las manos su fusil y lo cargó, sintiéndose otra vez peligroso, embozándose en aquel pasto salvaje, alto e insolente que aún les servía de escudo mientras las balas enemigas les barrían por encima. Se disponía a avanzar cuando un movimiento a su espalda llamó su atención.

—¡Carguen los fusiles! —bramó Santocildes cubierto de polvo y rabia—. ¡Conmigo!

Las dos secciones se incorporaron e intentaron avanzar, pero los disparos se intensificaron.

—¡Al suelo! —gritó Riesgo tras avanzar escasos metros.

—¿Cuántos son? —preguntó Santocildes mordiéndose la impotencia.

—Más de los que esperábamos, señor.

—Cuántos, joder.

—El doble.

—Mierda —escupió mientras se volvía para estudiar el terreno—. ¡Hay que alcanzar los árboles!

El pelotón se repuso, devolvió la descarga y retrocedió de frente, desandando el camino poco a poco. Una vez rehechos, Santocildes llamó a uno de los prácticos.

—Informe al coronel de que el ataque ha sido rechazado —dijo girándose para contemplar a sus hombres—. Hay que recuperar las armas y a los heridos.

El sonido de los disparos aumentó.

—Están locos —comentó un soldado.

La tercera sección, también en vanguardia, atacaba por su izquierda con el coraje desesperado de los héroes. Santocildes levantó la vista sobresaltado y evitando un profundo juramento.

—¡Segunda sección! —aulló poniéndose en pie sin pensarlo demasiado—. ¡Conmigo!

El teniente emprendió otra vez la carrera hacia las posiciones enemigas seguido por sus hombres. Ciudad se incorporó admirado, disparando sin apuntar, y siguió a aquel temerario oficial por inercia, por oficio, por vergüenza; por no dejarlo avanzar solo. Porque un extraño arrojo lo impulsaba y porque empezaba a sentir un odio insondable. Un odio recóndito y tenaz que tenía que paliar de alguna forma.

Una segunda descarga, concentrada y rotunda, los recibió y varios soldados cayeron alcanzados por las balas. Reconoció entre la humareda la silueta de Alonso, que se desplomaba y desaparecía entre la vegetación.

—¡No! —exclamó corriendo hacia él.

El odio dio paso a una rotunda zozobra.

—¿Dónde? —preguntó al alcanzarlo.

—¿Qué? —respondió Alonso extrañado, ahogando la tos, sin rastro de dolor en sus palabras.

—¡Joder! —exclamó Manuel, y se dejó caer aliviado a un lado—. Pensé que te habían dado.

—Aún sé ponerme a cubierto —dijo casi gritando—. A ver cómo salimos de aquí.

El ruido era ensordecedor.

Una amalgama de voces, disparos, aullidos y gemidos envuelta en una densa nube de humo y desesperación. La voz ronca de los oficiales intentaba hacerse oír por encima de aquel estruendo como antiguos dioses, instando a sobrevivir y a matar.

—¡Conmigo! —rugió Santocildes, impertérrito y tenaz—. ¡Fusiles cargados!

La sección se rehízo y avanzó como un solo hombre. Juntos, hombro con hombro, impávidos y resueltos.

—¡Mantened la línea! —exclamó Riesgo.

Un ligero murmullo surgió de uno de los lados. El sonido creció hasta convertirse en un clamor, en una orquesta de pisadas ansiosas y cornetas anunciando que España atacaba.

—No puede ser —murmuró Ciudad.

El flanco derecho cargaba a la desesperada, adelantando a la vanguardia y tratando de romper la defensa enemiga.

—¡Disparad! ¡Cubridlos! —ordenó Santocildes.

La sección se incorporó sin miramientos, apuntó con precisión y abrió fuego. Los cubanos se resintieron, desbordados por la potencia de la descarga, pero se mantuvieron firmes y aguantaron el envite.

—¡Cargad! —vociferó Riesgo.

La sección, maltrecha, se incorporó e inició —una vez más— una carrera exasperada hacia las líneas cubanas. El flanco izquierdo, aún retrasado, cubrió el avance sin dejar de disparar.

Por un momento, romper la línea enemiga pareció posible. Conquistar la loma, descansar, contemplar el cielo despejado y saborear la sensación de haber sobrevivido. Pero los cubanos no se arredraron.

Aquella partida no se parecía a los insurrectos que estaban acostumbrados a combatir. El avance se hizo imposible y la sección buscó el suelo.

—Son demasiados —concluyó Alonso sin resuello—. No retroceden. No rompen la línea.

Ciudad asintió, con el cansancio en el pecho y un principio de temor en los ojos.

—Los caballos —dijo para sí mismo.

Gran parte del batallón se encontraba a campo abierto y cuesta arriba. Si los rebeldes hacían una carga de caballería, nadie estaría a salvo.

Santocildes parecía haber llegado a la misma conclusión.

—¡Atrás! —ordenó—. ¡De cara al enemigo!

—¡Cargad con los heridos! —tronó Riesgo—. ¡Recoged fusiles, machetes, munición!

Recularon sin dejar de disparar, como una máquina exenta de cansancio, sin sentimientos y con un único objetivo. El flanco derecho, tocado, también retrocedía con dificultad, arrastrando a los heridos y sin responder a los disparos con suficiencia.

Los cubanos resistían.

—¡De frente! —insistió Santocildes—. ¡Retroceded de frente!

Un lejano galope los devolvió a la realidad. La sección encaró por instinto el sonido y los soldados buscaron el contacto de sus compañeros. Hombro con hombro, se fundieron en un coraje compartido; en la resistencia a ultranza de un cuadro español conteniendo al enemigo.

Los ojos abiertos, pensó Ciudad.

Las piernas firmes y la bayoneta directa al cuello del caballo. Le escocían los ojos y tenía los dedos agarrotados. Se giró y sintió a Alonso a su lado, sucio, relajado y temible.

Sin miedo.

Y, de repente, sintió la misma fuerza, la misma determinación.

Un grito les hizo flexionar las rodillas y alzar el fusil.

—¡Dos líneas! —apremió un oficial.

—¡Resistid! —clamó la voz familiar de Riesgo.

Envueltos en un silencio pertinaz, escucharon cómo los relinchos se aproximaban; apreciaron sus siluetas entre la neblina, los machetes agitándose en el aire.

—¡Fuego!

Una última descarga cerrada los dejó sin visibilidad y sin sonido. El temblor de la tierra se hizo real y, de pronto, la caballería mambí atravesó el velo grisáceo que los rodeaba, abalanzándose sobre ellos en una carga compacta y bien dirigida.

El golpe fue brutal.

Ciudad se adelantó, en un último instante, buscando el pecho del animal con la bayoneta. Su fusil estalló en mil pedazos, mientras que la montura alzaba las patas delanteras, lanzaba un relincho agonizante y caía de lado. El impacto lo lanzó hacia atrás, desencajándole el hombro derecho. Se puso de nuevo en pie ignorando el dolor y desenfundó con la mano izquierda el machete, reincorporándose a su puesto. La línea española había aguantado y la caballería cubana retrocedía. Alonso, entero, a su lado —con un corte poco profundo en el brazo, el rostro cubierto de sangre y la bayoneta partida— lo estudió con preocupación.

—¿Estás bien? —preguntó tras relajar su respiración.

Ciudad negó con la cabeza.

—El hombro —acertó a decir.

El abulense asintió, cogió el brazo de Manuel con la mano izquierda y apoyó la derecha en el hombro.

—A la de tres —susurró—. Una…

Un grito más de dolor llenó el campo de batalla. Alonso lo sostuvo un instante mientras se recuperaba. Ciudad sintió que un breve calambre le recorría el brazo y el hombro volvía a ocupar su lugar natural.

—¡Conmigo! —gritó Riesgo—. ¡A los árboles!

—¡Vamos!— exclamó Alonso.

Lo que quedaba de sección se retiró ordenadamente de la explanada buscando la protección del bosque.

Ciudad se apoyó en un árbol, agotado, mientras Alonso peinaba con el rifle los movimientos cubanos. La sección había sufrido pérdidas considerables. Cuando el último hombre alcanzó el amparo de la arboleda, el teniente Santocildes, inagotable, les recordó dónde estaban.

Cuál era su deber.

—Hay que recuperar a los heridos ahora mismo —sentenció sin levantar la voz—. Y todo el armamento posible.

Todos asintieron gravemente.

Ciudad recordó, meses atrás, el combate de Faldón, y un conocido rencor le devolvió la audacia. Tras una violenta carga de caballería mambí, los cubanos habían rematado entre risas de desprecio a los heridos españoles.

Es una guerra de desgaste, comentó esa noche Riesgo. Una guerra que busca el miedo, que al enemigo le falle el valor.

Pero el Batallón de San Quintín no se acobardó ni un ápice. Ni tampoco olvidaba.

—El flanco derecho —observó Alonso dirigiéndose a Riesgo—. Puede que nos necesiten.

El sargento le dedicó una mirada sorprendida y se volvió para observar la situación.

Las secciones se retiraban de cualquier manera, maltrechas y en desorden; con bastante bajas. Habían sido las peor paradas de la contienda. No podrían recuperar a tiempo a sus heridos.

—Señor —dijo Riesgo dirigiéndose al teniente Santocildes—. Solicito permiso para ayudar con mi pelotón a las secciones del flanco derecho. Parecen estar muy castigadas.

Los cubanos se organizaban en la distancia y el flanco izquierdo retrocedía ordenadamente, aún compacto, manteniendo la formación. Santocildes contempló a sus hombres y, por último, dirigió la mirada en la dirección que Riesgo indicaba y frunció el ceño.

Si los mambises cargaban, sería por allí.

—Rápido —fue lo único que dijo.

El sargento corrió ladera abajo, seguido por los siete soldados de su pelotón que aún seguían en pie.

Ciudad sintió que su brazo se resentía, pero comprobó con alivio que aún tenía movilidad. Se internaron directamente en tierra de nadie, intuyendo entre la maleza los cuerpos de los españoles heridos, dejándose guiar por los lamentos y gemidos. Se dispersaron palpando los cuerpos, comprobando si aún respiraban. Un joven con el pulmón perforado, respirando como un fuelle; un veterano con la pierna rota; un sargento inconsciente, aún con pulso. Cargaron con todos ellos con cuidado y, como una comitiva errante, empezaron a recorrer la distancia que los separaba del bosque.

Un trote cercano les sorprendió.

—¡Heridos al suelo! —masculló Riesgo, previendo una carga mambí.

Demasiado cerca, pensó Ciudad con fatalidad, apoyó al joven en el suelo y trató de apuntar con el fusil al enemigo.

—¡Vamos! —escuchó desde la altura, como en un sueño, percibiendo una mano tendida y apremiante.

Levantó la vista sin entender del todo y el soldado de la guerrilla montada española le gritó de nuevo.

—¿Estás sordo? ¡No hay tiempo!

Ciudad comprendió y se recobró rápidamente.

—Gracias a Dios —repuso—. ¡Uno por caballo! —gritó—. ¡Los enteros, a pie!

Una vez distribuidos los heridos, los jinetes españoles espolearon a sus monturas y se dirigieron hacia el bosque.

—Aún hay más —dijo Alonso a su espalda, soltando un suspiro resignado.

Ciudad se giró, ignorando el cansancio que sentía, aguzando el oído y tratando de encontrar más soldados que no se podían valerse por sí mismos. A lo lejos, la caballería cubana se rehízo y, tras un instante de vacilación, espoleados por la accidentada retirada del flanco español, Acosta decidió ordenar una última carga. La definitiva.

«Sin tregua —parecían decir sus aullidos—. Sin prisioneros».

Unos treinta jinetes se lanzaron hacia ellos aprovechando el suave desnivel de la colina, ganando velocidad. Riesgo se giró y ordenó algo, pero sus palabras se perdieron tras el sonido de los cascos de los caballos.

Ciudad calculó la distancia hasta los árboles y, cuando se disponía a correr por su vida, lo oyó: un lamento vago, un gruñido valiente. Uno de los cuerpos que habían dado por muertos estaba tratando de incorporarse. Alonso lo alcanzó y entre los dos lo levantaron con cuidado. Tenía el sable aún en la mano, un corte profundo en el pecho y un agujero de bala en el brazo. Ciudad evitó la sorpresa y el abulense resopló.

El brigadier Arsenio Martínez Campos les devolvió una sonrisa dolorida.

—Menos mal que era una simple misión de reconocimiento —escupió con sorna.

Alonso lo cogió del brazo sano y se lo pasó por el cuello, Ciudad lo asió por la cintura.

—Señor —comentó el catalán, señalando un punto indeterminado en la distancia—, ¿ve esos árboles? —El brigadier asintió—. Tenemos que llegar hasta allí.

—Y hay que hacerlo rápido —puntualizó Alonso, mirando hacia atrás.

El suelo tableteó.

El galope se hizo más concreto, más dirigido, y los tres soldados comenzaron a correr de cualquier manera, golpeándose las piernas, perdiendo el equilibrio, avanzando pese al dolor y las lágrimas calientes de impotencia que les corrían por las mejillas.

Treinta metros, pensó Ciudad contemplando la distancia al bosque.

Tras los primeros pasos, el brigadier resopló exhausto y dejó escapar un rugido de león moribundo, pero no se detuvo. El enemigo, a su espalda, azuzó a los caballos. Desde el bosque, lo que quedaba del flanco derecho comenzó a animarlos con varias voces pero un mismo aliento.

Veinte metros, murmuró Ciudad.

El hombre le ardía y perdía fuerza; y Martínez Campos comenzó a desfallecer. Alonso agarró con fuerza el cinturón de cuero del brigadier y lo mantuvo erguido, sin dejar de avanzar, resuelto a no morir perseguido como un perro.

—Vamos, joder —masculló con rabia.

Manuel dio una zancada larga, pero chocó contra una roca y perdió el equilibrio. Los tres cayeron al suelo con violencia. El brigadier gritó de dolor, pero Alonso se revolvió, se puso en pie rápidamente y ayudó a Ciudad a levantarse.

—¿Estás bien? —preguntó sin esperar la respuesta.

Incorporó a Martínez Campos ignorando sus lamentos y reanudaron la carrera. Los mambises a punto de alcanzarlos y el linde del bosque a un suspiro.

Ciudad miró hacia atrás y supo que así no lo iban a conseguir. Más que un apoyo, él era un lastre.

—¡Sigue! —consiguió articular mientras se desembarazaba del brigadier—. ¡No pares!

—¡No! —aulló Alonso.

—¡Sigue!

Ciudad se giró despacio, desenvainó el machete y lo clavó en el suelo. Descolgó del hombro izquierdo el fusil —sintiendo un alivio terrible— y lo cargó con calma. Frente a él, una línea compacta de treinta caballos desbocados lanzados a aquella persecución mortal, entregados a la barbarie de la contienda.

Aquí, pensó. Ahora.

Alonso siguió corriendo sin planteárselo, sosteniendo a su superior sin comprender cómo podían seguir en pie pese a todo. Avanzó por las cosas que había perdido, por los sueños rotos, porque tenía que intentarlo. Continuó —rompiéndose en cada metro— por el soldado que dejaba a su espalda, que era lo más parecido a un hermano que había tenido nunca.

Corrió para demostrarse que la luz persiste, que el valor siempre surge del miedo.

Consiguió dar un paso, y luego otro, y otro, hasta que encontró la cadencia adecuada, el ritmo preciso. Pero, de pronto, sintió cómo el cuerpo del brigadier se deshacía voluntariamente de su abrazo y caía aparatosamente a su lado.

—Váyase —musitó Martínez Campos en un último aliento—. Es una orden.

Estaba a punto de rendirse, agotado por el esfuerzo, muriendo en el empeño de levantarlo, cuando una detonación lo devolvió a su sitio, a su mundo, a su cuerpo. Sintió cómo las balas le rozaban la piel y lo evitaban, y escuchó relinchos, golpes y juramentos a su espalda. Se dejó caer exhausto, sin entender si lo habían alcanzado, si aún seguía vivo o si el tacto del suelo era el del purgatorio.

Unas manos lo ayudaron a ponerse en pie y contempló el sol, las nubes y la manigua que los rodeaba; y vio, a lo lejos, a los jinetes cubanos retirándose.

Comprendió, tras unos instantes, que estaba vivo. Que una última descarga desesperada y casi a bocajarro había deshecho el ataque mambí.

El sargento Riesgo llegó hasta él, lo estudió y le palmeó afectuosamente el hombro, con una sonrisa llenándole el rostro.

—Bien hecho, soldado —murmuró.

Incorporaron a Martínez Campos y se lo llevaron rápidamente, en busca de un sanitario. Los pulmones de Alonso respiraron por fin y sintió cómo le comenzaban a temblar las piernas, extenuadas de tanto esfuerzo, llevadas al límite.

Recordó el sacrificio de Ciudad y se giró con los ojos en llamas buscando su cuerpo. Varios soldados ayudaban a los heridos y organizaban a los caídos, y se acercó a ellos con el estómago encogido y un nudo en la garganta.

Se lo encontró de frente, entero, andando hacia él. Con actitud despierta y los ojos relucientes, sujetándose el brazo izquierdo. Una mueca de un dolor distante en su expresión.

—Ciudad… —consiguió decir Alonso indeciso, incrédulo.

Este le devolvió la mirada, se rio limpiamente, con una felicidad derrochada, y le puso la mano en el hombro, sin decir nada. Tras aquel instante de júbilo silencioso, chasqueó la lengua y se alejó hacia los árboles con paso lento pero firme. Herido, sucio, vivo.

«Aún no —parecía decir su sonrisa cansada—. Aún no».

19

16 de junio de 1875, Madrid, España

El cielo aún estaba oscuro cuando se levantó ahogando un grito. El soldado contempló la estancia con recelo, como si no creyese del todo que fuese real, rememorando en su mente las imágenes que nunca se habían ido del todo. Retiró la áspera sábana que mantenía su cuerpo tibio y un escalofrío le recorrió el cuerpo. Aquel frío imprevisto, aquel destiempo, le erizó la piel. Con esfuerzo, colocó los pies en el suelo de madera y los contempló con fijación mientras se deshacía del sopor y recordaba dónde estaba. Volvió a mirar en derredor y suspiró agotado.

Había vuelto a soñar con La Galleta, con aquella carga de la caballería mambí.

Quizá, se dijo, fue donde más cerca estuve de morir. O quizá la extraña sensación de irrealidad que últimamente lo acompañaba lo transportaba a aquel infierno. Trató de recordar los detalles: la vegetación, el linde de los árboles, el tacto de la hierba al arrastrarse. El sudor corriéndole por la sien. El miedo olvidado en algún lugar del estómago, el retumbar en el pecho de la carrera desbocada de los caballos. El esfuerzo, la impotencia, la fragilidad ante lo inevitable.

Sacudió la cabeza para alejar las imágenes y encendió varias velas para combatir la penumbra que lo envolvía.

De aquellos polvos, estos lodos, se dijo tras un bostezo.

Las escenas aún estaban calientes en su retina y, como siempre, sintió en las manos la urgencia irrefrenable de escribir, de ordenar su memoria.

Se sentó tras el escritorio, empuño la pluma e intentó, a través de las palabras, enfrentarse a sus recuerdos. Un capítulo más de las memorias de un soldado.

El sol despuntaba en el cielo cuando terminó el asalto. Pensó en Villena, en el borrador que le había entregado para su impresión, y sonrió satisfecho. Al cabo, contempló el reloj de pared y se puso en pie mientras calentaba su muñeca entumecida. Se aseó con esmero y eligió la camisa más blanca que tenía.

Soldado, periodista y funcionario, se dijo mientras cogía del armario su mejor levita y el sombrero de fieltro. No pueden esperar gran cosa.

Le dirigió un último vistazo a la habitación y se estudió, un último instante, en el espejo roto que había apostado a la entrada.

—Perder con clase —declamó en voz alta, mirándose a los ojos— y vencer con osadía.

Bajó los escalones sin prisa y salió a la calle con el ánimo dispuesto, consciente de que la vida le regalaba un día más. Descubrió a Herculano esperándolo en una de las esquinas de la calle Salitre, oteando los tejados con desatenta admiración.

—Buenos días —comentó el soldado con naturalidad, evitando la deferencia.

Herculano le dedicó una mirada airada.

—Llega tarde —comentó con enfado—. Otra vez.

El aludido le sostuvo la expresión y obvió el comentario.

—¿Vamos? —preguntó ladeando la cabeza.

El coronel le lanzó un reproche velado y comenzó a andar.

Recorrieron las calles de Madrid en un silencio cómodo y acompañado, como si todo estuviese en su sitio. El soldado estudió de reojo a Herculano y pensó que, a pesar de su brusquedad, era un soldado noble. Aunque el tiempo y, especialmente la guerra, lo habían vuelto áspero, en sus gestos se adivinaba una calidez que aún pugnaba por permanecer en su carácter.

Una cordialidad que no lo abandonaba del todo.

Aquella capacidad de permanecer intacto cuando todo alrededor se derrumbaba.

—¿Cómo lo conoció? —preguntó el coronel. El soldado se giró para mirar a su superior, confundido—. A Martínez Campos —detalló.

En otra vida, pensó mientras continuaba andando.

Caminaban por la calle Mayor. Había una humedad incierta en el ambiente y el cielo se había oscurecido, permitiendo una luz herida que hacía entrecerrar los ojos. Observó las nubes con parsimonia y evitó su reflejo. Un atisbo de tormenta flotaba en el gris voluble que las conformaba.

Va a llover, pensó el soldado, e instintivamente aceleró el paso antes de responder.

—Estuve a sus órdenes al llegar a Cuba en 1869, pero no llegué a conocerlo hasta casi dos años después —añadió— en La Galleta.

El coronel se encogió de hombros, asumiendo aquellas palabras, absorto en sus pensamientos. Hay pocas situaciones en la vida que otorguen la oportunidad de apreciar el coraje y el miedo de un hombre. Su fuerza y sus debilidades.

—La única manera de conocer a alguien es combatiendo a su lado —afirmó.

El soldado asintió con parsimonia y continuaron su camino en silencio. Llegaron a la plaza del Arco, dejaron las Caballerizas

Reales y la Real Armería a su izquierda y se dirigieron a una de las puertas que daba acceso al interior.

Un guardia les dio el alto.

—Acudimos a la recepción del duque de York —declaró con tranquilidad el coronel.

El guardia los observó extrañado, pero un oficial, al tanto de la contraseña, surgió a su espalda.

—Adelante —afirmó solícito, excusándose con la mirada—. Crucen la plaza —explicó extendiendo el brazo e indicándoles la dirección— y accedan por la puerta izquierda.

Ambos agradecieron con una inclinación de cabeza y cruzaron el patio. Enfrente, el lateral blanquecino del Palacio Real se alzaba imponente. Felipe V, el primer borbón español, lo había construido en 1738 tras el incendio del alcázar de los Austrias.

El incendio, pensó el soldado, que supuestamente destruyó el Velázquez de los Villena.

—Primera vez —afirmó Herculano.

—Así es.

—¿Nervioso?

El soldado no pudo evitar una sonrisa audaz.

—Me he enfrentado a cosas peores.

Y era cierto, pero tal vez, se dijo, menos impresionantes.

Aquella enorme fachada pertenecía a la residencia del que había sido uno de los dueños del mundo y que ahora asistía al ocaso de aquel imperio.

Pensó, con una sonrisa escéptica cruzándole la boca, en las diferentes arengas que habían vociferado los oficiales. Por el rey, por Amadeo, por el Imperio, por la República. Ahora clamarían —antes de sucumbir en cualquier páramo inhóspito— por los Borbones, por Alfonso XII.

Se acordó de Riesgo, de sus gritos implacables. De su ánimo intacto.

Su ferocidad los hizo avanzar y sobrevivir en demasiadas situaciones desesperadas. De entre todas aquellas soflamas, solo había sentido una. Una que Riesgo manoseaba sin gastarla, sin pervertirla. Un concepto que en aquel entonces —tan lejos de casa— adquiría un significado diferente. Un grito que lo había llenado de valor en las situaciones más adversas, que lo había empujado a continuar. A volver. Un bramido que los había acompañado cuando la congoja era extrema, y la batalla, desesperada.

Viva España, pensó, y la piel debajo de la ropa se le volvió a erizar como entonces.

Cada vez que había perdido la esperanza, aquellas palabras le habían devuelto el coraje que necesitaba. No luchaba por reyes, ni por los políticos; ni por el Imperio, ni por su honra. Luchaba porque no quedaba más remedio. Por el qué dirán. Luchaba por sus compañeros, para mantener la esperanza de regresar a casa. Luchaba por vergüenza, por no dejarse matar como un cobarde. Luchaba porque se lo decía su instinto. Luchaba porque lo llevaba en la sangre y porque, puestos a morir, prefería morir matando —rodeado de su batallón—, homicida y orgulloso hasta el final.

Luchaba por España —qué remedio— y sus españoles; y aquel grito en medio del campo de batalla lo transportaba a casa y le devolvía la dignidad necesaria para no sucumbir.

Contempló el palacio con estudiado detenimiento.

Que él estuviera ahí, pensó, era un silencioso homenaje a todos los que no lo habían conseguido.

—No creo —comentó Herculano— que sea necesario dar muchos detalles. Los Villena...

—No se preocupe.

Cruzaron la puerta que les había indicado el oficial y accedieron al palacio.

Sus pasos resonaron en el pasillo. Su bastón, a destiempo, emitía un sonido antiguo al chocar contra el suelo. Nadie los guiaba, pero el coronel parecía conocer a la perfección el camino. Giraron a la derecha y se pararon ante una puerta enorme, adornada de unos complicados y bellos trabajos. El pomo relucía en la penumbra. Se dieron un segundo, mirándose a los ojos, y Herculano abrió la puerta.

La estancia era amplia, los techos, altos. La luz entraba por los ventanales situados en el piso superior. Las columnas eran largas y estilizadas, y obligaban a levantar la vista para admirarlas en su totalidad. Grandes tapices adornaban las paredes. Una estatua, al fondo, dominaba la estancia, escoltada por varios bustos dispersos de cualquier manera, los ojos blancos y perdidos en un vacío marmóreo y eterno. En el centro del salón, sentados cada uno en bancos enfrentados, los esperaban los dos hombres más poderosos, en aquel momento, de España.

Arsenio Martínez Campos se incorporó exhibiendo una sonrisa serena y afectuosa y se acercó a ellos. Tenía el pelo moreno, corto y rizado; la mirada oscura y la barba intacta.

Ha engordado un poco, pensó el soldado, lo mínimo para que los botones del uniforme no le permitiesen la holgura de antaño.

A pesar de su rango y posición, mantenía el mismo aire marcial, con la espalda rígida y el brazo izquierdo —aquella herida que había visto infligir en Cuba— pegado al cuerpo.

Se estudiaron sin pretensión mientras recorrían la distancia que los separaba. La última vez que se habían visto fue en la recepción en la embajada francesa, cuando le presentó a Barjuán.

Se estrecharon las manos con voluntad medida, con cierto júbilo controlado.

—Me alegro de verle —reconoció el general—. Y que esté usted entero.

—Igualmente, señor —respondió el soldado, desviando involuntariamente la mirada—. Le creía en Seo de Urgel.

El general sonrió con complicidad ausente.

—Madrid siempre lo requiere a uno dispuesto —dijo, dándolo todo por sentado. Luego se giró hacia Herculano y lo saludó mientras aparecía en la mirada de ambos un antiguo respeto mutuo—: Coronel.

—Señor.

Martínez Campos se abrió en círculo y presentó a su acompañante.

—Don Antonio Cánovas del Castillo —dijo—. Presidente del Consejo de Ministros.

Cánovas se había levantado también de su asiento y asistió, prudentemente alejado, al primer intercambio de saludos entre los militares.

Una sonrisa sin emoción, casi protocolaria, imperaba en su expresión. Tenía el pelo cano y la frente ancha; lucía unos anteojos que ocultaban unos ojos cansados y un frondoso bigote le cubría la boca. Poseía un físico menos atlético que el general pero irradiaba fuerza, y la curvatura de la espalda le obligaba a levantar levemente el mentón. Tiene buena presencia, observó el soldado, la tranquilidad de quien se sabe determinante y el cansancio intrínseco de tejer tanto destino.

Una voz rasgada y suave surgió de su garganta.

—He oído hablar mucho de usted últimamente —dijo estrechándole la mano—. Es un placer conocerle.

Su acento malagueño, combinado con un ceceo grave y pausado, acercó las distancias, reduciendo la trascendencia de aquella conversación.

—Espero que no haya sido todo malo —respondió el soldado.

—¡En absoluto! —exclamó Cánovas con un insólito brillo en los ojos—. Todo lo contrario.

Los cuatro tomaron asiento en un ambiente distendido, de extraña camaradería. Herculano escogió un cigarro de su pitillera y comenzó a fumar.

—Me contaba el general que usted le salvó la vida —comentó Cánovas—. En Cuba, en las lomas de La Galleta. —El político buscó el asentimiento y la sonrisa de Martínez Campos—. ¿Es así?

Herculano le dirigió una mirada llena de asombro.

—Aquel día —rebatió el soldado, algo cohibido— todos nos salvamos entre todos.

—Valiente y modesto —admitió Cánovas como para sí mismo—. Dejemos las antiguas batallas para otro momento. El asunto que nos atañe es importante y de interés nacional.

Todos abandonaron la comodidad de sus asientos y se concentraron en su interlocutor. El soldado se incorporó ligeramente, apoyando los codos en las rodillas. Cánovas continuó.

—Quería agradecerle personalmente sus aportaciones en el asunto de la reina. Era una cuestión complicada y requería sutileza y decisión. Usted ha demostrado tenerla. La información sustraída fue esencial, y la manera de obtenerla, impecable. Le felicito.

El soldado se sintió turbado.

—Muchas gracias —acertó a decir.

—¿Cree en la causa alfonsina? —preguntó Cánovas a bocajarro.

Herculano se removió incómodo en su asiento.

El soldado cambió de posición, tranquilo, estirando la pierna. Se sonrió internamente. Había cierta distancia entre tener una opinión, pensó, y decirla. También, entre compartirla en un café o en el palacio de Oriente, con el presidente del Consejo de Ministros de Alfonso XII.

—Creo en los hombres —confesó después de un largo silencio—. Creo en el sentido del deber, en la honradez y en el valor. Creo en las cosas que son justas —resumió— y confío en los hombres que pelean por ellas.

Cánovas lo observó expectante y lo conminó a continuar.

—Mientras la causa alfonsina esté sostenida por militares como el general Martínez Campos o el coronel Pinilla —dijo mientras los señalaba con la palma de la mano—, su majestad puede también contar conmigo.

Campos le dedicó un gesto de agradecimiento y Herculano suspiró tranquilo, dejando escapar por las fosas nasales el humo del tabaco que había retenido.

Cánovas sonrió complacido.

—Bien —continuó—. Supongo —dijo mirando al coronel, buscando su confirmación— que después de todo esto tendrá que desaparecer un tiempo.

—Así es —concedió.

Cánovas se volvió a girar hacia el soldado.

—Portugal —sentenció—. Los republicanos se rehacen en Lisboa y nos desbordan poco a poco. Usted se instalará en el país en calidad de diplomático y tendrá responsabilidades públicas. Deberá establecer una red sólida de agentes en la capital y reforzar los contactos oficiales con las autoridades lusas.

Martínez Campos intervino:

—Su objetivo prioritario es Nicolás Estévanez. Formó parte del Gobierno de Ruiz Zorrilla y es su principal agente en el país. Reside en Lisboa, pero la mayor parte de la semana se traslada a Elvas, un pueblo cerca de la frontera, al lado de Badajoz.

El soldado asintió. No necesitaba más detalles y tendría mucho tiempo para pensar.

—El coronel Pinilla le proporcionará todos los medios que ambos estimen oportunos —puntualizó Cánovas— y seguirá actuando de intermediario. Los canales de información han de ser seguros. ¿Alguna duda?

El soldado negó con la cabeza.

—Perfecto —concluyó Cánovas—. Por otro lado —comentó con un tono de voz diferente—, un diplomático español tiene que guardar ciertos detalles.

Antonio Cánovas del Castillo se puso en pie y el resto de los asistentes lo imitaron mientras observaban cómo se dirigía a uno de los escritorios. El político extrajo un pequeño paquete del cajón y se giró hacia el soldado, instándolo, con un gesto, a acercarse.

—La vida, a veces, se asemeja a la guerra —murmuró misterioso, mirando al soldado con una formidable solemnidad—. Es importante saber cuándo hay que retirarse.

Cánovas retiró la cobertura y dejó a la vista un hermoso reloj de bolsillo. La plata brillaba como el cielo de un día despejado.

—Acepte este pequeño obsequio por su dedicación y entrega, teniente Alonso.

Quien resiste vence, pensó el soldado, admirando la pieza y pensando en Riesgo, en Cuba, en la fuerza de los brazos de todos aquellos héroes esforzados que sucumbieron sin remedio en la manigua.

—Se lo agradezco, señor presidente.

Cánovas asintió y se estrecharon las manos con un aprecio sincero. Cuando el coronel y el soldado se disponían a abandonar el salón, unas voces en el exterior resonaron en la estancia. Unos pasos rápidos se aproximaron a la puerta más cercana y esta se abrió con vehemencia.

Un joven elegantemente vestido accedió a la sala. Lucía una guerrera azul marino, tenía el pelo castaño, los ojos claros y patillas de hacha. Su mirada despistada y sorprendida recorrió el salón, como preguntándose el porqué de aquella reunión, cuestionando su ausencia.

Tras una vacilación inicial, el presidente del Consejo de Ministros se acercó a él y tomó la palabra.

—Majestad —afirmó con mesura—, le presento a dos oficiales que lucharon en Cuba con el general Martínez Campos. Acaban de regresar de la isla.

Alfonso XII se adelantó y extendió la mano con naturalidad.

—Es un placer y un orgullo conocer a dos de nuestros soldados.

—Alonso, majestad. Teniente Hermenegildo Alonso —dijo mientras experimentaba sentimientos encontrados—. Es un honor conocerle.

—El honor es mío, teniente. Espero que se le tratara bien en las Antillas.

—Como cualquier soldado puede esperar, majestad.

El monarca sonrió y estrechó la mano de Herculano.

—Coronel Herculano Pinilla. Es un honor.

Cánovas controló la situación con aplomo.

—Ya se iban majestad. Han venido a presentar sus respetos y a ponerse a vuestra disposición.

El político guio con la mano al joven monarca mientras ellos salían por la misma puerta por la que habían entrado.

—Suerte —murmuró Martínez Campos junto a la puerta, a modo de despedida.

Alonso contempló el pasillo por el que había accedido a aquel salón y lo descubrió diferente.

O tal vez, pensó, era él el que había cambiado.

Intentó seguir el ritmo del coronel, pero la tensión del día le comenzó a pasar factura y la pierna no le respondió bien. Herculano apreció el esfuerzo y redujo el ritmo. Recorrieron así el camino de vuelta, acompañados por el sonido quedo del bastón y el jadeo contenido del soldado.

Cruzaron la explanada y dejaron el palacio a su espalda.

—¿Diplomático? —preguntó el soldado una vez alcanzaron el exterior.

Herculano se encogió de hombros y desvió la vista.

—No se le ofrece Portugal a cualquiera —reconoció—. Trabajará como enlace en la embajada —añadió sonriente mientras le alargaba un pasaporte nuevo, con las tapas azul diplomático—. Enhorabuena.

El soldado recogió el documento con cuidado, desorientado, sin saber bien qué decir.

—Mañana por la noche hay una cena en su embajada —continuó el coronel, y le entregó la invitación y un sobre—. Necesitará una levita nueva —añadió con suspicacia.

—Señor... —respondió abrumado por las noticias, calibrando el valor del envoltorio—. Yo...

Las palabras habían decidido abandonarlo y el oficial le quitó importancia con un gesto.

—Ha demostrado que es usted honesto, intrépido y leal, y que sirve para esto —reconoció mientras se llevaba las manos a la espalda—. Tendrá contactos y medios a su disposición.

El aludido asintió, tratando de rehacerse, imaginando sus responsabilidades y trazando, de antemano, un plan de acción.

El coronel le alargó un último sobre.

—Sábado 19 de junio —afirmó—. Estación del Norte, a las cinco de la tarde. Recuerde: Venta de Baños, Palencia y Oviedo.

Dos billetes de tren, recién impresos, lo observaron desde el interior del envoltorio.

El recuerdo de Nuña —sus ojos, su alegría discreta, su carácter indómito— lo golpeó sin remedio. El miedo le había hecho posponer aquella conversación en dos ocasiones.

No habrá una tercera, se dijo preocupado. No podía haberla.

—No puedo aceptarlo —se escuchó decir mientras se aferraba a la promesa de aquel futuro.

Herculano soltó una carcajada contenida.

—Claro que puede.

—Pero Oviedo, Galicia, la frontera...

—Está todo contemplado —cortó Herculano—. Y es factible. Hay suficiente para cubrir los gastos de un mes de dos personas —concluyó señalando el sobre—. A principios de agosto, ya deberían estar instalados en Lisboa.

El soldado asintió desorientado.

—No sé cómo agradecérselo.

Herculano sonrió divertido.

—Sobreviva —dijo palmeándole el hombro— y acabe con la esperanza republicana en Portugal. Nos veremos mañana por la noche. Y... traiga a la señorita Setién —comentó, como sin darle importancia, mientras se despedía—, me gustaría saludarla.

Los dos hombres se despidieron y, al empezar a andar, el soldado sintió un extraño vértigo en el estómago. Aminoró el paso, sorprendido, e intentó poner en orden sus pensamientos. Inspiró profundamente y se obligó a ignorar la rigidez de su pierna izquierda.

Uno vence pocas veces, pensó, pero de vez en cuando, vence.

Una sonrisa salvaje le desbordó la expresión y, a pesar de la incertidumbre, se sintió ingenuamente feliz. Comenzó a imaginar la conversación con Nuña, las posibilidades que podían acontecer. Sabía que podía torcerse, pero, en aquel momento, todo se vestía de luz y optimismo.

Un futuro juntos, reflexionó el soldado mientras recuperaba el ritmo. Dueños, por primera vez, de su destino.

Caminó sin rumbo, sumido en una profunda cavilación, contemplando, uno a uno, todos los cabos que quedarían sin atar. Pensó en su cómodo exilio, en las opciones que tenía y en las probabilidades de que los Villena buscaran venganza. Se imaginó el Atlántico de Lisboa, la inmensidad del mar, el frescor otoñal de los edificios, la nostalgia del que deja su país atrás.

Las doce, supuso al calcular la altura del sol en la bóveda del cielo. Empezó a acusar el calor y observó cómo los viandantes buscaban el refugio de la sombra. Una pesadez espesa y familiar invadió el aire, por lo que decidió volver a casa y apretó el paso para huir del ardor de los adoquines.

Pensaba en cómo plantearle todo a Nuña cuando una voz conocida le sorprendió a su espalda.

—No debería ser tan fácil.

Se giró desconcertado, reaccionando tarde y llevándose por instinto la mano a su espalda buscando el *bowie*.

—¿Qué…? —preguntó, dando un pequeño salto hacia un lado.

Julia lo observó con una divertida crueldad en los ojos y el soldado se sintió molesto.

Vestía sin ostentación, con una discreta elegancia y con un pelo recogido detrás de las orejas que le magnificaba el rostro.

La entereza le falló por un instante y una tentación pretendidamente olvidada le pugnó en las manos.

—Digo —completó ella— que no debería ser tan fácil dar contigo a plena luz del día.

—¿Qué haces aquí? —articuló mientras la cogía del brazo, mirando a ambos lados de la calle.

Sin soltarla, se dirigió hacia una de las callejuelas de Atocha, oculta a las posibles miradas inoportunas.

—¿Qué haces aquí? —repitió con seriedad.

Julia le devolvió una mirada dura, decidida, sin un atisbo de arrepentimiento.

—He venido a prevenirte —afirmó despacio.

El soldado la miró a los ojos y una sensación agridulce le llenó la boca. Le debía su vida a aquella mujer. El secuestro de Matías habría sido imposible sin ella. Pero, por otro lado, sabía lo que pretendía. Rememoró el beso en su cuarto, la frialdad del contacto, la ausencia de ganas. Por eso ha vuelto, imaginó: para insuflar oxígeno en las brasas de su recuerdo.

Aquella certeza le oscureció la mirada.

—Te estás exponiendo demasiado —indicó el soldado.

La otra ignoró el comentario y redujo la distancia que los separaba, buscando la confidencia.

—Ayer por la noche, Carmelo se presentó en casa…

El soldado asintió, asumiendo la respuesta.

—¿Qué quería? —preguntó.

Se asombró al contemplarla como lo que era: una extraña, un recuerdo que lo había mantenido vivo a través de la barbarie de la guerra, pero nada más. El tiempo había hecho su parte, y ella, ahora, necesitaba aventura.

Pero él, se dijo, no podía dársela. No a ella.

—No pude escuchar toda la conversación, pero parecía desesperado.

A quién le debe su franqueza, se preguntó el soldado pensando en su marido, su lealtad.

Un profundo silencio se instaló entre los dos, ahondándose a cada segundo, y Julia le dedicó una mirada lastimera, consciente de que la situación se le estaba escapando de las manos.

—Julia —murmuró el soldado—, efectivamente, estoy en peligro. Y esta conversación, a la vista de todo Madrid, también te pone en peligro a ti.

Su semblante se ensombreció y él se sintió algo culpable, algo roto e indeciso, pero no podía cargar con un remordimiento más.

—Tan solo pretendía avisarte… y saber si estás bien. —Frunció el ceño y se mordió los labios—. Si estás a salvo.

El soldado dejó escapar un suspiro que contenía desde hacía rato en los pulmones.

—Esto tiene que acabar —sentenció como un juez, sin sentir nada—. Lo siento.

No supo qué más añadir. Julia lo observó con atención, intentando adivinar en su mirada las palabras que no había pronunciado.

—¿Qué va a pasar ahora? —insistió—. Te están buscando por toda la ciudad. —Enmudeció de pronto, comprendiéndolo todo—. ¿Qué vas a hacer?

Lo dijo sin permitirse ninguna emoción, pero había miedo en su lenguaje corporal, una clara ansiedad en sus ojos.

—Supongo —susurró el soldado— que desapareceré un tiempo.

—Y yo supongo —comentó con cierta altivez— que no me dirás cuándo, ni a dónde.

Julia reparó de pronto en los billetes de tren que le asomaban del bolsillo de la levita y se los arrancó con un movimiento rápido y certero. Cuando el soldado los recuperó, la expresión de la mujer había mudado a una cólera imprecisa.

—¿Quién es ella? —preguntó con voz neutra mientras apretaba los labios y daba un paso hacia atrás, como si hubiera descubierto algo perverso.

El soldado sintió cómo algo encajaba dentro de él y, de repente, todo tuvo sentido. La ausencia de aquella mujer lo llevó a aceptar la muerte sin reparos. Lo condujo a la desesperación de la guerra, a Cuba, a la oscura e inhóspita batalla. Aquella mujer le robó, sin saberlo, el futuro, las ganas de avanzar. Pero —se dio cuenta en aquel instante— le había regalado, a su vez, una existencia alternativa, un porvenir diferente. Pensó en la derrota, en el olvido, en la fuerza que ahora guiaba sus manos, y se sintió afortunado.

Tiempo y dinero, recordó, llenándose de nostalgia y gratitud. Miró a Julia y no encontró las palabras que sabía que ella quería escuchar; y supo que habían llegado al final.

—Te deseo lo mejor —susurró rozando la disculpa, dispuesto a marcharse.

Julia lo sujetó por el brazo en un impulso desesperado. Tenía los ojos encendidos y le temblaban los labios. Se dio cuenta de la presión que ejercía con los dedos, de la proximidad de sus cuerpos, y lo soltó y recuperó la compostura.

—¿Volveré a verte? —logró preguntar, al cabo de unos segundos, con voz trémula.

La lucidez femenina, pensó el soldado. Aquella claridad de pensamiento frente a una despedida. Dar por perdido el presente e ir más allá. Reconocer —todas las mujeres sabían hacerlo, tarde o temprano— que se había quedado sin tiempo.

—No creo —reconoció el soldado—. Quizá en otra vida.

Julia recibió la respuesta con elegante soltura, con las lágrimas brillándole en los ojos con un destello apagado, casi sin fuerza.

Ahora sí, se dijo el soldado, sabía cuáles eran sus palabras definitivas. Había practicado aquella despedida mil veces.

—Adiós, Julia —sentenció—. Te llevaré conmigo. Siempre lo he hecho.

Era la una y media de la tarde, Madrid estaba vacío y el calor comenzaba a ser insoportable. El soldado se alejó en silencio, sin impostura, caminando despacio, consciente de lo que dejaba atrás. La pierna le dolía, pero se sentía entero. La ligera cadencia que no era capaz de sostener le confería un porte lento y elegante. Sudaba, pero no podía no hacerlo. Una luz inhóspita —quizá de conflicto, quizá de esperanza— le brillaba en los ojos. La había perdido por segunda vez. Lo sabía y, aun así, lo invadió una rutilante serenidad y se permitió una sonrisa.

Después de seis años, estaba preparado para volver a empezar.

20

16 de junio de 1875, Madrid, España

Las manos le temblaban, pero las cerró con fuerza. No quería que él lo notase.

—Entonces —preguntó Nuña—, ¿cuál es tu verdadero nombre?

El soldado frunció los labios y se inclinó hacia delante, apoyando los codos en las rodillas. El salón de Nuña, el mismo en el que días atrás se habían entregado el uno al otro, ahora se cernía sobre él con una hostilidad renovada. Un húmedo desamparo le creció, de pronto, en el estómago.

—Hermenegildo Alonso —pronunció lentamente, mirándola a los ojos—. Teniente de la Segunda Compañía del Batallón de Cazadores de San Quintín.

La afirmación se quedó flotando en el aire, sin que ella hiciese ademán de responder. Más mentiras, pensó, apretando los dientes.

—Me hirieron en combate —dijo señalándose la pierna—. Ahora soy funcionario en el Ministerio de Guerra, dando soporte al Alto Mando.

Aquella, se dijo para intentar aplacar la culpabilidad que giraba en su cabeza, era la única manera de salvarla. De salvarlos.

Nuña parecía no reaccionar, su rostro envuelto en una máscara de desprecio y lástima.

—¿Por qué Manuel Ciudad? —escupió—. ¿Con qué objetivo?

Le temblaba la barbilla, pero se rehízo con soltura, con decisión. El soldado se encogió de hombros, acotando su desamparo.

—Colaboro con *El Imparcial* —reconoció—. Otra actividad, otro nombre —dijo encogiéndose de hombros.

—¿Y por qué estás en peligro?

Todo se desploma, se dijo el soldado dejando escapar un suspiro. Todo llega a su fin.

—Ya te lo dije —explicó—. Monárquicos, republicanos..., todos quieren el poder. Y el poder los corrompe a todos.

Nuña soltó una carcajada escéptica.

—¿Y no tienes alternativa? ¿No puedes elegir quién quieres ser?

El soldado sintió cómo una antigua rabia lo invadía.

—Algunos no disponemos de ese privilegio —masculló, controlando su mirada.

Se acordó del horror de la guerra, del sonido de un cuerpo al desgarrarse ante el filo de un machete. De los cuerpos sin vida de sus compañeros. De la angustia. De la muerte.

—Por lo menos —añadió—, no ahora.

Desbordado por los recuerdos, sintió cómo las lágrimas se le agolpaban en los ojos, pero giró la cabeza para ocultarlo. Decidió acabar con aquello.

—Tengo que abandonar España. Por un tiempo —acertó a decir el soldado, venciendo su turbación y alargándole los billetes de tren—. Me gustaría que me acompañaras.

Nuña recogió el sobre abierto y lo contempló sin mirarlo, alzando los ojos con una expresión diferente. Un baluarte inalcanzable de apatía e indiferencia. De indolencia y resignación.

—¿Cuándo?

—El sábado, por la tarde.

Sus ojos color miel lo estudiaron lentamente, controlando el vértigo que crecía en su interior. Manteniendo la compostura.

—¿Y cuáles se supone que son mis opciones? ¿Dejarlo todo? ¿Las niñas, mis compañeras, la escuela, la asociación, mi profesión y mi futuro, e irme contigo?

El soldado no supo qué responder. No encontró en su cabeza las palabras que ella quería escuchar. Había en aquellos ojos cobrizos una pregunta que ella nunca había formulado y para la que él no tenía una respuesta.

Aun así, sintió que no lo lograría sin ella.

—Podrías quedarte aquí —reconoció, evitando encogerse—, pero...

Nuña alzó la mano para interrumpirlo.

—Márchate —sentenció con el rostro encendido—. No quiero volver a verte.

Sabía que aquel era el único desenlace posible, pero presenciarlo, ser partícipe de él, le rompió el corazón en mil pedazos. El soldado se levantó despacio, en silencio, y alcanzó la puerta sosteniéndose por dentro. Giró el pomo sabiendo que la había perdido para siempre.

—Lo siento —dijo, y se giró para verla una última vez.

Salió y cerró la puerta tras de sí roto, agotado, vencido. Consciente de que renunciaba al futuro. Sabiendo que, sin ella, estaba condenado a no redimirse jamás.

Atardecía en Madrid mientras bajaba por el paseo del Prado. A pesar del abatimiento que lo embargaba, se concentró en el intercambio que iba a tener lugar aquella noche. Repasó mentalmente el plan, las posibles complicaciones, e intentó mantenerse tranquilo, aunque no lo consiguió. En teoría, el traspaso debía ser rápido, quirúrgico y eficaz. Pero, como soldado, sabía que, de la teoría a la práctica, había mucha distancia.

Demasiadas variables.

Continuó andando hacia el sudoeste de Madrid y abandonó la ciudad. A lo lejos, apreció la basílica que daba nombre al paseo de Atocha. La estación del ferrocarril a la derecha, los almacenes al fondo. Alcanzó el exterior del templo y contempló el edificio a través de los arcos que la rodeaban. Se encomendó a la Virgen y rezó un avemaría sentido, rogando en su interior que las cosas no se torcieran.

No lo hacía desde Cuba, pero la ocasión lo merecería.

El lugar parecía desierto. Unos jornaleros, en las colinas cercanas, abandonaban los olivares. Las palabras de sus conversaciones lo alcanzaron, distorsionadas por la distancia.

Pensó en Cánovas, en el futuro que le habría brindado.

—¿Le salvó la vida? —había preguntado Herculano al salir del palacio.

—Algo así.

—¿Algo así? ¿Cómo que algo así? —exclamó molesto.

El soldado se encogió de hombros.

—Sí —reconoció—. Supongo que le salvé la vida.

El coronel soltó un bufido.

—¡A Martínez Campos! —rio con sorpresa—. Cuéntemelo —exigió.

Tuvo que hacerlo. Recordar para Herculano. Desenterrar imágenes y emociones que creía haber olvidado. La carga de Acosta, la carrera, aquella prodigiosa descarga. La resolución de sus compañeros.

Volvió a dirigir la mirada a la iglesia mientras paseaba distraído y pensó en el esfuerzo que habría costado construirla. El ingenio, la técnica necesaria para hacerlo posible. El acabado de las columnas, de las imágenes que adornaban la piedra.

Unos pasos lo sacaron de sus pensamientos. Un hombre subía por la carretera de Valencia, dejando a su izquierda los almacenes.

—¡Buenas tardes! —saludó el desconocido—. ¿Admirando la basílica?

—Prefiero que llueva —respondió el soldado.

El extraño lo escrutó con la mirada, calculando su decisión. El santo y seña. La pregunta y la respuesta acordadas.

—Sígame —murmuró.

Avanzaron hasta la calle Pacífico. Giraron a la derecha y se internaron entre los almacenes de madera. Accedieron a uno de los bloques y cruzaron varias estancias vacías y otras con vigas amontonadas. El lugar parecía vacío, sin rastro de vigilancia y apenas se oía ningún ruido. Atravesaron una puerta y llegaron a un almacén de techos bajos, lleno de polvo y con unas viejas escaleras en uno de los extremos.

El desconocido se dirigió hacia ellas y el soldado lo siguió, bajando con cuidado los escalones para acceder a un pequeño cuarto débilmente iluminado. Varias velas, una mesa desvencijada y un mapa encima de ella. Reconoció a Escauriaza inclinado sobre el plano, concentrado. El contrabandista elevó la mirada y lo saludó con los ojos. El silencio era sepulcral, una ligera tensión imperaba en aquel improvisado salón.

—Martín —murmuró el contrabandista señalando al desconocido— conducirá la carreta. Ya hemos trabajado antes.

—¿Sabe usted disparar? —le preguntó el soldado mirándolo directamente.

Tendría casi cuarenta años. Era alto y algo gordo, con los hombros caídos y el pelo castaño; unas manos grandes, callosas, y una voz ronca y ausente.

—He combatido en Santo Domingo, Cuba y España —dijo encogiéndose de hombros, casi con cansancio—. Llevo haciéndolo toda la vida.

Escauriaza aprobó aquella frase con la cabeza y continuó.

—Los carabineros están al tanto. Eludirán el norte de Madrid. Aunque evitaremos la ciudad —añadió inclinándose sobre el mapa y señalando el casco urbano—, hay que tener cuidado con los guindillas, la policía municipal. Están, últimamente, algo inquietos.

El soldado apoyó las manos en la mesa, reflexivo.

—La vuelta —afirmó con preocupación—. Si se las arreglan para seguirnos, estaríamos expuestos —miró alrededor—, y somos muy pocos.

—¿Para recuperar un cuadro? —preguntó Martín.

—O para matarnos —replicó—. Villena no es de los que pierde y olvida. Ninguno de los dos lo es.

Escauriaza sonrió.

—Está todo listo —zanjó mientras miraba al soldado, levantaba las manos y trataba de tranquilizarlo—. No se preocupe.

Martín se aproximó al contrabandista.

—¿Podemos repasar la ida una última vez?

El aludido asintió.

—Una vieja berlina con dos caballos. Martín en el pescante. Nuestro querido invitado dentro, amordazado; usted —dijo señalando al soldado con la cabeza— y yo vigilándolo. Ronda de Vallecas, después la de Alcalá, camino de la Venta hasta el ensanche y después a la izquierda, hasta la Guindalera. Llegaremos a una pequeña plaza, la primera casa de la izquierda estará vacía, donde nos espera Bauer. Entramos por el patio, sacamos a Villena y esperamos. ¿Alguna duda? —No esperó ninguna pregunta y continuó—: El traslado será de día, no debería haber sorpresas. —Se dirigió a Martín—: Caballos al paso, no tenemos ninguna prisa. Es usted mudo, y sordo; miradas cortas y, por favor, naturalidad.

Escauriaza dio una palmada, dando a entender que la explicación había terminado, y una fúnebre sonrisa apareció en su rostro.

—Comprueben las armas —sentenció Martín señalando su fusil.

El soldado palpó instintivamente el *bowie* que llevaba a la espalda y sintió el peso del revólver en su bolsillo. Martín apoyó la espalda contra la pared, tranquilo y silencioso, y sacó del bolsillo un cigarro y unos fósforos. Tenía una mirada perdida que parecía emular la antesala de combates de otros tiempos.

Escauriaza cogió con soltura dos Remington, comprobó el cerrojo de uno y lo cerró, y le pasó el segundo al soldado.

—¿Listos?

Los otros dos asintieron.

El contrabandista le hizo un gesto a Martín y ambos desaparecieron tras una puerta contigua. Pasaron unos minutos y el soldado relegó el peso de su cuerpo a su pierna izquierda ayudándose de su bastón. Unos pasos lo sacaron de sus cavilaciones: Escauriaza y Martín atravesaron el umbral agarrando de los brazos a una tercera figura. Una venda le cubría los ojos y otra la boca. Las manos a la espalda, inmovilizadas por una cuerda ancha y áspera, un nudo imposible.

El soldado pudo sentir el odio que desprendía Matías, la tensa impotencia que reflejaba.

Abandonaron la estancia en silencio y una antigua berlina, negra y cubierta, los esperaba en el exterior, tirada por dos caballos que aguardaban pacientemente. El soldado y Escauriaza ayudaron a Villena a acceder al carruaje, siguiéndolo con los rifles preparados mientras Martín subía al pescante y asía las riendas.

Dos suaves golpes resonaron en su interior y los caballos comenzaron a andar.

El sol empezaba a desaparecer en el horizonte, llenando el cielo de colores imposibles. El soldado descorrió una de las cortinas, contempló el exterior y se sintió afortunado. La suave brisa le acariciaba la cara, no hacía calor y el traqueteo del coche le sosegaba. Miró a lo lejos a los campos, con los ojos entrecerrados, y pensó en Cuba. En las veces que creyó que nunca más volvería a su patria, a reencontrarse con aquellos atardeceres. Se palpó la pierna, casi fría y rígida, y espiró profundamente, evitando una sonrisa.

Todo era silencio —esa extraña calma en la agonía del día—, solo roto por el sonido de los cascos de los caballos. Los extensos campos de trigo a su alrededor y, en la lejanía, el cielo alto e imposible de la capital de España.

Realizaron el recorrido sin sobresaltos, cruzándose con varios campesinos, con parejas y niños paseando por el parque de Madrid. Llegaron al ensanche y giraron a la izquierda. Alcanzaron el breve barrio de la Guindalera cuando empezaba a oscurecer y accedieron por la parte posterior de la casa, completamente desierta, que había indicado Escauriaza.

Bauer los esperaba en la parte de atrás.

—Todo muy tranquilo —les comunicó el carlista tras instalar al rehén—. Poco trasiego. Nadie sospechoso.

El contrabandista se acercó al soldado.

—Bauer y yo le cubriremos desde aquí —susurró señalando las ventanas adyacentes a la puerta principal—. Martín se apostará en el edificio de enfrente.

El soldado asintió ausente, analizando la distancia.

—Es buen tirador —añadió Escauriaza—. De todas formas —dijo bajando la voz— no hará falta.

Aun así, no estaba tranquilo. No compartía su calma. No esperaba que los Villena aceptasen aquel intercambio sin más, sin represalias ni sorpresas.

Mientras Escauriaza colocaba dos faroles de aceite en el exterior, el soldado contempló cómo Martín cruzaba la calle y desaparecía tras la casa opuesta.

Pensó en la ruta de vuelta, en los caballos, en la munición de la que disponían; en todas las variables que podían afectarles. Cuestiones que antes no había valorado ahora adquirirían una importancia vital.

Pero ya era tarde. Como siempre, la circunstancia le sobrevenía sin que estuviese preparado del todo.

Exhaló un suspiro resignado, cambió de postura —la pierna le volvía a doler— y aferró con fuerza el bastón, como sujetándose a lo último que creía vivo en su existencia.

Escauriaza levantó de pronto la cabeza, alerta, y corrió al interior, seguido por Bauer. El soldado no tardó en oír un sonido quedo de cascos de caballo en la lejanía. Dio unos pasos y se colocó, solo, en la puerta de la casa, apoyado en el marco de la puerta abierta. Sintió el *bowie* presionándole la espalda, recordándole que él pertenecía a aquella situación: una danza indefinida entre la vida y la muerte.

Un elegante coche negro de caballos accedió pausadamente a la plaza, con dos hombres embozados en el pescante. Antes de que el carruaje se detuviese del todo a una distancia prudencial del soldado, la puerta se abrió con suavidad y Carmelo Suárez de Villena emergió de la sombra. No había necesidad de embustes, la luz de los faroles y la agonía del día dejaban al descubierto su rostro. Había claridad suficiente para reconocerse sin equívoco y ambos se miraron a los ojos.

No había clemencia en la mirada de Villena, ningún remordimiento en la del soldado. Ambos rezumaban convicción: sabían por qué estaban allí.

—Buenas noches —saludó educadamente Carmelo con una voz seria y gutural.

—Buenas noches —concedió el soldado.

No había viento y la temperatura era perfecta. La luz, la escena, parecía de otro tiempo. Una secuencia de una vida irreal. A lo lejos, la villa de Madrid brillaba como un espejismo. El soldado se sintió, de pronto, cómodo.

Sus compañeros a su espalda; de frente, como siempre, el enemigo.

—Un hombre, un precio —declaró.

Villena asintió.

—Sin embargo —objetó con calma—, no veo al hombre.

El soldado se separó un poco del umbral de la puerta y escuchó unos pasos detrás de él. A su izquierda, surgiendo el oscuro interior de la casa, se perfiló Matías Suárez de Villena. El rostro descubierto, sucio, y las manos aún atadas a la espalda. Bauer lo sujetaba desde el interior sin dejarse ver, apretándole el cañón de un revólver en la espalda.

—Si te mueves —le susurró el carlista al prisionero—, te vuelo la espalda.

Una mueca entre el sarcasmo y el hastío apareció en los labios del prisionero. Se giró para mirar al soldado y le gritó con los ojos lo que en ese momento no podía verbalizar. El aludido cambió levemente de postura con un movimiento relajado.

Todo a su tiempo, pensó.

—¿Estás bien? —preguntó Carmelo, visiblemente aliviado.

Su hermano asintió con desgana.

—Ahora —concluyó el soldado— el precio.

El mayor de los Villena suspiró, hizo una seña y uno de sus acompañantes recogió un estuche de cuero del interior de carruaje.

—Las manos —indicó el soldado en el momento en el que Carmelo recibía el paquete.

—¿Qué es? —preguntó Matías, ocultando a duras penas su cólera, revolviéndose—. ¿Qué te han pedido?

Bauer lo sujetó más fuerte, clavándole el revólver en el omóplato. Los dos interlocutores lo ignoraron.

—Déjeme verlo —exigió el soldado.

—Primero, Matías.

El soldado negó con la cabeza.

—Si es verdadero, podrá llevarse a su hermano. Tiene mi palabra.

Carmelo lo estudió con la mirada y asintió.

El soldado abandonó con calma la seguridad de la casa y se unió al noble en tierra de nadie, a medio camino entre el carruaje y la vivienda. Abrió el estuche, comenzó a desenrollar con cuidado el lienzo y lo examinó.

—El cuadro representa la expulsión de los moriscos por Felipe III en 1609 del reino de Valencia —le había explicado Escauriaza—. La escena se desarrolla en el puerto de Denia. Velázquez ganó el concurso para pintarlo. Decoraba el Salón Nuevo, uno de los salones del Alcázar Real. Oficialmente, el cuadro se perdió en el incendio del edificio en 1734 —el contrabandista sonrió, confidente—, pero el mundo del arte sabe que no fue así. Cuando se lo muestre —continuó—, Felipe III debe aparecer a la izquierda, sobrio e imponente; a la derecha, un grupo de moriscos. Unos suplicando, unos altivos y otros resignados; todos rodeados por la guardia castellana. Es un cuadro grande, muy grande. Para verlo entero, uno debería extenderlo en el suelo. Es una pieza única —añadió—, trátela, por favor, con respeto.

La luz que recibían de los faroles era precaria, pero la noche era bastante clara y el dibujo demasiado auténtico.

En cuanto lo vio, el soldado supo que era un Velázquez.

El óleo refulgía a la luz del farol como un pequeño milagro de aceite y reflejos. El rostro serio y lejano del monarca, la gola blanca, los ojos distantes. No le hizo falta comprobar a los moriscos de la izquierda. Aquella sensación de fragilidad, más la leve vacilación de Carmelo al desprenderse de él, lo convenció de su autenticidad.

Lo plegó de nuevo y lo guardó en el estuche.

—Es verdadero —afirmó mientras avanzaba hacia la casa y Bauer liberaba a Matías de su cautiverio.

El soldado se cruzó con el pequeño de los Villena, aún maniatado, y este le devolvió una mirada feroz. Parecía que todo iba a concluir sin percances. Carmelo recibió a su hermano e intentó disimular su alborozo, sacó un cuchillo de caza y cortó la soga.

—Una cosa más —exigió el soldado. Los hermanos lo miraron estupefactos—. Había un trato adicional —continuó impertérrito—: información por una tirada.

Una incredulidad primaria estalló en los ojos de Carmelo. No lo creía capaz de reclamarlo. Era tentar a la suerte, y ambos los sabían.

Pero el mundo, se había dicho el soldado, es de los audaces. Le sostuvo la mirada al mayor de los Villena sin renuncia, cansado de desafiar a la muerte. Carmelo, tras unos instantes sin gravedad, le hizo una seña a uno de sus hombres. El soldado evitó la sonrisa que le crecía en la cara, la euforia del triunfo, mientras extraían del carruaje un segundo paquete, atado con una cuerda.

—Veinte mil copias —escupió Carmelo, y lo tiró al suelo—. Ni una más, ni una menos.

El soldado asintió, conforme.

—Estamos en paz.

—¿En paz? —estalló Matías en una carcajada inverosímil, desquiciada, dando un paso hacia delante—. No —dijo apuntándolo con el índice, la venganza iluminándolo en la oscuridad—. Estamos en guerra.

Carmelo cogió a su hermano por el hombro y lo arrastró al interior del carruaje. El cochero hizo restallar las riendas y, en menos de un minuto, el sonido de los caballos se perdió en negrura de la noche.

Escauriaza y Bauer, aún con lo rifles entre los brazos, atravesaron el umbral de la puerta y se reunieron con el soldado en el exterior.

—¿Y ahora? —preguntó el último.

El contrabandista le respondió con un gesto de cabeza, señalando la oscuridad. Martín se perfiló al final de la plaza a paso lento, casi plácido, andando en su dirección.

—Ahora —continuó Escauriaza, tocando el estuche del lienzo con ojos maravillados— hemos de desaparecer. ¿Está seguro? —preguntó incrédulo, girándose hacia el soldado y señalando el cuadro.

—Hay un rey rubio, moriscos y soldados —dijo sonriendo el aludido—. Es un Velázquez.

—Las sorpresas de la vida —susurró el contrabandista con una sonrisa radiante.

Martín, Bauer y el soldado lo miraron esperando instrucciones, y Escauriaza se repuso al instante.

—Continuamos con el plan inicial —esbozó—. Martín se llevará la berlina, solo, por Hortaleza hasta la Castellana. Es el más directo. No lo pueden relacionar con esto y no debería tener ningún problema. Si alguien se embosca —añadió—, ya sabe, levante las manos, lloriquee y usted no sabe nada.

—Sin problema —asintió con voz rota el otro—. Cada vez soy más convincente.

—Ustedes —continuó Escauriaza dirigiéndose a Bauer y al soldado, apretando instintivamente contra su pecho el Velázquez— síganme.

El contrabandista cogió del suelo uno de los faroles y se introdujo en la vivienda. Atravesaron varias habitaciones y alcanzaron una escalera que se hundía en la oscuridad. Escauriaza comenzó el descenso iluminando sus pasos. Llegaron a un sótano y la luz del farol les descubrió una estancia llena de muebles antiguos y amontonados.

—Por aquí —susurró Escauriaza.

Giró a la izquierda, evitando cómodas, camas, colchones desvencijados, aparadores y espejos. En la pared, un armario antiguo de madera oscura y maltratada, con trabajados relieves, reinaba en aquella habitación lúgubre. Su guía sacó una llave, lo abrió y se adentró en él, iluminando un túnel sin final que se adentraba en la tierra.

—¿Y esto? —murmuró sorprendido el soldado mientras avanzaban agazapados.

Escauriaza sonrió.

—La vida del traficante.

Progresaron por el pasadizo hasta que el aire se hizo menos denso y la presión más liviana. Llegaron a una puerta de mediana altura y el contrabandista utilizó la misma llave para abrirla. Abandonaron el túnel con cuidado, con los rifles listos, atentos al menor movimiento y aguantando la respiración.

Estaban en un almacén de techos altos y paredes gruesas, y hacía frío. Bauer se adelantó y salió por una de las puertas principales para inspeccionar el terreno.

—¿Dónde estamos? —musitó el soldado cuando se quedaron solos.

—En los pozos de nieve, a las afueras de la Guindalera. Es un buen sitio para ocultar material —añadió guiñándole un ojo—. Espero que todo esto quede entre nosotros.

—Descuide —afirmó el soldado.

Bauer volvió a por ellos.

—Nadie —afirmó escuetamente.

Apagaron el farol y los tres hombres alcanzaron el exterior.

La noche estaba estrellada y un silencio sublime los envolvió. Enfrente, al final de un edificio, en una de sus esquinas, tres caballos oscuros como la noche los aguardaban pacientemente.

Escauriaza eligió el único que tenía alforjas e introdujo el estuche del cuadro y las veinte mil copias del soldado, compensando el peso en la grupa del rocín. Bauer puso su caballo al trote, con el fusil listo, y encabezó la comitiva, seguido por los otros dos.

Se internaron en la oscuridad sin ninguna luz, recorriendo de memoria los caminos, dirigiéndose hacia el norte. El reflejo del cuarto menguante de la luna cubría el cielo de una niebla fina, proyectando un paisaje tenue y fantasmagórico. Tres jinetes atravesaron la sombra como el filo plateado de una espada, avanzando despacio, recorriendo el campo, intuyendo las luces de la ciudad a lo lejos y alejándose de ella.

Demasiado solitario, pensó el soldado, aún alerta.

Llegaron a un pinar y torcieron a la izquierda, superando el final del paseo de la Castellana e internándose en las quintas de Chamberí. Tras cruzar Santa Engracia y Bravo Murillo, reconocieron el depósito del canal del Lozoya. Era un edificio rectangular de ladrillo, de dos pisos, con una sólida base de piedra y una doble escalera que permitía el acceso al nivel superior.

Recién construido, reflexionó el soldado, y mal vigilado. Perfecto para desaparecer un par de días hasta que las cosas se calmen. No pudo evitar la ráfaga de alivio que le recorrió el estómago.

Bauer, en silencio, señaló una luz en la distancia. Tres carabineros hacían guardia al lado del cementerio de San Martín. Escauriaza maldijo en un susurro.

—Al paso —masculló.

El carlista se adelantó ligeramente, con parsimonia, y se desviaron a la izquierda, encarando la entrada posterior al depósito desde el noroeste y dejando a su espalda el camposanto. El sonido tranquilo de sus monturas rasgaba la inmensidad de la noche.

A medio camino, Escauriaza ralentizó su caballo.

—No está la calesa —murmuró con un punto de alarma en su voz.

El soldado, con la mente en los carabineros, aminoró el paso y recorrió con la mirada la fachada de ladrillo sumida en la oscuridad, la explanada vacía que dominaba.

No había ningún relieve familiar.

Martín debía aparcar el coche en la entrada posterior del edificio como señal de que todo iba bien. Un extraño presentimiento le recorrió la espalda y aferró instintivamente el Remington mientras afirmaba las piernas en los estribos.

Escauriaza sacó su revólver y Bauer se irguió en la silla de montar.

—¿Puede que esté en la puerta principal? —preguntó el carlista en voz baja.

Percibieron el fogonazo antes de poder escuchar la detonación, sintiendo cómo la descarga les pasaba por encima de la cabeza.

—No puede ser —masculló el contrabandista, girándose hacia el cementerio.

Los carabineros corrían hacia ellos, dándoles el alto y haciendo fuego preventivo. Los caballos caracolearon asustados. Bauer controló las riendas de su montura y, sin añadir nada más, se lanzó hacia el depósito, seguido por Escauriaza.

El soldado hizo girar a su caballo y lo puso al galope, siguiendo a sus compañeros hacia el depósito, pero no pudo evitar un mal presentimiento. Todo aquello le resultaba demasiado familiar. Los disparos habían sido poco certeros, la huida, demasiado clara.

Las Guásimas, recordó mientras cabalgaba. Y todo, de repente, encajó en su cabeza.

Apremió a su montura, dobló la última curva —dejando a los carabineros fuera de vista— y alcanzó a Escauriaza, cerca ya de la entrada del edificio público.

—¡Deténgase!

El contrabandista, sin aminorar la carrera, lo miró extrañado. El soldado lo adelantó y se interpuso en el trayecto para obligarlo a interrumpir la carrera.

—¿Qué ocurre? —gritó Escauriaza mientras trataba de controlar su caballo.

Bauer también se detuvo, reprendiéndolo con la mirada. El soldado se rehízo.

—¡Es una trampa! —exclamó—. La distancia, la cantidad de hombres, la poca precisión. ¿No estaba el norte limpio de carabineros? —le espetó a Escauriaza—. Lo he visto antes; lo he hecho antes.

—Puede que sea otra ronda —dijo el aludido, mirando impaciente hacia atrás.

—Tenemos que seguir —apremió Bauer.

El soldado negó con la cabeza.

—La distracción —explicó señalando al cementerio—. La trampa.

El dedo apuntaba hacia el depósito del canal.

—Ahí es donde nos esperan. Un lugar cerrado, sin maniobra posible. Una ratonera perfecta.

Bauer se removió incómodo: el soldado tenía razón.

Escauriaza apreció el movimiento de su socio y comprendió. La ausencia de Martín, los carabineros en el cementerio. Suspiró resignado mientras daba la vuelta. En aquel oficio, las casualidades no existían.

—¿Y ahora? —preguntó Bauer aferrándose al fusil, inquieto pero dispuesto.

El soldado les dirigió una mirada profunda, llena de vértigo y determinación.

—Ahora tenemos que luchar.

21

9 de septiembre de 1871, Manzanillo, Cuba

Era aún de noche, pero la luz del cielo indicaba que faltaban pocas horas para el amanecer. Una suave brisa marina mecía las embarcaciones en el puerto de Manzanillo y Acosta escudriñó el horizonte como queriendo adivinar qué había detrás de aquella oscuridad. El olor a mar le invadió los pulmones y sintió cómo la tristeza le asaltaba el corazón.

—Dos horas —escuchó decir a Pavón a su espalda.

El mayoral se giró despacio y asintió.

—Yo tampoco puedo dormir —añadió.

Acosta cambió de postura y se permitió una sonrisa derrotada.

—No sé cuándo volveré a verlas.

Lo que había comenzado como una alegre sublevación contra España había dado paso a una guerra encarnizada en la que los cubanos habían perdido la iniciativa.

Tras la asamblea de Guáimaro, Céspedes había sido elegido presidente de la República, y Quesada —un camagüeyano—, general en jefe del Ejército. Tras varias acciones militares fallidas, este último había acabado dando la razón al hacendado oriental y reclamado más independencia. El general había tratado de razonar con la Cámara de Representantes, pero Camagüey y Las Villas se habían cerrado en banda.

A finales de 1869, Quesada había sido destituido y, durante los últimos dos años, las derrotas y las victorias a medias se habían sucedido sin remedio.

—Tiene que sacarlas del país.

Acosta se lo había exigido a Céspedes dos semanas atrás. Tras tres años ocultándose en la manigua, Concepción y Candelaria estaban exhaustas; y la situación había empeorado, aún más, tras el nacimiento de Carmita.

—Cada vez están más expuestas —había continuado el mayoral, visiblemente preocupado— y la selva no es el lugar ideal para criar a un bebé.

El hacendado accedió de mala gana. Sacar a Candelaria y a su propia hija del país suponía reconocer que la República no tenía aquella guerra controlada. España había reaccionado con contundencia y muchos criollos estaban abandonando la causa independentista.

O traicionándola, pensó Acosta mientras observaba el mar.

Dos cubanos habían tratado de acuchillar a Marcano tras la asamblea de Guáimaro, dejándolo gravemente herido, y un año después, tras un asalto a una columna española no muy lejos de Manzanillo, uno de sus hombres lo asesinó de un disparo.

—La revolución se desmorona —dijo en voz alta—. No nos está yendo bien.

Pavón se cruzó de brazos y chasqueó la lengua.

—Al menos —respondió el cubano—, tenemos un par de motivos para seguir luchando.

Su amigo tenía dos hijas pequeñas que había mandado con su madre a Viñales, para alejarlas de la contienda. El mayoral asintió pensativo, sintiendo cómo el vértigo le giraba en el estómago.

—Cuando volví de Santo Domingo, me juré que aquella había sido mi última guerra —afirmó—. Muchos no tuvieron la fortuna de poder tomar esa decisión. Y ahora... tengo miedo.

El otro se giró y lo miró a través de la penumbra.

—Siento miedo por Julio —continuó el mayoral, mordiéndose los labios—. Es demasiado joven para morir por esta isla ingrata; y siento miedo por mi mujer y por Candelaria. ¡Y por mi nieta! ¿Cómo vivirán en Jamaica? ¿Quién cuidará de ellas? —Dejó escapar un suspiro y se llevó las manos a la cintura—. ¿Qué será de mi familia si yo caigo? —sentenció.

Pavón respetó su silencio, sin saber bien qué decir.

—Nada te impide embarcar hoy y marcharte —dijo el cubano tras unos segundos—, pero ambos sabemos que, sin ti, Cuba estaría aún más perdida.

Acosta se giró hacia él, deshaciéndose de la nostalgia que lo invadía.

—¿Por qué sigues tú aquí?

El cubano suspiró mientras forzaba una sonrisa.

—Por el futuro de mis hijas —reconoció— y por Céspedes. En su día, él fue el único hacendado que creyó en mí, el único que me dio una oportunidad. Ahora no puedo abandonarlo.

El mayoral asintió. Conocía aquel tipo de lealtad, aquel extraño vínculo que unía a los hombres en la guerra, a pesar de todas sus diferencias.

—Pavón —murmuró decidido—, si me ocurriera algo..., me gustaría que te ocupases de Julio. Desde lo de Guáimaro no me dirige la palabra y Concepción no me perdonaría que lo abandonara a su suerte en esta guerra.

El joven había solicitado al día siguiente de su discusión el traslado a las fuerzas camagüeyanas y se negaba a combatir bajo el mando de su padre. Pavón le devolvió una mirada a medio camino entre la emoción y la sorpresa.

—Será un honor —afirmó.

El rumor del mar envolvió su silencio compartido y Acosta cambió de postura.

—De todas formas —susurró, recuperando la sonrisa—, si nos marcháramos, la guerra estaría en manos de los visionarios de Camagüey.

El cubano soltó una carcajada contenida.

—¡Y del inútil de Rivera!

Conversaron con el ánimo renovado hasta que el sol apareció en el horizonte y, como por arte de magia, el muelle de Manzanillo se llenó de movimiento. El capitán del bergantín se apeó del barco y se aproximó a ellos.

—El día está despejado y hay buen viento —afirmó—. Partiremos en una hora.

Acosta se giró para ir a buscar a su familia y se encontró con los ojos serios de Concepción, que iba seguida por Candelaria. Su hija sostenía al bebé entre los brazos y esbozó una sonrisa temerosa.

Tres generaciones de mujeres valientes, reflexionó Acosta, que se disponían a abandonar Cuba. Y quién sabe, pensó, si habrían de volver.

—Todo está listo —masculló el mayoral, sin saber qué más añadir.

Su mujer contempló el barco que había de llevarlas a Kingston y después analizó el horizonte. No había nubes en el cielo y el mar ofrecía una calma inusitada. Se giró al fin hacia el mayoral y se deshizo, en un gesto rápido de manos, de las lágrimas que le asomaban en los ojos.

—Jamás imaginé que esto acabaría así.

Acosta dejó escapar el aire que sentía atrapado en los pulmones.

—Yo tampoco —reconoció—. Pero no es el final.

Concepción dio un paso hacia delante y le acarició la mejilla.

—Cuida de Julio —murmuró— y de Céspedes. Y de Pavón —añadió—. Recuerda a Hatuey y la luz de Yara.

El aludido asintió y la estrechó con fuerza entre los brazos mientras trataba de no temblar.

—Volveré a por vosotras —afirmó apretando los dientes.

Candelaria se acercó con cuidado y se unió al abrazo.

—Y nosotras te estaremos esperando.

El trajín en el puerto creció y los pasajeros fueron subiendo al bergantín, acomodándose de cualquier manera para la travesía. El capitán ordenó largar amarras y Acosta y Pavón despidieron a las mujeres desde el pantalán, agitando la mano y conteniendo las lágrimas.

Observaron al barco alejarse del puerto en silencio y, cuando salió de la bahía, Pavón le puso a Acosta la mano en el hombro.

—Bebamos.

El otro se giró sorprendido hacia él.

—¿Tan pronto?

El cubano se encogió de hombros y sonrió.

—Tenemos que celebrar que están a salvo.

Buscaron una taberna y pidieron ron.

—¿A qué se refería con Hatuey? —preguntó Pavón al cabo de varias copas.

Acosta enarcó las cejas.

—¿No sabes quién fue? —preguntó con los ojos ya vidriosos.

—Cualquier cubano conoce a Hatuey —afirmó con orgullo—. Fue un cacique taíno que luchó contra los españoles —explicó—. El primer rebelde de Cuba.

—Así es —dijo Acosta.

Meditó bien sus palabras y continuó.

—La leyenda mambí sostiene que, al ser ajusticiado por los conquistadores, una luz brotó de su boca y que, desde entonces, su alma vaga por Yara buscando venganza.

—¿Y qué tiene que ver contigo?

El mayoral frunció los labios, apoyando los codos en la mesa.

—Concepción cree que, para no enfurecerlo, toda muerte de la familia a manos de españoles ha de ser vengada.

Acosta se encogió de hombros y se inclinó hacia delante.

—Eso incluye a Julio y a Céspedes —dijo con una sonrisa—, y, desde hoy, también te incluye a ti.

***

Aquella misma mañana, a doscientos kilómetros de Manzanillo, cerca de Puerto Príncipe, Riesgo despertó a Alonso y a Ciudad con cuidado.

—Sargentos —susurró—, acompáñenme.

Tras la acción de La Galleta, por recomendación expresa de Martínez Campos, los soldados Alonso y Ciudad habían sido ascendidos a sargentos de pelotón. Riesgo había sido promocionado a teniente, al frente de la Tercera Sección.

Desde entonces, se habían convertido en la mano derecha e izquierda del navarro.

—¿Qué ocurre? —murmuró Alonso mientras empuñaba el machete.

Riesgo le devolvió una oscura sonrisa.

—Un mambí —afirmó despacio— que quiere proponernos algo.

Aquel era el eufemismo que se utilizaba con los informadores que traicionaban a la causa cubana. Movimientos de tropas, últimas decisiones, debilidades…, cualquier tipo de información se utilizaba como moneda de cambio.

Los dos sargentos se colgaron los fusiles al hombro en silencio y abandonaron el campamento español con Riesgo a la cabeza.

Conforme se internaban en la selva, la humedad se hizo más intensa y el sudor invadió sus cuerpos, pero ya estaban acostumbrados. Había un lago cerca y el sonido acuático de los animales llegaba a ellos amortiguado por los árboles de la manigua.

De pronto, Riesgo se detuvo.

—Ahí están —dijo poniéndose en tensión, mirando con desconfianza a ambos lados de la espesura.

Tres hombres, también armados, los esperaban en un pequeño claro. Uno de ellos dio un paso adelante.

—Buenos días —saludó el cubano.

Riesgo lo alcanzó despacio y le devolvió el saludo, mientras que Alonso y Ciudad se desplegaban cubriendo los flancos y buscando las señales de una posible emboscada.

—Les aseguro que no se trata de una trampa —afirmó el cubano, de buen humor—. Hablo en nombre de varias personas influyentes de Camagüey.

El navarro le dedicó una mirada fría y distante.

—¿Cómo se llama? —preguntó el español.

—Baltasar Rivera.

—¿Y qué es lo que quiere?

—Entender cuáles son… nuestros intereses comunes —afirmó con paciencia el criollo—. ¿Dónde está el teniente Carranza? Solíamos lidiar con él.

—Murió —escupió Riesgo— atravesado por un machete mambí. A partir de ahora, tendrán que hablar conmigo.

Rivera soltó un suspiro y cambió de postura, visiblemente incómodo.

—Está bien —accedió, decidiéndose a dar el siguiente paso—. Se acordó que, en caso de que la guerra acabase, los terratenientes de Camagüey podrían conservar sus tierras, así como sus ingenios. A cambio, se le entregarían al ejército español los líderes orientales.

Riesgo esbozó una sonrisa escéptica.

—Entiendo que, cuando dice entregar —dijo con desdén—, se refiere a que ustedes se encargarían de ellos.

El criollo bajó la mirada algo avergonzado, nada habituado a aquel desprecio.

—Así es —concedió al fin.

—¿Y bien?

—Marcano está muerto.

Alonso intercambió una mirada rápida con Ciudad y el catalán supo lo que estaba pensando su amigo. Hombres débiles, reflexionó, que traicionan a hombres mucho mejores que ellos. La vieja historia del mundo.

—Lo sabemos —afirmó Riesgo—. Nos llegó la noticia.

—¿Y bien? —preguntó el criollo con los ojos brillantes, sediento de la promesa de que, a pesar de la guerra, conservaría sus propiedades.

El navarro se encogió de hombros con indiferencia.

—Marcano no es Céspedes. Entréguenos al hacendado y tendrán sus tierras.

Rivera se mordió los labios, conteniendo su enfado.

—Habrá que destituirlo… —pensó en voz alta—, y no podremos hacerlo nosotros —concluyó—. Les diremos dónde se encuentra y el ejército español se encargará de él.

—Háganlo como quieran —afirmó Riesgo exasperado, cansado de aquel traidor, harto de aquel encuentro—, pero el trato es Céspedes, y nadie más. Dejen de asesinar a hombres valientes por la espalda —dijo como despedida—. Aunque alcancen la independencia, tan solo les quedará un país lleno de cobardes.

Los tres españoles recorrieron en silencio el camino de vuelta, cada uno rumiando sus propios pensamientos.

—Ningún comentario —dijo Riesgo, mirándolos a los ojos, cuando llegaron al campamento—. A nadie.

Alonso y Ciudad asintieron convencidos y se retiraron.

—No lo aguanto —afirmó Alonso cuando estuvieron solos—. No soporto a los traidores.

El catalán asintió, con aire comprensivo.

—Yo tampoco —concedió—, pero los necesitamos.

—¿Por qué? —pregunto Alonso enfadado—. ¿Qué diferencia hay entre ellos y nosotros?

Ciudad se armó de paciencia. Comprendía la rabia de su amigo, pero a lo largo de la vida había aprendido que era mejor ser práctico antes que violento.

—Hay varias maneras de acabar con este conflicto —explicó— y de evitar perder aún más hombres. Esta es una de ellas.

—¿Pero dónde está el honor en esto? —rebatió el abulense.

—No hay honor en la guerra, Alonso —declaró con voz firme—. Ya deberías saberlo. Las historias que se cuentan son para olvidar el horror de las batallas.

El otro se deshizo del rifle y clavó el machete en el suelo. Los dos amigos se quedaron en silencio y contemplaron el inicio del día a través de las ramas de los árboles. Ya no eran los dos inocentes reclutas que se habían embarcado en Barcelona, y en aquella guerra no había espacio para compasión ni el remordimiento.

Al menos, reflexionó Ciudad, si querían seguir respirando.

—Lo sé —dijo Alonso al fin—, pero no aguanto presenciarlo.

Ciudad sonrió y se giró, volviendo al presente.

—Rivera y el resto de hacendados camagüeyanos nos entregarán a Céspedes —afirmó con confianza—. Lo temen demasiado. Y cuando llegue ese momento, habrá que tener los pies calientes —dijo mientras se alejaba en busca de sus hombres— y la cabeza fría.

22

16 de junio de 1875, Madrid, España

Ignacio Acebedo estaba últimamente de suerte. Acostumbrado a oficios temporales de mala muerte, dos meses antes, debido a la continua movilización de los carabineros para la guerra carlista, había conseguido un puesto de cabo de reemplazo en Madrid. Según le comunicó su superior, su principal función sería la vigilancia de las estaciones de ferrocarril y el acoso al contrabando.

Estuvo a punto de soltar una carcajada en cuanto lo escuchó.

Todos en el gremio lo conocían. Los bajos fondos de Madrid eran limitados y no había secretos, así que pronto comenzó a recibir encargos: hacía la vista gorda algunas noches, vigilaba cierta mercancía o perseguía a la competencia. Los traficantes y demás delincuentes lo tenían por un rufián con coraje, un hombre al que no se podía amedrentar.

Recto en lo tocante al honor: si cerraba un trato con alguien, lo cumplía.

Acebedo era alto, moreno, fibroso y muy delgado; con unos grandes ojos grises que parecían estar siempre buscando algo. Su único problema, desde siempre, había sido la bebida.

Su existencia, la que aún recordaba, la veía a través de un cristal difuso, plagada de noches etílicas, disputas y remordimientos al amanecer. Había perdido todo: amigos, trabajos y fortuna. Pero lo que más lo llenó de zozobra fue la marcha de su mujer. Harta de las recaídas, del dinero que se esfumaba, de las trifulcas, de las palabras estancadas en una lengua perezosa, un día, sin venir a cuento, cogió a la hija de ambos y desapareció.

Es lógico, se dijo después Acebedo entre alcohol y lágrimas. Él no le ofrecía ningún futuro. Después de aquello, había intentado luchar contra su destino. Por salud, por dinero, por un futuro estable y por todas las oportunidades que la vida le había brindado. Por un posible encuentro con su hija. Pero, en lo más hondo de su consecuencia, sabía que había elegido un camino y que ya nunca sabría abandonarlo. Aquella peligrosa rutina lo atrapó sin miramientos, y un día, simplemente, se abandonó a ella y se dejó llevar.

Ahora bebía con conocimiento de causa, disfrutando de los borrachos, de los gritos y bravuconadas, de aquella soledad compartida de quien bebe por olvidar tiempos mejores. Una complicidad implícita entre aquellos que se han dado a sí mismos por perdidos para siempre.

Aquel encargo le llegó como siempre: una noche en Casa Labra, con el vino corriéndole por la sangre, entre el jolgorio etílico de los parroquianos.

—¿Señor Acebedo? —le preguntó un desconocido.

El aludido se giró, tratando de enfocar a su interlocutor.

—Depende de a quién le interese —balbuceó.

—Tengo un trabajo para usted.

Acebedo miró alrededor, estudiando indistintamente al desconocido y a la clientela que los rodeaba.

—¿De qué se trata? —preguntó bajando la voz.

—Dentro de dos días. Por la noche. Custodiar una entrega. Con posibilidad de realizar una detención. Tres horas —concluyó—. Cuatro como mucho.

—¿Cuánto?

—Doscientas pesetas.

—Trescientas —replicó el carabinero en un acto reflejo.

El desconocido negó con la cabeza.

—Doscientas —dijo mientras ponía sobre la mesa varias monedas—. El resto de los detalles si acepta.

Acebedo hizo un cálculo rápido mientras estudiaba a aquel extraño personaje. Bien vestido, tez morena, modales bruscos y la mirada profunda; con un acento que no conseguía ubicar del todo.

—Acepto —exclamó, analizando su reacción.

—Tres hombres como mínimo. Armados. Le haré llegar el resto de los detalles.

Antes de que el carabinero pudiese añadir nada, el desconocido se levantó y se fue. Acebedo contó las catorce pesetas que había dejado en la mesa y pagó varias rondas, brindando a la salud de los encargos nocturnos. Dos horas después, un muchacho trajo un sobre con el resto de las indicaciones.

Aquella noche, el carabinero no bebió más, y durante los dos días siguientes reconoció el terreno y fue definiendo la emboscada, transitando los caminos que llevaban desde el cementerio al edificio del canal del Lozoya.

—Necesito que se cerciore de que cierta carga accede al depósito —explicó el desconocido la única vez que se volvieron a ver—. Que la presencia de los carabineros, en la distancia, acelere el trámite. —Acebedo asintió y el otro continuó—: Habrá que cubrir las dos entradas.

—Eso requerirá más hombres —replicó Acebedo—, y más dinero.

—¿Cuántos necesita?

—Cuatro, sin contar conmigo —precisó—. He ofrecido sesenta pesetas por persona —indicó con aspereza—. Cien para mí.

325

El extraño aceptó con la cabeza.

—¿Qué ocurre si deciden no entrar en el edificio? —preguntó el carabinero.

Su interlocutor torció el gesto, como disgustado por la idea.

—Los detienen —afirmó tajante.

—De acuerdo, pero elevará el gasto.

El desconocido se levantó, obviando las últimas palabras.

—La mitad al principio —concluyó colocando cuidadosamente una tintineante bolsa sobre la mesa—. La otra mitad al final.

La tarde del día indicado, en el cuartel, Acebedo alegó sospechas de posible tráfico de tabaco y se trasladó a los aledaños del depósito del canal del Lozoya con sus hombres. Dio instrucciones y dividió a los carabineros en dos grupos: tres para la puerta del norte, dos para la del sur.

Se dirigió a sus dos compañeros de confianza, socios puntuales en aquellos lances y conocedores de la noche madrileña. Aguerridos, de gatillo fácil, sin miedo a la ley. Los dos habían pasado alguna vez por la cárcel y Acebedo confiaba en ellos.

—Romero, tú conmigo. Inchausti —el segundo levantó la cabeza—, a la puerta sur.

Los otros dos, más jóvenes e inexpertos, obedecieron en silencio, intentando ocultar su nerviosismo. Uno al norte completando el tercio, otro al sur con Inchausti. Se separaron y Romero se acercó a Acebedo.

—¿Son de fiar? —susurró señalando despectivamente con la cabeza a los muchachos.

—Más les vale.

El ocaso los descubrió en la entrada este del cementerio de San Martín, desde donde se podía apreciar, en la luz desdibujada del atardecer, el nuevo edificio del depósito del canal. Durante la espera evitaron la conversación, escudriñando en la distancia las opciones, los caminos por donde los traficantes podrían aparecer.

Acebedo encendió un farol y observó divertido la intranquilidad del joven. Las manos crispadas, los ojos fantásticos, los labios contraídos; las mil preguntas que no se atrevía a formular.

—¿Cómo te llamas, chaval?

El joven levantó la cabeza sorprendido. Era moreno, tenía una barba rala y unos ojos oscuros. No aparentaba más de diecisiete años.

—Jacinto —afirmó con convicción forzada.

—Jacinto —repitió Acebedo con una lejanía paternal—. No te preocupes. Confía en tu instinto.

El aludido asintió confundido.

—No son los vivos los que me preocupan —aventuró mientras miraba de reojo el cementerio.

El sonido de los cascos de los caballos atravesó la noche, haciéndoles recuperar la tensión. Acebedo se llevó el índice a los labios.

—Tranquilos y expuestos —susurró—. Nuestra presencia los forzará a desviarse hacia el depósito.

Los otros dos asintieron, respirando profundamente.

Los jinetes se acercaban al paso y en silencio. El resplandor inestable de la luna confería al escenario un brillo tétrico que permitía adivinar, en la distancia, los contornos de las formas. Las siluetas parecieron no percatarse de su presencia y se desviaron pacientemente hacia el depósito.

Acebedo suspiró aliviado. El plan estaba funcionando.

—Ralentizan el paso —observó Romero.

—Parece que están dudando —añadió Jacinto.

Acebedo dio un paso hacia delante, tratando de entender qué ocurría a través de la oscuridad.

—Mierda —escupió con rabia.

El cabo repasó, una vez más, sus posibilidades, y pocas le aseguraban el segundo pago de la empresa. Los tres jinetes se habían detenido y comenzaban a dar la vuelta.

—Hay que detenerlos —masculló, viendo cómo el dinero fácil se convertía en algo más complicado—. Disparad por encima de las cabezas.

Los dos hombres a su mando lo observaron sorprendidos, como queriendo confirmar aquella orden. Acebedo chasqueó la lengua mientras se llevaba el fusil al hombro.

—Por encima de las cabezas —repitió, y apretó el gatillo.

Romero y Jacinto lo imitaron, y, tras la descarga, el cabo alzó la voz en la oscuridad.

—¡Alto en nombre de la autoridad! —gritó mientras emprendía la carrera.

Los caballos, en la distancia, se encabritaron asustados, pero los jinetes consiguieron rehacerse y emprendieron la carrera hacia el depósito. Otras dos descargas brillaron en la oscuridad mientras los carabineros corrían tras las siluetas. Los cascos de los caballos se alejaron en la distancia, perdiéndose de vista. Acebedo y sus hombres interrumpieron la carrera, resoplando.

—¿Qué estamos haciendo? —preguntó Romero furioso—. Esto no formaba parte del trato.

Acebedo, pendiente de los caballos, le perdonó la impertinencia.

—O que lleguen al depósito, o los detenemos. Ese es el trato.

—¿Y el dinero? —preguntó Romero desafiante, enseñando los dientes.

Se disponía a encararlo cuando interrumpió el movimiento en seco. Los tres aguzaron el oído, aún perplejos por aquel cambio de intensidad.

—Han dado la vuelta —murmuró Jacinto.

Acebedo apretó los dientes y maldijo en voz alta. No le importaba el dinero, pero sí su reputación. Su palabra. No habrá más encargos, se dijo desencajado. Se quedaría sin nada.

Pensó, sin querer, en su hija y en su paternidad desdichada. Pensó en el alcohol, en el olvido y en el futuro; en el modo de subsistencia al que se había abandonado.

En lo que vendría irremediablemente después.

—Línea de tres, rodilla en tierra —articuló el cabo con convicción—. Cargad los fusiles.

—¿Estás loco? —desafió Romero.

Acebedo se le enfrentó con pausa.

—En Madrid, Romero, hay hombres y hombrecillos. ¿Qué eres tú?

Romero se giró para buscar el apoyo del joven, pero se encontró con unos ojos llenos de arrojo.

—Somos carabineros —dijo simplemente, mientras amartillaba el fusil y clavaba el sable en el suelo.

El sonido de los cascos lanzados al galope estaba a punto de alcanzarlos. Las siluetas de los caballos se empezaron a recortar en la negrura de la noche.

Romero resopló, escupió al suelo y formó junto a sus dos compañeros mientras Acebedo respiraba profundamente y contenía el aliento en los pulmones, afirmando el pulso de su brazo izquierdo.

—¡Fuego! —gritó el cabo, dejándose llevar por un odio que no entendía.

La noche se iluminó con sus destellos de la pólvora y los tres pudieron ver los rostros serios y concentrados del enemigo.

—¡Disparad! ¡Disparad! —exclamó Acebedo.

Los jinetes recorrieron los últimos metros que los separaban y respondieron a los disparos con más calma y puntería. Las balas rozaron a los carabineros y, de pronto, Acebedo escuchó un chasquido y un quejido ahogado. A su izquierda, vio cómo Jacinto se derrumbaba sin orden y chocaba contra el suelo. Romero, al verlo, soltó el fusil, dio media vuelta y comenzó a correr, intentando alcanzar uno de los extremos del camino. Un relámpago blanco les llenó el pecho de una vibración imposible y el carabinero se desplomó sin emitir ningún sonido.

Acebedo sintió cómo una bala le rozaba el hombro derecho y, cuando vio surgir a los caballos entre la oscuridad a escasos metros de él, supo que todo estaba ya resuelto y que no había tiempo.

Que nunca lo había habido.

Acomodó la culata en el hombro —con el pulso sereno y el alma equilibrada—, apuntó al primero de los jinetes y disparó.

Un lamento seco llegó a sus oídos.

Iba a sonreír cuando sintió una violenta presión en el pecho, algo que le estallaba en los pulmones. El impacto lo dejó sin aire y le hizo perder el equilibrio. Dio un paso hacia atrás, sin caer del todo, con las rodillas flexionadas, y, de pronto, las piernas le fallaron mientras la boca se le llenaba de sangre y de amargura. Percibió en el rostro el tacto frío de la tierra, la brisa fresca de la noche. Sintió cómo se apagaba lentamente y cómo todos sus recuerdos lo invadían, relegando el dolor a un segundo plano.

El rostro desdibujado de su hija perdida lo acompañó en aquel último pensamiento, antes de sentir un frío insólito y hundirse, para siempre, en la oscuridad.

***

El galope desesperado los llevó al campo abierto del norte de Madrid. El soldado cerró los ojos para sentir el viento en el rostro y notó los miembros ligeros y los nervios templados; un oscuro alivio que le llenaba las manos.

A una distancia prudencial, frenaron a los caballos y el soldado buscó a sus compañeros en la oscuridad. Un débil jadeo le llamó la atención. De pronto, la seguridad, la altivez de su audacia, el desprecio de la supervivencia, todo se esfumó.

—Hay que seguir —dijo Escauriaza.

—¿Están heridos? —inquirió el soldado preocupado, guiándose por el sonido.

—A unos diez minutos por esta carretera hay un tejar —murmuró el contrabandista—. Es de confianza.

—Escauriaza —cortó el soldado.

El aludido respondió con una voz débil.

—Me han dado.

Lo formuló como una disculpa, como un error de cálculo. Como avergonzado por su torpeza.

—¿Dónde? —preguntó Bauer, acercándose rápidamente.

—Donde no hay remedio.

Bauer alcanzó a Escauriaza y lo palpó a ciegas, sin desmontar.

—El tejar —insistió el contrabandista—. Ahí estaremos a salvo.

—El estómago —dijo Bauer en voz alta.

El silencio se hizo material entre los tres hombres y los sonidos de la noche se volvieron insoportables.

—¿Cree que puede aguantar? —le preguntó el soldado.

—Espero que sí.

—Haga presión en la herida.

Recorrieron con un ansia contenida la distancia que los separaba del tejar. Con prisa pero con cuidado; con monosílabos secos y silencios largos. Una luz de un farol se encendió en la lejanía. El soldado y el carlista empuñaron sus armas como por instinto.

Un anciano los esperaba pacientemente en la puerta, probablemente avisado por los disparos.

—Pasen, aprisa —susurró, haciendo caso omiso del escrutinio al que era sometido—. Al fondo a la derecha. Túmbenle en la cama.

Escauriaza se derrumbó con un suspiro de dolor y alivio.

—Bauer —dijo, tratando de incorporarse—, quédate con el cuadro.

—No te muevas —le insistió el carlista.

El otro se recostó de nuevo y perdió la mirada en las tablas del techo.

—Solo me arrepiento de una cosa.

Los dos hombres lo observaron en silencio mientras el anciano aparecía con agua y vendas.

—¿De qué se trata? —susurró Bauer.

El contrabandista respiró profundamente, apretándose el estómago, perdiendo más sangre, y empezó a toser.

—Gadea Arana —pronunció con dificultad—. En Getxo.

—¿Qué quieres que haga? —preguntó el carlista, cogiéndole la mano.

—Hay… —se interrumpió—, hay un niño —dijo mirándolo fijamente, cerrando el puño derecho con fuerza—. Quiero que lo encuentres y lo protejas. Es lo único que te pido.

Bauer asintió con una profunda tristeza en los ojos.

—Escauriaza —murmuró el soldado sin saber bien qué decir—, siento…

—No —respondió el contrabandista, levantando débilmente la mano izquierda y cerrando los ojos—. Está bien —exhaló con esfuerzo—. Todo llega. Todo acaba. —Esbozó una última sonrisa a través del dolor—. Otros días fueron de matar. Hoy…

La presión de la mano se relajó, la tensión del cuerpo se deshizo y un suspiro postrero llenó la habitación de zozobra.

El soldado se incorporó desorientado y, a su espalda, Bauer lloraba envuelto en un silencio desconsolado.

23

27 de febrero de 1874, San Lorenzo, Cuba

Acosta corría concentrado entre la vegetación de Sierra Maestra, evitando el cansancio que lo asaltaba y el miedo que sentía atravesado en la garganta. Era mediodía y, después de varias horas ininterrumpidas de carrera desesperada por la montaña, comenzó a sentir un dolor afilado en las piernas, un profundo cansancio en el pecho.

Tras cinco años de lucha ininterrumpida, su salud se había visto seriamente comprometida. Durante aquellos años, la vida había sido una continua huida hacia delante. Había soportado húmedas guardias, largas vigilias, marchas forzadas y combates eternos. Había enterrado a compañeros y amigos, y había luchado, sin descanso, con el corazón en la boca y los ojos en el cielo. Cada músculo de su cuerpo, cada órgano, cada impulso e instinto habían sido extenuados para mantenerlo vivo, y ahora estaba pagando el precio.

Me hago mayor, pensó mientras miraba hacia atrás. Me hago lento.

Lo seguían Perojo y otros seis hombres, todos leales a Céspedes. Todos conscientes de lo desesperado de su empresa.

Aún hay tiempo, se repitió el mayoral, contemplando el camino y tratando de no caer en el desánimo.

Todo se había torcido en aquellos años, todo había ido a peor. La guerra se había vuelto oscura, cruel y sanguinaria; y así la habían asumido tanto los rebeldes como los españoles. No había espacio ya para la compasión.

Se giró hacia atrás y contempló el rostro congestionado de sus hombres. Hacía media hora que habían sobrepasado el umbral de la voluntad.

El mayoral levantó la mano y el grupo se detuvo.

—Diez minutos —exclamó entre jadeos.

Contempló la explanada como si descubriese la jungla cubana por primera vez. La sombra que proyectaban los ocujes y los jagüeyes les permitió descansar y beber agua, ocultándose del sol tibio de aquella mañana de febrero.

Estamos a tiempo, se repitió Acosta.

Hacía dos días que un práctico cubano había desertado del ejército español y se había unido a sus filas en Jiguaní —a veinte kilómetros de Bayamo—, revelándoles que una compañía había salido de Santiago para capturar a Céspedes.

—Saben que se oculta en San Lorenzo —había comentado el muchacho—, y saben que el presidente carece de escolta. Partieron hace tres días.

Acosta había reunido a un puñado de hombres fieles y se había puesto en marcha de inmediato. Sabía cómo estaba tratando la República a Céspedes. Lacret, el prefecto de la zona, carecía de efectivos y de armamento apropiado para repeler un ataque; y, además, los españoles tenían razón: la única escolta de la que el hacendado disponía era Jesús Pavón, el antiguo mayordomo de La Demajagua, y su hijo Julio.

Su relación no había mejorado desde Guáimaro. Se habían visto varias veces, pero apenas habían conversado. Aunque el tiempo le había dado la razón respecto al mando único, su primogénito no le perdonaba sus aciagas palabras. Cuando apartaron a Céspedes de la dirección de la República, Acosta le pidió a Pavón que lo acompañara al destierro y que convenciese a Julio para que fuese con ellos.

—Eres joven —le había dicho Pavón para persuadirlo—. Vive hoy para luchar mañana.

Julio aceptó a regañadientes, a sabiendas de que la guerra se recrudecía y los cubanos la estaban perdiendo. Aceptó, también, porque Céspedes era el padre de los dos hijos de su hermana —el segundo, un varón, había nacido ya en Jamaica— y sabía que Candelaria no lo perdonaría si le ocurriese algo. Los tres se habían resguardado en la agreste sierra de San Lorenzo, al sur de Bayamo, esperando pasar desapercibidos. Hasta que los habían localizado.

Un día de ventaja, pensó Acosta. Dos como mucho.

Se puso en pie y su mirada se encontró con la de Jesús Pérez de la Guardia. El antiguo brigadier era un poco más bajo que la media, tenía la frente despejada, el rostro afilado, un denso bigote negro y unos ojos enjutos, brillantes y decididos. Sudaba profusamente mientras trataba de aspirar aire por la boca y aferraba su carabina Miniet casi con violencia. Ambos se permitieron una sonrisa cómplice.

—¡En marcha! —ordenó el mayoral.

Aquel hombre menudo, recordó Acosta, había estado a punto de poner las cosas en su sitio cuatro meses atrás. A finales de 1873, la Cámara de Representantes había depuesto a Céspedes como presidente. Tras cuatro años de intrigas, conjuras y deslealtades, sus enemigos habían conseguido, por fin, destituir al que el pueblo ya llamaba Padre de la Patria.

Como era de esperar, un camagüeyano, Salvador Cisneros, asumió la presidencia. Tras la elección, los militares orientales abandonaron la asamblea envueltos en una peligrosa indignación, capaces de cualquier cosa. Pero De la Guardia mantuvo la compostura.

—Prefiero vivir siendo español —le dijo entonces a Acosta— que morir por los intereses de Camagüey.

Tras estas palabras, el aún general de brigada se acercó a Carlos Manuel Céspedes sin disimulo, con el aplomo de su rango y la certeza de quien vive para su honra y para la de nadie más.

—Señor presidente —declaró—, tengo mil hombres en el campamento que le son leales y ochocientos a dos días de marchas forzadas.

El hacendado, a través de su tribulación, le dedicó una mirada llena de sorpresa.

—No lo saben —continuó De la Guardia refiriéndose a los camagüeyanos—, pero, sin usted, esta guerra está perdida.

Los dos hombres se observaron en silencio, conscientes de las consecuencias de aquel ofrecimiento.

—Diga que sí —murmuró el brigadier, apretando los dientes.

Acosta secundó las palabras gritándolas con los ojos; pero Céspedes suspiró con una sonrisa triste asomándole en la boca y después, ante la impotencia de los dos oficiales, negó con la cabeza.

—Jesús —dijo poniéndole la mano en el hombro—, a veces el valor reside en hacer lo correcto, no lo necesario. —El brigadier perdió la tensión y el hacendado se permitió la nostalgia que lo invadía—. Por lo general —añadió—, equivocarnos nos hace mejores.

Poco después, De la Guardia fue también destituido, así como Acosta y demás oficiales afines a Céspedes. El brigadier sostenía que todo se había ido al traste aquel día, pero el mayoral sabía que no era así. Sabía que se había perdido mucho antes, años atrás, cuando todo tomaba forma y las palabras aún tenían relieve.

Cuba, el levantamiento, aquella guerra desesperada, pensó Acosta, se habían perdido en la asamblea de Guáimaro. Tras ella, y a pesar del empuje de la sublevación, los desastres se habían multiplicado. La caída en combate de Agramonte el año anterior había dejado a la joven República sin una dirección fuerte.

—Nos equivocamos con él —había dicho Céspedes horas antes de su destitución.

A pesar de sus diferencias iniciales, Agramonte había reconocido públicamente que el hacendado tenía razón en Guáimaro, que necesitaban un poder centralizado en aras de la efectividad organizativa y militar. Por fin, Oriente y Camagüey parecían estar alineados, pero su muerte prematura había cercenado aquella esperanza y sus detractores habían depuesto rápidamente a Céspedes.

Pavón le había dicho una vez que la vida era ir soltando cosas creyéndolas lastre, sin saber que son versiones de uno mismo que se perderían para siempre.

En qué momento, se preguntó con la respiración entrecortada el mayoral, perdimos la Cuba que nos merecíamos.

El canto de los tocororos llenaba el cielo de sonidos lejanos, amortiguados por las copas de los árboles.

—El latido de Sierra Maestra —murmuró Perojo a su espalda—. El latido de Cuba.

Acosta visualizó los colores vivos del ave y sonrió con melancolía. Los tocororos, enjaulados, languidecían tímidamente, perdiendo su plumaje y reduciendo la intensidad de su canto hasta morir de tristeza.

Apretó el paso, pensando en Céspedes y recordando el resentimiento de Pavón y la templanza de su hijo: jamás se dejarían atrapar vivos. Unos disparos lo arrancaron de sus funestos pensamientos. La columna se detuvo, contemplando la espesura y aferrando sus fusiles.

—Un revólver —murmuró De la Guardia.

Escucharon una orden y sus consecuentes disparos de carabina. Avanzaron hacia el sonido y, tras varios metros, encontraron a Lacret y a tres de sus hombres parapetados tras una roca, dándoles la espalda a las alturas de San Lorenzo. Acosta entrecerró los ojos y se mordió los labios, nada sorprendido, al reconocer el rostro asustado de Baltasar Rivera. Tras el desastre de Las Cajitas, donde había perdido casi a la mitad de sus hombres y huido de milagro, el criollo había sido apartado del frente y relegado a responsabilidades de retaguardia.

—¡Al suelo! —exclamó Lacret al reconocerlos.

Los cubanos, experimentados en emboscadas y combates, se ocultaron tras los árboles y rocas por instinto mientras una potente descarga barría su emplazamiento. Acosta alcanzó al prefecto y se giró hacia sus hombres.

—¿Algún herido? —preguntó.

Todos estaban intactos y el mayoral suspiró aliviado, encarando al prefecto.

—¿Cómo subimos?

José Lacret tenía la cara ovalada, una calvicie avanzada y unos ojos claros y prominentes. De complexión fuerte, el disparo que había recibido en el tobillo y su posterior convalecencia habían propiciado que aumentara paulatinamente de peso. Leal a Oriente, la Cámara lo había nombrado prefecto de Sierra Maestra para quitárselo de encima y habían enviado a Rivera con un par de hombres para vigilarlo. Vestía con descuido, con la camisa sucia y el rostro tiznado de hollín. Había sido un hombre valiente, pero aquel día la vergüenza le brillaba en los ojos.

—Yo… —balbuceó, incapaz de explicar su descuido, su tremendo error.

Acosta lo cogió de los hombros y lo zarandeó con la violencia justa.

—¿Cómo subimos? —repitió controlando la ansiedad.

El prefecto señaló un sendero que serpenteaba entre las rocas, casi oculto por los arbustos, que ascendía por la ladera. El mayoral le dirigió una mirada a Perojo cargada de intención y el aludido asintió, señaló a dos de sus hombres y se llevó su Miniet al hombro. Los tres encararon con decisión el camino, eligiendo de antemano donde parapetarse y sabiendo que los demás cubrirían su avance.

Acosta se volvió hacia De la Guardia y los tres cubanos restantes y alzó ligeramente la mano.

Que estemos a tiempo, rogó antes de iniciar el gesto.

Los fusiles retumbaron a su alrededor mientras Perojo se incorporaba y comenzaba a correr, seguido por los otros dos cubanos. La compañía española, cómoda y con la altura como aliada, respondió a los disparos, ajenos al fuego de cobertura, para impedir el avance. Tres veces lo intentó Perojo y tres veces se vio bloqueado por la intensidad de las andanadas. El capitán se giró en la distancia con un gesto impotente y negó con la cabeza.

Acosta apretó los dientes para no gritar. De la Guardia insultó a los peninsulares con rabia mientras Lacret observaba la escena con el rostro compungido, consciente de que, en algún momento, le exigirían responsabilidades.

—¿Quién estaba con él? —escupió el mayoral, sin querer escuchar la respuesta.

El prefecto trató de mantener el tipo y respiró profundamente.

—Tan solo Pavón y... su hijo Julio —respondió bajando la mirada.

—¿Cómo es eso posible?

Había una cólera nefasta en la voz de Acosta. Un odio visceral que la presencia de Rivera, con aquellos ojos regodeándose en su desesperación, no ayudaba a mitigar. Lacret se hizo aún más pequeño.

—Hay dos vigías en el Cordón del Loro —explicó con la expresión descompuesta—. Debían haber disparado al aire si descubrían algo inusual, pero no ha sido así. Hemos acudido en cuanto hemos oído el tiroteo.

Acosta sintió de pronto una atormentada fatiga.

—¿El tiroteo?

El prefecto asintió y el mayoral le dio la espalda, reflexionando. Céspedes, Pavón y su hijo peleaban por su vida y él no podía ayudarlos. El pensamiento le hizo cerrar los puños con rabia.

—Se está haciendo de noche —observó Perojo.

Los tiradores españoles seguían apostados en las alturas, haciendo fuego de vez en cuando como para recordar a los asaltantes que el peligro seguía ahí, dispuesto e intacto. Acosta se obligó a pensar con claridad.

O esperaban, o aprovechaban las últimas horas de sol para lanzar un ataque desesperado. Sabía a ciencia cierta que a Céspedes no le gustaría aquello: exponer vidas cubanas por su causa. Recordó el rostro de su hijo y sintió un vahído en el estómago.

El mismo vértigo, pensó, que en La Demajagüa, cuando aquella guerra no era más que una remota posibilidad.

Se desprendió de aquella idea y se aproximó a De la Guardia.

—¿Qué opina?

El otro miró al sol amortajado por las nubes y contempló los colores fragmentados del cielo. Un largo suspiro surgió de lo más profundo de sus pulmones. En sus ojos había una mezcla de enfado y resignación.

—Subir ahí… a media luz —comenzó, eligiendo las palabras—. Ni siquiera sabemos exactamente sus posiciones.

Había una amarga derrota en su voz, como si no creyese del todo lo que estaba diciendo.

Acosta asintió pensativo.

—¿Y Céspedes?

De la Guardia desvió la mirada para contemplar el atardecer. El día hundiéndose tras los árboles, la suave brisa invernal caribeña, el canto de los pájaros. La naturaleza, en sí, ajena a las dudas y esperanzas de los hombres.

—Usted estaba presente —susurró—. Céspedes aceptó su derrota sin un lamento, sin una provocación. Juro por Dios que aquello me impresionó. Camagüey y Las Villas disfrutaron apartándolo por fin del poder, pero él se mantuvo firme hasta el final.

Acosta y el antiguo brigadier se miraron conteniendo el aliento.

—Creo que hemos llegado tarde —musitó este último.

—Aún sigue allí arriba —replicó el mayoral aguantando las lágrimas—. Aún estamos a tiempo.

De la Guardia negó con la cabeza con cierta turbación.

—Si atacamos ahora, acabaríamos todos muertos —afirmó—. Lo sabe usted mejor que nadie.

La luz agonizaba en el cielo y el mayoral chasqueó la lengua, asumiendo su impotencia, retirándose a su soledad. No podía verbalizarlo, pedirles a otros que murieran por él, pero Pavón y su hijo también estaban ahí, en aquel cerro, luchando hombro con hombro con Céspedes por la gloria y la libertad de aquella maldita isla. Levantó la vista para contemplar, entre las sombras, la cima que se les antojaba imposible y se sintió enjaulado, sin recursos. Por primera vez en aquellos cinco largos años de lucha, no supo qué hacer.

Perojo se acercó con cuidado, como quien se aproxima a un animal herido.

—Señor, ¿se encuentra bien? —Las manos del mayoral se relajaron y le agradeció el interés con un gesto tranquilizador. El capitán estaba sucio y cansado, pero tenía aquella mirada firme de los que luchan hasta el final—. Soy consciente de la situación, pero me parece aconsejable esperar a la luz del día. —Dio un paso decidido al frente—. Si los han hecho prisioneros, podremos perseguirlos.

Acosta esbozó una mueca triste, derrotada.

—Descuide, capitán —dijo cogiéndolo del brazo y sonriendo a medias—. Pasaremos la noche aquí.

Buscaron un claro protegido y se establecieron los turnos de vigilancia. Confirmaron con un aún desorientado Lacret sus percepciones y trazaron el plan del día siguiente, ignorando deliberadamente las inútiles propuestas de Rivera. Una vez que estuvo todo cerrado, Acosta se levantó y buscó a De la Guardia. Lo encontró apoyado en un tronco, mirando la oscuridad con la carabina cargada cruzada en el pecho y el machete desenfundado.

—Siento lo de antes —murmuró el mayoral—. Me pudo el desánimo.

El brigadier le puso la mano en el antebrazo y se encogió de hombros, quitándole importancia.

—Todos estamos cansados de este ensañamiento.

Ambos se relajaron y un silencio casi fraternal se instaló entre ellos.

—Tenía razón —musitó el mayoral.

—¿Con qué?

—Con Céspedes. Con la manera en la que encajó el golpe. Jamás he visto a nadie con tanta decencia.

De la Guardia frunció los labios mientras evocaba aquel instante.

—Una vez, alguien me dijo que, si se envidia a un hombre por los motivos correctos, uno está a medio de camino de parecerse a él —dijo con media sonrisa—. Cuba necesita militares como usted. Pase lo que pase mañana, no lo olvide.

El amanecer les sorprendió a todos despiertos y dispuestos. Nadie había conseguido dormir bien. Comenzaron la ascensión de inmediato, en silencio, exponiéndose calculadamente, tentando a los tiradores españoles.

—Han abandonado sus posiciones —susurró el prefecto.

Mal asunto, pensó el mayoral con el corazón en un puño, evitando lanzarse ladera arriba.

Tras dos horas de subida, alcanzaron las pequeñas casas que coronaban el cerro y se dirigieron hacia ellas con cautela, atentos a la vegetación, con la tensión en los ojos y las manos concentradas en sus fusiles.

Un silencio mortal envolvió el cerro de San Lorenzo.

—Por aquí —murmuró Perojo.

Un reguero de sangre reciente se perdía en uno de los barrancos.

Acosta inspeccionó el rastro con el estómago encogido, inclinándose con cuidado, casi con respeto, para examinarlo. Había mechones de pelo entre las rocas y las huellas indicaban una huida y el traslado de un cuerpo.

Lo han arrastrado, suspiró para sí mismo el mayoral.

Visualizó a Céspedes cubriéndose tras los árboles, perseguido por su enemigo, devolviendo disparo a disparo y precipitándose al vacío. Lacret encontró al borde del camino una camisa desgarrada, manchada de sangre y polvo.

Acosta se mordió las ganas de gritar mientras examinaba la tela.

—Carlos Manuel Céspedes ha sido asesinado —anunció.

Lo dijo con voz oscura, con una voz traída de otro tiempo, llena de remordimiento y desolación. A su mente acudieron las palabras de Concepción y la venganza de Hatuey. Se giró desorientado y se encontró con la mirada triste de De la Guardia en la puerta de una de las casas. El cuerpo de Pavón estaba tirado en el suelo de la estancia, de espaldas, encima de un charco de sangre. Al fondo, su hijo, tras una mesa, aún sostenía el fusil.

Se veían a simple vista los tres tiros que había recibido en el pecho.

Rivera bajó el arma, se permitió una ladina sonrisa y se acercó a uno de sus hombres.

—Siempre fueron unos inútiles —susurró con voz velada.

No pretendía que lo oyeran, pero sus palabras resonaron en toda la explanada. Acosta se giró hacia el criollo con expresión ausente y desenfundó el cuchillo mientras el otro trataba de explicarse.

—Yo no…

El mayoral trazó un arco rápido y perfecto con el brazo e interrumpió la frase del terrateniente. La sangre salpicó a los que se encontraban más cerca y Rivera se desplomó en el suelo entre gorgoteos, aferrándose el cuello con las manos.

—¿Qué compañía era? —preguntó Acosta, dando la espalda a los estertores del criollo con unas gruesas lágrimas corriéndole por las mejillas.

Los tocororos llenaban el cielo con sus cantos despreocupados, el sol estaba a media altura y la brisa mecía suavemente las copas de los árboles.

—La Segunda Compañía —respondió Perojo con voz entrecortada, recordando las palabras del desertor— del Batallón de Cazadores de San Quintín.

344

24

17 de junio de 1875, Madrid, España

La ciudad se despertó irremediablemente pendenciera, tocada por un sobrio amanecer teñido de sangre y conjeturas. Una antigua reticencia se instaló en las primeras frases del día, en el saludo matinal de los trabajadores. Las miradas huidizas de los madrileños ocultaban las medias verdades que conocían y sus silencios hablaban más de la cuenta.

Había, en definitiva, una trémula pregunta y mil versiones de una historia.

Tras un intercambio nocturno de disparos, las autoridades habían hallado los tres cuerpos sin vida de los carabineros apostados en el cementerio de San Martín. Además, se habían encontrado las huellas de tres jinetes y un rastro de sangre que se perdía en los campos del norte de Madrid. Todo hablaba de una batalla en medio de la ciudad.

Una reyerta de borrachos, decían algunos. Un ajuste de cuentas, decían otros. Contrabandistas que combatían por un botín. Monárquicos persiguiendo a republicanos. Espías ingleses huyendo de España. Una canción nocturna de pólvora, miedo, valor y muerte.

—Escuchamos disparos al otro lado del edificio —declaró Inchausti en el cuartel—. Cuando llegamos al camino, los tres estaban muertos.

El Cuerpo de Carabineros había abierto una investigación en la que todo el mundo podía ser sospechoso y Madrid se había sumido en un mutismo prudente, sabedor de la desesperación de quien no sabe nada y necesita un culpable.

El soldado cruzó las calles ajeno a los cuchicheos, con los ojos rojos, la pierna rígida y ayudándose de su indispensable bastón. En él también había silencio, pero era un silencio diferente. Era un silencio cargado de venganza. Un silencio desbordado y lleno de dolor.

El cuadro, el orgullo, las veinte mil copias de un manuscrito; la mirada de Carmelo, la insondable vanidad de Matías.

Había menospreciado a los Villena, se gritó a sí mismo. Había confiado en Martín sin recelo. Había olvidado el peligro y la certeza de las balas, la saludable costumbre de la precaución.

Ahora ya no importa, pensó, alejando de su mente el sentimiento de culpabilidad. Era demasiado tarde para ciertas cosas. Pero al menos, se dijo, estaba a tiempo de otras.

Accedió al palacio de Buenavista, saludó a los guardias y subió los escalones de dos en dos, a pesar de su pierna castigada. Su alma atormentada quería avanzar más rápido, pero su físico se lo impedía y lo confinaba. Aquella incapacidad lo devolvió a la realidad con una crueldad inesperada y se detuvo a medio camino para apoyarse en la barandilla, respirar profundamente y ralentizar su corazón desbocado.

Si dudas, se dijo, no dispares.

Al cabo de unos segundos, se irguió y reanudó sus pasos más sereno, con la violencia deshecha por el esfuerzo.

Herculano abrió la puerta de su despacho antes de que él llamara.

—Le llevo escuchando venir toda la mañana —dijo a modo de saludo, serio y marcial—. Pase.

El soldado accedió en silencio. Sin ningún pensamiento en la cabeza, sin saber cómo comenzar la conversación.

—Escauriaza está muerto —soltó como si fuera lastre—. Y hay otros tres cuerpos, carabineros, cerca del canal. Nos tendieron una trampa.

Sintió que le temblaba la mandíbula y Herculano le concedió los segundos que necesitaba.

—Lo sé —dijo al fin el coronel—. Lo siento. —Le hizo un gesto para que tomase asiento—. Hay un cuerpo más —indicó—. Las autoridades no han querido hacerlo público.

Una alarma disipada apareció en los ojos del soldado.

—¿Quién? —consiguió pronunciar sin romperse.

—Martín Laiseca —afirmó Herculano—. Veterano del Ejército y buscavidas. Lo han encontrado en su casa. Parece que lo asfixiaron.

El soldado frunció el ceño mientras su mirada se esclarecía.

—No tiene sentido.

—¿Lo conocía? —preguntó el coronel.

El aludido asintió con la cabeza.

—Participó en el intercambio —reflexionó en voz alta—, pero nunca llegó al punto de encuentro.

Herculano dejó escapar un suspiro cansado.

—Puede que alguien también lo traicionara a él…

La afirmación quedó suspendida en el aire, añadiendo un nuevo matiz a las cábalas del soldado. Se miraron, por primera vez aquel día, a los ojos, con las preguntas que los invadían a punto de romper en verbo. La tragedia puede esperar, se dijo el soldado. Ahora necesitaba certezas.

—¿Cuál es el problema? —preguntó Herculano.

El otro se rehízo, relegando todo su dolor y sus dudas a un segundo plano.

—Portugal —concluyó el soldado—. Portugal y los Suárez de Villena.

—¿Qué pasa con ellos?

—Saben quién soy —declaró—, y ya ha visto de qué son capaces.

—Y usted sabe quiénes son ellos.

—¿No le preocupa?

El coronel sonrió, disfrutando de la situación, recuperando el control y el equilibrio.

—Portugal es un ascenso propuesto por el mismísimo Cánovas —comenzó—. Conlleva un perfil público, sin dobleces, ya que serán sus agentes los que estén encubiertos. Usted acudirá a cenas, a veladas y recepciones, donde se codeará con los espías de cada país, hará contactos y obtendrá información. Además de trastocar cualquier iniciativa de Estévanez. —Herculano se encogió de hombros y se permitió una sonrisa sincera—. Su fama le precederá. Lo de los Villena —añadió— tan solo refuerza su posición.

El soldado se recostó reflexivo en la silla, estructurando sus pensamientos, sintiendo cómo el *bowie* se le clavaba en la espalda.

—Respecto…

—No —cortó sin miramientos el coronel, inclinándose hacia delante y señalándolo con el índice—. No puede vengarse. Al menos —concedió tras una pausa— no ahora.

El otro asintió, desviando la vista.

—Señor —dijo tras una pausa—, no voy a mentirle.

Herculano le dirigió una mirada larga, cargada de significado.

—Si se presenta la ocasión, mataré a Carmelo.

El lugar y la escena habían cambiado. De pronto se encontraban en un consejo militar y el coronel comenzó a hablar de plazos, estrategias y posibilidades.

—¿Por qué él? —preguntó—. ¿Por qué no Matías?

El soldado se pasó la mano por el mentón, sintiendo el tacto de la barba de varios días sin afeitar.

—El pequeño es violento, pero carece de iniciativa, de planificación —explicó—. Matías es el músculo, Carmelo, la cabeza. —Se tomó unos segundos antes de continuar—. Lo subestimé —reconoció pensando en la complejidad de la emboscada, en el cuerpo asfixiado de Martín—. No volverá a pasar.

Su superior asintió en silencio.

—Pero aún no —sentenció, sosteniéndole la mirada—. Aún no.

El aludido se dispuso a marcharse, pero Herculano lo interrumpió. Había en su tono cierta vacilación, una reticencia emboscada en sus manos.

—Hay una última cosa que me gustaría comentar con usted —indicó—. Un tema algo más… delicado.

El coronel estudió la expresión del soldado y se decidió a liberar las palabras que no sabía a dónde los llevarían.

—Estoy enterado del desenlace con la señorita Setién.

—¿Qué? —exclamó el otro poniéndose en pie, recordando su última conversación. —Herculano levantó las manos pidiendo paciencia—. ¿Cómo lo sabe? —exigió.

Un extraño fulgor apareció en los ojos de su superior, que le indicó con una mirada que se sentase y se serenase. En ese orden.

—Un diplomático necesita una esposa —continuó Herculano impertérrito, con voz contenida—. Ha de recogerla hoy a las ocho —explicó—, y podrán conversar tranquilamente durante el trayecto y la recepción. —Hizo una pausa para hacer crecer la gravedad de su voz entre las dudas de su subordinado—. Esta es, supongo, su última oportunidad.

El soldado le dirigió una elocuente mirada, como tratando de escoger una de entre todas las preguntas que lo asaltaban.

—¿Por qué hace esto? —cuestionó al fin.

El coronel se dejó caer en su asiento y giró la cabeza para mirar por la ventana.

—Porque nadie lo hizo por mí —zanjó, permitiéndose cierta nostalgia— y porque, a veces, necesitamos que alguien nos salve… Aunque no lo merezcamos.

***

El traqueteo del coche de caballos le permitió disipar algo su nerviosismo y ordenar sus ideas.

La tragedia de sobrevivir, pensó el soldado mientras se giraba para observar a Nuña y una alegría imprecisa le llenaba la boca.

Llevaba un vestido de seda verde oscuro, ajustado en la cintura, que le caía sobre las piernas hasta rozar el suelo. Tenía el pelo recogido detrás de la nuca y unos pendientes color coral, grandes y llamativos, que refulgían en la penumbra del carruaje. Sencilla y elegante, apreció el soldado, que evitó pensar en el futuro, en su piel.

Nuña apreció su interés y se giró hacia él.

—¿Qué te parece? —preguntó con cierta hosquedad, señalando el vestido.

—Estás… —concedió—, estás perfecta.

Las calles de Madrid estaban llenas de bullicio y la ciudad resplandecía mientras sus habitantes disfrutaban del frescor de la noche paseando y conversando en el exterior de sus casas. Los niños jugaban en la oscuridad. Todo era alborozo y presente sin preocupaciones.

—¿Qué ocurre? —preguntó Nuña, consciente de la aspereza de su primera pregunta y buscando la conversación que, inevitablemente, los tenía que alcanzar.

El soldado no contestó y continuó mirando perdido en sus pensamientos a través de la ventana del vehículo, analizando las calles con instinto militar. Ella lo observó despacio, perdiéndose en cada detalle: el pelo moreno, mojado y peinado hacia atrás, las facciones duras, el rostro rasurado. Aquellos ojos de otoño contemplando el fluir de la ciudad, las arrugas que los rodeaban. El cuerpo relajado, la pierna algo contraída, el bastón apoyado en un costado. Le acarició la mejilla con ternura, sin poder evitarlo, y el soldado se giró para enfrentarla.

—¿Por qué? —disparó a bocajarro.

Era una pregunta demasiado amplia, demasiado abrupta. Nuña torció el gesto, sin saber por dónde empezar.

—¿Por qué has accedido a acompañarme hoy? —precisó el soldado, advirtiendo el desconcierto de su interlocutora—. ¿De qué conoces a Herculano?

Nuña cruzó las piernas y se preparó para la contienda.

—El coronel Pinilla fue uno de los fundadores intelectuales y económicos de la Asociación para la Enseñanza de la Mujer en 1870 —explicó—. Fue el que, tras la muerte de Castro, sugirió a Ruiz de Quevedo que, bajo su tutela, yo dirigiese la Escuela.

La tirantez inicial había dado paso a una sinceridad que se iba deshojando a cada confesión. Se observaron sin ambages, clavándose los ojos. Nuña continuó:

—He accedido a acompañarte hoy porque el coronel me lo ha contado todo sobre ti: tu pasado, tu oficio y tu futuro. Me confió quiénes son Manuel Ciudad y Hermenegildo Alonso. —Hizo una pausa y lo miró a los ojos con el coraje de quien ya ha decidido saltar al vacío—. Y, por otro lado —reconoció—, me ha ofrecido una alternativa.

—¿Qué tipo de alternativa?

Por un instante, solo escucharon los cascos de los caballos resonando contra el empedrado de la calle. A qué volumen, se preguntó el soldado, estará retumbando mi ansiedad.

—Fundar una escuela de institutrices en Portugal —afirmó con confianza—. Ligada a la Asociación. Los dos tendríamos —añadió— la mejor de las coartadas.

El otro sintió cómo una húmeda acritud le subía por la garganta. El coronel había sabido desde el principio lo de su doble personalidad, su trabajo en *El Imparcial*. Una oscura sospecha le creció en el pecho.

—¿Qué relación tienes con Herculano?

Lo preguntó temiéndose lo peor. Lo preguntó preparándose para el impacto de la verdad.

Nuña se permitió una risa calmada, corta y escéptica.

—Supongo que no lo habrás apreciado —afirmó—, pero el coronel tiene… otros gustos, otras aspiraciones.

El tono lo dejaba claro, pero el soldado no pudo evitar el asombro.

—¿Cómo? —preguntó intentado ocultar su sorpresa, asumiendo poco a poco la noticia.

—Así es —sentenció Nuña.

El soldado pensó en Herculano, en su mirada cargada de nostalgia, y se acordó de Iribarren. Ostentaban la misma melancolía: la pérdida de un amor irrepetible, el rechazo de una sociedad absurda.

Porque nadie lo hizo por él, pensó el soldado, comprendiéndolo todo.

Los dos se sumieron en una tregua irreal, en una pausa expectante.

—No había coartada —dijo al fin el soldado—. Cuando te propuse lo de Portugal, no había ninguna doblez en mis palabras.

—Tampoco la había en mi enojo.

Las luces de la embajada de Portugal aparecieron a lo lejos y Nuña se irguió en su asiento.

—Me iré contigo —afirmó Nuña con tranquilidad, buscando sus ojos—, pero será una relación de igual a igual. No seré jamás la mujer de nadie. Seré yo misma y nada más. Ni nada menos.

El soldado no pudo evitar una sonrisa y ella lo miró extrañada.

—¿De qué te ríes? —preguntó con un enfado impostado.

—De la situación, de nosotros. Qué se yo.

Recortó la distancia que los separaba y la cogió por la cintura, inclinó la cabeza y la besó pausadamente en los labios, deleitándose en el contacto, abandonándose a su fortuna. Cuando se separaron, Nuña le regaló una mirada azorada y él se sintió entero. Perfectamente completado.

—Tres días —murmuró—. El sábado, en la estación del Norte, a las cinco. Estará todo listo.

El carruaje se detuvo y ambos se apearon. Dos criados de librea custodiaban la entrada. Uno de ellos, el más experimentado, se adelantó educadamente y los estudió sin disimulo mientras el soldado le alargaba la invitación.

—Hermenegildo Alonso, enlace de la embajada española —dijo ofreciéndole el brazo a Nuña—, y mi esposa.

El criado examinó la tarjeta con rapidez e inclinó ligeramente la cabeza.

—Bienvenidos.

Las puertas se abrieron y accedieron al interior. El sonido de las conversaciones los recibió como un viento denso y manoseado. La iluminación del zaguán era exquisita y las lámparas de cristal refulgían en el techo, tiñéndolo todo de dorados y sombras. Las cabezas se confundían en la difusa multitud.

Entraron en un salón rectangular lujosamente decorado y el soldado localizó a Herculano conversando sobre política, traiciones, guerras, armas y mujeres con un grupo de lo que parecían ser diplomáticos. Pidió dos copas de vino y avanzó con ojos de predador decidido. El coronel, al fondo, los saludó con un gesto y les indicó discretamente que se acercaran.

—… y no solo el carlismo —comentaba un desconocido en un español con un marcado acento portugués—, estoy convencido de que Cánovas solucionará pronto la guerra de Cuba.

—En mi opinión, se ha abierto una herida que será complicada de sanar —afirmó el soldado, adentrándose en el grupo.

Herculano, con su habitual sonrisa afable, presentó al recién llegado.

—Les presento al señor Alonso, veterano del Ejército y recién nombrado enlace de la embajada española en Portugal, y a su esposa, Asunción.

Todo se saludaron con una leve inclinación de cabeza y falsas sonrisas de salón.

—¿Cómo ha afectado en Portugal la restauración de los Borbones? —preguntó el soldado a su interlocutor.

El portugués reflexionó antes de responder.

—Fontes Pereira ha sabido manejar bien la situación. Ha apostado por la industrialización del país, y está invirtiendo en la construcción de puentes y carreteras para mejorar las comunicaciones. De momento, y comparado con España —concluyó encogiéndose de hombros—, Portugal es un país estable.

Herculano y el soldado intercambiaron una mirada rápida, asombrados por el orgulloso optimismo del portugués. Al cabo, los tres se disculparon y Herculano introdujo a la pareja en el resto de círculos, presentándolos discretamente en sociedad, forzando los primeros contactos del soldado en la diplomacia lusa.

Conocieron de esta manera al embajador portugués, al cónsul y demás cargos diplomáticos de altura. El verbo afilado, se dijo el soldado mientras hablaban de frivolidades, y la espalda cubierta.

—Espero que se haya quedado con todos los nombres —le susurró Herculano en un momento de soledad.

—Con los importantes —confesó el soldado—. Habrá tiempo para todos.

De pronto, su expresión relajada dio paso a una brusca concentración. Herculano percibió el cambio al instante.

—¿Qué ocurre?

El soldado le dedicó una mirada apagada mientras apretaba los dientes.

—Están aquí.

No hubo necesidad de más preguntas, ni de más explicaciones.

—Marchaos —apremió Herculano aparentando naturalidad—. Es una orden —agregó con severidad, clavando su mirada en la expresión furiosa del soldado.

El soldado se giró —controlando su odio, el impulso de matar— y analizó la estancia.

Dos puertas, pensó con rapidez. Una, por la que habían entrado todos los invitados, y la segunda, en la esquina opuesta del salón.

Cogió suavemente de la mano a Nuña y se dirigió hacia el extremo, rogando mentalmente que la puerta estuviese abierta. Una vez que la alcanzó, accionó con sutileza el picaporte y tiró hacia atrás, pero la expectación se convirtió en tragedia: la puerta estaba cerrada. El semblante del soldado se ensombreció, preparándose mentalmente para todo lo que estaba por venir. Se giró despacio y se encontró, en la distancia, con la sonrisa triunfal de Matías Suárez de Villena avanzando hacia él.

—Únete a ese grupo —le murmuró a Nuña mientras dejaba que la tensión y su instinto lo colmaran de violencia.

El soldado afirmó el bastón y comenzó a andar en dirección al aristócrata. Los separaban escasos metros y se llevó la mano tras la chaqueta del frac para palpar el *bowie,* sintiéndolo palpitar.

Vamos allá, se dijo.

—Señor Alonso —un diplomático español del que no recordaba el nombre se cruzó en su camino—, le estaba buscando.

El soldado lo miró con extrañeza, con una ostensible impaciencia en la expresión y una mueca descortés en la boca. El funcionario ignoró su inconveniencia.

—Me gustaría presentarle al señor Moretón. Está muy interesado en los pormenores de la guerra de Cuba y, en particular, en su experiencia personal.

Alfonso Moretón dio un paso adelante con la mano extendida y la expresión ausente. El soldado la estrechó sin pensar.

—Encantado, señor Alonso —dijo con total naturalidad—. He escuchado hablar muy bien de usted.

—Un placer —respondió el soldado mirándolo a los ojos.

—Les dejo a solas —declaró el diplomático.

Los dos hombres lo observaron alejarse en silencio y, al cabo, el soldado se concentró en la situación. Moretón tenía la cara redonda y las cejas pobladas, y se movía con la seguridad de quien lo tiene todo controlado. Matías se había retirado a una esquina y bebía y alzaba la voz sin dirección, llamando paulatinamente la atención de los asistentes. No había ni rastro de Carmelo.

—¿Qué quiere? —preguntó abruptamente el soldado.

Moretón esbozo una sonrisa efímera, manteniendo la seriedad en sus ojos.

—Evitar una escena que nos comprometa a todos.

—Todo depende de su amigo —respondió el soldado, señalando con la cabeza al menor de los Villena.

—También de su prudencia.

—Nos estábamos yendo.

El republicano asintió en silencio.

—Cuanto antes —añadió.

Varias voces llamaron su atención.

La sala redujo la intensidad de la conversación y buscó a sus protagonistas. Moretón y el soldado —preocupado uno, furibundo el otro— avanzaron hacia el sonido, intuyendo el origen.

—No me vuelva a hablar así. —Nuña se mantenía erguida, desafiante, ante un Matías manifiestamente ebrio.

—¿Qué ocurre? —exclamó con una sonrisa torcida el interpelado—. ¿No le agrado?

El soldado avanzó entre los asombrados espectadores y se interpuso entre los dos, dándole la espalda a Villena.

—Nos vamos —le dijo a Nuña cogiéndola de la cintura, intentando aparentar naturalidad.

Nuña le devolvió una mirada de alivio.

—Es tarde —acertó a decir.

Moretón se había acercado a Matías por su izquierda, ofreciéndole una copa de vino con voz queda y conminándolo, en un susurro, a comportarse.

Nuña y el soldado comenzaron a andar.

—¡Señor Alonso! —gritó Matías, deshaciéndose del republicano—. No sabía que estuviera usted casado.

El soldado le susurró a Nuña que continuase y se giró para encarar al noble.

—Ahora ya lo sabe —respondió con desafecto.

Se disponía a continuar hacia la salida cuando la voz de Villena se le clavó en la espalda como una lanza.

—Supongo que también sabrá que su mujer se ha acostado con todos los krausistas de Madrid.

La sacudida fue general.

Varios gritos amortiguados se alzaron entre la multitud, un par de exclamaciones de asombro, algún rostro colérico y múltiples miradas ultrajadas.

El circo de la clase alta, pensó el soldado, casi disfrutando con aquel instante. Carmelo o Matías, reflexionó, qué más da. En el fondo de sí mismo sabía que tendría que acabar con los dos.

El público se había llenado de vergüenza y pidió, con miradas desencajadas, sangre, reparación y venganza.

357

El soldado se giró lentamente, con expectación, y buscó a Herculano con la mirada. El coronel, furioso, le respondió con un asentimiento.

—Este sábado —comenzó con voz pausada—, de madrugada, a las afueras de Madrid. Espero que pueda sostener sus palabras con un sable, y no con alcohol.

Villena dio un paso adelante. La sonrisa había dado paso a la cólera.

—¿Me desafía? —preguntó jactándose—. ¿Usted? ¿A mí? ¿Un funcionario, un simple soldado, a un noble?

El soldado avanzó con decisión hacia el aristócrata, ignorando el temblor de su pierna y empuñando en la mano izquierda el bastón a media altura. Matías sintió la amenaza y lo imitó, levantando los brazos y lanzándose hacia delante en busca del contacto.

La sala contuvo la respiración y ahogó un grito. El soldado desvió sin esfuerzo el ataque de Villena, levantó el codo derecho y lo dejó caer sobre el rostro del aristócrata. Un golpe seco inundó el salón de eco y eternidad. Matías se desplomó en el suelo con los ojos abiertos, sorprendidos, y la nariz rota.

El soldado se inclinó ligeramente hacia el noble y lo contempló con desprecio.

—Gracias por ser tan estúpido —susurró mirándolo a los ojos antes de incorporarse; serio, feroz, peligroso—. Le enviaré a mis padrinos —formuló en voz alta.

Apoyó el bastón en el suelo y se dirigió erguido hacia la salida, dejando tras de sí un reguero de preguntas, el germen de mil rumores y su nombre y su reputación intactos.

25

15 de marzo de 1874, Las Guásimas de Machado, Cuba

Los soldados españoles estaban exhaustos y hambrientos. La lluvia fina y paciente del Caribe los encontró al amanecer agazapados debajo de los árboles, sumidos en un silencio irreal y ausente mientras evitaban que el gris y la nostalgia del día se les enquistara en el corazón. Llevaban dos días caminando sin descanso, dirigiéndose hacia unos cubanos que se habían deshecho de su humanidad y que luchaban con la desesperación de quien tiene todo por ganar y nada que perder.

La muerte de Agramonte en 1873 había frenado durante casi un año el ímpetu revolucionario, y la plana mayor del ejército español, ansiosa de una tregua y deseosa de apaciguar la isla, había cometido el error de darles tiempo a los rebeldes. El ejército libertador se rehízo sin impedimentos, mejorando su estructura de mando y ampliando su armamento. Buscando venganza en cada escaramuza, en cada interacción.

A principios de 1874, la República en armas había ordenado la invasión de Camagüey y el brigadier Bascones y el coronel Armiñán, como responsables de la región, confrontaron a los rebeldes en El Naranjo.

La columna española experimentó en primera persona el empuje intacto de los cubanos y su ferocidad renovada, dejando más de cien muertos tras el combate.

—Fue un infierno —les explicó el capitán Urtea cuando los puso en situación—. Una barbarie sin ningún propósito.

Parte del Batallón de San Quintín había sido destinado a reforzar el menguado destacamento de Puerto Príncipe. Ignacio Urtea, un veterano alto y ancho de espaldas, con el pelo cano, voz cascada y una mirada azul bondadosa pero escéptica, había asumido la dirección de la Segunda Compañía.

—A pesar de su rectitud —había indicado Urtea a los nuevos oficiales—, Bascones es un brigadier bastante cercano que valora el coraje y, sobre todo, la lealtad. —Dudó un segundo antes de continuar, consciente del compromiso al que se exponía—: Armiñán, en cambio, está hecho de otra pasta.

—¿En qué sentido? —preguntó Riesgo, inclinándose hacia delante y bajando la voz.

El capitán lo miró, tratando de explicarlo con aquellos ojos fatigados.

—Peor pasta —murmuró, dando la conversación por concluida.

Lo comprobaron dos días después, cuando les encomendaron acudir al encuentro del ejército cubano. La mirada del coronel al enterarse no presagió nada bueno. Ni nada fácil. Tras las primeras interacciones, Alonso y Ciudad se dieron cuenta de que trataban con unególatra y un tirano.

Oficial veterano del ejército, con campañas en la península, Santo Domingo, México y Cuba, Manuel Armiñán era un hombre ambicioso, desconfiado y taciturno. Lucía un cuidado bigote gris, puntiagudo, coronado por una nariz aguileña y unos ojos claros y profundos que parecían seguir con recelo cada movimiento de sus soldados. Era parco en palabras y estricto en el cumplimiento de sus órdenes.

Para sus hombres era un desconocido sin carisma, un oficial distante, incapaz de escuchar una sola contradicción acerca de sus planteamientos.

—Un político disfrazado de coronel —comentó Alonso tras conocerlo— que no sabe distinguir entre el desprecio y el respeto.

Aquellas palabras resonaban en la cabeza de Ciudad mientras marchaban a través de la manigua, deshidratados y con el estómago vacío. La organización de aquella columna se había realizado con prisa y sin detenimiento, dando demasiadas cosas por sentadas.

Al azar hay que dejarle poco espacio, se dijo el catalán entre dientes.

Armiñán buscaba una batalla breve y un triunfo fácil. Un desquite. La mayoría de las bajas en El Naranjo habían sido hombres bajo su mando, y aquello era una afrenta a su posición, una grieta en su autoridad.

La falta de entendimiento entre el coronel y los oficiales del San Quintín se había hecho patente desde el principio. A Riesgo solo le hizo falta una breve conversación para comprender que la sinceridad, en aquel cuadro, no era la mejor de las ideas.

—Solicite más munición, teniente —dijo el coronel.

Armiñan había hecho llamar a los oficiales del San Quintín para discutir la nueva logística del batallón.

—Señor, con el debido respeto —respondió Riesgo, tratando de ocultar su frustración—, tenemos ya suficientes cartuchos. De lo que no disponemos es de los víveres oportunos... Y deberíamos asegurar de antemano el agua en los poblados.

Ciudad y Alonso observaban la escena en silencio, detrás del teniente, intentando permanecer inexpresivos. Armiñán levantó la vista y observó al navarro como queriendo grabar en su memoria los rasgos de su interlocutor, sorprendido de que alguien le llevara la contraria.

—Soldado, ¿quiere formar parte de la guerrilla montada?

Riesgo se mordió los labios y miró hacia un lado, dejando pasar tres segundos antes de contestar.

—No, señor. Solicitaré la munición.

Por suerte para el San Quintín, tras cinco años en aquella exasperante contienda al servicio de España, el teniente sabía cómo abastecer a sus hombres recurriendo a canales no tan convencionales. El resto de las unidades no habían tenido tanta suerte.

Una larga columna de tres mil hombres, con Armiñan a la cabeza, había salido de Puerto Príncipe dos días atrás con munición para veinte asaltos y comida para tres días. El avance se hizo con la penalidad habitual: con la humedad intransigente de los bosques cubanos y la tensión implícita en cada movimiento en la espesura.

Los hombres avanzaban callados, evitando las canciones, concentrados en la contienda que les esperaba en algún lugar inconcreto de aquella selva. El agua, por supuesto, escaseaba, y habían recibido la orden de racionarla.

Cubierto por el relente de la lluvia, con el cansancio como una parte más de su organismo, Ciudad se desperezó y manoseó su nuevo fusil, familiarizándose con él, estudiándolo, consciente de que su vida dependía de aquel mecanismo y de su impecable funcionamiento.

El Remington había sustituido oficialmente al Berdan en el ejército en el año 1871, pero el cambio no se produjo hasta casi dos años después. El nuevo fusil poseía un cierre más sencillo y visibles mejoras en el percutor.

A estas alturas, pensó Ciudad apoyando el arma a un lado y levantándose, da igual el material. Lo que ganaba las batallas era la estrategia y la motivación.

Y los cubanos habían aprendido a dominar ambas.

—En pie —ordenó a su pelotón—. Raciones cortas de agua —añadió— y el fusil cargado.

Tras recibir el parte de la guardia nocturna y mantener una breve conversación con los exploradores de vanguardia, Armiñán ordenó que la columna se pusiera en marcha de inmediato. Ciudad miró hacia atrás y le dedicó una escueta sonrisa a Alonso, que caminaba serio y concentrado al frente de sus hombres. Riesgo recorrió la sección a caballo sin dejar de dar órdenes y dispensar consejos, como un padre preocupado por sus hijos.

Tras varias horas de marcha, un galope lejano devolvió la alerta al destacamento.

A lo lejos, en un claro, Ciudad vislumbró Las Guásimas de Machado: una hacienda abandonada que consistía en dos potreros edificados sobre la represa de un arroyo, rodeados por la frondosidad del bosque.

—Idóneo para una emboscada —comentó Alonso al alcanzarlo.

La espesura se agitó y todos empuñaron sus fusiles, atentos, pero un uniforme español —azul y blanco— atravesó los árboles.

—Jinetes, señor —informó el explorador a Armiñán—. Apostados al oeste de los edificios.

—¿Cuántos? —preguntó el coronel.

—No se aprecia bien, señor. Unos doscientos. Diría que más.

Armiñán calculó la distancia al claro y murmuró algo para sí mismo. La batalla acudía a él y no al contrario; y no se sentía cómodo con aquella situación. Urtea, consciente de lo crítico de aquella decisión, formuló la pregunta que creía más apropiada.

—¿El claro es seguro?

—No lo parece, señor —comentó el explorador—. Se podría enviar una avanzadilla para comprobarlo.

El coronel, consciente de su vacilación, dirigió una mirada a Urtea cargada de reproche.

Estamos perdidos, se dijo Ciudad mientras buscaba a Riesgo. Alonso, a su lado, señaló con el mentón la retaguardia de la columna y negó con la cabeza.

—Ordene una carga de caballería —masculló Armiñán dirigiéndose al capitán—. La infantería, a continuación, que asegure la explanada.

—Señor —interrumpió Urtea, controlando el tono de su preocupación—, sería conveniente asegurar el claro. No tenemos la seguridad...

—Capitán —cortó el coronel—, ¿me ha oído?

—Puede ser una trampa —insistió el oficial, señalando el claro en un último intento desesperado—. Una provocación.

—Es una orden —sentenció el coronel mirándolo fijamente.

Urtea hizo caracolear al caballo antes de contestar, tomándose su tiempo. Aquellos ojos cansados revelaban, de pronto, una hostilidad insólita.

—Sí, señor —escupió con sequedad.

El capitán se alejó y llamó a un correo para comunicarle las órdenes para las diferentes secciones de la columna. Después se unió a la caballería y les explicó la maniobra.

Ciudad observó cómo los oficiales negaban la cabeza con sobrada indignación y cómo Urtea se encogía de hombros y señalaba los potreros.

Es una orden, se repitió el catalán, sintiendo por primera vez un desprecio innato hacia toda aquella jerarquía copada por militares pretenciosos y, en su mayoría, pusilánimes.

El redoble de un tambor sumió a la selva en un silencio artificial.

—Y por si acaso no se han enterado —afirmó Alonso con insolencia, con cierto punto desolado—, les avisamos.

Riesgo los alcanzó al galope, con una expresión de incredulidad en el rostro.

—¿Se ha reconocido el terreno? —preguntó sin disimular su estupor.

—No, señor —respondió Ciudad—. Hay jinetes enemigos en Las Guásimas. El coronel ha ordenado una carga frontal de caballería y la ocupación simultánea del claro.

—No puede ser —acertó a decir con estupor—. ¿Y el capitán?

El galope de la caballería española adentrándose en el claro respondió a su pregunta.

—Mierda —dijo ahogando un insulto.

Espoleó su caballo mientras trasmitía las órdenes a su sección.

—¡Armas preparadas! ¡Al paso! ¡Fuego al menor movimiento!

A lo lejos, comenzó a escucharse el entrechocar de hierro, disparos y relinchos.

El rumor, pensó Ciudad mientras avanzaba, de la batalla inminente.

Apreció en los ojos de los nuevos reclutas la vacilación ante la incertidumbre, el miedo que una vez también fue suyo.

—¡Sois soldados de España! —exclamó intentando animarlos—. ¡Combatid como tales!

—¡Lleváoslos por delante! —secundó Alonso a su espalda—. ¡Valor!

La columna española repitió aquel grito como una plegaria y se enfrentó a la incertidumbre hacia la que avanzaba. El murmullo de la contienda creció conforme se acercaban al claro y, de pronto, abandonaron el abrigo de los árboles y el sol estaba en lo alto, el calor invadió sus sentidos y los cubanos, desde las laderas, barrían al ejército español como en una galería de tiro.

Ciudad se llevó la culata del Remington a la mejilla y disparó.

—¡A cubierto! —rugió mientras un espeso odio hacia Armiñán le recorría el cuerpo.

Estaba siendo una masacre.

El cielo se saturó por los gritos y lamentos de los heridos españoles. Riesgo los adelantó por la izquierda, aullando su desesperación.

—¡A las casas! —bramó mientras recorría la columna sin dejar de disparar su revólver—. ¡No os detengáis!

Unos cincuenta metros a campo abierto los separaban de las potreras. Pero era mejor que hacer el cuadro en medio de aquel claro, razonó Ciudad, y esperar a que los fusilasen uno a uno.

—¡Alcanzad los edificios! —ordenó señalando las casas abandonadas, girándose para comprobar que sus hombres lo seguían.

Un soldado cayó abatido enfrente de él, dejando escapar un lamento sorprendido. La columna alcanzó de cualquier manera los potreros y se rehízo con rapidez, cubriendo, a duras penas, a la retaguardia española.

—¡Sostened el fuego! —ordenó Ciudad—. ¡Cubrid a los rezagados!

Multitud de cuerpos inmóviles, de uniforme azul y blanco, alfombraban el suelo de la selva cubana. El catalán observó cómo Alonso y su pelotón protegían el lento avance de la artillería mientras Riesgo cabalgaba alrededor de ellos, insuflándoles coraje, como un dios de la guerra desafiando las balas.

—¡Ánimo! —rugió el teniente, ronco de la pólvora y el esfuerzo—. ¡Áni…!

No logró acabar la frase. Un golpe seco y brutal lo derribó del caballo y el animal se dirigió desbocado hacia la selva y se perdió en la vegetación. Alonso corrió a socorrer al sargento y lo arrastró, semiinconsciente, al interior del potrero principal, sorteando los últimos disparos de la infantería cubana.

Un sanitario acudió a los gritos apremiantes de los dos sargentos.

—Ha sido un disparo limpio —concluyó tras examinarle el brazo izquierdo—. La bala ha salido y no ha tocado hueso.

Voy a cauterizar la herida. Que no se mueva —indicó a Alonso y a Ciudad—. Sobrevivirá.

El Gaditano, a lo lejos, completó el veredicto.

—Si conseguimos salir de aquí.

Riesgo se revolvió en suelo, sintiendo cómo el desmayo lo invadía.

—Tú —balbuceó mientras trataba de incorporarse y señalaba a uno de los prácticos— cuéntaselo.

Tras pronunciar aquellas palabras, se desvaneció, abandonándose al dolor. Los dos sargentos miraron al práctico cubano, con el humor oscuro y los ojos expectantes.

En el otro extremo del potrero, rodeado por su silenciosa plana mayor, Armiñán contempló el campo cubierto de muertos mientras luchaba por no temblar. Se giró hacia su capitán ayudante y formuló la pregunta de la que no quería, bajo ningún concepto, escuchar la respuesta.

—¿Cuál es el balance?

El oficial dudó. Aún no había recibido toda la información, pero los números lo hacían estremecerse. No sabía por dónde empezar.

—Unas cien bajas de infantería, señor —comenzó, atento a la expresión de su superior—. Casi trescientos de heridos. Hemos perdido un cañón y… —se interrumpió, consciente de la gravedad que estaba dando forma con sus palabras—, y la caballería ha sido severamente diezmada.

El coronel se giró hacia la ventana, dando la espalda a sus comandantes, ocultando su zozobra. «Qué vamos a hacer ahora», parecía preguntarse desesperado.

Aquella soberbia, aquella vanidad, parecía deshacerse ante el inevitable resultado de sus actos. Aún sonaban disparos y vivas a Cuba en la lejanía. Un silencio derrotado se apoderó de la estancia hasta que un carraspeo les devolvió la presencia. Todos se giraron para observar a Hermenegildo Alonso y Manuel Ciudad.

La visión de los dos cansados sargentos, con el uniforme harapiento y tiznado de pólvora, les recordó a todos los presentes su olvidado aplomo militar.

—Hablen —ordenó Armiñán.

Alonso dio un paso hacia delante.

—El teniente Riesgo, antes de que la columna entrase en Las Guásimas, envió a uno de los prácticos a Puerto Príncipe. El mensaje, básicamente, solicitaba refuerzos.

Armiñán lo contempló con la boca abierta, debatiéndose entre la indignación y el alivio. El abulense ignoró la reacción del coronel y continuó.

—Otro de los prácticos que sigue con nosotros está convencido de que su compañero lo conseguirá, señor.

La fortuna del incompetente, pensó Ciudad, observando cómo varias sonrisas esperanzadas aparecían entre la plana mayor. Pero para los cien muertos, se dijo, ya no habría ningún futuro.

Cerró los puños, controlando las ganas de gritarle a la cara a aquel coronel inepto las verdades que le subían por la garganta.

La mitad de España está dirigida por idiotas, reflexionó mientras se retiraba con Alonso, y la otra mitad por cobardes.

Por el camino, se encontraron a un agotado Urtea.

—Me alegro de verle entero, señor —comentó Ciudad, sintiendo cada una de sus palabras.

El capitán se encogió de hombros y soltó un suspiro, con una sombría culpabilidad dándole vueltas en los ojos.

—No todos pueden decir lo mismo —masculló.

—Era una emboscada —afirmó Alonso—, y nosotros, soldados que, simplemente, seguimos órdenes.

Urtea asintió con la cabeza y se alejó.

Tiempo, pensó Ciudad. Todo hombre necesita tiempo para aprender a vivir con sus remordimientos.

El resto de la tarde se dedicó a reforzar las defensas, hacer el balance de efectivos y munición y la peor parte: el inventario de provisiones. Disponían de víveres para día y medio y, a pesar de hallarse en las cercanías de una presa, el agua estaba en mal estado. Por otro lado, el recuento de bajas fue demoledor: dos capitanes, tres tenientes y cuatro sargentos muertos; sin contar con los soldados desaparecidos. Armiñán, ante la falta de espacio y lo extremo de la situación, ordenó quemar los cuerpos de los caídos. La ausencia de viento y la humedad provocaron que el destacamento español se viera envuelto por el olor y las cenizas de sus compañeros caídos.

El ánimo de la columna estaba por los suelos.

—No hay derecho —rezongó el Gaditano, que se persignaba con lágrimas en los ojos.

Al atardecer, una cálida y continua llovizna impregnó de nostalgia sus manos ásperas, sus pechos cansados, y el campamento enmudeció. Miraban al cielo como quien mira el mar, ensimismados, perdidos en el misterio de su inmensidad. Las armas descansaban, dispuestas ordenadamente en las entradas y ventanas de los dos potreros. La luz herida del crepúsculo cubrió el campamento español como un sudario imposible y los suspiros planeaban en el aire como las gaviotas en un puerto.

Ciudad observó a sus soldados, reconociéndose en cada hábito, en cada desesperación: uno escribía una carta; otro fumaba; otro limpiaba concienzudamente su fusil. Alonso, de pronto, se llenó de desgarro, de incendio. Se sacudió el tedio y se olvidó por un momento de sus compañeros caídos, de la incompetencia del coronel.

—Se acabó —dijo dándose una palmada en la pierna.

Se levantó y se acercó al Gaditano con una mirada triste y el recuerdo de algo remoto en los labios.

—Toca algo —le pidió, girándose en derredor— que encaje con esta luz.

Y el otro, al que le cubría la frente una venda empapada de sangre coagulada, oscura como su futuro y sus sueños, volvió de su pasado y se agitó sin pronunciar palabra, buscó su pequeña guitarra carcomida, que conservaba de milagro todas las cuerdas menos una, y rasgó con sus dedos rotos el alma de aquel instrumento castigado.

Así empezó; como acaba el mundo: con un susurro. Sin gritos de tragedia, ni disparos.

El Gaditano comenzó a murmurar una triste copla andaluza mientras cerraba los ojos y se abandonaba a la melodía que creaba y destruía a su antojo. El silencio roto del ocaso por las ganas de vivir un día más, el penúltimo. Una voz gutural que tenía como patria las manos de una madre, los besos de una mujer que extrañaba, los ojos de un hijo que vivía en su recuerdo.

Lentamente, uno a uno, los soldados se acercaron, hipnotizados, heridos, perdiéndose en aquellas notas que los devolvían a casa. Recordando otras canciones que creían olvidadas, escupiendo el miedo, rompiendo las cadenas de la distancia.

Somos libres, pensó Ciudad conteniendo la emoción. Somos libres y estamos vivos.

Por la mañana verían, otra vez, el amanecer, y podía ser el último. Podía ser que el mundo estallase o que sobreviviesen; y podía ser que, a pesar de su esfuerzo, siempre tuviesen sangre entre las uñas y fantasmas detrás de los ojos. Podía ser que, como decía Alonso, jamás se regresaba del todo.

Pero aquel día habían sobrevivido. Y podían, aún, cantar y sentir nostalgia. Añorar a los que estaban lejos y llorar a los que faltaban. Perderse en los brazos de una amante, en el recuerdo de la familia, en el sabor de una aventura, en el tacto íntimo de lo que era imposible.

Estaban vivos, se repitió mientras abría los ojos con un arrojo renovado. La música les había devuelto ese derecho.

Estaban vivos y todavía había esperanza.

En la selva, a medio camino de Puerto Príncipe y Las Guásimas, el resuello del práctico del ejército español resonaba en la oscuridad. Sus pasos firmes y seguros contrastaban con el canto solitario del catey. Estaba agotado, pero era consciente de la importancia del mensaje que debía transmitir.

Se detuvo para recuperar el aliento y contempló el cielo y la claridad ovalada de la luna. Suspiró, escupió al suelo y se puso de nuevo en marcha.

No podía perder ni un minuto.

26

19 de junio de 1875, Madrid, España

Para su infinita sorpresa, durmió plácidamente. Sin gritos cubanos, sin imágenes oscuras y sin pasado. El sol lo despertó con suavidad; la luz atravesó tímidamente el vidrio de la ventana y le acarició la piel, dibujando formas inverosímiles en la penumbra de la habitación. Volvió a cerrar los ojos y disfrutó de aquella sensación perdida, sintiendo cómo la respiración de Nuña, dormida, llenaba su cuarto de serenidad y porvenir.

Ya está, se dijo, venciendo a la somnolencia. El día que resume una vida, pensó. El fin que justifica los medios.

Abandonó la cama con cuidado, se aseó y se vistió en silencio, con la lentitud solemne de quien aprecia el tiempo, amparándose en la trágica filosofía del inicio del día.

Madrid se desperezaba y el fulgor de la mañana traía los sonidos de un sábado cualquiera: un ladrido, conversaciones lejanas, cascos de caballo. Todo envuelto en la irrealidad cotidiana de cada despertar.

La camisa blanca, una corbata color vino, la levita negra, ligera; los pantalones grises y sus mejores zapatos. Se puso el sombrero, recogió el *bowie* del escritorio y lo acomodó a su espalda. El contacto con el arma le tranquilizó. Cerró los ojos y respiró profundamente, soltando todo el lastre que sentía en los pulmones. Tenía miedo. Lo sentía invadiendo su cuerpo como el fuego en un bosque. Tenía miedo, y no le importaba reconocérselo. No admitirlo habría sido absurdo. Llegado el momento, sabría desprenderse de él. Se giró para observar el cielo a través de la ventana y recordó cómo había conseguido convencer a Herculano para que aceptara a Bauer como segundo padrino.

—Asesinaron a sus socios —insistió el soldado, evocando a Escauriaza y a Martín—. Merece formar parte de esto.

—No es sólido —replicó el coronel—. Podría vender su lealtad a cualquier postor. Ya lo ha hecho antes.

El soldado no se arredró.

—Confío en él —sentenció con dureza.

—Está bien —claudicó Herculano, ahogando un suspiro, antes de recibirlo—. Responde usted por él. Estaremos solos y expuestos —continuó—. No hay margen para el error.

El coronel y el carlista habían recorrido juntos el camino que los separaba de la residencia de los Torremontalvo y se habían entrevistado con los padrinos de Matías.

—¿Quiénes son? —preguntó el soldado cuando se reunieron de nuevo.

—Moretón y su hermano, Carmelo.

—¿Alguna condición?

Herculano encendió un cigarro y se levantó de la silla, rehaciéndose y recuperando la vitalidad, animado por la promesa de subsanar el agravio.

—Sable. A primera sangre. Los seis —enumeró de corrido, dejando escapar el humo del tabaco por la nariz—. En el campo, a las afueras de Madrid.

El soldado cabeceó meditabundo, organizando todas las alternativas en su cabeza.

—¿Y qué opina? —preguntó mirando al coronel.

El aludido se sumió en un silencio reflexivo, mordiéndose el labio inferior.

—Puede ser —dijo al cabo, mostrando las palmas de sus manos—. Puede ser.

—¿Pero?

Herculano sonrió con socarronería.

—Pero es Matías Suárez de Villena —concluyó—. No será limpio. No será justo.

El soldado asintió con la cabeza y se encogió de hombros.

—¿Y usted? —preguntó dirigiéndose a Bauer.

El carlista lo observó con los ojos aún desbordados por la tristeza y se tomó su tiempo para elegir las palabras apropiadas.

—Es un duelo a muerte —afirmó con sequedad—. No se puede esperar otra cosa.

Oyó cómo Nuña se movía en la cama, arrancándolo de sus pensamientos, y localizó, de pronto, un sobre en el suelo, junto a la puerta. Se inclinó y lo abrió con cuidado esperando descubrir una amenaza, pero le sorprendió el tacto delicado del papel, la letra cuidada que escondía.

El estómago le dio un vuelco. Leyó dos veces el mensaje y lo acercó a la vela que había encendido, observando cómo el papel se contorsionaba y consumía en la danza que orquestaba el fuego. Las palabras, una por una, retumbaron en su mente.

Sé que no merezco una segunda oportunidad, pero me equivoqué una vez y no quiero vivir en la sombra de lo que podría haber sido.

Te esperaré en la estación del Norte, hoy por la tarde; y tendrás tú que decidir cuál es el final que nos depara el destino.

J.

Se giró para observar a Nuña en el mismo momento en el que abría los ojos con una mirada somnolienta y esperanzada, con una leve sonrisa que se permitió entre las sábanas. De pronto, la claridad del cielo le recordó el día, la hora y el porqué. La realidad se hizo patente en su expresión y la confianza en el futuro se rompió en mil pedazos.

—Espera —murmuró mientras saltaba de la cama.

El soldado observó con cierta extrañeza cómo Nuña cruzaba la habitación, se detenía delante del aparador y rebuscaba en su bolso.

—Quiero que lo lleves puesto —susurró con voz queda.

Abrió la mano y el soldado pudo observar una cruz y una medalla, ambos de plata, la cadena oscilando en el aire como un péndulo.

—Yo…

Pero Nuña ya se lo estaba colocando alrededor del cuello.

—Es la Virgen de Valvanera —continuó con los ojos brillantes—. Ella será mi testigo.

—Está bien —claudicó el soldado, sintiendo el leve peso del rosario en el pecho. Advirtiendo una extraña energía renovada.

Tras un silencio cargado de zozobra, ambos encontraron el valor para mirarse a los ojos. El soldado echó un vistazo a las cenizas aún revoloteaban en el aire y decidió vivir sin miedo.

—Nuña…

—No lo digas —lo interrumpió—, no lo prometas.

El soldado vaciló un instante, inseguro de las palabras que le nacían en la boca.

—Te esperaré en la estación —afirmó Nuña observándolo con arrojo, con auténtica convicción—. Te esperaré en la estación y abandonaremos juntos este país absurdo.

El soldado asintió algo desconcertado, sin encontrar los términos precisos. Acostumbrado a la muerte, no sabía reconocer el amor. Apreciar la vida. Se llenó los pulmones de todo el aire de la habitación y lo soltó despacio, sin prisa.

—No lo habría logrado sin ti —murmuró.

Nuña frunció el ceño, desconcertada.

—¿El qué?

El soldado se permitió una radiante sonrisa.

—Regresar de Cuba.

Le dio un suave beso en la mejilla y se separó de ella, barriendo con la mirada la habitación. Encontró el fardo que buscaba en una silla, lo sujetó entre los brazos y se dirigió a la puerta. Asió el pomo y se giró una última vez para observar a Nuña.

—Estación del Norte —afirmó con una sonrisa llena de esperanza, ignorando la amenaza de Julia—. A las cinco. El tren saldrá a las cinco y media.

Nuña se deshizo de la nostalgia que la asaltaba y recuperó la compostura. Una mirada glacial, henchida de desafío, instándolo a cumplir todas las promesas que no había formulado.

—No te retrases.

El soldado accedió a la calle como quien se adentra en la arena de un circo romano. La tensión mezclada con el deseo de vivir, los labios apretados, la crispación en la mirada. Eligió la dirección apropiada y comenzó a andar.

Sintió el apoyo del bastón en cada paso, y se alegró de su decisión de llevarlo. Su ausencia habría sido una pretensión absurda. Iba a batirse con conocimiento de causa: consciente de sus ventajas, pero también de sus debilidades.

Qué remedio, se dijo. Para bien o para mal, era un soldado con heridas de guerra. En el cuerpo y en el alma.

El paquete le pesaba en el brazo derecho, pero le transmitía la seguridad que necesitaba. Tres sables que representaban tres derrotas.

El primero se lo entregaron —aún convaleciente— tras la batalla de Las Guásimas. Como reconocimiento a la audacia y al valor demostrado, la plana mayor del batallón, a instancias de Urtea, había decidido ascenderlo a teniente. Ramón y Cajal fue el encargado de transmitirle la noticia, y de no haber sido por la fiebre, habría partido aquel sable en dos en el momento en el que se lo pusieron en las manos.

El segundo sable se lo confiaron antes de dejar Cuba, en Santiago. Uno de los soldados del San Quintín se le había acercado, venciendo la duda que brillaba en sus gestos.

—Señor —comenzó—, creemos que lo debería tener usted —dijo sin mirarlo a los ojos, ciertamente avergonzado, ofreciéndole un sable que creía perdido.

—¿Cómo? —acertó a decir boquiabierto, contemplando el arma de Riesgo.

—Alguien lo recogió del campo de batalla —explicó el soldado.

Era normal recuperar munición, armas y ciertos objetos de valor de los soldados caídos, pero incluso en el desharrapado y mezquino ejército español había acciones imperdonables. Aquella era una de ellas. Pero no le importó.

Recogió la espada con devoción, observándola como a un tesoro perdido; cubierta, como era lógico, de melladuras y restos de sangre seca. Se giró para agradecérselo al infante, pero este había desaparecido.

Una infamia por un acto de decencia, se dijo en aquel instante.

El tercero era un hermoso sable de oficial del ejército peninsular que únicamente ostentaban los brigadieres. Fue un regalo de Martínez Campos, que se lo hizo llegar a través de Herculano.

—Ahora estás al servicio de la monarquía —había dicho el coronel con su habitual sonrisa triste.

Aceptó aquel sable con gratitud pero sin convencimiento. Claudicando, reconociéndose peón de maquinaciones con más alcance que su propia vida.

Sea, se dijo a sí mismo, sintiéndose mercenario, pero vivo, al fin y al cabo, y con un propósito.

El último sable, el mejor conservado, era el que iba a utilizar. Aun así, sentir las tres espadas pegadas a su cuerpo —su historia, su violencia y su valor— le transmitían la audacia que necesitaba.

Giró a la izquierda en una de las calles y llegó a la ronda de Toledo, donde lo esperaban Herculano y Bauer serios y despejados, con la mirada grave y una sombra lúgubre bailándoles en la expresión. Por quién doblarán las campanas hoy, se preguntó el soldado. Ambos montaban a caballo y Bauer sujetaba las riendas de una tercera montura.

Se saludaron con un movimiento de cabeza, en silencio, y el soldado acomodó los sables en la grupa del caballo. Una vez asegurado el paquete, asió la silla, venció a su pierna, aún rígida, cogió impulso y montó.

Los tres se observaron con detenimiento y el soldado esbozó una sonrisa triste.

—Gracias.

No era necesario añadir nada más. Era la segunda vez que se sentía agradecido aquel día; y era la primera vez, en mucho tiempo, que lo verbalizaba. Sus interlocutores asintieron, envueltos en el pragmatismo del amanecer. Bauer se irguió en la silla, apretó los talones y su caballo comenzó a andar, seguido por los otros dos, al paso hacia las afueras de Madrid.

Recorrieron el paseo de los Ocho Hilos, con los cedros centenarios flanqueando su partida, y cruzaron el Manzanares para dirigirse hacia Carabanchel. Por el camino, divisaron un cementerio protestante y varios tejares y se cruzaron con un grupo de jornaleros que los observó con una mezcla de curiosidad e indiferencia.

Los campos de trigo se sucedían en una suerte de paisaje atemporal que variaba en la forma y en los colores, pero nunca en el contenido. El cielo, sin apenas nubes, les concedía una increíble sensación de altura, diluyendo su desasosiego en la grandeza de quien avanza por aquel paraje.

El sol estaba ya en lo alto cuando alcanzaron la arboleda donde se habían citado.

El olor a encina, pino y enebro les desbordó los sentidos, mientras que la intensidad del calor de la meseta se empezaba a intuir en el día despejado. Se cercioraron de que nadie los seguía y dirigieron a los caballos fuera del camino, internándose en el bosque de pinos para cobijarse bajo su sombra.

Había una tensión visible en sus miradas concentradas, pero los tres eran soldados —siempre lo serían— y sabían a qué pensamientos recurrir para lidiar con la espera. En cambio, los caballos avanzaban con recelo, cabeceando de más, percibiendo la zozobra que irradiaban sus jinetes.

Las copas de los pinos los sumieron en una sombra inconclusa mientras los rayos del sol estival atravesaban las hojas y creaban columnas de luz fantasmagóricas que los jinetes atravesaban sin apenas prestarles atención.

El viento corría entre los árboles y el soldado experimentó un rápido escalofrío en la espalda que lo devolvió a la realidad. Tanteó la pierna y la sintió entumecida, rígida, y comenzó a flexionar la rodilla repetidas veces para que entrase en calor. Bauer, en cabeza, emitió un gruñido al distinguir el claro al que se dirigían. Los otros dos forzaron la vista y adivinaron, en el medio, varias figuras inmóviles. Conforme se acercaban, el espejismo fue tomando forma: tres hombres y sus monturas los aguardaban pacientemente en el extremo opuesto de la explanada.

El soldado se enderezó en la silla, sintiendo el *bowie* a su espalda, y controló el temblor que le acudía a las manos. Accedieron al claro y se situaron a la distancia adecuada: demasiado lejos para hablar, lo suficientemente cerca como para observarse de frente, sin ambages, como dos enemigos que se conocen y se respetan.

Aunque este no es el caso, se dijo el soldado mientras buscaba en su interior sus oxidadas ganas de matar.

Estudió al menor de los Villena con detenimiento, valorando cada opción, cada punto flaco. Este intentaba aparentar una tranquilidad que no sentía, con una visible ansiedad que se le escapaba por los ojos. Aun así, había en él un odio concreto y dirigido hacia el soldado. Un odio y una energía que no había que subestimar.

A su derecha, su hermano Carmelo mantenía un semblante serio, aunque algo desubicado, que parecía no entender del todo cómo aquella situación se le había ido tan rápido de las manos. Alfonso Moretón parecía ausente, cansado de tanta estupidez; indiferente a todo lo que en aquel paraje acontecía.

Bauer y Herculano se adelantaron y se encontraron con Carmelo y Moretón en el centro de la hondonada. Había en el ambiente preguntas, sorpresa y excitación; gritos sin voz y arrojo.

Pero, sobre todo, pensó el soldado, había miedo.

—Me ahorraré las formalidades —comenzó Herculano—, que ni me atañen ni me importan. Estamos aquí por la verborrea del aquí presente don Matías Suárez de Villena. Escuché la afrenta, y también usted —declaró señalando a Moretón—. Si derrocha tanto valor para sostenerlo con palabras, supongo que no tendrá reparos en hacerlo también, hoy y aquí, con su espada.

Carmelo respondió al embate con una energía resuelta.

—La casa de Torremontalvo no se arredra —comenzó—. Dice lo que piensa y, si es necesario, se bate para sostenerlo. ¿Cuáles son sus condiciones?

El coronel mantuvo el aplomo.

—Sable. A primera sangre.

El mayor de los Villena ahogó un suspiro antes de responder. Al soldado le extrañó su pesar.

Es demasiado real, se dijo sorprendido, para que esto sea cosa suya.

—No puede ser —aseveró con firmeza—. Hubo una agresión, en público, por parte de un funcionario a un aristócrata español. El duelo debe ser a muerte —sentenció—. Así lo queremos.

Herculano intercambió una mirada rápida con Bauer y este asintió mientras se encogía de hombros.

El coronel se dirigió al noble.

—No es lo acordado —dijo con calma—, y poco se puede esperar de una familia que se desdice; que da su palabra y luego la niega. Pero todo a su tiempo. —Dejó que sus últimas palabras se posasen sobre los Torremontalvo y continuó—: Sea, duelo a muerte con sables. Y que la infamia encuentre su lugar entre el coraje y el miedo.

El coronel tiró de las riendas e hizo girar a su caballo, dando la conversación por finalizada.

—¿Y bien? —les preguntó el soldado una vez que lo alcanzaron.

—Lo esperado —resumió Herculano—. Duelo a muerte.

El soldado contempló a los tres jinetes en la lejanía.

—No podía ser de otra manera —musitó para sí mismo.

Era lo cabal, lo razonable. Batirse en duelo, enfrentarse a la muerte y cerrar el círculo, como había cerrado Cuba. Era lo mínimo que le debía a la fortuna.

Descabalgó, escogió el sable de Martínez Campos y se lo entregó a Bauer.

—Vamos a acabar con esto.

Herculano y el carlista se alejaron a pie portando el arma y se reunieron de nuevo en el centro de lo que, de pronto, se había convertido en un campo de batalla.

Bauer les mostró el sable elegido, sosteniéndolo con los dedos de ambas manos.

—Comprueben el filo y la punta —declaró sin emoción—, y el equilibrio, si lo estiman oportuno. Es un sable militar y no está manipulado.

Moretón se acercó y lo empuñó con profesionalidad, alzándolo en un movimiento seco y controlado. Hizo un giro sesgado y comprobó su equilibrio, contemplando su brillo templado en la luz estival del mediodía. Era un sable simple, sin adornos y algo pesado, pero con una proporción perfecta; manejable, estilizado y grave. Imaginado para matar en cualquier circunstancia y a través de cualquier impedimento.

Herculano recogió el sable enemigo de las manos de Carmelo y lo examinó con atención, sin los aspavientos del republicano. La curvatura era algo pronunciada, como en las armas de la caballería. Tenía la hoja oportuna y un equilibrio sensato. Se intercambiaron las espadas en silencio, pronunciaron las últimas frases de cortesía y se retiraron.

El soldado observó el baile de sables en la distancia y sintió la boca seca y un frío sudor en las manos. Un vértigo ajeno e inesperado. Para distraerse, flexionó la rodilla y estiró la pierna, preparándolas para el esfuerzo que no tardaría en llegar.

Bauer le lanzó la espada con un movimiento horizontal y el soldado la recogió con naturalidad, describió un círculo con el brazo y cortó el aire con un sonido siniestro. Todo iba a empezar y una calma inusitada y peligrosa se instaló en él; una frialdad ajena a la clemencia.

Matar o desaparecer.

—Ahora todo depende de sus brazos —resumió el coronel, evitando que la inquietud ocupara su mirada.

De su habilidad, de su aptitud, de la rigidez de la pierna, de sus pulmones, de su respiración. Mi cuerpo, se dijo mientras aspiraba una intensa bocanada de aire, al servicio del instinto.

Se desprendió de la levita sin prisa, se quitó la corbata y avanzó tranquilo hacia un Matías que, a lo lejos, también caminaba a su encuentro. Alcanzaron el centro y se observaron en la corta distancia que los separaba. El noble tenía la nariz hinchada y el labio partido.

Un recuerdo, se dijo el soldado, de las palabras que debería haber evitado en la embajada. Inclinaron levemente la cabeza como saludo y ambos, a la vez, alzaron sus armas. Durante un instante, todo permaneció inmóvil. El tiempo se detuvo en esa última inspiración, antes de decidir el primer movimiento e iniciar aquel ritual de muerte.

El menor de los Villena desplegó tentativamente su vergüenza intentando una estocada por la izquierda que el soldado desvió sin problemas y el duelo comenzó.

Matías se rehízo, avanzó un paso y su rival retrocedió otro, conteniéndolo. El noble lanzó un tajo por la izquierda, violento y rabioso, pero el soldado lo bloqueó sin inmutarse. Intuyendo el siguiente golpe, levantó el sable casi sin pensar e impidió el movimiento tangencial de la hoja enemiga, desviando el sable y el esfuerzo de Matías hacia la derecha. Alzó su arma y recuperó el control, sintiéndose imbatible. Estaba entrando poco a poco en calor y sentía la pierna firme y elástica. Dio pequeños pasos laterales, tanteando la rodilla, y esta resistió el peso sin problemas.

Si dudas, no dispares, se repitió como una oración mientras estudiaba a su oponente.

Estaba tranquilo, a la defensiva, exasperando el furor explosivo de Matías. Recibió y rechazó sin apenas esfuerzo una serie de golpes consecutivos y apreció el resuello del noble, su impotencia, las gotas de sudor perlando su frente. Descargó un golpe seco para frenar su avance y aprovechó el impulso para cambiar de ángulo. Las hojas de los dos sables temblaron, emitiendo un ulular metálico estremecedor. El soldado desvió una estocada y avanzó por primera vez: lanzó una finta, esquivó un bloqueo y vio el hueco; pero al dar un paso más hacia delante, su rodilla crujió, llenándole la pierna de un dolor indescriptible. El movimiento se quedó a medias y recuperó su posición inicial tratando de disimular el grito que vibraba en su garganta. Bajó el arma y fingió cierta expectación, dándose tiempo a asimilar su flaqueza.

El Torremontalvo retrocedió sobresaltado y se llevó la mano al costado, pálido, consciente de la estocada que había estado a punto de recibir; escrutando el rostro sereno de su adversario. Lanzó un tajo directo y el soldado no pudo evitar cojear al desviarlo.

Los ojos del noble se le llenaron de una cólera renovada al comprender que lo había salvado la incapacidad física de su oponente y avanzó hacia él con decisión, olvidando todos los principios de la esgrima. El intercambio de golpes fue brutal: una sucesión de estocadas rápidas destinadas a rasgar la piel, a herir, a matar, que el soldado contuvo con aplomo militar.

Tras la violenta acometida, los dos contendientes se separaron respirando entrecortadamente.

Nada de movimientos de cadera, pensó el soldado mientras cambiaba de lado el peso y afianzaba su pierna derecha.

Matías embistió de nuevo y el soldado bloqueó y atacó casi por inercia. Los dos habían renunciado a la seguridad, abandonándose a un baile de acero, ímpetu y destreza. El soldado dio un paso atrás y descargó su sable contra el del Torremontalvo con contundencia, haciéndolo trastabillar; avanzó y le lanzó una estocada rápida que el otro desvió a duras penas, perdiendo el equilibrio y cayendo de espaldas.

—En pie —concedió el soldado bajando el arma.

Matías se incorporó temblando de la ira y cargó sin contemplaciones. Aquel ímpetu hizo recular al soldado y lo obligó a relegar la posición defensiva a su pierna izquierda. El esfuerzo para repeler el golpe —la rapidez del movimiento, el giro seco de cintura— fue demasiado brusco, y un relámpago de dolor lo recorrió de arriba abajo. Perdió el equilibrio y tuvo que atrasar su pierna derecha para no caer, exponiéndose, perdiendo un segundo de vista a su oponente.

Aquel instante de debilidad fue letal.

Sintió cómo el acero atravesaba su camisa, perforaba la piel de su costado y se hundía en la carne. Recurrió a un último impulso para saltar hacia atrás y se dejó caer sin remedio. Su espalda golpeó el suelo, rodó y gritó de dolor. Buscó la herida con la mano y se manchó de sangre.

El menor de los Villena avanzó, pero el soldado clavó la rodilla derecha en el suelo y alzó el sable, dispuesto a morir como quien era. El dolor le nublaba la vista, pero su orgullo estaba intacto.

—¡Levante! —escupió Matías con desprecio.

El soldado se palpó la cadera con cuidado. Era una herida profunda y sangraba profusamente. Se levantó trabajosamente, cojeando, ocultando el esfuerzo que sus pulmones derrochaban. Los padrinos se habían acercado a los contendientes y Bauer carraspeó.

—¿Me permite? —preguntó mirando a Matías. Este asintió.

El soldado abrió los brazos sin dejar de sostener el sable, dejando al descubierto la herida.

—Habría que coser —dictaminó el carlista tras examinarlo.

Las miradas del soldado y Herculano se encontraron, comprendiéndose.

—Con el cañón de un arma —sugirió este último. Bauer lo observó con sorpresa—. Hay que cortar la hemorragia, cauterizar la herida —explicó el coronel.

Se giró para dirigirse a Moretón y a Carmelo.

—Voy a disparar el revólver dos veces para cauterizar la herida con el metal candente.

Los interpelados concedieron con un gesto de cabeza y se alejaron a una distancia prudencial.

El coronel empuñó el arma y disparó en diagonal apuntando al suelo, enterrando las dos balas. Luego se acercó con celeridad al soldado y aplicó el cañón contra la herida. Este emitió un gruñido sordo al sentirse arder y suspiró aliviado cuando Herculano retiró el metal. Se observó la herida, probó su elasticidad evitando varias muecas de dolor y asintió.

Podía continuar.

Bauer lo golpeó en el hombro en señal de ánimo y los padrinos se alejaron, quedando los contendientes otra vez desamparados, solos ante su suerte, rodeados de cielo, árboles y desconsuelo.

El soldado observó a Matías Suárez de Villena mientras le latía la pierna y presionaba la herida de su costado con los dedos. La camisa rota, un equilibrio inestable y el pecho empapado de sudor.

Todo está llegando a su fin, pensó. Y no disponía de mucho tiempo.

Se adelantó y descargó un potente golpe sobre su rival, detuvo una estocada a su izquierda, se mordió los labios para no gritar y lanzó un tajo visceral hacia delante. Matías retrocedió sorprendido, pero se rehízo y atacó para frenar el impulso de su oponente. El soldado desvió el sable del noble y fintó hacia delante, pero la pierna le falló de nuevo a la mitad del giro, interrumpiendo el movimiento.

Villena comprendió la oportunidad y no dudó. Se adelantó con presteza y describió un arco cerrado con el brazo, buscando el costado desprotegido de su adversario. El soldado observó a Matías lanzar aquella estocada mortal como si soñase, como si el tiempo se hubiese detenido y él estuviese demasiado cansado para reaccionar ante lo inevitable. En un último movimiento, alzó su arma y desvió el sable del noble hacia la izquierda. Cambió el peso de pierna, giró la muñeca y se lanzó hacia delante.

Matías Suárez de Villena sintió el golpe, perdió el equilibrio y cayó al suelo con rabia, con algo de sorpresa, dispuesto a resarcirse. Intentó girarse para incorporase de nuevo, pero no sintió las piernas. Un sabor metálico le saturó la boca y la sangre acudió a sus sentidos a través de la garganta, experimentando un dolor lejano, casi externo, en el pecho. Intentó levantarse otra vez, y lo último que vio antes de derrumbarse para siempre fue el sable del soldado hundido en su estómago hasta la empuñadura.

27

18 de marzo de 1874, Las Guásimas de Machado, Cuba

La incertidumbre mata más que las balas.

O, al menos, es más despiadada, pensó Ciudad.

Habían sido tres días de resistencia y espera. Tres días en los que la esperanza se había reducido a un murmullo en la lejanía. La canción del Gaditano, el valor implícito que había traído tras el combate, se había desvanecido en la lenta apatía que los devoraba. Mantenían aseguradas las precarias potreras en las que se habían hecho fuertes, pero, aun así, los cubanos no habían intentado ningún asalto. Sabían que la paciencia estaba de su parte.

—El problema es el agua —había afirmado Urtea el día anterior.

La corriente del arroyo que cruzaba la hacienda estaba estancada y varios soldados habían caído enfermos tras beber de ella, uniéndose a la multitud de heridos y convalecientes tras la emboscada.

—Si no acuden pronto los refuerzos —concluyó el capitán—, no podremos aguantar mucho más.

La segunda noche, aprovechando la oscuridad, Armiñán había ordenado que lo que quedaba de caballería rompiera el cerco y se dirigiera a Puerto Príncipe en busca de ayuda. Al amanecer, los cubanos lanzaron un tímido asalto que fue rechazado con contundencia.

—Nos tantean —murmuró Alonso con una sonrisa taimada, oteando al enemigo—. Comprueban si aún tenemos fuerza para mantenernos en pie.

No les faltaba la munición, pero no la desperdiciaban. Sabían que era lo único que mantenía a los mambises a raya.

—Si dudas —repetía Ciudad a sus soldados—, no dispares.

Aquellas cuatro palabras se habían convertido en un mantra entre los españoles. Se lo repetían entre dientes, unos a otros, antes de apretar el gatillo.

Tras el último ataque, los rebeldes habían buscado el resguardo de la distancia esperando pacientemente el desmoronamiento anímico del enemigo. Los disparos —aislados y puntuales— resonaban en la ignominiosa quietud de los días sin que nadie se tomase la molestia de responder.

Al atardecer del tercer día, el calor iba dando paso a una suave brisa que les otorgaba una tregua y les aliviaba los sentidos. Dos soldados cocinaban lentamente yuca con arroz mientras el resto de la sección observaba lacónicamente la escena. Todos sucios, desharrapados, desnutridos. Con un ojo en la espesura y otro en la comida.

—Ciudad, el capitán Urtea quiere verle —llamó un oficial—. Alonso, a usted también.

Los dos sargentos se levantaron, se miraron extrañados y siguieron al enviado. El capitán Urtea, en una de las estancias de la potrera más pequeña, contemplaba un mapa de la zona apoyado en una suerte de mesa compuesta de baúles y cajas. El teniente Riesgo lo acompañaba, estaba apoyado contra la pared, sujetándose el vendaje del brazo y respirando profundamente, midiendo el esfuerzo.

—Descansen —concedió el capitán.

A pesar de la situación, Urtea conservaba un porte elegante. Su voz era grave, profunda y sorprendentemente relajada. Conocía perfectamente la región, el terreno y al enemigo. Alonso no pudo evitar pensar en la situación en la que la columna estaría si él hubiese dirigido aquella expedición.

—Como bien saben —comenzó, levantando la vista del mapa—, la Segunda Compañía de Cazadores se ha visto severamente mermada, viéndose privada de gran parte de sus oficiales.

La imagen de todos los heridos —sus lamentos, sus gritos de agonía— amontonados tras las precarias barricadas hizo a Ciudad estremecerse.

—Tras valorar la situación —continuó Urtea—, el coronel Armiñán ha estimado oportuno el ascenso del teniente Riesgo a capitán.

—Enhorabuena, señor —afirmaron los dos.

Urtea asintió, dio un paso hacia delante y se acercó a los dos soldados sin dejar de mirarlos, como queriendo adivinar sus pensamientos.

—Sargento Ciudad —declaró—, la Segunda Compañía ha perdido dos de sus cinco tenientes. Sus superiores han alabado repetidas veces su templanza y sentido común, cualidades poco comunes en este ejército. —Se permitió una pausa mientras estudiaba la expresión de su interlocutor—. Le asciendo a teniente de la Segunda Compañía del Batallón de Cazadores del San Quintín —concluyó—. El capitán Riesgo será su oficial superior. La promoción se hará efectiva a nuestro regreso a Puerto Príncipe. ¿Acepta?

La pregunta era pura cortesía. Riesgo se inclinó hacia delante frunciendo los labios, con un orgullo primario en los ojos.

—Sí… —consiguió articular Ciudad—. Gracias, señor.

El capitán firmó un papel y se lo entregó.

—Presente este documento en el cuartel de intendencia. Le indicarán los próximos pasos. Puede retirarse.

—Gracias, señor —repitió el catalán.

Los dos soldados se dispusieron a abandonar la estancia, pero Urtea habló de nuevo.

—Alonso, un segundo.

Ambos se dieron la vuelta, pero el capitán fue explícito.

—Únicamente Alonso.

Ciudad musitó unas palabras y salió del recinto, dejándolos solos.

Un extraño silencio planeó entre los tres militares. Alonso les sostuvo la mirada con expectación y un punto de desafío.

Riesgo se incorporó con cuidado.

La pierna, pensó Alonso. Cojeaba y había perdido movilidad.

—¿Qué opina? —preguntó a bocajarro el navarro.

El abulense se tomó su tiempo. Miró al suelo y luego al techo, eligiendo bien las palabras.

—Es un gran soldado, señor. Sabrá lidiar con la sección.

—¿Se alegra?

El verbo se le antojó distante, ciertamente desconocido.

—Supongo que sí, señor. Es mi compañero —añadió con firmeza—. Y es mi amigo.

Riesgo asintió, serio, ocultando el esfuerzo al que sometía a su cuerpo.

—Mi primera opción, sargento, era usted —comentó sin ambages—. La sigue siendo. Es usted recto y decidido, y ha demostrado sobradamente su arrojo en el combate.

Alonso no respondió. Urtea, en un segundo plano, seguía la conversación en silencio.

—Pero el objetivo es salir de aquí —continuó Riesgo—, y necesito el aplomo de Ciudad para abrirnos paso a través del enemigo.

Cabeza o corazón, se dijo Alonso, pensando en la calma innata de Ciudad. Recordando cómo se había enfrentado a aquellos catalanes en el puerto de Barcelona. Esa violencia implícita en sus gestos relajados.

Tiene razón, reflexionó el abulense, cerrando y abriendo los puños. La audacia causa más muertes, pero el ingenio salva más vidas.

—Tiene sentido, señor —afirmó con convencimiento, mirando a Riesgo a los ojos—. Creo..., creo que yo habría hecho lo mismo.

El navarro se permitió una sonrisa cansada y Urtea asintió desde la distancia.

—Gracias —reconoció el primero.

—A usted por la confianza, señor.

—Espero que...

—La discreción es esencial en el ejército, señor. No se preocupe.

Riesgo volvió a apoyarse contra el muro y mostró un alivio visible, una satisfacción sincera.

—Puede retirarse.

Alonso saludó a los dos oficiales y abandonó la potrera envuelto en un sentimiento extraño: una combinación de alivio, cansancio, miedo y, ciertamente, algo de decepción. Encontró a Ciudad contemplando el fuego, pensativo, sumido en una profunda reflexión.

—Enhorabuena —susurró, apoyándole la mano en el hombro.

—Gracias.

La alegre sorpresa del principio había dado paso a una melancólica seriedad.

—¿Qué ocurre?

—No lo sé —replicó Ciudad sin añadir nada más, perdiendo la mirada en el fuego.

El abulense se sentó a su lado, respetando su silencio, y lo acompañó sin pronunciar una palabra. A su lado, algo apartados, conversaban en voz baja todos los soldados bajo su mando. Aquellos hombres eran el esbozo de sí mismos: barbas mal afeitadas, cuerpos escuálidos, miradas graves y la razón pendiendo de un hilo. La alegría que ya no se permitían, la esperanza que se les rompía en las manos.

Alonso, en el fondo de sí mismo, comprendió la actitud de Ciudad, la amarga responsabilidad que recaía sobre sus hombros. Cambió de posición y sintió el sudor seco debajo de su uniforme roto, el barro en sus alpargatas destrozadas, el hambre atroz que le rugía en el estómago.

Cuándo se acabará este miedo, se preguntó. Este hastío.

—¿Qué querían? —dijo Ciudad.

La pregunta se abrió paso entre sus pensamientos.

—Saber qué opinaba —mintió el abulense—, cómo aceptará la sección tu ascenso.

El otro asintió sin preguntar nada más y desvió la mirada.

—¿Y tú que crees? —preguntó al rato, mirándolo como un náufrago en una tempestad.

Alonso sonrió, tranquilizándolo.

—Creo que no podemos tener mejor teniente.

Ciudad le devolvió la sonrisa.

—Saldremos de aquí —afirmó Alonso palmeando la pierna de su amigo—. Juntos.

Aún era de noche cuando un sonido lejano de disparos los despertó. Alonso sintió cómo Ciudad se ponía en pie como un resorte y le escuchó arengar a sus hombres, incluido a él.

—¡En pie! —exclamó—. ¡Armas listas!

Una orgullosa tristeza se le anudó en la garganta.

Manuel Ciudad, el joven sonriente y cándido que lo había salvado en el puerto de Barcelona, se había convertido en un oficial duro, valiente y decidido.

Las detonaciones se oían cada vez más cerca y los fogonazos empezaron a iluminar el bosque que los rodeaba. Entre los jagüeyes, tamarindos y peralejos se empezaron a distinguir primeros los uniformes españoles.

Puerto Príncipe, al fin, enviaba refuerzos.

—Bascones —murmuró Riesgo al alcanzarlos.

Un grito de triunfo, de ánimo, de tensión contenida y liberada, surgió de las potreras. La entereza volvía a las manos de todos aquellos soldados derrotados. El sol despuntaba en el horizonte cuando la columna española irrumpió en la explanada, avanzando con lentitud y sosteniendo el fuego enemigo, segura de su dirección y objetivo. Los mambises se replegaron sin prisa, permitiendo su avance, disparando a herir, matándolos despacio.

El refuerzo español se desplegó en el claro y el grueso de la columna accedió a las potreras entre los vítores y aplausos de los asediados. El brigadier, tranquilo, empapado en sudor y rodeado de varios de sus oficiales, buscó con la mirada a Armiñán y ambos se retiraron para hablar a solas.

—¿Cómo se ha llegado a esta situación? —preguntó sin ambages el recién llegado.

Al coronel le tembló la voz.

—Una…, una emboscada, señor —acertó a decir.

Bascones soltó un largo suspiro y relajó los hombros mientras contemplaba el paisaje con parsimonia. Aún se escuchaban disparos entre la maleza y una larga columna de humo blanco se erigía a sus espaldas.

—¿Se han quemado los cuerpos?

—Y los caballos —confirmó Armiñán con dureza—. No hubo más remedio.

El brigadier asintió meditabundo. En aquellas situaciones excepcionales, no se podía juzgar a la ligera. La guerra le había enseñado todas las facetas de la vida y la supervivencia; las aristas de la crueldad y de la estupidez humanas.

—¿Qué sucedió? —preguntó al fin.

El coronel se sumió en un hosco silencio, desviando la mirada para evitar el escrutinio de su superior.

—El enemigo se expuso en el claro —explicó con lentitud— y nuestra caballería lo hostigó, apoyada por uno de los batallones. La infantería rebelde estaba emboscada al final de estas potreras, entre los árboles. Abrieron fuego y, tras el primer desconcierto, su caballería cargó. —Se dio la vuelta, por fin, para observar la expresión de Bascones—. La columna avanzó para cubrir la retaguardia —continuó— y nos hicimos fuertes en los edificios. Bloquearon todas las salidas y nos sitiaron.

El recién llegado se acercó a Armiñán, reduciendo la distancia hasta el límite de lo apropiado.

—¿Dio usted la orden de ataque?

El otro bajó la cabeza avergonzado y asintió sin querer. Analítico y profesional, ignorando el desamparo de su interlocutor, Bascones hizo la última de las cuestiones: la más dolorosa.

—¿Cuántas bajas?

El tono era inequívoco, inapelable. Había impaciencia en la voz del brigadier. Un negro presentimiento que no quería admitir. Armiñán no pudo evitar un suspiro, un balbuceo en forma de disculpa. El rostro congestionado al pronunciar el desastre.

—Cuatrocientos heridos. Casi ciento cincuenta bajas. La caballería ha sido prácticamente aniquilada.

Lo dijo rápido, sin casi respirar. Bascones abrió los ojos, pero contuvo las palabras. El aplomo del militar consiguió controlar los improperios que le vibraban en las cuerdas vocales. Sintió unas ganas inmensas de abofetear al coronel y decidió andar en círculos para pensar y despejarse.

—¿Puede avanzar con los heridos? —preguntó tras un silencio, quizá, demasiado largo.

—Hay suficientes carros. Tendrán que ir amontonados, pero servirá. Podemos abrirnos paso.

El brigadier afirmó con la cabeza.

—Prepárelo todo. Mañana, al alba, volvemos a Puerto Príncipe.

***

Alonso y Ciudad contemplaron el horizonte en silencio. El día había estado invadido por el rumor constante de los preparativos. Por los nervios que antecedían al combate.

Atardecía en Cuba y el azul despejado del cielo agonizaba entre los árboles, tiñendo el horizonte de rojos anaranjados. Una placidez irreal acompañaba al paisaje. La brisa aliviaba la piel expuesta de los soldados y el canto del ruiseñor invadía los sentidos, relegando a un segundo plano, por un momento, lo desesperado de la situación.

Los cubanos tomaban posiciones alrededor de Las Guásimas mientras Alonso y Ciudad analizaban aquella jaula natural que el enemigo había elegido. De vez en cuando, el galope de la caballería mambí les recordaba la cercanía del peligro y la tensión volvía a instalarse en sus pechos.

—Dos salidas —afirmó Ciudad de improviso—. ¿Cuál elegirías?

Alonso localizó el despliegue cubano y calculó las distancias. Había dos caminos, el primero serpenteaba, cuesta arriba, hacia al noroeste, y el otro bajaba hacia el sudeste. Ambos se dirigían a Puerto Príncipe.

Setenta kilómetros por recorrer entre disparos, furor y violencia.

—Lo complicado será romper la línea —comentó—. Tendríamos más impulso cargando hacia abajo —dijo señalando el camino del sur.

Ciudad siguió con la mirada sus indicaciones.

—Para nosotros es la opción más sencilla —continuó—, y la más lógica. Han improvisado varias barricadas con troncos para bloquear el camino y seguro que plantean una segunda emboscada más adelante. —Se interrumpió pensativo—. Habrá más efectivos allí.

Era cierto.

La infantería cubana se afanaba en la zona para tratar de fortalecer sus posiciones en caso de una carga de caballería. Alonso se giró para estudiar la otra ruta.

—Aunque es más arriesgado, si alcanzamos la cima de aquella loma —dijo señalando la ruta del noroeste—, el resto sería cuesta abajo. Se cubriría mejor la retirada.

Manuel recorrió con la mirada el paisaje y asintió concentrado.

—¿La caballería primero para afianzar el terreno? —preguntó.

Alonso asintió y añadió:

—Y después los flancos, para proteger a los heridos. Pero primero, la dirección. —Ciudad frunció el ceño, preguntándole con los ojos—. Que parezca que bajamos —matizó el abulense trazando un círculo con la mano— para luego subir.

El teniente volvió a contemplar, otra vez, la explanada que los rodeaba mientras asentía en silencio. Cuando sintió que había ordenado sus pensamientos, se levantó.

—Quiero planteárselo a Urtea —declaró, atento a la reacción de Alonso.

El aludido cabeceó sonriente, aprobando su decisión. Ciudad asintió y desapareció entre los soldados que comenzaban a tomar posiciones.

Hay algo de festivo en la muerte, pensó Alonso contemplando a sus hombres.

La certidumbre del combate les insuflaba una temeraria alegría, un peligroso ímpetu mal disimulado. El sargento se sonrió, deshaciéndose de la rabia acumulada tras todos aquellos años de guerra. Tenían razón al elegir a Ciudad. Él habría caído en la osadía que surge de la venganza, en la audacia de una efímera eternidad.

Estaba comprobando el cerrojo de su Remington cuando Ciudad apareció a su lado precedido por Riesgo, con un brazo en cabestrillo, y Urtea.

La compañía se cuadró al instante.

—Cubriremos la retirada —anunció el capitán con su acostumbrado pragmatismo—. Nos haremos fuertes allí —dijo señalando la cima del camino del norte—. Aguantaremos hasta que todos los heridos estén a salvo. ¿Alguna pregunta?

Los soldados aceptaron la orden con una estoica resignación, mirando el cerro en el que soportarían, probablemente, lo peor de la jornada.

—Una hora —concluyó Urtea.

Otra eternidad, pensó Alonso.

Había perdido la cuenta de los días que llevaban allí. El cansancio le pertenecía como un órgano más, como si fuese esencial en su existencia. Sintió, otra vez, la apatía que precedía a la batalla; el vértigo del azar, la pugna por la supervivencia. Hasta los pájaros, en su altura inexpugnable, parecían comprender lo inevitable del choque, enmudeciendo entre las ramas de los árboles.

Una hora, y como si el mundo lo hubiese escuchado, una calma inhóspita e irreal se instaló en Las Guásimas de Machado.

Al cabo, los jinetes españoles se adelantaron encarando el sur y en la espesura los cubanos se movilizaron con rapidez, reorganizando el cerco y concentrando más efectivos en aquella dirección. La artillería peninsular barrió la línea rebelde de manera preventiva y, cuando los cañones callaron, la caballería abandonó las potreras y comenzó a avanzar por el lateral de la explanada hacia las posiciones enemigas. El galope aumentó de velocidad y los cubanos, de pronto, enmudecieron.

Los dientes apretados, pensó Alonso, y las bayonetas dispuestas.

Pero varios metros antes de alcanzar la improvisada defensa cubana, el contingente redujo la velocidad y describió un amplio círculo hacia la izquierda, recorriendo de punta a punta la sorprendida línea enemiga y barriéndola con sus fusiles.

Y ahora, se dijo Alonso, el principio del fin.

—¡Infantería! —exclamó Bascones.

Las compañías reaccionaron con eficacia.

Dándose la vuelta, recorrieron las potreras a la carrera, salieron a campo abierto y cubrieron rápidamente la distancia que los separaba de los rebeldes apostados en el camino del norte, cargando contra ellos sin piedad. La lucha fue breve, y la resistencia, puntual; y los coloniales se hicieron fuertes en la loma en cuestión de minutos.

La caballería, tras el primer contacto en el sur, ascendió por la ladera al galope. El engaño había funcionado: la ruta estaba despejada y los flancos estaban cubiertos. El grueso del ejército español, que custodiaba a los heridos y la artillería, alcanzó la vanguardia sin complicaciones. Casi cinco mil almas huyendo de aquella ratonera.

Los oficiales rebeldes, superada la sorpresa inicial, reorganizaron sus fuerzas y persiguieron a la columna española guiados por una sentida cólera, gritando su impotencia y sus ganas de matar.

Una vez ganada la altura y contenidos los ataques, la fuerza española comenzó su avance hacia Puerto Príncipe.

—¡Compañía! —bramó Urtea—. ¡Primera y Segunda Sección a la izquierda! ¡Tercera y Cuarta a la derecha!

Los hombres ocuparon sus posiciones sin vacilar, sin perder de vista al enemigo, con las armas listas y la cabeza despejada.

—Acompañaremos a la columna hasta la siguiente loma —completó Ciudad señalando el promontorio mientras avanzaban con rapidez—. Una vez allí, cubriremos la retirada.

Lucha cuerpo a cuerpo, pensó Alonso, evitando un escalofrío. El miedo, como un factor más de la contienda, lo ralentizó todo.

—¡Ahorrad munición! —urgió Riesgo a lo lejos.

La compañía se puso en marcha, adelantando a las secciones más rezagadas que los observaban con una mezcla de lástima y admiración. La cuesta no era muy pronunciada, pero la inactividad de los últimos tres días les pasó factura. Todos sudaban profusamente cuando alcanzaron la cima.

Una hora, pensó Alonso contemplando el movimiento enemigo, dos como mucho. Sentía las piernas doloridas y cansadas; y pensó en las rodillas de Ciudad, siempre resentidas. Pensó en todo el día que aún quedaba por delante.

Los cubanos no tardaron en alcanzarlos y las balas comenzaron a silbar a su alrededor. El abulense sintió cómo los proyectiles se clavaban en el suelo, cerca de sus pies. Alzó la vista e intercambió con Ciudad una mirada cargada de comprensión.

—Hijos de puta —murmuró el Gaditano a su espalda.

Estaban tirando a las piernas.

Sin esperar ninguna orden, formaron al cuadro, con las banderas y varios heridos en el centro: primera línea, rodilla en tierra; segunda línea, de pie; la reserva, detrás. Contemplaron con displicencia cómo la retaguardia española se alejaba, con los últimos soldados pasando juntos a ellos.

—¡Ánimo!

—¡Dadles duro!

Gritos de propósito y furor llenaron el aire caliente del ya casi mediodía. Desde la altura, distinguieron a la caballería enemiga organizándose para la batalla y a la infantería cubana cada vez más cerca.

Alonso organizó a sus hombres y apoyó el fusil en su hombro, la tibia culata del fusil rozándole la mejilla. Si dudas, no dispares, se repitió inconscientemente.

La última sección, guiada por Riesgo, se unió a ellos.

—Ya está —murmuró alguien a su espalda.

Los soldados de la Segunda Compañía del Batallón de Cazadores de San Quintín, encargados de cubrir la retirada de Las Guásimas, erizaron sus bayonetas y formaron al completo en lo alto del cerro, rodeados de enemigos. Arrogantes, silenciosos y letales. Dispuestos a todo.

El capitán Urtea se dirigió a ellos.

—Caballeros, somos los últimos en abandonar este desastre —comenzó—. Sientan la tierra bajo sus pies porque este olvidado rincón del mundo es también parte de España; y en él, como orgullosos soldados de un imperio en decadencia, luchamos y, si es necesario, morimos. Por todos los que cayeron —dijo señalando a Las Guásimas— y por todos los que nos vengarán. Una hora. Dos. Quizá el día entero. Hemos de dar tiempo a nuestros heridos para llegar a casa. —Desenvainó el sable—. ¿Están conmigo?

Un grito espléndido, cargado de coraje, surgió de la multitud. Por supuesto que estaban con él.

Urtea contempló cada rostro compungido, las miradas concentradas, las ganas de matar de sus soldados.

—Demostremos a estos incautos por qué fuimos dueños del mundo —concluyó.

Alonso sintió cómo el miedo desaparecía. Experimentó una resignación total ante lo inevitable. La aceptación de que estaban solos, desamparados en medio de una isla desconocida sin más refuerzo que ellos mismos; sin más apoyo que su resolución. Abandonados por un Gobierno miserable, por un Alto Mando cobarde e irresponsable, por unos oficiales entregados a la corrupción. Mal calzados, desnutridos, sucios y enfermos. Cualquier otro, sin esperanza ni recursos, habría capitulado sin vacilar.

Pero había algo más. Tenían algo que, a pesar de todo, los sostenía.

Frente a la indecencia del Alto Mando, de las instituciones, estaban aquellos oficiales con vergüenza y sentido del deber. Militares que luchaban, sufrían y morían junto a ellos.

El pragmatismo de Urtea —su voz ronca, su rugido animal— y el furor de Riesgo. Tan solo les quedaba eso.

El destino los había puesto en sus propias manos. Ya no luchaban por España, ni por el rey, ni la República; ni siquiera por el pueblo. Luchaban porque el azar los había puesto en aquella encrucijada; porque un conjunto de decisiones —una mujer, el dinero, la aventura— los había llevado hasta aquella situación. Luchaban porque era la única manera decente de vivir, porque pocas veces en la vida se tiene la oportunidad de mirar al enemigo a la cara antes de acuchillarlo y caer, abrazado a él, en la eterna oscuridad.

No había nada más, pensó Alonso. Ni nada menos.

—No está tan mal —murmuró en voz alta mientras paseaba la mirada por el horizonte—. Es un buen día para morir.

Ciudad se giró, forzando una sonrisa.

—No tendrán esa suerte.

La brisa tropical los envolvió en su aire cálido y escucharon cómo las banderas ondeaban mecidas por el viento. Una quietud expectante se instaló en la compañía.

La vanidad, pensó Alonso, la vergüenza de la que surgía el coraje español. Supo que eran peligrosos, y sintió lástima por sus enemigos. Cambió de posición, movió los hombros y trató de desentumecer los brazos.

Las órdenes de Urtea resonaron a su espalda.

—¡Aguantad!

Un gran contingente cubano ascendió por la ladera parapetándose tras varios carros. Por uno de los laterales, la caballería rebelde se adelantó y trató de superarlos. Una de las secciones se desplegó sin recibir ninguna orden y disparó contra la fuerza mambí, barriéndola sin contemplaciones.

Un aviso, pensó Alonso. Miró hacia atrás y calculó la distancia que los separaba de la columna española. Aún están cerca, pensó. Tendrían que aguantar un poco más.

Encaró al enemigo y se preparó para lo inevitable.

—¡Primera línea! —tronó el capitán—. ¡Fuego!

Una única detonación retumbó en Las Guásimas. El humo los cegó, pero la intuición les decía dónde estaba el enemigo.

—¡Segunda línea!

Apretaron el gatillo antes de escuchar la orden del oficial. La descarga desarmó el avance mambí. La voz bronca de Riesgo resonó entre el humo grisáceo.

—¡Administrad la munición!

Los rebeldes respondieron desordenadamente a los disparos mientras los españoles recargaban al amparo de la humareda.

Nadie hablaba, nadie celebraba nada. Eran conscientes de la longitud del día, del calor que los envolvía, de la distancia que los separaba del grueso del ejército.

—¡Teniente! —exclamó Riesgo dirigiéndose a Ciudad y señalando una arboleda—. Cubra el avance desde la espesura.

El aludido se giró y asintió.

—¡Tercera sección, conmigo!

La voz seca de Ciudad retumbó en el pecho de sus hombres y la sección se irguió para seguirlo. Alcanzaron los árboles sin recibir ningún disparo y se parapetaron tras los gruesos troncos de los guáimaros. A su derecha, contemplaron cómo el contingente español iniciaba la retirada.

Tomaron posiciones y cuarenta fusiles apuntaron a las deshechas fuerzas cubanas.

—Fuego de cobertura —ordenó el teniente.

Las descargas alcanzaron de lleno a la infantería mambí, que, sorprendida, se terminó de dispersar, cobijándose del tiroteo enemigo. Alonso observó cómo la Segunda Compañía progresaba con buen ritmo hacia la columna española.

Podemos conseguirlo, se reconoció por primera vez.

—En pie —ordenó Ciudad.

Un sonido a su espalda sobresaltó a Alonso.

Se lanzó hacia un lado por instinto, rodando por el suelo, y escuchó el filo de un sable que cortaba el aire e impactaba con violencia contra la corteza del árbol que, hasta hacía un segundo, utilizaba como parapeto. Soltó el rifle, desenvainó con agilidad su machete y lanzó un rápido tajo de abajo arriba, en diagonal, sintiendo una fuerte sacudida en la muñeca.

Un soldado rebelde emitió un alarido ahogado y cayó al suelo con el torso abierto en dos. Cubierto de sangre, serio y letal, con los ojos desencajados, Alonso se giró para encarar el inesperado ataque cubano.

—¡A mí! —aulló mientras se lanzaba hacia los cubanos.

La sección española embistió con las bayonetas a la infantería rebelde que surgía de entre los árboles. Son demasiados, pensó Alonso mientras desviaba la hoja de un asustado mambí.

Levantó el brazo y descargó el filo del arma contra el cuello de su enemigo, sintiendo cómo los sentimientos abandonaban su cuerpo y solo lo invadía el deseo de matarlos a todos.

—¡Retirada! —gritó Ciudad a su espalda—. ¡Juntos! —añadió desgañitado—. ¡De cara al enemigo!

Alonso venció al impulso de abalanzarse sobre los mambises y se dispuso a recoger su fusil del suelo, retrasándose. El catalán lo alcanzó y lo cogió del brazo.

—¿Estás bien? —preguntó Ciudad desencajado.

El otro asintió sin ganas, avergonzado de la ridícula esperanza que se había permitido hacía un instante. Ignorando dónde estaban. Olvidando que ya estaba muerto.

—¡Vamos! —exclamó el catalán.

Ambos soldados avanzaron por la explanada con las balas silbando a su alrededor, corriendo como posesos. El flanco derecho cubrió su avance y celebró su llegada.

—Tenían razón —comentó Alonso resoplando.

Ciudad se giró, también jadeando, y lo observó con el ceño fruncido.

—¿En qué? —preguntó—. ¿Quiénes?

Alonso señaló con la cabeza a Riesgo.

—Necesitamos tu temple —reconoció con lágrimas de rabia en los ojos—. Yo me habría quedado allí, con mi sección, acuchillándolos a todos.

La compañía avanzó impasible, sosteniendo el fuego enemigo con calma y resolución. Devolviendo el agravio, escupiendo su congoja; celebrando la maldición del soldado: el desamparo de quien se sabe combatiendo solo y lejos de casa.

—¡Heridos al centro! —exclamó Riesgo.

Los cubanos, desesperados, abandonaron la formación y comenzaron a acosarlos con ferocidad, persiguiéndolos como a una presa y apuntando de cintura para abajo. Los disparos se intensificaron y la compañía aumentó el ritmo. Varios cadáveres españoles se habían quedado atrás y los heridos se multiplicaban en el centro. Muchos avanzaban sostenidos, a duras penas, por sus compañeros.

—Un poco más —gritó Alonso a sus hombres, controlando la angustia.

Buscó algo de espacio para disparar y observó, a su derecha, que Riesgo flaqueaba. El esfuerzo le había abierto al osado capitán la herida del brazo y una mancha oscura de sangre se extendía por su guerrera. La pierna, además, le estaba fallando.

El abulense se acercó a él resollando por el esfuerzo.

—Señor, permítame.

Alonso pasó el brazo derecho del oficial por encima de sus hombros y cargó con parte de su peso. Riesgo se quejó un mínimo, lo decoroso, y continuó andando. Ciudad los alcanzó al instante y los escoltó en silencio. La columna española estaba cada vez más cerca y un clamor esperanzado comenzó a recorrer la compañía.

De pronto, un galope rápido a su izquierda les devolvió la urgencia.

Alonso se giró a duras penas y contempló cómo la caballería cubana abandonaba la protección del bosque y acometía encolerizada por el flanco izquierdo. Sesenta o setenta jinetes mambises cargando a campo abierto.

Riesgo se desembarazó con violencia de su mutuo equilibrio y empuñó el sable.

—¡Primera y segunda línea! —rugió, dirigiéndose hacia el enemigo.

No gritó nada más. Una bala lo alcanzó en el pecho, cortándole la respiración, pero se mantuvo en pie.

Fiel a su leyenda, se adelantó tambaleándose y, en un último acopio de fuerza, descargó el sable contra el primer jinete cubano que alcanzó la línea y lo desmontó. La carga posterior atravesó la compañía y la dividió en dos mitades, arrastrando al oficial entre las patas de los caballos.

Alonso se oyó gritar, sintiendo una cólera antigua en el pecho, y el caos hizo su aparición, una vez más, en el campo de batalla cuando la infantería cubana, envalentonada, embistió por detrás con vehemencia y los españoles tuvieron que recurrir al empuje de las bayonetas para rechazarlos.

El temido cuerpo a cuerpo había llegado.

—¡Rehaced el cuadro! —bramó Urtea.

—¡Heridos al centro! —exclamó Ciudad con la mirada perdida.

Alonso alcanzó la retaguardia matando sin piedad, descargando el machete contra cualquier cubano que osase interponerse entre su odio y el filo de su arma. Ciudad lo seguía lanzando sablazos cargados de amargura, multiplicándose en la batalla.

El cuadro español se batía desesperado, y el enemigo retrocedió. La moral había caído, pero el valor se mantenía intacto.

—¡Avanzad! —clamó Ciudad, viendo con impotencia cómo degollaban al Gaditano y caía de espaldas, rompiendo la guitarra en mil pedazos y llevándose con él todo el arte y la miseria de Andalucía.

El humo lo enturbió todo y los cubanos parecían retirarse cuando una figura surgió de la bruma y se lanzó contra el catalán, evitó su estocada y le hundió la hoja de un cuchillo en el costado, arrancándole un grito de agonía. Ciudad se revolvió, pero el mambí lo sujetó del brazo mientras lo volvía a apuñalar, ya sin apenas resistencia.

Una, dos, tres veces.

Alonso, desbocado, recorrió la distancia que los separaba y cayó sobre el cubano como una tormenta, atacándolo sin plantear ninguna salvación, clavándole de cualquier manera la bayoneta. Ciudad se desplomó de lado y el mambí se giró, herido, intentando contraatacar. El abulense lo golpeó en la cara con la empuñadura del machete y cayeron al suelo, forcejeando en una suerte de pelea ancestral. La tierra cubierta de sangre, el polvo del camino en los pulmones y la pólvora cegándoles los ojos. Alonso se zafó del cubano y rodó para coger su machete, pero el mambí fue más rápido. El soldado sintió cómo su pierna se desgarraba en mil abismos de hielo y un dolor desconocido y devastador le recorrió el cuerpo, arrancándole un grito inhumano. Sus hombres acudieron en su ayuda y el rebelde se incorporó penosamente, miró hacia atrás y desapareció en la humareda.

Varias manos arrastraron a Alonso por el suelo y Urtea lo ayudó a levantarse.

—No se pare —lo conminó el capitán mientras alcanzaban la columna española.

El abulense se dejó caer en uno de los carros mientras ahogaba un sollozo. Había tanto dolor en sus sentidos que no conseguía ver nada.

—Ciudad… —consiguió articular.

Urtea le puso la mano en el hombro, conmovido y desfigurado por el esfuerzo.

—El teniente ha caído —afirmó con la voz rota.

Alonso sintió cómo la fuerza abandonaba su cuerpo y se deslizaba en un profundo pozo oscuro donde no había tiempo, ni aflicción, ni pesar.

Lo último que recordaba era mirar hacia abajo y distinguir entre el polvo, el sudor y la sangre un *bowie* atravesándole la pierna.

28

19 de junio de 1875, Madrid, España

El sol estaba en lo alto del cielo y el calor comenzó a ser intransitable. Tenía sed y le ardían las manos, y un profundo cansancio le hizo temblar las piernas. Aun así, encontró la fuerza necesaria para inclinarse ante el cuerpo de Matías y recuperar el sable de Martínez Campos.

Estoy vivo, pensó Alonso. Y tengo que coger un tren.

Aquel pensamiento se mezcló con los recuerdos que emergían de su pasado. El olor a sangre, la carne rasgada, los ojos acuosos e inmóviles, sin brillo, de los muertos. A pesar de la temperatura, sintió de pronto un frío glacial y las piernas le fallaron. Herculano lo sujetó antes de que cayera al suelo.

—Ha perdido usted mucha sangre —le susurró.

Bauer, a su lado, observó con atención los movimientos de los padrinos contrarios mientras introducía una mano en el bolsillo de su levita y amartillaba el revólver.

—Demasiado cerca —masculló.

Carmelo, a escasos metros, contempló el cuerpo inerte de su hermano, intentando controlar la congoja que lo invadía. Moretón, unos pasos por detrás, observaba la escena como quien contempla un cuadro. Con una frialdad impropia y bien construida. Con la indiferencia de quien ya sabía, de antemano, el desenlace.

El coronel se incorporó, ayudando al soldado a hacer lo mismo, e hizo ademán de comenzar a hablar, pero el otro lo cogió del brazo, conteniéndolo.

Aquello era cosa suya.

—Lamento el desenlace —musitó, apoyándose en el sable para mantener el equilibrio—. Era un hombre valiente.

El mayor de los Villena pareció no escucharlo y mantuvo sus ojos horrorizados en el cadáver de Matías, con unas gruesas y silenciosas lágrimas de pesar recorriéndole las mejillas. Alonso miró a Herculano y este asintió.

—Todas las afrentas están en su sitio —sentenció el coronel, disponiéndose a marcharse.

Carmelo pareció despertar de un largo letargo y, apretando los puños, les dirigió una furibunda mirada.

Este no era su plan, se dijo el soldado en un pensamiento fugaz.

—Un momento.

El matiz de las palabras, la serenidad del tono de voz. Todo se detuvo al instante, como si fuese una orden. O un aviso.

Alfonso Moretón se adelantó unos pasos con las manos a la espalda, la apatía que lo caracterizaba llenando sus movimientos de espera y renuncia.

—No todo está en su sitio —afirmó con frialdad.

El soldado recuperó la presión y agarró con fuerza el sable, echando de menos un revólver.

—Usted —dijo señalando a Alonso con un gesto de cabeza— mató a uno de mis hombres. El capitán Íñigo Velasco, ¿lo recuerda?

Perfectamente, pensó el abulense. Como si fuera ayer.

Afianzó todo el peso de su cuerpo en la pierna derecha y se separó de Herculano.

—Lo recuerdo —declaró en voz alta, cansado de tanta mentira y dolor.

El republicano se encogió de hombros y descubrió su mano derecha empuñando un Orbea.

—¡No! —exclamó el soldado.

La detonación resonó en el claro como una última campanada. Alonso se giró estupefacto y contempló cómo el cuerpo de Herculano se desplomaba en el suelo con un certero disparo abriéndole la frente.

Sin sentir nada, el soldado se abandonó a su primer impulso y se lanzó contra Moretón, buscando, por instinto, los huecos por donde hundir el sable. Las aberturas por donde arrancarle la vida. No había avanzado dos pasos cuando unos brazos enérgicos lo inmovilizaron, le arrebataron el arma y lo lanzaron al suelo, junto al cuerpo del coronel. Alzó la vista y un desconsuelo inhóspito se apoderó de sus ojos; las fuerzas le fallaron y su corazón se detuvo.

—Usted —afirmó sintiéndose desfallecer mientras observaba a Bauer con ojos indecisos.

El carlista lo miró sin vergüenza, con una distancia que jamás habría llegado a imaginar.

«No es sólido», recordó. Las palabras de Herculano se agolparon en su mente y lo llenaron de cólera e impotencia.

—¿Por qué? —preguntó Alonso, escuchando cómo le crujían sus músculos al ponerse en pie, cómo le ardía la cara.

Bauer se encogió de hombros, con una efímera venganza pintada en el rostro.

—Usted fue el culpable de la muerte de Escauriaza —comentó sin perder la calma—. Necesitaba dinero y les devolví el cuadro. A cambio, por supuesto, de un precio.

Carmelo, a su espalda, se removió incómodo, sin dejar de observar el cuerpo inmóvil de su hermano.

—Esto —concluyó el carlista mirando en derredor— es solo un trabajo más.

De pronto, la culpa golpeó todos los sentidos del soldado. Un pesar abrumador se esparció por sus manos, su pecho, su estómago. Dejó caer la cabeza y se abandonó al dolor, contemplando los ojos vacíos de Herculano, aquella triste mirada colmada de pasado y melancolía.

Todo comenzó a encajar en su mente atormentada.

—Desde el principio, el objetivo era él —murmuró el soldado dirigiéndose a Moretón—. No yo.

Todo estaba dispuesto, pensó el soldado, recordando cada gesto en la embajada de Portugal, la descuidada insistencia de Bauer en ser su padrino.

—Así es —admitió el republicano sin exteriorizar ninguna emoción—. Llegar a la cabeza a través del impulso. Un alfil —dijo mirando al menor de los Villena— por una reina.

Alonso asintió compungido, identificándose con aquella descripción, sintiéndola en su piel como un estigma, como una marca grabada en su cuerpo con hierro candente. Él era el alfil de Cánovas, de Martínez Campos; el Villena de los Borbones. Una pieza en manos del poder, la avaricia y el futuro. Se acordó de la promesa de Portugal y de Nuña, pero apartó con vehemencia el pensamiento de su cabeza. Su cuerpo no podía aceptar más desconsuelo.

Estaba dispuesto a morir.

—Que sea rápido —pidió con los labios secos y el alma exhausta.

Moretón se acercó con el revólver en la mano y le apoyó el cañón, aún humeante, en la cabeza.

—No me corresponde a mí —murmuró mientras retiraba el arma.

El republicano se alejó mientras Bauer incorporaba el cuerpo de Matías y lo colocaba boca abajo en su caballo. Carmelo supervisaba los movimientos maquinalmente, evadido por completo de aquella realidad. Al cabo, los tres hombres se encaramaron a sus monturas y desaparecieron tras los pinos, dejando tras de sí un silencio descarnado y un reguero de polvo.

Alonso cayó de rodillas, ocultó el rostro entre las manos y se abandonó a la recóndita tristeza que lo saturaba. Lloró por su falta de recelo, por Herculano, por el futuro que le habían arrebatado. Lloró hasta quedar vacío y, cuando terminó, se levantó con el ánimo dispuesto y la desgracia asumida.

Colocó el cuerpo del coronel en su montura y recuperó su levita, rebuscando en su interior. Las tres y cuarto, leyó en el reloj de cadena que le había regalado Cánovas, tratando de ignorar la rabia que sentía al recordar su rostro, su amable displicencia.

—Las cinco y media —murmuró para sí mismo, centrándose en el presente.

Aquella era la hora en la que el tren abandonaría la estación del Norte. Con él o sin él. Con Nuña o sin ella. La frase de Moretón aún resonaba en sus oídos, recordándole que en Madrid aún estaba en peligro. El recuerdo del capitán Velasco apareció en su cabeza y resolvió que algún familiar, algún amigo, lo estaría esperando para consumar su venganza. Agitó la cabeza y se llenó de resolución: Nuña volvía a formar parte de su presente.

Tenía que llegar a la estación.

Se giró para contemplar el rostro macilento de Herculano y sintió cómo se le encogía el estómago.

—No hay tiempo —masculló, apretando los dientes—. Lo siento.

Buscó la encina más frondosa del bosque y, en una depresión del terreno, colocó con cuidado el cuerpo del coronel. A continuación, reunió todas las piedras y rocas que encontró y cubrió al que había llegado a ser su amigo y protector con ellas.

—Algún día regresaré a por ti —musitó a modo de despedida— y vengaré tu muerte. —Dejó los sables bajo aquel sepulcro improvisado y dejó que las últimas lágrimas abandonaran su cuerpo—. Gracias por todo.

Se irguió con determinación, acomodó el Smith & Wesson de Herculano en el bolsillo interior de la levita y montó en su caballo, lo puso al galope y se dirigió con presteza hacia el centro de Madrid.

Todas las calles se habían convertido en una emboscada. Tras recoger el equipaje de su casa y el paquete que descansaba, casi olvidado, en una silla al final del cuarto, recorrió Madrid como si estuviese de vuelta en la manigua cubana.

Un fusil, pensó mientras bajaba por Atocha mirando a todos lados y accedía a la plaza de Matute. Se había aseado y cambiado la camisa, pero la herida del costado, aún en carne viva, sangraba consistentemente bajo la levita. Subió las escaleras de la redacción de *El Imparcial* con celeridad, ignorando el temblar de su pierna izquierda y tratando de controlar la ansiedad que le recorría el cuerpo.

Había acudido los tres días anteriores, pero no había encontrado al fundador del periódico. Conocía las rencillas entre los editores y periodistas y, aunque confiaba en Mellado, intuía dónde podían acabar sus copias. Sabía que tenía que entregárselo a Gasset y a nadie más. Llamó a su puerta y la abrió sin esperar respuesta, sabiendo que se encontraría con él y con Isidoro Fernández Flórez.

Gasset lo observó con sorpresa e Isidoro le dedicó una mirada enfadada.

—¡Usted! —exclamó el último—. Llevo buscándole toda la semana. —Se dirigió hacia él con vehemencia—. No es de recibo que…

—Cállese —dijo el soldado con calma, con un sentido desprecio.

Avanzó con decisión, colocó el paquete encima del escritorio y lo desenvolvió.

—Veinte mil copias —afirmó mirando a Gasset— del primer capítulo. —Se agachó y extrajo un manoseado manuscrito de la maleta—. Si le convence —añadió—, aquí tiene el resto. Tiene hoy y mañana para revisarlo todo.

Gasset asintió complacido, sin disimular una sonrisa de satisfacción.

El soldado apreció cómo Isidoro, restablecido, se disponía a hablar y lo enfrentó con tranquilidad, mirándolo a los ojos.

—Abandono España —escupió—. La columna del lunes tendrá que escribirla usted. Así podrá incluir todas sus apreciadas comas y sus grandilocuentes puntos. —Dio un paso hacia delante y acortó la distancia—. Toda su flagrante estupidez.

Se dirigió hacia la puerta, ignorando el asombro de los presentes, asió el pomo y se giró por última vez.

—Buena suerte —masculló entre dientes como despedida.

Salió a la calle sintiéndose más liviano. Extrajo su reloj y comprobó la hora: las cuatro y veinte.

Alcanzó la plaza Mayor a buen paso, apretando los dientes. La tela de la camisa, algo tosca, rozaba a cada movimiento la reciente estocada, arrancándole escalofríos en todo el cuerpo. Sudaba sin control y sentía frío, pero aquel era el menor de sus problemas.

Calles concurridas, se dijo mientras observaba a los transeúntes y aferraba el Smith oculto en un bolsillo derecho. La maleta y el bastón en la mano izquierda y su inseparable *bowie,* a su espalda, nivelando la zozobra.

Lo peor sería un cuerpo a cuerpo, pensó mientras enfilaba la calle Mayor y vislumbraba, al final de las calles, la plaza de Oriente.

El recuerdo de Nuña tomó forma y se permitió una sonrisa sin dejar de escrutar el peligro, buscando un rostro concentrado, un movimiento brusco; algo que delatase a aquel que quería vengar a Velasco.

Tiene que ser en Madrid, reflexionó. Moretón no le habría dado tanto espacio.

Lo había subestimado. Como había subestimado a Herculano y a aquella magnífica pugna por el poder. A los monárquicos y a los republicanos. Había subestimado a España y sus españoles. La vanidosa crueldad de la que estos eran capaces. Cruzó la plaza cojeando y recorrió la calle Bailén sintiendo cómo el cansancio le ganaba la batalla.

—Un poco más —se dijo a sí mismo en voz baja—. Un último esfuerzo.

El suave tamborileo de la Virgen de Valvanera contra su pecho le devolvió el ánimo y el rostro de Nuña lo conminó a seguir. Príncipe Pío apareció tras los breves edificios y la estación del Norte se perfiló tras la falda de la montaña, envuelta en una nube oscura de hierro y carbón.

Ya está, se dijo mientras hacía el ademán de mirar la hora.

Giró hacia la izquierda, adentrándose en un callejón estrecho que desembocaba cerca de la estación, y, de pronto, una figura le cortó el paso.

El soldado dejó escapar todo el aire de sus pulmones y apoyó el hombro izquierdo contra la pared mientras soltaba la maleta y trataba de empuñar el revólver. Pero el desconocido fue más rápido. Con un golpe certero en el pecho, lo desestabilizó y le arrebató de las manos su preciada arma, la única que le aseguraba la distancia entre él y su enemigo.

Sintió cómo el estómago se le llenaba otra vez de incertidumbre y supo que el ansia de venganza que antes lo había sostenido se había apagado. Un profundo hastío le llenó la boca de amargura y extenuación, y sus ojos cansados se alzaron para reconocer a su verdugo.

—Teniente Hermenegildo Alonso —dijo este con desquite, paladeando sobriamente aquel triunfo—. Me alegro de volver a verle.

El aludido frunció el ceño mientras buscaba el *bowie* con la mano izquierda.

—No sé quién es usted —afirmó el soldado.

El desconocido era algo mayor que él. Era alto y ancho de hombros, tenía la piel morena, el pelo oscuro y unos penetrantes ojos verdes.

Llenos de tormento y soledad, pensó el soldado. Había algo familiar en sus palabras, algo que Alonso no supo ubicar.

—Hemos combatido juntos. Uno contra el otro —explicó arrastrando las palabras—. En Cuba.

Hablaba desde el pasado, desde la isla donde parecía haber extraviado las ganas de seguir viviendo.

—Mi nombre es Juan Acosta.

Alonso dio un paso hacia atrás y calculó cuánta distancia lo separaba de la calle principal. Estaba ante el desertor español que había acabado siendo uno de los oficiales más destacados del ejército rebelde.

—Lo recuerdo —afirmó el soldado, rememorando el combate de La Galleta, la sorprendente disciplina de aquellos cubanos—. ¿Qué hace aquí?

Acosta se encogió de hombros con la mirada nublada.

—He de reconocer que no ha sido fácil —comentó el cubano ignorando la pregunta—. Usted ha sido, sin duda, el más complicado.

Alonso torció el gesto, desconcertado, sin saber a dónde llevaba todo aquello. Intentando, sin éxito, relacionar aquel acento mambí con Velasco. Son casi las cinco, pensó, notando cómo la urgencia le crecía en las manos.

—Le esperé durante horas aquella noche —continuó Acosta—, pero nunca apareció. —Lo dijo como asumiendo aquel tiempo malgastado como un paso más hacia su objetivo—. Después intenté sorprenderle en el depósito, en el canal, pero descubrió a tiempo el engaño. Y aunque los carabineros mataron al contrabandista, tuve que deshacerme también de Martín para que usted no lo encontrara y le pusiera sobre aviso.

Había una serenidad absoluta en su rostro, como si todas las acciones que enumeraba fuesen actos de bondad, escollos que iba apartando para acercarse a una verdad que solo él entendía.

—Y al final —continuó Acosta—, todo se redujo al dinero. A la traición y la codicia. —Sus ojos verdes se oscurecieron como un bosque tras el ocaso—. Bauer vendió al coronel Pinilla por menos de trescientas pesetas —reveló—, y Moretón me entregó a usted gratis. Casi como una ofrenda.

Todo tiene sentido, pensó el soldado, pero nada encaja.

—¿Qué quiere de mí? —preguntó con impaciencia.

Una iglesia cercana repicó sus campanas, anunciando, a quien pudiera escucharlas, que eran las cinco de la tarde.

—¿Recuerda la acción del San Quintín en Sierra Maestra? A principios de 1874. Sé que usted estuvo allí.

Los disparos en la vegetación acudieron sin esfuerzo a la mente del soldado. Recordó el aviso del tal Rivera que desvelaba la ubicación del hacendado. Riesgo había liderado el asalto, seguido por Manuel, el Gaditano, otros dos soldados del batallón y él.

Alonso asintió apretando los dientes.

—Tres personas murieron aquel día —afirmó con voz queda el mayoral—. Jesús Pavón, Carlos Manuel Céspedes y Julio Acosta.

Alonso se deshizo de sus propósitos y olvidó el tiempo, concentrándose en lo que estaba por venir.

—Eran mi amigo, el padre de mis nietos y mi hijo —sentenció el cubano—. Acabé con todo su destacamento en Las Guásimas. Con Riesgo, con el Gaditano y con Manuel Ciudad. —Dio un paso hacia delante—. Usted fue el único que sobrevivió.

El soldado recordó al cubano cubierto de polvo con el que había forcejeado tras la retirada del ejército español. Recordó la muerte de Riesgo y del Gaditano, el *bowie* hundido en su pierna; los ojos de Ciudad, su mirada sorprendida mientras lo abandonaba el aliento.

Respiró profundamente para controlar la ira y trató de analizar la situación: Acosta estaba demasiado cerca, el bastón yacía en el suelo junto al revólver y la distancia a la calle principal era excesivamente larga para su pierna maltratada. Además, la sangre de la herida del costado había comenzado a empapar su camisa blanca.

Huir solo sirve para morir cansado, se dijo, desenvainando despacio el *bowie* y asiéndolo con la hoja hacia abajo, dispuesto a acuchillarse en aquel callejón.

El otro reconoció su arma e inclinó la cabeza con respeto, casi asombrado.

—Al final —pronunció como el trueno que precede a la tormenta— todo encaja.

Se abalanzó sobre Alonso sin preaviso, con las manos vacías y la mirada oscura. El soldado saltó hacia atrás y descargó un puñetazo rápido en el rostro del mambí, seguido de un tajo vertical, de arriba abajo. Acosta gritó de dolor y dio un sorprendido paso hacia atrás con un reguero de sangre corriéndole por el brazo.

—No tengo todo el día —masculló el soldado.

El cubano se lanzó hacia él con la audacia que concede el odio, sin reparar en su seguridad, con la muerte como único objetivo. Los dos cuerpos chocaron con brusquedad y cayeron el suelo. Alonso, sin aliento, intentó rodar buscando espacio, pero Acosta lo agarró del brazo derecho con firmeza. El soldado aprovechó el impulso, cambió el *bowie* de mano y se dejó caer sobre el cuerpo del mambí, desgarrándole el muslo. Acosta aulló de dolor y descargó, casi por reflejo, un golpe tremendo en la sien del soldado. Alonso se rehízo, pero el mambí fue más rápido: sintió un golpe seco en el pecho y, de pronto, le faltó el aire.

Esto es lo que se siente, pensó el soldado al notar cómo la fuerza lo abandonaba, cómo le costaba respirar. Un dolor intenso le llenó el abdomen y se acordó de Nuña, del tren al que ya no iba a llegar. Se acordó de sus ojos cobrizos, de su piel tersa, de sus manos, de su pelo. Pensó en el futuro que habrían compartido juntos, en Portugal, en los hijos que nunca tendrían.

La hoja del *bowie* abandonó su cuerpo y el soldado trató de golpear a Acosta y zafarse de él, pero el mambí esquivó sus brazos y hundió de nuevo el cuchillo en su último enemigo.

La sangre le llegó a la boca en una violenta explosión de tos y se apartó del cubano entre jadeos, recostándose contra la pared. Un familiar sabor metálico le llenó los sentidos y percibió cómo sus pulmones comenzaban a colapsar.

Pensó otra vez en Nuña y se sintió afortunado. Había conseguido dejar la manigua atrás, olvidar la guerra. Regresar de su pasado. Las palabras de Riesgo resonaron en su interior y sonrió al ver la cara de Ciudad.

Por lo menos, se dijo pensando en Gasset, quedará su novela. La historia de dos soldados desconocidos sobreviviendo al desamparo del ejército español. A la infamia de su leyenda.

Levantó la vista y descubrió a Acosta de pie, observándolo sumido en un respetuoso silencio, como dando el agravio y su tormento por concluidos.

Regresó una última vez a Nuña y sus ojos se llenaron de lágrimas.

Será feliz, pensó. A pesar de todo. Y yo seré un recuerdo más en su memoria. Un pasado al que nunca más tendrá que regresar. Del que no tendrá que salvarme.

El frío le envolvió el cuerpo y sintió cómo la vida lo abandonaba.

Allá voy, se dijo, cerrando los ojos y precipitándose en el abismo.

Anexo: mapa de Cuba

Índice

Capítulo 1 9
Capítulo 2 23
Capítulo 3 39
Capítulo 4 63
Capítulo 5 79
Capítulo 6 89
Capítulo 7 105
Capítulo 8 115
Capítulo 9 129
Capítulo 10 149
Capítulo 11 163
Capítulo 12 173
Capítulo 13 183
Capítulo 14 195
Capítulo 15 207
Capítulo 16 221
Capítulo 17 245
Capítulo 18 259
Capítulo 19 277
Capítulo 20 295
Capítulo 21 313
Capítulo 22 323
Capítulo 23 333
Capítulo 24 345
Capítulo 25 359
Capítulo 26 373
Capítulo 27 389
Capítulo 28 411
Anexo: mapa de Cuba 423

Printed in Great Britain
by Amazon